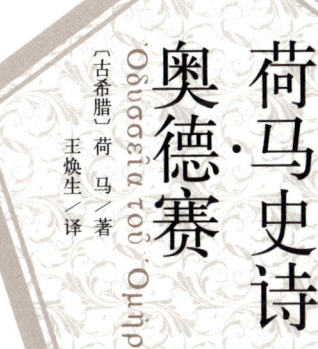

荷马史诗·奥德赛

〔古希腊〕荷 马/著

王焕生/译

名著名译丛书

'Ομηρος
'Οδυσσεία

据勒伯古典丛书(The Loeb Classical Library)
荷马《奥德赛》1974—75年版古希腊文译出。

图书在版编目(CIP)数据

荷马史诗·奥德赛/(古希腊)荷马著;王焕生译.—北京:人民文学出版社(2025.9重印)
(名著名译丛书)
ISBN 978-7-02-010279-2

Ⅰ.①荷… Ⅱ.①荷…②王… Ⅲ.①史诗—古希腊 Ⅳ.①I545.22

中国版本图书馆CIP数据核字(2014)第033456号

责任编辑　张欣宜
装帧设计　刘　静　陶　雷
责任印制　王重艺

出版发行　人民文学出版社
社　　址　北京市朝内大街166号
邮政编码　100705

印　　刷　三河市中晟雅豪印务有限公司
经　　销　全国新华书店等

字　　数　305千字
开　　本　890毫米×1290毫米　1/32
印　　张　15.875　插页4
印　　数　153001—157000
版　　次　1997年5月北京第1版
印　　次　2025年9月第26次印刷

书　　号　978-7-02-010279-2
定　　价　37.00元

如有印装质量问题,请与本社图书销售中心调换。电话:010-59905336

荷 马

荷 马（约公元前9世纪—前8世纪）

　　古希腊诗人。相传史诗《伊利亚特》和《奥德赛》为他所作，统称"荷马史诗"，是古希腊最早的传世文学作品，已成为西方文学取之不尽、用之不竭的源泉。

　　《奥德赛》是以特洛亚战争传说为题材的"系列史诗"中惟一一部传世的"返乡史诗"。足智多谋的奥德修斯用木马计攻陷特洛亚城之后，率领自己的军队渡海回国。途中遭遇各种艰难险阻，历经十年飘泊，随行同伴全部遇难，只有他在女神雅典娜的佑助下，坚韧不拔地孤身一人回到久别的故乡。

译 者

王焕生(1939—)，江苏南通人。1960年至1965年就读于苏联莫斯科大学古希腊罗马语言文学专业，回国后入社科院从事古希腊罗马文学研究。主要论著有《古罗马文学史》和《古罗马文艺批评史纲》，译作有《古希腊戏剧全集》(合译)、《希腊罗马散文选》、《奥德赛》、《论共和国》、《论法律》、《哀歌集》等。

出版说明

人民文学出版社从上世纪五十年代建社之初即致力于外国文学名著出版，延请国内一流学者研究论证选题，翻译更是优选专长译者担纲，先后出版了"外国文学名著丛书""世界文学名著文库""二十世纪外国文学丛书""名著名译插图本"等大型丛书和外国著名作家的文集、选集等，这些作品得到了几代读者的喜爱。

为满足读者的阅读与收藏需求，我们优中选精，推出精装本"名著名译丛书"，收入脍炙人口的外国文学杰作。丰子恺、朱生豪、冰心、杨绛等翻译家优美传神的译文，更为这些不朽之作增添了色彩。多数作品配有精美原版插图。希望这套书能成为中国家庭的必备藏书。

为方便广大读者，出版社还为本丛书精心录制了朗读版。本丛书将分辑陆续出版。

人民文学出版社
2015年1月

前　言

　　《奥德赛》相传是荷马继《伊利亚特》之后创作的又一部史诗。
　　《伊利亚特》以特洛亚主要将领、普里阿摩斯王之子赫克托尔被杀和为其举行葬礼结束，但战争本身并没有完结。战争在赫克托尔死后继续进行。此后的传说曾经成为一系列史诗的题材，例如：叙述埃塞俄比亚英雄门农增援特洛亚死于阿喀琉斯手下和阿喀琉斯本人被帕里斯射死的《埃塞俄比亚英雄》，叙述阿喀琉斯的葬礼和在葬礼上埃阿斯·特拉蒙与奥德修斯为得到阿喀琉斯的铠甲发生争执、奥德修斯获胜后埃阿斯愤然自杀的《小伊利亚特》，叙述奥德修斯奉献木马计、苦战十年的特洛亚被希腊军队里应外合攻陷的《特洛亚的陷落》等。这些史诗都曾托名于荷马，但后来均被一一否定，被视为对荷马史诗的仿作，逐渐失传了。希腊将领们在战争结束后率领军队回国，遭遇不一，成为多篇《归返》史诗的题材，这些史诗也都失传了，只有被认为出于荷马之手的《奥德赛》流传了下来。
　　《奥德赛》全诗一万二千一百一十行，叙述希腊军队主要将领之一、伊塔卡王奥德修斯在战争结束之后历经十年漂泊，返回家园的故事。《奥德赛》也像《伊利亚特》一样，被视为古代史诗艺术的典范。漂泊多奇遇，返回家园后报复求婚人多惊险，诗人面对繁杂的动人故事，对史诗情节进行了精心安排，受到亚里士多德的高度称赞。亚里士多德在《诗学》中批评对情节整一性存在误解时指出，不能认为只要主人公是一个便会有情节的整一，因为有许多事情虽然发生在同一个人身上，但并不是都能并成一桩事情，同样，一个人有许多行动，那些行动也并不是都能并成一个行动。他认为荷马在这方面"最高明"，懂得其中的奥妙，并且强调指出，荷马写《奥德赛》，并不是把奥德修斯的每一件经历都写进去，而是"环绕着一个有整一性的行动构成《奥德赛》"。① 这里的"一个有整一性的行动",即指奥德修斯回归故乡。《奥德赛》的情节正是这样安排的。史诗第一卷前十行是全诗的引子,点明主题。点题之后,诗人即以神明决定让奥德修斯归返为起点,分两条线索展开。一条线索是,在奥德修斯家里,向奥德修斯的妻子佩涅洛佩求婚的人们每天饮宴,耗费他的家财,佩涅洛佩势单力薄,无法摆脱求婚人的纠缠;奥德修斯的儿子愤恨求婚人的胡作非为,在雅典娜女神的感示下外出探询父亲的音讯。另一条线索是,神女卡吕普索得知神明们的决定后,放奥德修斯回家;奥德修斯回家途中遇风暴,落难费埃克斯人的国土。以上构成史诗的前半部分。史诗的后半部分叙述奥德修斯在费埃克斯人的帮助下返抵故乡,特勒马科斯探询父讯归来,两条线索汇合,父子见面,一起报复求婚人。《奥德赛》也像《伊利亚特》一样,叙述从接近高潮的中间开始,叙述的事情发生在奥德修斯漂泊的第十年里,并且只集中叙述了此后四十天里发生的事情,此前发生的事情则由奥德修斯应费埃克斯王阿尔基诺奥斯的要求追叙。诗人对这四十天里发生的事情的叙述又有详有略,有的一笔带过,一卷包括数天的事件,有的叙述详尽,一天的事情占去数卷。由于上述结构安排,使得诗中所有的情节既如亚里士多德称赞的那样,围绕着一个人物的一个行动展开,整个叙述又有张有弛,有起有伏,详略相间。由此可见,当时的史诗叙事艺术已达到相当高的水平。有人批评《奥德赛》的结构有些松弛,这不无道理,但同时也应当承认,所有情节都不背逆围绕一个行动的原则。即使特勒马科斯探询父讯的情节似乎可以独立成篇,但它在诗中仍是为总的主题服务的,并且正是通过他探询父讯的形式,补叙了特洛亚战争结束及其后的许多事情,包括构成一些失传史诗的主题的英雄们回归等情节。

  从以上的分析可以看出,《奥德赛》在题材剪裁和情节安排方面与《伊利亚特》有许多相似之处。然而,由于所叙述的题材不同,《奥德赛》在情节结构方面又与《伊利亚特》存在差异。《伊利亚特》叙述战争,对大小战斗场面的精彩描写构成叙述的一大特色,《奥德赛》则叙

---

① 请参阅亚里士多德:《诗学》第八章,罗念生译,人民文学出版社出版。

述主人公在战争结束后回归故乡，叙述主人公回归过程中充满各种艰难险阻的漂泊经历、归家后与家人相认并报复求婚人的故事，这些情节为诗人安排"发现"提供了有利条件。诗中的"发现"安排同样受到亚里士多德的称赞。这里有奥德修斯被独目巨人"发现"，使独目巨人知道自己受残是命运的安排；有费埃克斯人对奥德修斯的"发现"，引出奥德修斯对自己的漂泊经历的追叙。不过诗人最精心安排的还是奥德修斯抵家后的"发现"，这里有父子相认的"发现"，为以后的行动作准备；有老奶妈对故主突然归来的意外"发现"，给故事带来神秘色彩；有牧猪奴、牧牛奴的"发现"，为即将采取的行动准备条件。其实，上述这些"发现"又都是为构成史诗高潮的夫妻"发现"做准备。这一"发现"涉及发现者双方，情感与理性交织，一步进一步，一层深一层，其构思之周密、巧妙，令人叹服，无怪乎受到亚里士多德的好评。如果说荷马史诗包含着古代各种文学体裁和艺术技巧的源头的话，那么《奥德赛》中的"发现"显然给后来的悲剧中类似安排作了很好的启示，提供了很好的示范。

《奥德赛》也像《伊利亚特》一样，主要通过人物的对话，而不是白描，来刻画人物形象。奥德修斯作为史诗的主人公，受到诗人的着意刻画，在他身上体现了史诗的主题思想。与诗中其他人物相比，诗人为奥德修斯准备了数量最多的修饰语，称他是神样的、勇敢的、睿智的、足智多谋的、机敏多智的、历尽艰辛的、饱受苦难的、阅历丰富的，当然还有攻掠城市的，等等。这些修饰语在诗中频繁出现，给人印象深刻，它们正好集中反映了诗人希望借助行动表现的主人公性格的两个主要方面，即坚毅和多智。奥德修斯的这些性格特征在《伊利亚特》中已有所表现，它们在《奥德赛》中则得到集中表现，表现得淋漓尽致。诗人通过奥德修斯这一人物形象，歌颂了人与自然奋斗的精神，歌颂了人在这种奋斗过程中的智慧。奥德修斯的智慧的突出方面是机敏，机敏中包含着狡诈，狡诈即谋略，这是为获取财富和奴隶所必需的手段，因而受到诗人的称赞。奥德修斯除了上述性格特征外，他还热爱故乡，热爱家园，热爱劳动，爱护忠实的奴隶，严惩背叛的奴仆。诗人通过奥德修斯这一形象，表现了处于奴隶制发展时期的古代希腊人的世界观的主要方面。在史诗中,佩涅洛佩是诗人着意刻画的一个女性形象。她不仅外表美丽,而且具有美丽的心灵,聪明、贤淑、忠贞。她严守妇道,在丈夫离家期间勤勉治家,对丈夫忠贞不渝,始终盼望久别的丈夫归来,夫妻团圆。诗人通过佩涅洛佩这一形象,显然树立了一个受世人推崇的妇女道德的典范。诗人刻画特勒马科斯的性格时的一个重要特点,是有意表现其性格逐渐成熟的一面,这在古代人物性格描写中是难能可贵的。此外,诗人在诗中不吝笔墨地着意刻画了牧猪奴这一典型的忠实奴仆的形象。在通常情况下,诗人在诗中是不直接露面的,但对牧猪奴却有例外,诗人不时地直接称呼他,饱含着对人物的赞赏之情。与此相对照的是对那些不忠心的奴隶的嘲讽和对他们的可悲的下场的描绘,反映了诗人的思想倾向。

  以上对《奥德赛》的思想倾向和艺术手法的一些主要方面作了一些说明。读完荷马的两部史诗,人们既会惊服于史诗的出色构思,又会感到构思中的某种牵强;既会怡悦于情节的动人,又会觉察到其中的某些矛盾。例如史诗在时代背景和神话观念方面的差异。在时代背景方面,两部史诗中表现的虽然同是奴隶社会,但其发展程度似乎有较大的差异。这种差异也表现在生产力发展方面。两部史诗中的时代虽然同处于青铜时期,但是在《奥德赛》中,铁的使用显然比在《伊利亚特》中获得进一步的发展。在神话观念方面,《伊利亚特》描绘了一个优美、生动的人神共处的时代,人和神密切交往,但在《奥德赛》中,人和神之间扩大了距离,神对事件的参与具有更大的表面性,神对事件的参与与其说是一种传统信仰,不如说是人们的美好想象。这方面最明显的一个例子是奥德修斯在阿尔基诺奥斯宫中对自己逃脱风暴灾难的叙述,他在叙述中把自己的得救完全归结于自己的努力,排除了原有的神明助佑的一面。这些矛盾和差异以及情节、词语等方面的其他矛盾,必然引起人们的深思。为了有利于更深入地研读荷马的这两部史诗,在这里有必要就"荷马问题"作些说明。

  所谓荷马问题,主要指近代对荷马及其史诗进行的争论和研讨。古代希腊人一直把荷马及其史诗视为民族的骄傲,智慧的结晶,肯定荷马本人及其作为两部史诗的作者的历史性。古希腊晚期,开始出现了歧见，公元前三世纪的克塞诺斯和革拉尼科斯提出两部史诗可能不是出于同一作者之手。亚历山大城学者阿里斯塔尔科斯不同意这种看法，认为两部史诗表现出的矛盾和差异可能是同一位诗人创作于不同时期所致，《伊利亚特》可能创作于作者青年时期，《奥德赛》可能创作于作者晚年。他的这一看法为许多人所接受。在中世纪和文艺复兴时期，人们对荷马作为真实的历史人物和史诗的作者未提出疑问，但丁称荷马是"诗人之王"。十七世纪末十八世纪初，有人开始对荷马发难。法国神甫弗朗索瓦认为《伊利亚特》不是一个人的作品，而是许多游吟歌人的诗歌的组合，全诗的整一性是后人加工的结果，"荷马"并不是指某个人，而是"盲人"的意思（"盲人"之意最早见于古代的荷马传）。稍后，意大利学者维科在他的《新科学》里重复了弗朗索瓦的观点。真正的争论出现在十八世纪后期，一七八八年发现的《伊利亚特》威尼斯抄本中的一些注释使荷马问题成为许多人争论的热点，对民间诗歌创作的研究促进了这一争论的深入。此后各家的观点基本可分为三类。以德国学者沃尔夫（1759—1824）为代表的"短歌说"认为史诗形成于公元前十三至公元前九世纪，各部分由不同的游吟歌人创作，一代代口口相传，后来经过加工，记录成文字，其中基本部分属于荷马。"统一说"实际上是传统观点的维护，认为荷马创作了统一的诗歌，当然利用了前人的材料。"核心说"是对上述两种观点的折衷，认为两部史诗形成之前荷马创作了两部篇幅不长的史诗，后经过他人增添、扩充，逐渐变成长篇，因此史诗既有明显的统一布局，又包含各种若隐若现的矛盾。虽然现在大多数人对荷马及其作为两部史诗的作者的历史性持肯定看法，但争论并未完全止息，问题远未圆满解决。由于历史的久远，史料的缺乏，要想使问题彻底解决是困难的，但探讨本身并非毫无意义。

现在奉献给读者的这个《奥德赛》译本是译者在译毕《伊利亚特》之后逐渐完成的。荷马的这部史诗在我国曾经有过两个译本，一是傅东华根据威廉·考珀（William Cowper）的无韵诗英译本、参考亚历山大·蒲伯等的英译本译出的韵文译本，一九三四年由商务印书馆出版，一是杨宪益先生于六十年代从古希腊文译出的散文译本，一九七九年由上海译文出版社出版。现在这个译本也是从古希腊文翻译的，翻译时参考过上述两个译本，吸收了前辈们的长处。书名采用了在我国沿用较久、流传较广的译法《奥德赛》，意思是"关于奥德修斯的故事"。译文形式仍如前译《伊利亚特》，采用六音步新诗体，译诗与原诗尽可能对行，行文力求保持原诗朴实、流畅而又严谨、凝练的风格。每卷诗的标题为译者所拟。由于译者水平有限，错误和不当之处祈请读者赐正。

王焕生

一九九五年秋

目 录

第 一 卷　奥林波斯神明议允奥德修斯返家园……… 001
第 二 卷　特勒马科斯召开民会决意探父讯……… 018
第 三 卷　老英雄涅斯托尔深情叙说归返事……… 035
第 四 卷　特勒马科斯远行访询墨涅拉奥斯……… 054
第 五 卷　奥德修斯启程归返海上遇风暴……… 087
第 六 卷　公主瑙西卡娅惊梦救援落难人……… 107
第 七 卷　进王宫奥德修斯蒙国主诚待外乡人……… 120
第 八 卷　听歌人吟咏往事英雄悲伤暗落泪……… 133
第 九 卷　忆归程历述险情逃离独目巨人境……… 156
第 十 卷　风王惠赐归程降服魔女基尔克……… 177
第十一卷　入冥府求问特瑞西阿斯魂灵言归程……… 200
第十二卷　食牛群冒犯日神受惩伴侣尽丧生……… 226
第十三卷　奥德修斯幸运归返难辨故乡土……… 244
第十四卷　女神旨意奥德修斯暗访牧猪奴……… 261
第十五卷　神明感悟特勒马科斯脱险避庄园……… 281
第十六卷　父子田庄相认商议惩处求婚人……… 303
第十七卷　奥德修斯求乞家宅探察行恶人……… 321
第十八卷　堂前受辱初显威能制服赖乞丐……… 345
第十九卷　探隐情奥德修斯面见妻子不相认……… 362
第二十卷　暗夜沉沉忠心妻子梦眠思夫君……… 385
第二十一卷　佩涅洛佩强弓择偶难倒求婚者……… 401
第二十二卷　奥德修斯威镇厅堂诛戮求婚人……… 417
第二十三卷　叙说明证消释疑云夫妻终团圆……… 436

第二十四卷　神明干预化解仇怨君民缔和平 ………… 451

专名索引 ……………………………………………… 472
古代地中海地区简图 ………………………………… 494

第 一 卷

——奥林波斯神明议允奥德修斯返家园

请为我叙说,缪斯啊①,那位机敏的英雄,
在摧毁特洛亚的神圣城堡后又到处漂泊,
见识过不少种族的城邦和他们的思想;
他在广阔的大海上身受无数的苦难,
为保全自己的性命,使同伴们返家园。　　　　　5②
但他费尽了辛劳,终未能救得同伴,
只因为他们亵渎神明,为自己招灾祸:
一群愚蠢人,拿高照的赫利奥斯的牛群
饱餐,神明剥夺了他们归返的时光。
女神,宙斯的女儿,请随意为我们述说。　　　　10

这时其他躲过凶险的死亡的人们
都已离开战争和大海,返抵家乡,
唯有他一人深深怀念着归程和妻子,
被高贵的神女卡吕普索,神女中的女神③,
阻留在深邃的洞穴,一心要他做丈夫。　　　　15
但岁月不断流逝,时限已经来临,
神明们终于决定让他返回家乡,
回到伊塔卡,只是他仍然难逃争斗,
当他回到亲人们中间。神明们怜悯他,

---

① 缪斯是古希腊神话中的文艺女神,惠赐诗人吟诗灵感。
② 页边数字为诗行序数,译诗与原诗相同。
③ 意为神女中的佼佼者。

唯独波塞冬除外,仍然心怀怨怒, 20
对神样的奥德修斯,直到他返抵家园。

　　这神明此时在遥远的埃塞俄比亚人①那里,
埃塞俄比亚人被分成两部分,最边远的人类,
一部分居于日落处,一部分居于日出地,
大神在那里接受丰盛的牛羊百牲祭。 25
他正欢乐地享受盛宴,其他众神明
却聚在奥林波斯的宙斯的巨大宫殿。
凡人和神明之父开始对他们说话,
因为心中想起高贵的埃吉斯托斯,
被阿伽门农之子、著名的奥瑞斯特斯杀死; 30
他心中牵挂,对不死的神明们这样说:
"可悲啊,凡人总是归咎于我们天神,
说什么灾祸由我们遣送,其实是他们
因自己丧失理智,超越命限遭不幸,
如现今埃吉斯托斯超越命限,奸娶 35
阿特柔斯之子的发妻,杀其本人于归国时,
虽然他自己也知道会暴卒,我们曾警告他,
派遣目光犀利的弑阿尔戈斯神赫尔墨斯②,
要他勿杀阿伽门农本人,勿娶他妻子:
奥瑞斯特斯将会为阿特柔斯之子报仇, 40
当他长大成人,怀念固有的乡土时。
赫尔墨斯这样善意规劝,却未能打动
埃吉斯托斯的心灵,欠债已一次清算。"③

---

① 传说中的一个无比虔诚的民族。参阅《伊利亚特》第一卷第 423 行(人民文学出版社 1994 年 11 月版,下同)。
② 伊奥为宙斯所爱,赫拉嫉妒,进行迫害,在伊奥化身为牛后仍派百眼巨怪阿尔戈斯去看守。赫尔墨斯吹双管使阿尔戈斯入睡,杀死阿尔戈斯,解救了伊奥。
③ "阿特柔斯之子"指阿伽门农。以上指阿伽门农被妻子和奸夫杀死,儿子奥瑞斯特斯为其报仇的故事。

目光炯炯的女神雅典娜这时回答说:
"我们的父亲,克罗诺斯之子,至尊之王, 45
埃吉斯托斯遭凶死完全是咎由自取,
其他人若作出类似事情,也理应如此。
但我的心却为机智的奥德修斯忧伤,
一个苦命人,久久远离亲人遭不幸,
身陷四面环水的小岛,大海的中央。 50
那海岛林木茂密,居住着一位女神,
诡诈的阿特拉斯的女儿,就是那位
知道整个大海的深渊、亲自支撑着
分开大地和苍穹的巨柱的阿特拉斯。
正是他的女儿阻留着可怜的忧伤人, 55
一直用不尽的甜言蜜语把他媚惑,
要他忘记伊塔卡,但是那位奥德修斯,
一心渴望哪怕能遥见从故乡升起的
飘渺炊烟,只求一死。然而你啊,
奥林波斯主神,对他不动心,难道奥德修斯 60
没有在阿尔戈斯船边,在特洛亚旷野,
给你献祭?宙斯啊,你为何如此憎恶他?"

集云神宙斯回答女神,这样反驳说:
"我的孩儿,从你的齿篱溜出了什么话?
我怎么会把那神样的奥德修斯忘记? 65
他在凡人中最聪明,给掌管广阔天宇的
不死的神明们奉献祭品也最丰盛勤勉。
是环绕大地的波塞冬一直为独目巨怪
怀恨在心,奥德修斯刺瞎了他的眼睛,
就是那神样的波吕斐摩斯①,独目巨怪中 70

---

① 故事详见本书第九卷。

数他最强大；他由神女托奥萨生育，
广漠的咸海的统治者福尔库斯的女儿，
在深邃的洞穴里与波塞冬融情媾和。
为此缘由，震地神波塞冬虽然不可能
杀死奥德修斯，但却让他远离乡土。 75
现在让我们一起考虑他如何归返，
让他回故乡；波塞冬终会消弭怒火，
因为他总不可能独自执拗地违逆
全体不死神明的意志，与众神对抗。"

  目光炯炯的女神雅典娜这时回答说： 80
"我们的父亲，克罗诺斯之子，至尊之王，
既然现在常乐的神明们已经同意，
让智慧丰富的奥德修斯返回家园，
那我们便可派遣弑阿尔戈斯的引路神
赫尔墨斯前往奥古吉埃岛①，尽快向 85
美发神女通报我们的坚定决议，
让饱受苦难的奥德修斯归返回家园。
我自己立即前往伊塔卡，认真激励
奥德修斯的儿子，给他心里灌输勇气，
让他召集长发的阿开奥斯人开会， 90
向全体求婚人泄怨愤，他们一直在他家
无情地宰杀胆怯的羊群和蹒跚的弯角牛；
然后送他前往斯巴达和多沙的皮洛斯，
打听亲爱的父亲归返家乡的消息，
也好让他在人世间博得美好的声誉。" 95

  她这样说完，把精美的绳鞋系到脚上，

---

① 传说中的岛屿。

那是双奇妙的金鞋,能使女神随着
徐徐的风流越过大海和无边的陆地;
她然后又抓起巨矛,铆有锐利的铜尖,
又重又长又坚固,她用它制服英雄们的　　　　　　100
战斗行列,当主神的这位女儿发怒时。
她离开奥林波斯群峰,匆匆而行,
来到伊塔卡地区,奥德修斯的宅院,
站在院门前,手中握着铜尖长矛,
幻化成外乡人,塔福斯人①的首领门特斯。　　　　105
她看见了那些傲慢的求婚人,这时他们
正在厅门前一心一意地玩骰子取乐,
坐在被他们宰杀的条条肥牛的革皮上。
随从和敏捷的伴友②们在为他们忙碌,
有些人正用双耳调缸把酒与水掺和,　　　　　　110
有些人正在用多孔的海绵擦抹餐桌,
摆放整齐,有些人正把许多肉分割。

　　神样的特勒马科斯首先看见雅典娜,
他正坐在求婚人中间,心中悲怆,
幻想着高贵的父亲,或许从某地归来,　　　　　115
把求婚人驱赶得在宅里四散逃窜,
自己重享荣耀,又成为一家之尊。
他坐在求婚人中这样思虑,看见雅典娜,
立即来到宅门边,心中不禁懊恼,
不该让客人久待门外。他站到近前,　　　　　　120
握住客人的右手,接过铜尖长矛,
向客人开言,说出有翼飞翔的话语:

---

① 指居住在希腊西部沿海和同名岛上的居民。
② "伴友"指侍候、陪伴贵族的人,他们不是奴隶,是自由人,因某种原因而投靠、依附该贵族,受其保护,如《伊利亚特》中随同阿基琉斯出征的帕特罗克洛斯。

"你好,外乡人,欢迎你来我们家作客,
请首先用餐,再说明你有什么需求。"

  他说完在前引路,帕拉斯·雅典娜随行。 125
他们走进院里,进入高大的厅堂,
把手中握着的长矛插进高大的立柱前
一座制作精美的矛架里,那里摆放着
饱受苦难的奥德修斯的根根矛枪;
他请女神在宽椅上就座,铺上麻垫, 130
宽椅精工雕琢,下面备有搁脚凳。
他再为自己搬来一把华丽的座椅,
远离求婚人,以免客人被吵嚷声烦扰,
身处狂傲无礼之人中间,无心用餐,
同时他也好打听在外的父亲的消息。 135
一个女仆端来洗手盆,用制作精美的
黄金水罐向银盆里注水给他们洗手,
在他们身旁安放一张光滑的餐桌。
端庄的女仆拿来面食放置在近前,
递上各式菜肴,殷勤招待外来客。 140
近侍又高高托来各种式样的肉盘,
在他们面前再分别摆上黄金杯盏,
一位随从走上前,给他们把酒斟满。

  高傲的求婚者们纷纷进入厅堂。
他们一个个挨次在便椅和宽椅就座, 145
随从们前来给他们注水洗净双手,
众女仆提篮前来给他们分送面食,
侍童们给各个调缸把酒一一注满,
他们伸手享用面前摆放的肴馔。
在他们满足了喝酒吃肉的欲望之后, 150

他们的心里开始想到其他的乐趣：
歌唱和舞蹈，因为它们是宴饮的补充。
一位侍从把无比精致的竖琴送到
费弥奥斯手里，被迫为求婚人歌咏。
歌人拨动那琴弦，开始美妙地歌唱。　　　　　155

　　特勒马科斯对目光炯炯的雅典娜说话，
贴近女神的头边，免得被其他人听见：
"亲爱的客人，我的话或许会惹你气愤？
这帮人只关心这些娱乐，琴音和歌唱，
真轻松，耗费他人财产不虑受惩处，　　　　160
主人的白骨或许被抛在大地某处，
任雨水浸泡，或是任波浪翻滚在海中。
但若他们发现主人已返回伊塔卡，
那时他们全都会希望自己的双腿
奔跑更灵便，而不是占有黄金和衣衫。　　　165
现在他显然已经遭厄运，传闻已不能
给我们安慰，虽然世间也有人称说，
他会归来，但他归返的时光已消逝。
现在请你告诉我，要说真话不隐瞒，
你是何人何部族？城邦父母在何方？　　　170
你乘什么船前来？航海人又怎样
把你送来伊塔卡？他们自称是什么人？
因为我看你怎么也不可能徒步来这里。
请对我把真情一一说明，让我知道，
你是第一次到来，或者是家父的客人，　　　175
因为往日里有许多人都来过我们家，
我的那位父亲也一向好与人交往。"

　　目光炯炯的女神雅典娜回答他这样说：

"我会把一切情况如实地相告于你。
我名门特斯,智慧的安基阿洛斯之子,　　　　　　180
喜好航海的塔福斯人归我统治。
我现在偕同伙伴们乘船航行前来,
循酒色的大海前往操他种语言的种族,
去特墨塞岛①换铜,载来闪光的铁。
我们的船只停靠在离城市很远的地方,　　　　　　185
在港口瑞特隆②,泊在荫蔽的涅伊昂③崖下。
我敢说我和你父亲早就朋友相处,
你若想探明此事,可去询问老英雄
拉埃尔特斯,听说他现在不再进城,
远在乡下居住,忍受着无限痛苦,　　　　　　　　190
身边唯有一老妪侍候他饥食渴饮,
每当他因繁重的劳动累得困乏无力,
疲惫地缓缓爬上葡萄园地的斜坡。
我这次前来,只因耳闻他业已归来,
就是你父亲,却谁知神明们阻碍他归返。　　　　　195
神样的奥德修斯还活在世上没有死,
可能被浩渺的大海阻拦,生活在某个
环水的海岛上,凶暴之人强把他羁绊,
一伙野蛮人,逼迫他不得不在那里留驻。
我现在给你作预言,不朽的神明把它　　　　　　200
赋予我心中,我相信它一定会实现,
虽然我不是预言家,也不谙鸟飞的秘密。
他不会再长久地远离自己亲爱的乡土,
即使铁打的镣铐也不能把他锁住;
他仍会设法返回,因为他非常机敏。　　　　　　　205

---

① 特墨塞岛是意大利西南部海岛,以产铜闻名。
② 瑞特隆是伊塔卡岛港口。
③ 涅伊昂是伊塔卡岛北部涅里昂山支脉。

现在请你告诉我,要说真话不隐瞒,
你如此英俊,也许是奥德修斯的子嗣。
你的头部和这双明媚的眼睛与他
惊人地相似,我和他往日经常晤面,
在他前往特洛亚之前,阿尔戈斯人的 210
其他英雄也乘着空心船前往那里。
从此后我和奥德修斯便未能再相见。"

聪慧的特勒马科斯回答女神这样说:
"客人啊,我也完全真实地向你禀告。
母亲说我是他的儿子,我自己不清楚, 215
因为谁也不可能知道他自己的出生。
我真希望我是一个幸运人的儿子,
那人能享用自己的财产,颐养天年。
现在有死的凡人中数他最不幸,都说
我是他的儿子,既然承蒙你垂询。" 220

目光炯炯的女神雅典娜回答他这样说:
"显然神明并不想让你的家族被湮没,
既然佩涅洛佩生了你这样的好儿子。
现在请你告诉我,要说真话不隐瞒,
这是什么盛宴或聚会?你为何要如此? 225
是共饮还是婚筵?非寻常聚会可相比。
我看他们是一帮狂妄之徒,在你家
放肆地吃喝,任何正派人遇见他们,
眼见这种种恶行,定都会满腔气愤。"

聪慧的特勒马科斯回答女神这样说: 230
"客人,既然你有意询问,请听我说明。
我的这个家往日曾经富裕而显赫,

当我的那位父亲在家主持家政时。
可现在神明们另有想法，改变了主意，
他们让他在凡人中间杳无音讯。 235
我也不会为他的故去如此悲痛，
倘若他和同伴们一起战死特洛亚，
或是在战争结束后死在亲人手里。
那时全体阿开奥斯人会为他造坟茔，
他也可为自己博得伟大的英名传儿孙。 240
现在他却被狂烈的风暴不光彩地刮走，
无踪无影，音讯荡然，给我留下
忧伤和痛苦。我忧愁哀伤还不只因为他，
神明们又给我降下其他的种种不幸。
统治各个海岛的一个个贵族首领们， 245
杜利基昂、萨墨和多林木的扎昆托斯①
或是巉岩嶙峋的伊塔卡的众多首领，
都来向我母亲求婚，耗费我的家产，
母亲不拒绝他们令人厌恶的追求，
又无法结束混乱，他们任意吃喝， 250
消耗我的家财，很快我也会遭不幸。"

　　帕拉斯·雅典娜满怀气愤地对他这样说：
"天哪，你确实需要未归返的奥德修斯，
让他显身手对付这些无耻的求婚人。
但愿他现在就能出现，站在大门边， 255
盔帽盾牌齐全，手握两杆长枪，
就像我初次和他相识时那般模样，
在我家纵情饮宴，心头无限怡乐，

---

① 杜利基昂、萨墨和扎昆托斯都是伊塔卡附近岛屿。

刚访问埃费瑞①的墨尔墨罗斯之子伊洛斯。
当时奥德修斯乘坐快船去那里， 260
为涂抹青铜箭矢寻找致命的毒药，
伊洛斯却未敢把那种毒药给他，
担心激怒永远无所不在的众神明，
我父亲却给了他那毒药，情谊深厚。
愿奥德修斯能这样出现在求婚人面前， 265
那时他们全都得遭殃，求婚变不幸。
不过这一切全都摆在神明的膝头②，
他也许能回到这个家狠狠报复求婚人，
也许难如愿。因此我要你认真思忖，
你自己怎么能把求婚者驱赶出家门。 270
现在你认真听我说，按照我的话行事。
明天你召集阿开奥斯英雄们会商，
向人们发表讲演，求神明为你作证。
你应该要求那些求婚人各自回家，
至于你母亲，如果改嫁合她的心愿， 275
就让她回到她那强大的父亲家里，
他们会给她安排婚礼，筹办嫁妆，
嫁妆会丰厚得与可爱的女儿的身份相称。
我还有一个周密的建议，希望你听取。
你准备一条最好的快船，配桨手二十， 280
亲自出发去寻找漂泊在外的父亲，
也许会有人告诉你消息，你或许会听到
宙斯发出的传闻，他常向凡人传信息。
你首先去皮洛斯询问神样的涅斯托尔，
再去斯巴达探访金发的墨涅拉奥斯， 285

---

① 希腊西部埃皮罗斯地区一城市。
② 意为由神明决定。

披铜甲的阿开奥斯英雄归返他最迟。
如果你听说父亲尚在,且会归返,
那你虽心中愁忧,可再忍耐一年;
如果你听说他已死去,不在人世,
那你就迅速返回亲爱的故乡土地, 290
给他建造个坟茔,尽最后应尽的礼数,
举行隆重的葬仪,把母亲改嫁他人。
当你把诸事办完,做完应做的事情,
这时你要全心全意地认真思虑,
如何把你家里的这些求婚人屠戮, 295
或是采用计谋,或是公开地进行。
你不可再稚气十足,你已非那种年纪。
难道你没有听说神样的奥瑞斯特斯
在人间赢得了荣誉?他杀死杀父仇人,
诡诈的埃吉斯托斯,谋害了他显赫的父亲。 300
亲爱的朋友,我看你长得也英俊健壮,
希望你也能变勇敢,赢得后代的称誉。
我现在该返回我的快船,返回到我的
同伴们中间,他们等待我或许已厌烦,
你要善自珍重,按照我的话去做。" 305

聪慧的特勒马科斯回答女神这样说:
"客人,你满怀善意地对我谆谆嘱咐,
有如父亲对儿子,我不会把它们忘记。
你现在虽赶路心切,但还请稍做延留,
不妨沐浴一番,宽舒亲爱的身心, 310
然后满心欢悦地带上一些礼物上船,
非常珍贵精美,作为我给你的珍品,
亲朋挚友间常这样互相拜访赠礼品。"

目光炯炯的女神雅典娜回答他这样说:
"请不要挽留,因为我现在急于要赶路。　　　　　　315
至于礼物,不管你心中想给我什么,
待我返回时再馈赠,我好携带回家,
获得珍贵的礼物;你也会得到回赠。"

　　目光炯炯的雅典娜这样说完离去,
有如飞鸟骤然腾起,给他的心灵　　　　　　　　　320
注进力量和勇气,使他想念父亲
比先前更强烈。他心中顿然领悟,
不禁惊异:刚才显然是一位神明。
神样的英雄随即回到求婚人中间。

　　著名的歌人正在为求婚的人们歌唱,　　　　　325
众人默默地聆听,歌唱阿开奥斯人
由雅典娜规定的从特洛亚的悲惨归程。
从楼上寝间听到歌人的动人歌声,
审慎的佩涅洛佩,伊卡里奥斯的女儿,
缓步出房门,顺着高高的楼梯,　　　　　　　　330
不是单独一人,有两个侍女随伴。
这位女人中的女神来到求婚人中间,
站在那建造坚固的大厅的立柱近旁,
系着光亮的头巾,罩住自己的双颊,
左右各有一个端庄的侍女相陪伴。　　　　　　335
佩涅洛佩含泪对神样的歌人这样说:
"费弥奥斯,你知道许多其他感人的歌曲,
歌人们用它们歌颂凡人和神明们的业绩,
请坐下从中任选一支给他们吟唱,
让他们静听酣饮;且停止歌唱这支　　　　　　340
悲惨的歌曲,它总是让我胸中心破碎,

深深地激起我内心难忍的无限凄怆。
我一直深深怀念,铭记着他的面容,
我那丈夫,声名远扬赫拉斯和阿尔戈斯。①"

　　聪慧的特勒马科斯不满地这样反驳说: 　　　　345
"亲爱的母亲,你为何阻挡可敬的歌人
按照他内心的激励歌唱,娱悦人们?
过错不在歌人,而在宙斯,全是他
按自己的意愿赐劳作的凡人或福或祸。
请不要阻止他歌唱达那奥斯人的悲惨命运, 　　　350
因为人们非常喜欢聆听这支歌曲,
它每次都有如新谱的曲子动人心弦。
你要坚定心灵和精神,聆听这支歌,
不只是奥德修斯一人失去了从特洛亚
归返的时光,许多英雄都在那里亡故。 　　　　355
现在你还是回房去操持自己的事情,
看守机杼和纺锤,吩咐那些女仆们
认真把活干,谈话是所有男人们的事情,
尤其是我,因为这个家的权力属于我。"

　　佩涅洛佩不胜惊异,返回房间, 　　　　　　360
把儿子深为明智的话语听进心里。
她同女仆们一起回到自己的寝间,
禁不住为亲爱的丈夫奥德修斯哭泣,
直到目光炯炯的雅典娜把甜梦降眼帘。

　　这时求婚人在昏暗的厅堂里喧喧嚷嚷, 　　　365

---

① 此行被阿里斯塔尔科斯删去。赫拉斯原系希腊西部一地区,此处与阿尔戈斯一起泛指全希腊。

都认为佩涅洛佩的床榻该由他来分享。
聪慧的特勒马科斯开始对他们这样说:
"我的母亲的傲慢无礼的求婚者们,
让我们享用饮食吧,不要吵嚷不休,
我们应认真聆听这位杰出歌人的 370
美好吟唱,他的歌声美妙如神明。
明天早晨让我们都去广场开会,
我要向你们直言不讳地发表讲话,
要你们离开这大厅,安排另样的饮宴,
花费自己的财产,各家轮流去筹办。 375
如果你们觉得这样既轻松又快活,
无偿地花费一人的财产,那就吃喝吧,
我却要祈求永远无所不在的众神明,
宙斯定会使你们的行为受惩罚,遭报应,
让你们在这座宅邸白白地断送性命。" 380

他这样说,求婚人用牙齿咬紧嘴唇,
对特勒马科斯大胆的话语感到惊异。

欧佩特斯之子安提诺奥斯对他这样说:
"特勒马科斯,显然是神明们亲自把你
培养成一个好吹牛、说话狂妄的家伙。 385
愿克罗诺斯之子不让你成为四面环海的
伊塔卡的统治者,虽然按出身是父辈遗传。"

聪慧的特勒马科斯立即回答这样说:
"安提诺奥斯,请不要对我的话生气,
如果宙斯把权力赋予我,我当然会受领。 390
难道你认为统治者是人间最坏的东西?
当国王其实并不是坏事,他的家宅

很快会富有,他自己也会更受人尊敬。
但在四面环海的伊塔卡还有许多其他的
阿开奥斯王公,不论年轻或年长, 395
在奥德修斯死去后谁都可能当国王。
然而我总是这一家之主,这家奴隶的
主人,神样的奥德修斯为我挣得他们。"

波吕博斯之子欧律马科斯这样回答说:
"特勒马科斯,这一切都摆在神明的膝头, 400
谁将在环海的伊塔卡作阿开奥斯人的君王;
你自然会拥有你家的产业,作你家的主人。
绝不会有人前来对你违愿地施暴力,
夺你的家产,只要伊塔卡还有人居住。
但我想问你,好朋友,刚才那客人的事情: 405
此人从哪里来?自称是何处人氏?
属何氏族?祖传的地产又在何方?
他是不是给你带来父亲归来的消息?
或者他来这里是为了办自己的事情?
他怎么站起身转眼便消逸?怎么也没有 410
和我们认识?看外表他不像卑劣之徒。"

聪慧的特勒马科斯这时回答他这样说:
"欧律马科斯,我的父亲已不会再回返。
我已不相信任何消息,即使有传闻;
我也不相信任何预言,纵然我母亲 415
把哪位预言者召请来家里认真问讯。
刚才那客人从塔福斯来,父亲的故友,
他名门特斯,智慧的安基阿洛斯之子,
喜好航海的塔福斯人归他统治。"
特勒马科斯这样说,知道那是位神明。 420

那些求婚人又转向舞蹈和诱人的歌唱,
享受怡人的娱乐,直至夜幕降临。
黑色的夜幕终于降落到欢乐的人群,
求婚人也终于各自回家就寝安眠。
特勒马科斯这时也回到美好的宅邸中　　　　　425
他自己那视野开阔的高高的卧室休息,
不平静的心里思考着许许多多的事情。
善良而智慧的欧律克勒娅,佩塞诺尔之子
奥普斯的女儿,给他举着火炬引路。
拉埃尔特斯还在欧律克勒娅年轻时,　　　　　430
花钱把她买来,用二十头牛作代价,
在家里对待她如同对待贤惠的妻子,
但没碰过她卧榻,免得妻子生怨气。
现在她给特勒马科斯举着明亮的火炬,
女仆中她对他最喜欢,从小抚育他长大。　　　435
她打开建造精致华美的卧室的门扇,
特勒马科斯坐到床边,脱下柔软的衣衫,
把衣服放到聪明的老女仆的那双手里。
老女仆把衣服按褶纹折叠,收拾整齐,
挂上他那雕琢精美的卧床旁的衣钩,　　　　　440
然后走出卧室,抓住银制的门环,
把门关上,再用皮带把门系紧。
特勒马科斯盖着羊毛毡,彻夜难眠,
思考着雅典娜给他指出的旅行路线。

第 二 卷

——特勒马科斯召开民会决意探父讯

　　当那初升的有玫瑰色手指的黎明呈现时，
奥德修斯的亲爱的儿子就起身离床，
穿好衣衫，把锋利的双刃剑背到肩头，
把编织精美的绳鞋系到光亮的脚上，
迈步走出卧室，仪容如神明一般。　　　　　　　　5
他立即命令嗓音洪亮的传令官们，
召集长发的阿开奥斯人到广场开会。
传令官们发出召唤，人们迅速会集。
待人们纷纷到来，迅速集合之后，
特勒马科斯也来到会场，手握铜矛，　　　　　　10
他不是一人，有两只迅捷的狗跟随。
雅典娜赐给他一副非凡的堂堂仪表，
人们看见他走来，心中无比惊异，
他在父亲的位置就座，长老们退让。

　　英雄艾吉普提奥斯这时首先发言，　　　　　　15
他业已年迈伛偻，深谙万千世态。
他有个心爱的儿子，随神样的奥德修斯
乘坐空心船，前往盛产马匹的伊利昂，
就是矛兵安提福斯，疯狂的库克洛普斯
把他在深邃的洞穴里残害①，作最后的晚餐。　　　20

---

① 故事详见本书第九卷。奥德修斯由特洛亚归国途中，误入独目巨怪库克洛普斯的洞穴，库克洛普斯吞吃了奥德修斯的几个伙伴，但诗中未提具体名字。

他还有三个儿子,有一个与求婚人混迹,
就是欧律诺摩斯,另两个承继祖业,
但他常哀怨悲叹,难忘记安提福斯,
这时老人又为他落泪,对众人这样说:
"伊塔卡人啊,现在请你们听我说话。　　　　　25
我们再没有聚集在一起,开会议事,
自从神样的奥德修斯乘坐空心船离去。
现在是谁召集我们?有什么需要?
是哪位年轻人召集?或是位年迈的长者?
他是听到敌人向我们袭来的消息,　　　　　30
想如实地向我们报告,因为他首先知道?
或是想发表演说,提出公共议案?
我看他是个高尚之人,预示吉利,
愿宙斯成全他,一切心愿都能实现。"

　　他这样说,奥德修斯之子心里高兴。　　　　35
他已经难以安坐,急切想发表演说,
于是站到场中央,传令官佩塞诺尔
深明事理,把权杖交到他的手里。
这时他首先回答老人,对他这样说:
"老前辈,那人不远,你很快就会知道,　　　　40
是我召集人们,痛苦正强烈地折磨我。
我既没有听到任何敌军袭来的消息,
想如实地向你们报告,因为我首先知道,
也不想发表什么演说提出公共议案,
而是我有所求,双重的灾难降临我家庭。　　　45
首先我失去了高贵的父亲,他曾经是
你们的国王,热爱你们如同亲父亲。
现在又有更大的不幸,它很快就会
把我的家彻底毁灭,把财富全部耗尽。

众求婚人纠缠着我母亲,虽然她不愿意, 50
那些人都是这里的贵族们的亲爱子弟,
他们胆怯地不敢前往她的父亲
伊卡里奥斯家里,请求他本人嫁女儿,
准备妆奁,嫁给他称心、中意的人选。
他们自己却每天聚集在我的家里, 55
宰杀许多壮牛、绵羊和肥美的山羊,
无所顾忌地饮宴,大喝闪光的美酒,
家产将会被耗尽,只因为没有人能像
奥德修斯那样,把这些祸害从家门赶走。
我们也无法像豪强的人们那样自卫, 60
即使勉强地行事,也会是软弱无力量。
如果我能力所及,我定会回敬他们。
事情已忍无可忍,我的家已被他们
糟蹋得不成样子。你们应心怀义愤,
愧对其他邻人和居住在周围地区的 65
人们;你们也应该畏惧神明的震怒,
他们会由于气愤而降下可怕的灾难。
我以奥林波斯的宙斯和特弥斯①的名义,
这位女神遣散或召集人间的会议,
朋友们,请你们不要再这样,让我一人 70
忍受灾难,倘若我父亲高贵的奥德修斯
并没有故意得罪胫甲精美的阿开奥斯人,
使你们有意对我行不义,发泄怨恨,
怂恿那些人。其实如果是你们前来,
耗费我家的牛羊和财产,对我更有利。 75
如果是你们来吃喝,我仍有望得赔偿,
因为我们能走遍城市,抱膝恳求,

---

① 特弥斯是提坦女神之一,司掌秩序和法律。

赔偿我们的财产,直到全部偿还,
现在你们却让我忍受无望的苦难。"

  他这样激动地说完,把权杖扔到地上, 80
忍不住泪水纵流,人们深深同情他。
整个会场寂然无声息,没有人胆敢
用粗暴无礼的言辞反驳特勒马科斯,
唯有安提诺奥斯一人反驳他这样说:
"大言不惭的特勒马科斯,放肆的家伙, 85
说出这样的话侮辱我们,把罪责归咎。
阿开奥斯人的求婚子弟们对你没有错,
有错的是你的那位母亲,她这人太狡猾。
已经是第三个年头,很快第四年来临,
她一直在愚弄阿开奥斯人胸中的心灵。 90
她让我们怀抱希望,对每个人许诺,
传出消息,考虑的却是别的花招。
她心里设下了这样一个骗人的诡计:
站在宫里巨大的机杼前织造布匹,
布质细密幅面又宽阔,对我们这样说: 95
'我的年轻的求婚人,英雄奥德修斯既已死,
你们要求我再嫁,且不妨把婚期稍延迟,
待我织完这匹布,免得我前工尽废弃,
这是给英雄拉埃尔特斯织造做寿衣,
当杀人的命运有一天让可悲的死亡降临时, 100
免得本地的阿开奥斯妇女中有人指责我,
他积得如此多财富,故去时却可怜无殡衣。'
她这样说,说服了我们的高傲的心灵。
就这样,她白天动手织那匹宽面的布料,
夜晚火炬燃起时,又把织成的布拆毁。 105
她这样欺诈三年,瞒过了阿开奥斯人。

时光不断流逝,待到第四年来临,
一个了解内情的女仆揭露了秘密。
正当她拆毁闪光的布匹时被我们捉住,
她终于不得不违愿地把那匹布织完。　　　　　110
现在求婚的人们给你如下的回答,
使你明白,全体阿开奥斯人也了然。
你让你母亲离开这个家,要她嫁给
一个她父亲同意、她自己看中的求婚人。
如果她还要长期愚弄阿开奥斯子弟,　　　　　115
依仗雅典娜赐予她的智慧,善于完成
各种手工,还有聪敏的心灵和计谋,
从未见古代人中有何人如此聪慧,
美发的阿开奥斯妇女中也没有,即使提罗、
阿尔克墨涅和华髻的米克涅也难相比拟,①　　　120
她们谁也不及佩涅洛佩工于心计,
然而她这样做却仍难免白费心机。
我们将继续耗费你家的财富和积蓄,
只要她仍然保持神明们现在赋予她的
那种智力。她这样会获得巨大的声誉,　　　　　125
你却要为那许多财富被耗尽而惋惜。
我们决不会去其他地方或是返回家,
只要她仍不想择一位阿开奥斯人出嫁。"

聪慧的特勒马科斯这时回答他这样说:
"安提诺奥斯,我怎么也不能强行把一个　　　　130
生养抚育我的人赶出家门。父亲在外,
生死未卜。如果我主动把母亲赶走,

---

① 提罗是特萨利亚国王克瑞透斯的妻子,与波塞冬生佩利阿斯(伊阿宋的叔父)和涅琉斯(涅斯托尔的父亲)。阿尔克墨涅是提任斯王安菲特律昂的妻子,与宙斯生赫拉克勒斯。米克涅是伊那科斯的女儿,米克奈(一译迈锡尼)的名主。

雅典娜　古代雕像

我就得付伊卡里奥斯一大笔补偿。
我由此不仅得忍受她父亲的各种责难,
上天也不会容我,母亲离开时会召来 135
可怕的复仇女神,我也会遭众人谴责,
因此我怎么也不能对母亲那样说话。
如果你们的心灵让你们感到羞惭,
那就请离开我的家,安排另样的饮宴,
耗费自己的财产,各家轮流筹办。 140
如果你们觉得这样既轻松,又快活,
无偿地花费一人的财产,那就吃喝吧,
我却要祈求永远无所不在的众神明,
宙斯定会使你们的行为受惩罚、遭报应,
让你们在这座宅邸里白白地断送性命。" 145

　特勒马科斯这样说,雷声远震的宙斯
放出两只苍鹰从山巅迅捷地飞下。
那两只苍鹰起初借助风力飞翔,
彼此距离不远,展开宽阔的翅膀;
当它们飞临人声喧嚣的会场中央, 150
它们便开始盘旋,抖动浓密的羽翼,
注视着人们的头顶,目光闪烁着死亡,
然后用脚爪搏击对方的面颊和颈脖,
向右方飞去,飞过人们的房屋和城市。
人们仰望苍鹰飞翔,个个震惊, 155
心中疑惑将会发生不测的事情。
这时年迈的老英雄、马斯托尔之子
哈利特尔塞斯对大家讲话,同龄人中
他最精通鸟飞的秘密,善预言未来。
他怀着善良的心意开始对大家这样说: 160
"伊塔卡人啊,现在请你们听我说话,

我尤其想把话对求婚人说,让他们明白。
他们大难就要临头,因为奥德修斯
不会再远离自己的亲人,可能就在
附近地方,给大家谋划屠戮和死亡。　　　　　　　165
还有许多人也会同他们一起遭苦难,
他们就居住在明媚的伊塔卡。我们应该
尽早作考虑,让他们停止为非作歹,
愿他们主动住手,这样对他们更合适。
我预言并非无经验,我深谙其中的奥秘。　　　170
当年我对奥德修斯的预言就都要应验,
想当初阿尔戈斯人出发远征伊利昂,
智慧的奥德修斯一同前往,我对他作预言。
我说他会忍受无数苦难,同伴们全牺牲,
二十年过后令人们难以辨认地返回　　　　　　175
自己的家园;现在这一切就都要实现。"

　　波吕博斯之子欧律马科斯这样驳斥说:
"可敬的老头子,你现在还是回家去吧,
给自己的孩子们作预言,免得他们遭不幸。
关于这件事,我作预言远远强过你。　　　　　180
许多禽鸟都在太阳的光线下飞翔,
它们并非都能显示朕兆,奥德修斯
已死在远方,你本该同他一起丧命,
那样你便不可能作出这样的预言,
也不会刺激心怀怨怒的特勒马科斯,　　　　　185
期望他也许会赐给你们家什么礼物。
现在请听我说,我的话也会成现实。
如果你想利用你那些老年的经验,
信口雌黄,激起年轻人怒火横生,
那会使他自己首先遭受更大的不幸,　　　　　190

他定然作不成任何事情反对我们。
至于你自己,老人啊,我们也会惩罚你,
让你痛心自己受惩处,沉重的不幸。
我还要当众给特勒马科斯提个建议:
你要迫使你母亲返回她父亲的家里, 195
他们会给她安排婚礼,筹办嫁妆,
嫁妆会丰厚得与可爱的女儿的身分相称。
否则我看阿开奥斯子弟们决不会停止
令她痛苦的求婚,我们不害怕任何人,
既不怕特勒马科斯,尽管他话语絮叨, 200
也不会重视预言,老人啊,你那样是
白费唇舌,只会使我们更加讨厌你。
他家的财产将会被吃掉,得不到偿付,
只要那女人继续拖延阿开奥斯人的求婚。
我们将会一天一天地在那里等待, 205
竞争得到她的应允,不会去找
其他女子,和她们结成相配的婚姻。"

　　聪慧的特勒马科斯这时回答他这样说:
"欧律马科斯和其他各位高贵的求婚人,
我不会再请求你们,也不想再多说什么, 210
因为神明和全体阿开奥斯人一切了然。
现在请你们给我条快船和二十名同伴,
他们将帮助我航行,前去各处地方。
我想前往斯巴达,再去多沙的皮洛斯,
打听漂泊在外的父亲是否会回返, 215
也许会有人告诉我消息,我或许能听到
宙斯发出的传闻,他常向凡人传信息。
如果我听说父亲尚在,且要归返,
那我虽心中忧愁,可再忍耐一年;

如果我听说他已死去，不在人世，　　　　　　　　220
那我就迅速返回亲爱的故乡土地，
给他建造个坟茔，尽最后应尽的礼数，
举行隆重的葬仪，把母亲改嫁他人。"

　　特勒马科斯说完坐下，人丛中站起
门托尔，杰出的奥德修斯往日的伴侣，　　　　　225
奥德修斯乘船离开时把全部家事委托，
听从老人的吩咐，看守好全部产业。
门托尔这时满怀善意地对大家这样说：
"伊塔卡人啊，现在请你们听我说话，
但愿再不会有哪位执掌权杖的国王仁慈、　　　230
亲切、和蔼，让正义常驻自己的心灵里，
但愿他永远暴虐无度，行为不正义，
如果人们都已把神样的奥德修斯忘记，
他曾经统治他们，待他们亲爱如慈父。
我不想指责那些厚颜无耻的求婚人，　　　　　235
做事强横又暴戾，心地狡诈不纯良，
他们拿自己的生命冒险，强行消耗
奥德修斯的家产，以为他不会回返。
现在我谴责其他参加会议的人们，
你们全都默默地安坐，一言不发，　　　　　　240
人数虽多，却不想劝阻少数求婚人。"

　　欧埃诺尔之子勒奥克里托斯这时反驳说：
"固执的门托尔，你这个丧失理智的家伙，
你怎么这样说话，唆使人阻碍我们？
为果腹同众人作对不是件容易事情。　　　　　245
纵然伊塔卡的奥德修斯自己归家来，
心想把我们这些在他家欢乐饮宴的

高贵求婚人赶出家门,那他的回返
便不会给终日想念的妻子带来快乐,
可悲的死亡将会降临到他的头上, 250
如果他胆敢与众人为恶。你的话不合适。
现在大家回家去,各人作自己的事情。
门托尔和哈利特尔塞斯则给特勒马科斯
准备行程,他们是他家的父辈伙伴。
不过我估计特勒马科斯会留在这里, 255
在伊塔卡等待消息,不会作这样的旅行。"

　　他这样说完,立即遣散了广场的集会。
人们纷纷回家,各人作自己的事情,
求婚者们又回到神样的奥德修斯家里。

　　特勒马科斯独自离开,来到海边, 260
在灰色的大海里把手洗净,向雅典娜祈求:
"请听我说,那位昨天降临我们家,
吩咐我乘船去云雾弥漫的海上航行,
去打听漂泊的父亲归返消息的神明,
阿开奥斯人阻止我去完成这些事情, 265
特别是那些专横的求婚人傲慢无礼。"

　　他这样祈求,雅典娜来到他的身边,
外表和声音完全幻化成门托尔模样,
向他开言,说出有翼飞翔的话语:
"特勒马科斯,你不会庸碌,也不会愚蠢, 270
既然你已具有你父亲的那种豪勇精神,
他是个有言必行,有行必果之人,
你的航行也会成功,不会无成就。
除非你不是奥德修斯和佩涅洛佩的儿子,

那时我便不会期待你实现自己的心愿。 275
只有少数儿子长成如他们的父亲,
多数不及他们,少数比父辈更高强。
现在既然你不会庸碌,也不会愚蠢,
奥德修斯的智慧不会完全抛弃你,
因此你完全有希望完成那些事情。 280
让那些求婚人聚宴,让他们胡作非为,
他们是一帮无理智,不明正义之徒,
他们预见不了死亡和昏暗的命运,
尽管让他们亡命的日子已经临近。
你所希望的长途旅行不会延迟, 285
我自己作为你们家父辈的忠实伴侣,
会为你准备一条快船,亲自伴随你。
你现在回家,回到那些求婚人中间,
准备旅途食品,把它们装进容器,
把酒浆装罐,把人的精力的源泉面粉 290
装进结实的皮囊,我立即去各处召集
愿意前往的同伴。在四面临海的伊塔卡
有许多船舶,有的新造,有的已旧,
我要从中为你挑选最结实的一条,
很快装备齐全,放进宽阔的海面。" 295

　　宙斯的女儿雅典娜这样说,特勒马科斯
听从女神的吩咐,不再在海边迟延。
他返身回家,亲爱的心灵充满忧伤,
看见那些厚颜无耻的求婚人在厅里
宰羊杀猪,或者在院里把残毛燎尽。 300
安提诺奥斯微笑着走向特勒马科斯,
抓住他的手,呼唤姓名对他这样说:
"大言不惭的特勒马科斯,放肆的家伙,

你心里不要再打什么坏主意,说坏话,
仍像往日一样和我们一起吃喝吧, 305
阿开奥斯人会把一切筹办齐备,
船只和出色的同伴,好让你尽快前往
神圣的皮洛斯,打听高贵的父亲的消息。"

　　聪慧的特勒马科斯当时回答他这样说:
"安提诺奥斯,我怎么也不会同你们这些 310
狂妄之徒默默地吃喝,静心地娱乐。
你们这些求婚人在我是一个孩童时,
耗费了我家珍贵的财富还算不够多?
现在我已经长大,听到人们的议论,
明白了事理,我的胸中也增加了勇气, 315
我会试试让你们领受可悲的死亡,
不管我是去皮洛斯,还是留在本地。
我将出发,我宣布的航行不会无结果,
即使是搭乘,因为我没有船只和划桨人。
我离开这里也许更符合你们的心愿。" 320

　　他这样说,把手从安提诺奥斯手里
迅速抽回,求婚人在厅里准备肴馔。
他们对他嘲弄侮辱,恶言恶语,
傲慢的年轻人中有一个对他这样说:
"看来特勒马科斯确实想杀死我们, 325
他大概会从多沙的皮洛斯或斯巴达招来
许多杰出的帮手,看他样子多凶狠。
他也许还会前往土壤肥沃的埃费瑞,
在那里寻找各种能让人丧命的毒草,
把它们放进酒杯,把我们全都毒死。" 330

傲慢的年轻人中又有一个这样说：
"谁知道他乘坐空心船远离亲人漫游，
不会也把命送掉，就像奥德修斯那样？
那时他又要给我们增添不小的负担，
我们不得不瓜分他的全部家产， 335
把房屋交给他母亲和那个娶她之人。"

他们这样说，特勒马科斯走进父亲的
高大库房，那里堆放着黄金和青铜，
一箱箱衣服，密密摆放着芬芳的橄榄油，
许多储存美味的积年陈酒的陶坛， 340
里面装满未曾掺水的神妙的佳酿，
在墙边挨次摆放，等待奥德修斯，
倘若他真能历尽艰辛后返回家园。
进入库房的两扇合缝严密的门板
紧紧关闭，由一名女仆日夜看守， 345
就是佩塞诺尔之子奥普斯的女儿
欧律克勒娅，无比警觉地保管它们。
特勒马科斯叫她到库房，对她这样说：
"奶妈，请给我装几个双耳坛的美酒，
要甜美得仅次于你保存的那些酒酿， 350
怀念着受苦难的高贵的奥德修斯
能躲过死亡和厄运，从某个地方返家园。
你一共装酒二十坛，把所有的坛口封严。
再用缝制结实的皮囊给我装面粉，
每囊装满精磨的大麦面粉二十升①。 355
这件事只有你知道，你把它们堆放好，
待到晚上我母亲登上楼层卧室，

---

① 一种容量单位。

就寝安眠后,我便前来把它们取走。
我想前往斯巴达和多沙的皮洛斯探访,
也许能打听到亲爱的父亲归返的消息。" 360

他说完,亲爱的奶妈欧律克勒娅惊呼,
泪流满面地说出有翼飞翔的话语:
"亲爱的孩子,你怎会产生这样的念头?
你是心爱的独生儿子,大地广袤,
你要去何方?宙斯养育的奥德修斯 365
远离祖国,已经死在遥远的异域他乡。
当你一离开,他们立即会暗中作恶,
把你谋害,把你家的财产全部瓜分。
你还是留下来看守家产,没有必要
到波涛汹涌的海上受苦难,到处漂泊。" 370

聪慧的特勒马科斯这时回答她这样说:
"奶妈,请放心,并非没有神明启示。
你得发誓不把这件事告诉我母亲,
直到过了十一天或者十二天时光,
或是她想念我,听说我已经出行探访, 375
免得悲哭损毁了她那美丽的容颜。"

他这样说完,老女仆凭众神名义起大誓。
待她遵行如仪,起完庄重的誓言,
立即开始把甜美的酒醪装进双耳坛,
把精磨的面粉装进缝制结实的皮囊里。 380
特勒马科斯回大厅来到求婚人中间。

目光炯炯的女神雅典娜又有了新主意。
她幻化成特勒马科斯在城里到处奔跑,

停下来热情地问候遇到的每一个英雄,
要求他们在傍晚时分去快船边集合。 385
然后他请求弗罗尼奥斯的光辉儿子
诺埃蒙借给她快船,诺埃蒙欣然同意。

 太阳下沉,条条道路渐渐变昏暗,
女神把快船拖进水里,把精造的船只
通常需要的所有索具全部装上船。 390
她把船停在港湾尽头,勇敢的伙伴们
纷纷前来,女神一个个鼓励他们。

 目光炯炯的女神雅典娜又有了新主意。
她迅速来到神样的奥德修斯的家里,
把甜蜜的睡眠撒向那些求婚的人们, 395
把饮宴者赶走,夺下他们手里的杯盏。
求婚人纷纷站起身去城中睡眠的处所,
他们已坐立不稳,睡意落上了眼睑。
这时目光炯炯的雅典娜又作吩咐,
把特勒马科斯叫出居住舒适的宫室, 400
外表和声音完全幻化成门托尔模样:
"特勒马科斯,你的戴精美胫甲的伙伴们
已一个个坐在桨边,等待你下令航行,
让我们走吧,我们不能过久地拖延。"

 帕拉斯·雅典娜说完迅速在前引路, 405
特勒马科斯紧紧跟随女神的足迹。
他们来到大海岸边,船只跟前,
在岸边找到等待他们的长发同伴。
特勒马科斯满怀神勇,对他们这样说:
"来吧,朋友们,我们去搬运旅途食品, 410

它们堆放在宫室。我母亲不知道此事,
女奴们也全然不知,只一个女仆曾听说。"

他说完在前引路,众人一起跟随他。
他们搬走食品,放进精造的船里,
按照奥德修斯的亲爱的儿子的吩咐。 415
特勒马科斯登上船,雅典娜走在前面,
坐到船只尾艄,特勒马科斯坐在
女神旁边。水手们解开系船的尾缆,
然后自己纷纷登船,坐上桨位。
目光炯炯的雅典娜赐给他们顺风, 420
强劲的泽费罗斯,呼啸过酒色的海面。
特勒马科斯鼓励同伴们,命令他们
系好篷缆,他们个个听从他吩咐。
他们协力抬起长长的松木桅杆,
插入深深的空槽,再用桅索绑好, 425
用精心绞成的牛皮索拉起白色的风帆。
劲风吹满风帆,船只昂首行进,
任闪光的波浪在船舷两侧大声喧嚷,
为自己辟开道路,在波涛上迅速航行。
他们把壳体发黑的快船上的缆绳绑紧, 430
然后安稳地摆好盛满酒醪的调缸,
向那些永生不死的神明虔诚地祭奠,
其中特别向宙斯的目光炯炯的爱女。
整个暗夜至黎明,海船不停地航行。

第 三 卷

——老英雄涅斯托尔深情叙说归返事

当太阳渐渐升起,离开美丽的海面,
腾向紫铜色天空,照耀不死的天神和
有死的凡人,高悬于丰饶的田野之上,
他们来到皮洛斯,涅琉斯的坚固城堡。
当地的居民们正在海滩上奉献祭礼,　　　5
把全身纯黑的牯牛献给黑发的震地神。
献祭的人们分成九队,每队五百人,
各队前摆着九条牛作为奉献的祭品。
人们刚尝过腑脏,把牛腿焚献神明,
他们便来到港湾,随即把风帆收起,　　　10
把船停稳,纷纷下船,登上岸滩。
特勒马科斯走下船只,由雅典娜引领。
目光炯炯的女神雅典娜对他这样说:
"特勒马科斯,你切不可怯懦羞涩,
我们为了打听你父亲的消息而航行,　　　15
他漂泊在什么地方,陷入怎样的命运。
现在你直接去见驯马的涅斯托尔,
我们知道,他心里藏着丰富的智慧。
你要亲自请求他向你说明真情,
他不会妄言虚构,此人非常聪颖。"　　　20

聪慧的特勒马科斯回答女神这样说:
"门托尔,我怎样和他相见,怎样问候?

我还从没有就什么问题作过长谈,
年轻人向长者询问难免会感到羞怯。"

目光炯炯的女神雅典娜这样回答说: 25
"特勒马科斯,你自己心里仔细考虑,
神明也会给你启示;我深信不疑,
你出生和长大完全符合神明的意愿。"

帕拉斯·雅典娜说完,迅速在前引路,
特勒马科斯紧紧跟随女神的足迹。 30
他们来到皮洛斯人开会聚坐的地方,
涅斯托尔和儿子们坐在那里,同伴们
在他们近旁准备饮宴,叉烤牛肉。
他们看见来客,全都一个个走上前,
伸手欢迎客人,请客人一起入座。 35
涅斯托尔之子佩西斯特拉托斯首先走近,
紧握两人的手,邀请他们饮宴,
坐上铺垫在多沙的海滩的柔软羊皮,
在他兄弟特拉叙墨得斯和他父亲旁边。
他给客人一些祭牲的腑脏,把酒 40
斟满黄金酒杯,问候帕拉斯·雅典娜,
提大盾的宙斯的著名女儿,对她这样说:
"客人,现在请你向大神波塞冬祭奠,
你们遇上的这祭宴就是祭奠这神明。
在你行礼如仪,祭祀祈祷过神明后, 45
再把这甜蜜的酒杯交给那人作祭奠,
我想他也会向不死的神明作祈祷,
因为所有的凡人都需要神明助佑。
由于他较为年轻,同我的年龄相仿佛,
因此我把这黄金酒杯首先递给你。" 50

他说完,把甜美的酒杯递到女神手里,
雅典娜赞赏这位聪慧、公正的年轻人,
因为他把黄金酒杯首先递给她祭奠。
女神立即对大神波塞冬认真祷告:
"环绕大地之神波塞冬,请听我祈祷, 55
不要拒绝我们的祈求,让一切都如愿。
首先请赐给涅斯托尔和他的儿子们荣耀,
然后赐给全体皮洛斯人无穷的恩惠,
他们奉献给你如此丰盛的百牲祭,
再允许特勒马科斯和我事成返家乡, 60
我们为了它,乘坐乌黑的快船来这里。"

　　女神这样祷告完,她自己正实现一切。
她把美丽的双重杯①递给特勒马科斯,
奥德修斯的心爱的儿子也同样祭奠。
这时皮洛斯人烤好了牛肉,从叉上取下, 65
再把肉分成份,大家共享丰盛的饮宴。
在他们满足了饮酒吃肉的欲望之后,
革瑞尼亚策马的涅斯托尔对大家说话:
"现在正是向客人了解询问的好时机,
他们是什么人,既然他们已经用完餐。 70
客人们,你们是什么人?从何处航行前来?
你们是有事在身,还是随意来这里?
就像海盗们在海上四处漫游飘荡,
拿自己的生命冒险,给他人带去灾难。"

　　聪慧的特勒马科斯满怀信心地回答, 75

---

① 一种底部也呈杯型,倒过来也可以盛酒的高脚杯。

因为雅典娜把勇气灌进他的心灵，
使他打听漂泊在外的父亲的消息，
也好让他在人世间博得美好的声誉：
"涅琉斯之子涅斯托尔，阿开奥斯人的殊荣，
你询问我们来自何方？我这就禀告你。　　　　　80
我们从涅伊昂山脚下的伊塔卡前来，
我要说的是私人事情，不是公共事务。
我前来是为了打听有关父亲的消息，
就是那饱受苦难的神样的奥德修斯，
据说你们曾同作战，摧毁了特洛亚人的城市。　　85
我们曾听到在特洛亚作过战的其他人的消息，
他们都一个个在那里遭到可悲的死亡，
克罗诺斯之子却唯独隐没了他的死讯，
因为没有人能确切说明他死在哪里，
是在陆地上死于众多的敌人之手，　　　　　　　90
还是在海上葬身在安菲特里泰①的波涛里。
我就是为这事来这里向你恳切请求，
希望你能告诉我他惨遭死亡的消息，
或是你亲眼目睹，或是听游荡人说起，
母亲生下他，似乎就是让他遭不幸。　　　　　　95
请不要心存顾虑，也不要痛惜怜悯我，
你要详细告诉我你亲眼看到的情形。
如果我父亲、高贵的奥德修斯曾经
在特洛亚国土用言辞或行动帮助过你，
阿开奥斯人在那里忍受过无数不幸，　　　　　　100
那就请想想这些，给我详细说真情。"

革瑞尼亚策马的涅斯托尔这样回答说：

---

① 安菲特里泰是位古老的女海神，老海神涅柔斯的女儿，波塞冬的妻子。

"朋友,你让我想起我们这些无匹敌的
阿开奥斯子弟在那片国土承受的苦难,
我们如何乘船在阿基琉斯的率领下, 105
在云雾迷漫的大海上漂泊,追求财富,
我们如何在普里阿摩斯王的巨大都城下
顽强地作战,多少勇敢者在那里倒下,
善战的埃阿斯倒下了,阿基琉斯倒下了,
善谋如不朽的神明的帕特罗克洛斯倒下了, 110
我的爱子、骁勇纯洁的安提洛科斯,
军中最神速最善战的战士,也倒在那里;
我们还忍受过许多其他难忍的苦难,
世人中有谁能把它们一件件说清楚?
如果你不在此逗留五六年听我讲述 115
神样的阿开奥斯人在那里承受的苦难——
你大概会怀念故乡的土地急于早归返。

"我们在那里辛苦九年,不断采用
种种计策,克罗诺斯之子才勉强让实现。
在那里没有一个人的智慧能与他相比拟, 120
神样的奥德修斯远比其他人更善于
谋划各种策略,我说的就是你父亲,
如果你真是他儿子。看着你我不禁惊异,
因为你言谈也和他一样,谁会想到
一个年轻人谈吐竟能和他如此相似。 125
当时我和神样的奥德修斯从无歧见,
无论是在全军大会上,或是在议事会上,
总是意见完全相投,在议事会上
向阿尔戈斯人发表最为有益的建议。
在我们摧毁了普里阿摩斯的高耸城市后, 130
我们登上船,神明打散了阿开奥斯人,

宙斯为阿尔戈斯人谋划了悲惨的归程；
当时人们思虑欠周全,决定错误,
使我们中许多人陷入了不幸的命运,
由于主神的目光炯炯的女儿生恶气, 135
把争吵抛向阿特柔斯的两个儿子。
他们召集全体阿开奥斯人会商,
失慎地不按常规,定在日落时分,
阿开奥斯子弟们纷纷前来,酒气扑鼻,
两兄弟开始讲话,为此召集人们。 140
墨涅拉奥斯要求全体阿开奥斯人
立即沿着大海的宽阔脊背回返,
阿伽门农全然不同意,因为他想
让人们留下奉献神圣的百牲祭礼,
消除雅典娜的令人畏惧的强烈愤怒, 145
愚蠢啊,殊不知女神不会听取祈祷,
永生的神明们不会很快改变意愿。
当时兄弟俩互相争执,言词激烈,
戴胫甲的阿开奥斯人跳起大声喧嚷,
各自倾向不同的意见,分成两半。 150
夜里睡眠时我们的想法仍尖锐对立,
因为宙斯为我们安排了可怕的不幸。
黎明时我们把船只拖到闪光的海水里,
装上无数的财宝和腰带低束的妇女；
另一半人被阻留停驻原地,跟随 155
阿特柔斯之子、士兵的牧者阿伽门农。
我们登船启程,船只迅速航行,
神明使涡流回旋的大海一片平静。
我们来到特涅多斯①,给神明奉献祭品,

---

① 特洛亚近海岛屿。

急欲返家园,但宙斯无意让我们归返,　　　　　　　160
用心凶狠,挑起了第二次可悲的纷争。
一部分人调转翘尾船的航行方向,
跟随机敏、多智的首领奥德修斯,
给阿特柔斯之子阿伽门农带去喜悦。
这时我率领追随我的船队仓皇航行,　　　　　　　165
因为我知道神明正策划惨重的灾难。
提丢斯的勇敢儿子①也起航,激励同伴们。
金发的墨涅拉奥斯循踪追上我们,
正当我们在累斯博斯思虑遥远的航程,
是沿着嶙峋的希奥斯岛外侧航行,　　　　　　　　170
驶向普修里埃岛,把岛屿留在左边,
还是由希奥斯内侧经过多风的米马斯。
我们请求神明示朕兆,神明要我们
把辽阔无际的海水从中央分成两半,
前往尤卑亚,尽快逃脱巨大的灾难。　　　　　　　175
强劲的顺风刮来,风流猛烈地呼啸,
我们沿着多游鱼的道路迅速航行,
夜晚到达格拉斯托斯②;给波塞冬奉献了许多
牯牛的腿肉行祭奠,为顺利航过了大海。
第四天提丢斯之子、驯马的狄奥墨得斯的　　　　　180
同伴们把平稳的船只停靠在阿尔戈斯,
我向皮洛斯继续航行,劲风猛烈,
自神明让它刮起后一直未见停息。

"亲爱的孩子,我这样回到家,不知音讯,
不知道那些阿开奥斯人中谁得救,谁死去。　　　　185

---

① 指狄奥墨得斯。
② 尤卑亚岛西南端海港。

至于我返回后居家听到的一些消息，
我也理应一并叙说，不对你隐瞒。
据说善用长矛的米尔弥冬人也返回家，
由勇敢的阿基琉斯的杰出的儿子率领；
波阿斯的光辉的儿子菲洛克特特斯也返回家； 190
伊多墨纽斯也率领那些在战争中幸存的
同伴们回到克里特，没有人死在海上。
遥远的你们也会听到阿伽门农的事情，
他怎样回家，埃吉斯托斯怎样杀死他。
埃吉斯托斯最后也付出了深重的代价。 195
一个被害人留下个儿子有多好啊，
儿子终于让弑父者付出了应有的代价，
埃吉斯托斯谋害了他的显赫的父亲。
亲爱的朋友，我看你也长得英俊健壮，
希望你也能够勇敢，赢得后人的称赞。" 200

　　聪慧的特勒马科斯回答老人这样说：
"涅琉斯之子涅斯托尔，阿开奥斯人的殊荣，
他彻底报了父仇，阿开奥斯人将传播
他的伟名，后代人会称颂他的事迹。
但愿神明们也能赐给我同样的力量， 205
报复那些求婚人的可怕的无耻傲慢，
他们正对我狂妄地策划罪恶的阴谋。
但神明们没有赐给我如此巨大的幸运，
赐给我和我的父亲，我只好再忍受。"

　　革瑞尼亚策马的涅斯托尔这样回答说： 210
"朋友，你的话让我回想起那些传闻，
听说求婚人为追求你母亲，在你家里
违背你的意愿，策划种种的恶行，

请告诉我,是你甘愿屈服于他们,
还是人民受神明启示,全都憎恨你? 215
说不定奥德修斯哪一天会回来报复他们,
或独自一人,或伙同全体阿开奥斯人。
但愿目光炯炯的雅典娜也能喜欢你,
就像在特洛亚国土关心奥德修斯那样,
阿开奥斯人在那里忍受了无数的苦难。 220
从未见神明们如此明显地关心凡人,
就像帕拉斯·雅典娜明显地助佑奥德修斯;
如果她心里也这样充满对你的宠爱,
那时他们便可能有人会忘记求婚。"

　　聪慧的特勒马科斯这时回答他这样说: 225
"尊敬的老前辈,我看你的这些话难实现,
你的话太夸张,实令我惊讶。我诚然期望,
但不会实现,即使神明希望也难成。"

　　目光炯炯的女神雅典娜对他这样说:
"特勒马科斯,从你的齿篱溜出了什么话? 230
只要神愿意,他也能轻易地从远处保护人。
我宁愿即使需要忍受无数的苦难,
才得回家乡,看到归返的那一天,
也不愿归家后被杀死在家灶跟前,
如阿伽门农被埃吉斯托斯和妻子杀死。 235
死亡对凡人一视同仁,即使神明们
也不能使他所宠爱的凡人免遭殒命,
当带来悲痛的死亡的悲惨命运降临时。"

　　聪慧的特勒马科斯这样回答雅典娜:
"门托尔,让我们不说这些伤心的事情, 240

他已永远不可能再归返,永生的神明们
已经为他准备了死亡和昏暗的终结。
我现在想打听另一件事情,求问涅斯托尔,
因为他富有智慧多经验,超过其他人,
据说他作为首领,已经统治过三代人, 245
我看见他有如看见了那不朽的神明。
涅琉斯之子涅斯托尔,请你说实情,
阿特柔斯之子阿伽门农王怎样丧的命?
墨涅拉奥斯在何处?狡诈的埃吉斯托斯
用什么阴谋把一个远比他强大的人杀死? 250
墨涅拉奥斯不在阿开奥斯人的阿尔戈斯,
漂泊在异域,埃吉斯托斯才敢下毒手?"

　　革瑞尼亚策马的涅斯托尔这样回答说:
"孩子啊,我这就把全部真情向你叙说。
你自己也可以想象会发生怎样的事情, 255
如果金发的墨涅拉奥斯从特洛亚归来,
发现那位埃吉斯托斯还活在他的宫宅里。
那时他的尸体都不会被撒土埋葬,
而会躺在远离城市的荒郊旷野里,
让野狗和猛禽吞噬,阿开奥斯妇女们 260
不会哀悼他,因为此人太罪大恶极。
正当我们在那里经历无数的战斗,
他却安全地在牧马的阿尔戈斯后方,
花言巧语地诱惑阿伽门农的妻子。
神样的克吕泰墨涅斯特拉起初拒绝这种 265
可耻事情,仍然保持着高尚的心灵。
她身边曾有一位歌人,阿特柔斯之子
出征特洛亚时再三嘱咐保护他妻子。
但后来神明们的意志使她屈服于罪恶,

埃吉斯托斯把歌人带往一座荒岛, 270
把他留在那里,成为猛禽的猎物,
如愿地把已心甘情愿的女人带回家。
他把许多牛腿肉献上神圣的祭台,
还悬挂了许多祭礼、织物和黄金制品,
当他作成了早先都不敢期望的大事情。 275

"我们离开特洛亚国土后一起航行,
就是我和阿特柔斯之子,我们很亲近。
我们到达神圣的苏尼昂,雅典的海岬①,
这时福波斯·阿波罗前来把墨涅拉奥斯的
舵手射死,用轻柔地让人速死的箭矢, 280
那人正双手紧握迅速航行的船舵,
奥涅托尔之子弗隆提斯,整个人类中
他最善于掌船舵,迎接肆虐的风暴。
墨涅拉奥斯虽急于航行,仍稍作停留,
埋葬自己的同伴,行最后一次礼仪。 285
当他来到酒色的大海上,继续航行,
乘坐空心船很快到达马勒亚②的岩岸,
雷声远震的宙斯为他谋划了一条
可怕的航程,给他刮来猛烈的狂风,
掀起排排巨澜,如同峰峦层叠。 290
他带领被风浪打散的船队来到克里特,
库多涅斯人居住在那里的雅尔达诺斯河畔。
有一片光滑的高峻悬崖耸立海中,
成为戈尔提斯③划在昏暗的海中的边界。
南风把喧嚣的巨浪推向左边的石壁, 295

---

① 阿提卡南端海岬。
② 马勒亚是伯罗奔尼撒半岛东南端一海岬。
③ 克里特岛南部一城市。

费斯托斯①方向,一片孤岩把波涛挡回。
墨涅拉奥斯的船队驶来,人们好容易
才逃脱死亡,波涛把船只推向岩礁,
把它们撞碎,只剩五只黑壳船完好,
强风和浪涛簇拥着把它们推向埃及。　　　　　300
他在那里聚集无数的财宝和黄金,
率领船队漫游于操他种语言的种族。
埃吉斯托斯这时却在家策划了那恶行。
他在多黄金的迈锡尼相继为王七年,
在杀死阿特柔斯之子后,人民臣服他。　　　　305
第八年神样的奥瑞斯特斯从雅典归来,
给他带来灾难,杀死了弑父的仇人,
埃吉斯托斯谋害了他的显赫的父亲。
他杀死仇人后邀请阿尔戈斯人饮宴,
为了可怜的母亲和怯懦的埃吉斯托斯。　　　　310
善呐喊的墨涅拉奥斯恰在这一天归来,
带回来无数财宝,装满了各条海船。

"亲爱的朋友,你不可离家太久太远,
抛下家财不顾,把厚颜无耻之徒
留在家里;切不要让他们把你的家财　　　　　315
分光吃尽,你这趟航行白费辛苦。
不过我仍然建议,希望你前去探访
墨涅拉奥斯,因为他刚从外乡归来,
从如此遥远的种族,以至于令人失去
归返的希望,若他被强劲的风暴刮往　　　　　320
那片浩渺的大海,连飞鸟一年也难
把它飞越,那海面就这样浩渺、可怕。

---

① 克里特岛南岸一城市。

你现在带上你的船只和同伴去见他,
如果你们想走陆路,我这里有车马,
我还有儿子们,他们可伴送你们前往 325
神圣的拉克得蒙,金发的墨涅拉奥斯的居地。
你要亲自请求他向你叙说真情,
他不会妄言虚构,此人非常聪颖。"

　　他这样说完,太阳沉下,夜色降临。
目光炯炯的女神雅典娜对大家这样说: 330
"尊敬的老人家,你所说的一切很合理,
现在让我们割下牛舌,把酒酿掺和,
给波塞冬和其他不朽的神明祭奠,
然后考虑睡眠,已是该睡眠的时间。
光亮已经避进夜色里,我们也不该 335
在祭神的宴会上久久留待,应该回返。"

　　宙斯的女儿这样说完,大家听从她。
随从给他们手上注水侍候把手洗,
侍童立即给各个调缸迅速盛满酒,
给众人分斟,首先给各酒杯略斟作祭奠。 340
人们把牛舌丢进火里,站起身奠酒。
当他们行完祭奠,又尽情地喝过酒,
雅典娜和仪容如同神明的特勒马科斯
双双离席,准备返回自己的空心船。
涅斯托尔这时挽留他们,开言这样说: 345
"宙斯和其他不朽的众神明定会嗔怪,
如果你们从我这里返回速航的船只,
好像我没有任何衣物,是个穷光蛋,
家里既没有一条毛毯,也没有褥垫,
不能让自己和客人恬适舒服地睡眠。 350

我家里备有许多华美的毛毯和褥垫，
绝不会让那位著名的英雄奥德修斯的
亲爱的儿子睡船板，只要我自己还活着，
我的孩子们也仍然住在同一个屋顶下，
招待外来客，不管是谁来到我们家。" 355

　　目光炯炯的女神雅典娜这样回答说：
"尊敬的老前辈，你刚才所言诚挚中肯，
特勒马科斯应该听从，这样更相宜。
不过虽然他现在随你而行，前去
你们家休息，我却需要返回黑壳船， 360
去鼓励同伴，向他们说明全部情况，
依我看无疑我在他们中间最为年长，
其他人都较年轻，凭友情跟随来这里，
他们全都是勇敢的特勒马科斯同龄人。
我现在就前往壳体乌黑的空心船休息， 365
明天一早我得去勇敢的考科涅斯人①那里，
他们欠我的债，不是新贷，数目还可观。
至于这位年轻人，等他去到你家里，
请派车一乘并儿子同行，给他们马匹，
那些马匹自然要奔跑敏捷，也最壮健。" 370

　　目光炯炯的雅典娜说完立即离开，
幻化成海鹰飞逸，人们见状心惊异。
老人亲眼目睹此事，也甚感惊奇，
抓住特勒马科斯的手，对他这样说：
"朋友，我看你不会庸碌，也不会愚蠢， 375
既然你这样年轻，神明便陪伴你出行。

---

① 埃利斯部落之一。

刚才不会是居住在奥林波斯的其他神祇，
定是宙斯的降生于特里托尼斯湖①的女儿，
阿尔戈斯人中她最宠你那高贵的父亲。
尊敬的女神主，请你广施恩惠，赐给我 380
和我的孩子们及贤惠的妻子崇高的声誉，
我将献给你一头漂亮的宽额小牛犊，
尚未调驯过，人们未曾给它加轭轭，
我将把它献给你，牛角用金箔装饰。"

他这样祷告，帕拉斯·雅典娜一一听清。 385
革瑞尼亚策马的涅斯托尔带领众人，
返回华美的宅邸，有他的儿子们和众女婿。
他们回到这位王者的著名的宫室里，
随即一个个挨次在便椅和宽椅上就座。
老英雄给随同前来的人们用调缸搀和 390
甜美的酒醴，那酒醴已储存十年之久，
现在由女仆开坛，解开密封的缚绳。
老人用调缸搀和好美酒，连声地祈祷，
向提大盾的宙斯的女儿雅典娜祭奠。
他们行完祭奠，又尽情享用佳酿， 395
然后便纷纷离开，各自回屋安眠，
革瑞尼亚策马的涅斯托尔亲自安排，
让神样的奥德修斯的爱子特勒马科斯
在回声萦绕的廊屋精雕的卧床上休息，
与名枪手、士兵的首领佩西斯特拉托斯一起， 400
在父亲的家中他是唯一未婚娶的儿子。
涅斯托尔本人睡在高大宫殿的内室，
高贵的妻子同他分享卧床同安寝。

---

① 特里托尼斯湖在波奥提亚境内。

当那初升的有玫瑰色手指的黎明呈现时，
革瑞尼亚策马的涅斯托尔从床上起身，　　　　　405
走出卧室，坐到琢磨光滑的石座上，
它们就被安置在他的高大的屋门前，
白得像抹着油膏，熠熠闪光。昔日里，
善用智谋如神明的涅琉斯坐在那里，
但他早已被死亡征服，去到哈得斯，　　　　　410
现在阿开奥斯保卫者革瑞尼亚的涅斯托尔
手握权杖端坐，儿子们纷纷出寝间，
汇集他身边：埃克弗戎、斯特拉提奥斯、
佩尔修斯、阿瑞托斯和神样的特拉叙墨得斯，
第六个向他们走来的是英雄佩西斯特拉托斯，　　415
他们请神明般的特勒马科斯在身边就座。
革瑞尼亚策马的涅斯托尔开始说话：
"亲爱的孩子们，你们现在迅速完成
我的心愿，我首先要向雅典娜献祭，
她显然曾亲临我们丰盛的祭神会饮。　　　　　420
你们有一人去牧牛场挑选一头牛，
让一个牧牛奴尽快把牛赶来这里；
另一人速去勇敢的特勒马科斯的黑壳船，
把他的同伴们全都请来，只留下两个；
再一人速去请金匠拉埃尔克斯前来，　　　　　425
让他给牲牛的双角精巧地包上黄金。
其他人全部留待这里，吩咐屋里的
女仆们准备一席丰盛美味的宴肴，
把座椅、柴薪和清澈的净水在近旁备齐。"

他这样说完，人们迅速按他的吩咐，　　　　　430
从牧场赶来牛，勇敢的特勒马科斯的同伴们

从平稳的快船上前来,匠人也应邀来到,
手里拿着青铜器具,技艺的寄托,
有砧子、锤子,还有制作精巧的火钳,
加工黄金得靠它们;雅典娜也来了,　　　　　　435
接受祭礼。车战的老英雄涅斯托尔
把金子交给金匠,金匠准备好金箔,
包好牛角,让女神见了华饰心喜悦。
斯特拉提奥斯和神样的埃克弗戎执角拉过牛,
阿瑞托斯从屋里走来,端来洗手水,　　　　　440
盛在雕花精美的大盆里,另一手提来
一篮大麦;作战顽强的特拉叙墨得斯
手握锋利的祭刀,准备宰杀牲牛。
佩尔修斯拿碗,车战的老英雄涅斯托尔
洗完手,撒了大麦,虔诚地向雅典娜祈祷,　　445
从牛头上割下一绺牛毛扔进火焰里。
在其他人随之祷告,撒了大麦之后,
涅斯托尔之子、高傲的特拉叙墨得斯走近,
挥刀向牛砍去,祭刀砍进牛颈,
放走了牛的气力。涅斯托尔的女儿们、　　　450
儿媳们和贤惠的王后一起欢呼起来,
为后的欧律狄克是克吕墨诺斯的长女。
人们从空阔的地上把牛提起抓住,
士兵的首领佩西斯特拉托斯割断牛颈。
待牛的黑血流尽,灵气抛弃了骸骨,　　　　　455
人们开始剖开牛体,按既定习俗,
割下全部腿肉,用肥油把它们包裹,
裹上两层,再在上面放上生牛肉。
老人在柴火上烤肉,奠上闪光的酒酿,
年轻人手握五股叉站在老人身旁。　　　　　460
待腿肉烤熟,人们尝过牺牲的腑脏,

便再把其余的肉切碎,用叉把肉穿好,
把尖叉抓在手里,放到火上烤炙。

　　俊美的波吕卡斯特给特勒马科斯沐浴,
她是涅琉斯之子涅斯托尔最年幼的女儿。　　465
沐完浴又给他仔细抹了一层橄榄油,
再给他穿上精美的衣衫,披上罩袍;
他走出浴室,仪表如不朽的神明一般,
来到人民的牧者涅斯托尔身边坐下。

　　人们烤好外层肉,从叉上把肉取下,　　470
坐下享用,高贵的人们殷勤侍候,
给他们的黄金酒杯斟上满盈的酒醪。
在他们满足了饮酒吃肉的欲望之后,
革瑞尼亚策马的涅斯托尔对他们说话:
"我的孩子们,你们快把长鬃骏马　　475
牵来套轭驾上车,让他们启程好赶路。"

　　他这样说,儿子们听从他的吩咐,
敏捷地把奔跑迅速的骏马套上辕轭。
一个女仆把许多面饼和酒酿装进车,
还有神明养育的国王们享用的肴馔。　　480
特勒马科斯随即登上华丽的马车,
涅斯托尔之子、士兵的首领佩西斯特拉托斯
也登上马车,伸手握住驭马的缰绳。
他扬鞭催马,两匹马乐意地奔上平原,
把皮洛斯的高耸的城堡远远抛在后面。　　485
两匹马整天地奔驰,颈上驾着轭辕。
太阳下沉,条条道路渐渐变昏暗,

他们来到斐赖①的狄奥克勒斯宅邸,
阿尔费奥斯之子奥尔提洛科斯的儿子。
他们在那里留宿,主人殷勤待客人。 490

　　当那初升的有玫瑰色手指的黎明呈现时,
他们重又驾上马,登上精美的大车,
迅速驶出回声萦绕的大门和柱廊。
驾驭者扬鞭催马,两匹马乐意地奔腾。
他们来到生长麦子的原野后继续奔驰, 495
急促赶路程,快马就这样载着他们。
太阳下沉,条条道路渐渐变昏暗。

---

① 伯罗奔尼撒半岛南端海岸城市,在皮洛斯以东。

第 四 卷

——特勒马科斯远行访询墨涅拉奥斯

他们来到群山间平旷的拉克得蒙。
二人直奔著名的墨涅拉奥斯的居处，
正值他举行婚庆喜筵，招待众亲朋，
为儿子和那高贵的女儿，在自己的家宅。
女儿嫁给无敌的阿基琉斯的儿子， 5
早在特洛亚担承应允结下的姻缘，
现在神明们成全他们的这门婚姻。
他把女儿和无数的马匹车乘送往
由婿郎为王的米尔弥冬人的著名城市。
为儿子婚娶斯巴达的阿勒克托尔的女儿， 10
壮健的爱子墨伽彭特斯由一位女奴
为他所生，神明们未让海伦再生育，
在她当初生育了无比心爱的女儿
赫尔弥奥涅，具有阿佛罗狄忒般的容貌。

当时在他那高大的宫殿里，声名显赫的 15
墨涅拉奥斯的亲朋好友正欢乐饮宴，
有一位神妙的歌人为他们弹琴歌唱，
另有两个优伶和着琴音的节拍，
在饮宴者中间表演，不断舞蹈旋转，
这时两匹马和他们停在了宫门前，就是 20
高贵的特勒马科斯和涅斯托尔的光辉儿子。
著名的埃特奥纽斯，显赫的墨涅拉奥斯的

机敏侍伴,正走出来,发现了他们,
急忙跑回屋去,向人民的牧者禀报,
站在近旁,说出有翼飞翔的话语: 25
"宙斯养育的墨涅拉奥斯,有两位客人,
两个男子,仪容有如伟大的宙斯。
请你吩咐,我是把他们的骏马解辕,
还是让他们另寻乐意接待的恩主。"

金发的墨涅拉奥斯不满地这样回答说: 30
"波埃托伊斯之子埃特奥纽斯,你从未
这样愚蠢过,现在说话却像个傻孩子。
想当年我们曾经受过许多其他人的
盛情款待,才得回家园,但愿宙斯
从此结束我们的苦和难;现在你快去 35
给客人的马解辕,然后好好招待他们。"

他这样说完,埃特奥纽斯穿过厅堂,
同时招呼其他敏捷的伙伴跟随他。
他们先把汗涔涔的马匹解下辕轭,
把它们牢牢拴在饲养马匹的食槽前, 40
丢给它们草料,添加些闪亮的大麦,
把马车靠在侧边熠熠生辉的墙跟前,
然后把客人领进无比神妙的宫邸。
二人一见,惊诧神裔王者的宫殿美,
似有太阳和皓月发出的璀璨光辉, 45
闪烁于显赫的墨涅拉奥斯的高大宫殿里。
他们举目观瞻,尽情观赏之后,
再走进仔细磨光的浴室接受沐浴。
女仆们给他们沐完浴,仔细抹过橄榄油,
又给他们穿上毛茸茸的外袍和衣衫, 50

在阿特柔斯之子墨涅拉奥斯的身旁落座。
一个女仆端来洗手盆,用制作精美的
黄金水罐向银盆里注水给他们洗手,
在他们身旁安放一张光滑的餐桌。
端庄的女仆拿来面食放置在近前, 55
递上各式菜肴,殷勤招待外来客。
近侍又高高托来各种式样的肉盘,
在他们面前再分别摆上黄金杯盏。
金发的墨涅拉奥斯欢迎他们这样说:
"就餐吧,尽情取用,待你们吃饱之后, 60
我们再动问打听,你们是些什么人,
依我看,你们没有失去应有的本色,
是神明养育的执掌权杖的君王后裔,
贫贱之人不可能生出这样的儿孙。"

他这样说完,把肥美的牛里脊递给他们, 65
从大家尊敬地给他特备的一块上割下。
他们伸手享用面前摆放的肴馔。
在他们满足了饮酒吃肉的欲望之后,
特勒马科斯对涅斯托尔之子小声说,
贴近朋友的头边,免得被其他人听见: 70
"涅斯托尔之子,我的知心好朋友,
你看这些回音萦绕的宫室里到处是
闪光的青铜、黄金、琥珀、白银和象牙。
奥林波斯的宙斯的宫殿大概也是这样,
它们多么丰富啊,看了真令我羡慕。" 75

金发的墨涅拉奥斯听见他这样低语,
对他们说出了这样有翼飞翔的话语:
"亲爱的孩子们,凡人不可与宙斯相比拟,

因为宙斯的宫殿和财富永存不朽，
尽管也许有人或无人能和我比财富。　　　　　80
须知我是忍受了无数的艰辛和漂泊，
第八年才用船载着它们返回家乡，
我曾在塞浦路斯、腓尼基和埃及游荡，
见过埃塞俄比亚人、西顿人和埃楞波伊人①，
还去过利比亚，那里新生羊羔带犄角，　　　　85
母羊一年之内能生育三胎羔仔。
那里的主人和牧人从不缺乏干酪，
也不缺乏各种肉类和甜美的鲜奶，
一年到头都备有充足的奶液吮饮。
正当我这样在那里飘荡聚敛财富时，　　　　　90
却有一个人乘机杀害了我的兄长，
秘密地出人料想，可恶的妻子的奸诈，
因此我虽拥有那么多财富，并不欢欣。
不管你们的父母是何人，谅你们也会
从他们那里听说，我历经苦难，失去了　　　　95
一座富丽的宫宅，里面有无数的财宝。
我宁愿拥有现有财富的三分之一居家中，
若能使那些勇士安然无恙，他们都
丧命于特洛亚，远离牧马的阿尔戈斯。
我深刻怀念所有葬身他乡的英雄们，　　　　　100
经常坐在家中为他们伤心把泪流，
有时哭泣慰藉心灵，有时又停止，
因为过分悲伤地哭泣易使人困倦。
我固然眷念所有的英雄，但有一人
令我更牵挂，他使我饮食无味夜难眠，　　　　105
任何阿开奥斯人都未受如此多的艰难，

---

① 西顿在腓尼基，埃楞波伊人是传说中的民族。

有如奥德修斯承受了那么多危难和艰苦。
就像是他生来受苦,我为他担当忧愁,
他离开如此长久,我们全然不知他
活着还是已去世。人们定然怀念他, 110
有老父拉埃尔特斯、聪颖的佩涅洛佩
和特勒马科斯,当年他留下初生儿离去。"

他这样说完,激起儿子悲泣念生父。
他一听说起父亲,泪水夺眶往下淌,
不由得伸出双手撩起紫色的外袍襟, 115
把双目遮掩。墨涅拉奥斯看出他身份,
心中思忖,智慧盘算,犹疑难决断,
是让他自己叙说父亲何人何身世,
还是主动询问,把件件事情细打听。

墨涅拉奥斯心里和智慧正这样思忖, 120
海伦走出她那馥郁的高屋顶的房间,
容貌全然与金箭的阿尔特弥斯一样。
阿德瑞斯特给她摆下精美的座椅,
阿尔基佩给她拿来柔软的羊毛毡,
菲洛给她提着银篮,波吕博斯之妻 125
阿尔康德拉所赠;此人居埃及特拜,
那里的人家拥有无比丰裕的财富。
丈夫送给墨涅拉奥斯两只银浴盆,
还有两只三脚鼎和十塔兰同①黄金。
妻子也馈赠海伦许多美好的礼物, 130
赠送客人一个金纺锤和一个银提篮,

---

① 塔兰同是重量单位,荷马时代的量值难以确定。后来的阿提卡塔兰同约合 26.2 公斤。

帕里斯裁判 油画 (法)安·拉门格斯作

篮底有轮子转动,篮边沿用黄金镶嵌。
女仆菲洛提着那银篮,放在她身边,
银篮里装满精纺的毛线,毛线上面
横卧金纺锤,紫色的羊绒缠绕锤面。 135
海伦在椅上坐定,椅下配有搁脚凳。
这时她才开言,对丈夫仔细询问:
"宙斯抚育的墨涅拉奥斯,你可曾动问,
来到我们家的两位客人究竟是何人?
不知我说错还是说对,但心灵激励我。 140
从未见有人如此相像,不管是男人,
还是女人,我一见心中便惊异不已,
就像他相像于勇敢的奥德修斯的儿子
特勒马科斯,当年父亲离去时把一个
初生儿留家里,阿开奥斯人为我这无耻人, 145
前往特洛亚城下,进行激烈的战争。"

　　金发的墨涅拉奥斯回答妻子这样说:
"夫人,我现在也有同感,如你所说,
因为他也是那样的双脚,那样的双手,
那样的眼神,那样的头颅形状和头发。 150
当我刚才禁不住回忆起奥德修斯,
说起为我承受了那么多辛劳和苦难,
只见他忧伤的眼泪立即从眉下往外流,
不由得撩起紫色的外袍襟把双眼遮掩。"

　　涅斯托尔之子佩西斯特拉托斯回答说: 155
"阿特柔斯之子,宙斯抚育的墨涅拉奥斯,
众人的首领,他正如你所说,是奥德修斯之子。
但他思虑周全,认为乍到初相见,
便在你面前夸夸其谈实在不相宜,

但我们听你说话如听见神明的声音。 160
革瑞尼亚策马的涅斯托尔因此派我
跟随作伴侣,他来这里是想求见你,
请你指点该怎样言谈,怎样举止。
父亲远出在外,儿子留待家里,
难免有许多苦恼忧烦,又无人相助, 165
现在特勒马科斯就这样,父亲在外,
也没有其他人能为他在家乡排忧消灾祸。"

　　金发的墨涅拉奥斯回答客人这样说:
"天哪,原来真是我的好友的儿子
来到我家,他为我忍受了许多苦难。 170
我常说待他归返后,定要好好招待,
胜过对其他阿尔戈斯人,如果雷声远震的
奥林波斯宙斯准我们乘快船渡海返家园。
我要为他在阿尔戈斯建城安居处,
把他从伊塔卡请来,带着财产、儿女 175
和全体属民,为他们清出一座城市,
那城市本有人居住,居民臣服于我。
那时候我们可以常相聚,欢乐亲密,
任何东西都不能使我们拆散分离,
直到死亡的黑暗云雾把我们罩住。 180
但神明显然不想让这一切成现实,
唯独使他一人不幸地难得返家园。"

　　他这样说完,大家忍不住哭成一片。
宙斯的女儿、阿尔戈斯的海伦哭泣,
特勒马科斯哭泣,阿特柔斯之子哭泣, 185
涅斯托尔之子也不禁双眼噙满泪水,
心中思念,想起杰出的安提洛科斯,

灿烂的埃奥斯的光辉儿子把他杀死。①
他心中怀念,说出有翼飞翔的话语:
"阿特柔斯之子,你在世人中最聪慧,　　　　　　190
老人涅斯托尔常这样称说,每当我们
在家中亲人间互相促膝交谈提起你,
只是现在如果允许,请听我进一言。
我不喜欢在夜间餐席上哭哭啼啼,
新生的黎明将至;我并非反对哭泣,　　　　　　195
当凡人中有人死去,命运把它捉住。
对不幸的凡人的悼念只有不多几项,
剪下一绺头发,泪珠从面颊往下淌。
我的兄长也亡故,他在阿尔戈斯人中
并非最懦弱无能之辈,你肯定知道他,　　　　　200
我却从未见过,据说安提洛科斯
出类拔萃,不仅腿快,作战也勇敢。"

　　金发的墨涅拉奥斯这时回答他这样说:
"亲爱的朋友,你刚才如此说话,像一个
智慧之人的言谈和举止,且较你年长;　　　　　205
你说话明智,不愧为那样的父亲的儿子。
如果克罗诺斯之子在一个人成婚和出生时
为他安排幸运,这样的人很容易辨别,
有如他现在不断赐给涅斯托尔好运气,
使他能日日夜夜在家安适度晚年,　　　　　　210
儿子们都是杰出的矛手,高贵明智。
我们已经哭泣过,现在应该止住,
让我们重新用餐,取水把手洗净,

---

① 安提洛科斯是被埃塞俄比亚国王门农杀死的(属《伊利亚特》之后的故事),据说门农是黎明女神埃奥斯之子。"埃奥斯"本意为"黎明"或黎明时的霞光,引申为女神。

待明晨来临,特勒马科斯和我之间
还有许多话要互相交谈,细细叙说。" 215

　　他这样说完,阿斯法利昂给他们冲手,
他是著名的墨涅拉奥斯的敏捷的伴友。
众人又伸手享用面前摆放的肴馔。

　　这时宙斯的女儿海伦又有了主意。
她立即把一种药汁滴进他们的酒里, 220
那药汁能解愁消愤,忘却一切苦怨。
如果有谁喝了她调和的那种酒酿,
会一整天地不顺面颊往下滴泪珠,
即使他的父亲和母亲同时亡故,
即使他的兄弟或儿子在他面前 225
被铜器杀死,他亲眼目睹那一场面。
宙斯的女儿拥有这种奇特的药液,
托昂的妻子埃及女波吕达姆娜相赠,
长谷物的大地也给她生长各种草药,
混和后有些对人有益,有些有毒素。 230
那里人人皆医师,医术超越所有的
其他民族,因为他们是派埃昂的子孙。①
海伦滴进药液,命人把酒杯盛满,
然后重新和众人交谈对他们这样说:
"阿特柔斯之子、神明抚育的墨涅拉奥斯 235
和所有在座的高贵子弟,天神宙斯
给这人好运给那人祸患,因为他全能。
现在你们就坐在这厅里开怀畅饮吧,
谈话消遣,我也讲一个合适的故事。

---

① 派埃昂是荷马时代的医神,后来与阿波罗、阿斯克勒皮奥斯等混同。

我难以把一切都叙述，一一列举 240
饱受苦难的奥德修斯的各种艰辛，
我只想说在阿开奥斯人忍受苦难的
特洛亚国土上这位勇士的一件事情。
他把自己可怜地鞭打得遍体伤痕，
肩披一件破烂衣服像一个奴仆， 245
潜入敌方居民的街道宽阔的城市，
装成乞丐，用另一种模样掩盖自己，
在阿开奥斯船舶上从未见过这模样。
他这样潜入特洛亚城市，瞒过众人，
只我一人认出他，尽管他那样打扮， 250
我向他探询，他总是狡诈地回避提问。
只是待我给他沐完浴，抹完橄榄油，
穿好各样衣服，还发了一个重誓，
不向特洛亚人说出他就是奥德修斯，
直到他返回航行迅速的船舶和营寨， 255
他这才向我说明了阿开奥斯人的计谋。
他用锐利的青铜杀死了许多特洛亚人，
回到阿尔戈斯人中间，带回许多消息。
特洛亚妇女放声痛哭，我却喜心头，
因为我心里很想能够回归返家园， 260
悔恨那阿佛罗狄忒给我造成的伤害，
驱使我去那里，离开亲爱的故乡土地，
丢下我的女儿、闺房和我的丈夫，
他在智慧和相貌方面无人可比拟。"

金发的墨涅拉奥斯回答妻子这样说： 265
"亲爱的夫人，你刚才所言完全正确，
我曾经有机会见识过许多英雄豪杰的
谋略和智慧，有幸探访过许多地方，

却从没有在任何地方见到一个人,
像饱受苦难的奥德修斯那样坚强。 270
这位杰出的英雄还受过这样的磨难,
藏身平滑的木马里,让所有阿尔戈斯精华
一同隐藏,给特洛亚人送去屠杀和死亡。
当时你走到木马跟前,显然是神明
让你这样做,想赐给特洛亚人荣誉, 275
神样的得伊福波斯当时身后跟随你。①
你绕行三周,触摸我们的中空藏身处,
逐个呼唤达那奥斯人的英雄的名字,
模仿我们的阿尔戈斯妻子的声音。
我和提丢斯之子、神样的奥德修斯 280
坐在人群中,清晰地听到你的呼唤。
我和提丢斯之子站起身,很想能够
或是走出木马,或是在里面回答你,
但奥德修斯阻拦,尽管我们很热切。
其他的阿开奥斯子弟都屏住声息, 285
只有安提克洛斯一人想和你答话,
奥德修斯用有力的双手紧紧捂住
此人的嘴,挽救全体阿开奥斯人,
直到帕拉斯·雅典娜让你离开那里。"

聪慧的特勒马科斯对墨涅拉奥斯这样说: 290
"阿特柔斯之子、宙斯抚育的墨涅拉奥斯,
众人的首领,痛心啊,那并未使他摆脱
悲苦的命运,尽管他有颗铁样的心。
不过现在让我们准备就寝睡觉吧,
沉浸于甜蜜的睡眠我们可暂享宽舒。" 295

---

① 得伊福波斯是普里阿摩斯的儿子之一。

他这样说完,阿尔戈斯的海伦吩咐女仆
立即在廊屋摆放床铺,铺上华美的
紫色褥垫,褥垫上面铺开毡毯,
再放一件羊绒毛毯供他们裹盖。
女仆们听从吩咐,持火炬走出大厅, 300
安排好床铺,传令官带领客人去就寝。
客人们被安置在那座宅邸的前厅休息,
英雄特勒马科斯和涅斯托尔的杰出儿子;
阿特柔斯之子在高大的宫殿内室安眠,
女人中的女神、穿长袍的海伦睡在他身边。 305

当那初升的有玫瑰色手指的黎明呈现时,
善呐喊的墨涅拉奥斯就起身离床,
穿好衣衫,把锋利的双刃剑背到肩头,
把编织精美的绳鞋系到光亮的脚上,
迈步走出卧室,仪容如神明一般, 310
坐到特勒马科斯身旁,称呼一声说:
"勇敢的特勒马科斯,什么事情迫使你
沿着大海的阔脊背来到美好的拉克得蒙?
是公事还是私事?请你真实地告诉我?"

聪慧的特勒马科斯对墨涅拉奥斯回答说: 315
"阿特柔斯之子,宙斯抚育的墨涅拉奥斯,
众人的首领,我前来为求问父亲的音讯。
我家的财产被耗费,肥沃的田地遭荒芜,
宅邸里充满了险恶小人,那些人在我家
无情地宰杀胆怯的羊群和蹒跚的弯角牛, 320
他们是我母亲的求婚人,狂妄而傲慢。
我就是为这事来这里向你恳切请求,

希望你能告诉我父亲惨死的消息,
或是你亲眼目睹,或是听游荡人说起,
母亲生下他似乎就是让他遭不幸。　　　　　325
请不要心存顾虑,也不要痛惜怜悯我,
你要详细告诉我你亲眼见到的情形。
如果我父亲、高贵的奥德修斯曾经
在特洛亚国土用言词或行动帮助过你,
阿开奥斯人在那里忍受过无数不幸,　　　330
那就请想想这些,给我详细说真情。"

　　金发的墨涅拉奥斯无比愤怒地回答说:
"天哪,一位无比勇敢的英雄的床榻,
却有人妄想登上,尽管是无能之辈!
有如一头母鹿把自己初生的乳儿　　　　　335
放到勇猛的狮子在丛林中的莽窝里,
自己跑上山坡和繁茂的谷地去啃草,
当那狮子回到它自己固有的居地时,
便会给两只小鹿带来可悲的苦命;
奥德修斯也会给他们带来可悲的命运。　340
我向天神宙斯、雅典娜和阿波罗祈求,
但愿他能像当年在繁华的累斯博斯
同菲洛墨勒得斯比赛摔交,把对手摔倒,①
全体阿开奥斯人高兴得一片欢呼,
奥德修斯这次也这样出现在求婚人面前,　345
那时他们全都得遭殃,求婚变不幸。
关于你刚才询问,求我说明的事情,
我不想含糊其词,也不想把你蒙骗,
好讲实话的海中老神说的一番话,

---

① 菲洛墨勒得斯是累斯博斯岛国王。

我将不作任何隐瞒地如实告诉你。   350

"我一心思归,但神明们把我阻留在埃及,
只因我没有献上能令神明满意的百牲祭。
神明们总希望他们的要求被人们牢记。
有一座海岛位于波涛汹涌的大海中,
在埃及的对面,人们称那岛屿为法罗斯,   355
距离海岸为空心船整整一天的航程,
只要有呼啸的顺风从后面推动船只。
岛上有一港口适宜停泊,平稳的船只
从那里驶向海上,吸足灰暗的用水。
神明把我们阻留在那里整整二十天,   360
海上一直未出现猛烈地劲吹的顺风,
航船在大海的宽阔脊背上的忠实伴侣。
储备的食品告罄,人们的精力耗尽,
若不是有位神明怜悯我把我拯救,
她是老海神、强大的普罗透斯的女儿   365
埃伊多特娅,我使她深深动了怜悯情。
我离开伙伴独自游荡时和她相遇,
因为同伴们常环绕海岛徒步行走,
用弯钩钓鱼,腹中饥饿折磨着他们。
这位女神走近我,对我开言这样说: 370
'外乡人,你是愚蠢,过分缺乏智慧,
还是甘愿这样,乐于忍受苦难?
你这样长久滞留岛上,想不出任何
解救的办法,同伴们也日渐心灰意怠。'

"她这样说完,我立即回答女神这样说: 375
'我向你说明,不管你是哪位女神,
我并不想滞留这里,也许是因为我

冒犯了那些掌管广阔天宇的众神明。
请你告诉我,因为神明无所不知晓,
是哪位不朽的神明阻挡断我的航程,　　　　　　380
我怎样才能渡过多游鱼的大海得归返。'

　　"我这样说完,尊贵的女神回答我这样说:
'外乡人,我将把情况完全如实地告诉你。
有一位说真话的海中老神经常来这里,
他就是埃及的不死的普罗透斯,他知道　　　　385
大海的所有幽深之处,波塞冬的侍从,
据说他就是我的父亲,我由他所生。
你如果能隐蔽在某个地方把他逮住,
他便会告诉你航行路线,航程有多远,
如何归返,怎样渡过多游鱼的大海。　　　　　390
天神抚育的,如果你希望,他还会告诉你,
你家里曾经发生过什么坏事和恶事,
在你离家后漫长而遥远地跋涉期间。'

　　"她这样说完,我当时回答女神这样说:
'那就请你想一个捕捉老海神的计谋,　　　　　395
不让他发现或猜到我的意图而逃窜,
因为一个凡人要制服神明很困难。'

　　"我这样说完,尊贵的女神立即回答说:
'外乡人,我将把情况完全如实地告诉你。
当太阳不断上升,进入天空中央,　　　　　　400
说真话的海中老神便会从海中升起,
在西风的灰暗吹拂中,顶着层层波漪,
随即去到空旷的洞穴里躺下安眠;
在老海神周围带蹼的海豹成群地睡下,

美丽的海中神女的苗裔,从灰海中浮起, 405
向四周散发多旋流的深海的浓烈腥气。
待明天黎明时分,我将带领你去那里,
把你们安置在他们旁边,你还得挑选
三个伴侣,精造的船上最出色的伙伴。
我还要告诉你那位老海神的种种手段。 410
他首先要把那些海豹仔细查看清点,
在他按指头数完海豹,察看过它们,
他便会躺在它们中间,如牧人卧羊群。
当你们一看见他已经沉沉入梦乡,
你们便要鼓起勇气,使足力量, 415
立即扑过去抓住他,不让他挣脱逃逸。
他会试图变化,变成生长于大地的
各种动物,还会变成游鱼和烈火,
这时你们要牢牢抓住丝毫不松手。
当他开始说话,向你们询问缘由, 420
恢复到你们看见他躺下睡觉时的形状,
这时你们才可以松手,给老人自由,
勇士啊,询问他是哪位神明对你不满,
你怎样才能渡过多游鱼的大海得归返。'

"她这样说完,潜进波涛汹涌的大海。 425
这时我开始向停驻在沙滩的船只走去,
我向前走去,无数思虑激动着我的心。
待我来到大海岸边,船只跟前,
我们备好晚饭,神秘的黑夜已来临,
在波涛的拍击声中,我们沉沉地睡去。 430

"当那初升的有玫瑰色手指的黎明呈现时,
我沿着广阔无际的大海岸边走去,

不断向天神们祈求,带去三个同伴,
他们在各项事务上都是可信赖的伴侣。
这时女神潜入宽阔大海的胸怀, 435
随即从大海下面送来四张海豹皮,
它们都是刚剥取,好把父亲蒙骗。
她在海岸的沙滩上挖好四个坑位,
在那里坐待,我们很快来到她跟前。
我们并排躺下,每人盖一张海豹皮。 440
藏匿在海豹皮下令人实在难忍受,
海中长大的豹类的气味确实太难闻,
有谁会愿意卧躺在海中野兽的旁边?
但女神拯救了我们,想出了很好的药物。
她在我们每个人的鼻孔下抹上神液, 445
那神液馥郁异常,抑制了难闻的气味。
我们就这样强忍着等待了整个早晨,
直到海豹成群地在海中出现爬上岸。
海豹一个个并排卧眠于岸边沙滩上。
中午时老人真的从海中出现走来, 450
审视肥胖的海豹,停下来逐个清点。
野兽中他首先把我们点数,心中未怀疑
有什么阴谋藏隐,点完后自己也躺下。
我们大叫一声扑上去把他抱紧,
老人并未忘记狡猾的变幻伎俩, 455
他首先变成一头须髯美丽的雄狮,
接着变成长蛇、猛豹和巨大的野猪,
然后又变成流水和枝叶繁茂的大树,
但我们坚持不松手,把他牢牢抓住。
待他看到徒然变幻,心中生忧伤, 460
这才开口说话,对我这样询问:
'阿特柔斯之子,是哪位神明出主意,

让你用计谋强行抓住我，你有何要求？'

"他这样说完，我当时回答老人这样说：
'老人，你全清楚，何必回避反问我？ 465
只因为这么久我被阻留在这座海岛，
找不到任何解救的办法，不禁忧愁。
请你告诉我，因为神明们无所不知晓，
是哪位不朽的神明阻挡断我的航程，
我怎样才能渡过多游鱼的大海得归返。' 470

"我这样说完，老人立即回答我这样说：
'你原先本应该向宙斯和其他众神明
奉献丰盛的祭品，求他们让你尽快地
渡过酒色的大海，返回自己的家园。
现在命运注定你在见到自己的亲人， 475
回到建造精美的家宅和故乡土地前，
你首先得前往由神明灌注的埃及河流的
流水岸边，给不朽的众神明虔诚奉献
丰盛的百牲祭，广阔的天宇由他们掌管，
这样神明才会赐给你渴望的归返。' 480

"他这样说完，我听了震颤心若碎，
因为他要我再次渡过雾蒙蒙的大海，
经过遥远而艰难的途程前往埃及。
不过我当时仍然回答老人这样说：
'老人，你吩咐的一切我全都遵命执行。 485
现在再请你告诉我，如实说明不隐瞒，
所有的阿开奥斯人都已乘船归故里，
涅斯托尔和我离开特洛亚时与他们分别，
还是有的人在船上遭到不光彩的死亡，

或者在战争结束后死在亲友们的手里。' 490

"我这样说完,老人当时回答我这样说:
'阿特柔斯之子,你为何询问这些?
这些你不应知道,也不应向我探听,
你听了那一切定会忍不住落泪伤心。
他们中许多人已死去,许多人还活在世上, 495
披铜甲的阿开奥斯人中只有两位首领
死在归途;战争本身你亲眼目睹。
有一位英雄还活着,但在寰海受阻。

"'埃阿斯①同他的长桨战船一起被征服。
波塞冬首先让他撞上无比硕大的 500
古赖礁岩②,但把他本人从海水中救起。
尽管雅典娜讨厌他,他仍可逃避死亡,
若不是他完全丧失理智,说话狂妄,
声称他背逆天意,逃出了大海的深渊。
伟大的波塞冬听见了他的狂妄言词, 505
立即用有力的双手抓起那把三股叉,
劈向古赖巨岩,把巨岩劈成两半,
一半留在原地,另一半倒向海中,
丧失理智的埃阿斯正好坐在那上面,
把他抛向波涛翻滚的无边大海里。 510
他就这样死去,咸涩的海水没少喝。

"'你的兄长逃过了死亡,乘坐空心船
把它躲过,只因为有天后赫拉拯救。

---

① 指奥伊琉斯之子埃阿斯,即小埃阿斯。
② 古赖礁岩在那克索斯岛附近。

但当他准备驶向陡峭的岩壁马勒亚,
一股强烈的风暴立即把他卷送到 515
多游鱼的海上,任凭他不断地沉重哀叹;
再把他赶向陆沿,提埃斯特斯的故居地,
现在属提埃斯特斯之子埃吉斯托斯。
但后来重新出现了平安归返的可能,
神明扭转了风向,他们起航返家乡, 520
你兄长无比欣喜地踏上故乡的土地,
深情地抚摸故乡土,不断热烈亲吻,
滴下无数热情泪,终于如愿见到它。
有个哨兵从高处哨位发现了你兄长,
阴险的埃吉斯托斯派遣,答应黄金 525
两塔兰同作报偿,他已观察一整年,
以免你兄长意外归来,知道他猛强。
那哨兵奔向王宫,禀报人民的牧者。
埃吉斯托斯立即计划出办法施阴谋,
从国内召来二十个最最强壮的勇士, 530
安排在室内,命令在对面安排酒宴。
他然后前去欢迎阿伽门农,人民的牧者,
率领车马,准备进行卑鄙的勾当。
他迎来未料及死亡威胁的阿伽门农,
宴毕把他杀死,有如杀牛于棚厩。 535
阿特柔斯之子的随从无一幸存,
埃吉斯托斯的亦然,全被杀死在宫里。'

"他这样说完,我听了不禁震颤心若碎。
我坐在沙滩上失声痛哭,我的心灵
真不想再活下去,再看见太阳的光辉。 540
待我这样尽情地哭过,在沙滩上滚够,
说真话的海中老人又对我这样把话说:

'阿特柔斯之子,你不要如此长久地
痛哭不止,这样与事情毫无裨益,
你应该争取尽快返回故乡的土地。 545
那时或者你发现凶手还活着,或者是
奥瑞斯特斯已杀死凶手,你赶上葬礼。'

"他这样说完,我胸中的心灵和精神
顿然振奋起来,从悲伤中恢复了活力,
大声地对老人说出有翼飞翔的话语: 550
'这些人我已知晓,你还曾提到第三人,
他仍然活着,却被阻在宽阔的大海上
或者已死去,我虽然悲伤,仍想听叙说。'

"我这样说完,老人立即回答我这样说:
'那就是拉埃尔特斯之子,家住伊塔卡, 555
我看见他在一座海岛上两眼流热泪,
在神女卡吕普索的洞穴,神女滞留他,
他无法如愿地归返自己的故土家园,
因为他没有带桨的船只,也没有同伴,
能送他成功地渡过大海的宽阔脊背。 560
宙斯抚育的墨涅拉奥斯,你已注定
不是死在牧马的阿尔戈斯,被命运赶上,
不朽的神明将把你送往埃琉西昂原野,
大地的边缘,金发的拉达曼提斯①的处所,
居住在那里的人们过着悠闲的生活, 565
那里没有暴风雪,没有严冬和淫雨,
时时吹拂着柔和的西风,轻声哨叫,
奥克阿诺斯遣它给人们带来清爽,

---

① 拉达曼提斯是宙斯的儿子,死后成为冥府判官之一。

因为你娶了海伦,在神界是宙斯的佳婿。'

"他这样说完,潜进波涛汹涌的大海。 570
我带领英勇如神明的同伴们返回船舶,
我向前走去,无数思虑激动着我的心。
待我来到大海岸边,船只跟前,
我们备好晚饭,神妙的黑夜已来临。
在波涛的拍击声中,我们沉沉地睡去。 575
当那初升的有玫瑰色手指的黎明呈现时,
我们首先把船只推到神圣的咸海上,
给平稳的船只竖起桅杆,拉起风帆,
然后自己纷纷登船里,坐上桨位,
挨次坐好后用桨划动灰色的海面。 580
我把船只向神明灌注的埃及河流
重新驶去,奉献令神明满意的百牲祭。
在平息了永远存在的神明的愤怒之后,
给阿伽门农造墓茔,使他英名永不朽。
我们作完这一切后归返,不死的神明 585
惠赐顺风,很快返抵亲爱的家园。
现在说到你,请你在我家暂作逗留,
待过去十一、十二日后再徐图归返。
我那时要为你送行,赠你光辉的礼物,
三匹骏马,一架制作精细的马车, 590
再送你一只精美的酒钟,每当你向
不死的神明们酹酒祭奠时永远想起我。"

聪慧的特勒马科斯当时这样回答说:
"阿特柔斯之子,请不要让我久滞留。
我甚至很乐意在你这里逗留一整年, 595
不会想念家乡,也不会想念父母亲,

因为我听你说话,心中快乐无比。
可是我的伙伴们正在神圣的皮洛斯
把我盼望,你却要我在这里作逗留。
至于你想馈赠我礼物,最好是珍藏。 600
我不想把马带往伊塔卡,你留下它们
给自己作装饰,因为你管辖广阔的原野,
这里的原野上三叶草茂盛,芦荡茫茫,
生长小麦、大麦和多枝杈的洁白的燕麦。
在伊塔卡既无宽广的空地,又无草场, 605
但牧放羊群,喜爱它胜过牧马的地方。
海岛通常不适宜跑马,也少草地,
大海环抱,岛屿中伊塔卡尤其是这样。"

他这样说完,善呐喊的墨涅拉奥斯微笑,
抚拍他的手,呼唤一声对他这样说: 610
"亲爱的孩子,你的话表明你出自好门庭,
我可以改变赠送的礼物,我能够这样做。
我要把我家里一件最珍贵的收藏作礼品。
我将送你一件最精美、最宝贵的东西,
给你一只现成的调缸,整个缸体 615
全是银质,缸口周沿镶嵌着黄金,
赫菲斯托斯的手艺,费狄摩斯所赠,
他是西顿国王,我在返乡途中,
曾在他家留住,我想把它赠给你。"

他们正互相交谈,说着这些话语, 620
客人们纷纷来到神样的国王的宫殿。
他们赶来羊,带来能使人壮健的酒酿,
头巾美丽的妻子给他们送来面饼,
他们就这样在厅堂里忙碌准备酒宴。

这时众求婚人在奥德修斯的厅堂前　　　　　　625
抛掷圆饼，投掷长矛，在一片平坦的
场地上娱乐，心地依旧那么傲慢。
安提诺奥斯和仪容如神明的欧律马科斯
也坐在那里，求婚者的首领，勇敢超群。
弗罗尼奥斯之子诺埃蒙走近他们，　　　　　　　630
对安提诺奥斯说话，向他这样询问：
"安提诺奥斯，你们心里知道不知道
特勒马科斯何时从多沙的皮洛斯归返？
他去时带走我的一只船，我现在需要它
渡海前往平坦的埃利斯，我在那里　　　　　　　635
有牝马十二匹和一些未调驯的坚韧骡子，
我想从中挑选一匹，赶回来驯养。"

　　他这样说完，众人心惊异，因为他们
未想到他会去涅琉斯的皮洛斯，还以为他在
自己的田庄羊群中间，或牧猪奴那里。　　　　　640
欧佩特斯之子安提诺奥斯对他这样说：
"你老实告诉我，他什么时候离开这里？
哪些年轻人跟他前往？是挑选的伊塔卡人，
还是他的雇工和奴隶？他能够这样做。
你要对我把真情明言，让我知道，　　　　　　　645
他是用暴力强行夺走你的黑壳船，
还是被他巧言说服，你自愿借给他？"

　　弗罗尼奥斯之子诺埃蒙这样回答说：
"是我自愿借给他，否则又能怎样做，
像他这样一个人来请求，心中忧伤，　　　　　　650
拒绝借给他是一件很难做到的事情。

跟随他前往的年轻人都是我们地区
最优秀之辈,我发现门托尔或是位神明
带领他们,那人完全像门托尔本人。
但我觉奇怪,在此处我见过神样的门托尔, 655
在昨天清晨,可当时他已登船去皮洛斯。"

他这样说完,离去前往他父亲的住处,
两位首领的狂暴的心里迸发怒火。
他们要求婚人一起坐下,停止竞赛,
欧佩特斯之子安提诺奥斯对大家说话, 660
情绪沮丧,昏暗的心里充满怒气,
两只眼睛有如熊熊燃烧的烈火:
"好啊,特勒马科斯出行,算他勇敢地
干了件大事情,但我们定不会让他如意。
他还是个孩子,竟然违背我们的意愿, 665
乘船出航,挑选了本地区最好的船员。
他以后会成为我们的祸害,但愿宙斯
在他还没有长大成人便让他遭毁灭。
现在请给我一条快船和二十个同伴,
让我去等待他本人归返,在伊塔卡 670
和陡峭的萨墨之间的海峡预设埋伏,①
使他的这次寻父航行最终变不幸。"

他这样说完,大家赞成,要他去执行。
人们纷纷站起来,走进奥德修斯的宅内。

佩涅洛佩也并非长时间全然不知晓 675
求婚的人们的内心里构思出来的话语,

---

① 萨墨在伊塔卡西南面的克法勒尼亚岛上,与伊塔卡隔海相望。

因为传令官墨冬禀告她,他在院里
听见他们如何在里面商量设计谋。
他穿过宅第把消息报告佩涅洛佩,
跨进门槛,佩涅洛佩见他这样询问: 680
"传令官,尊贵的求婚者们为何派你来?
是来吩咐神样的奥德修斯的女仆们
停止手头工作,给他们去准备肴馔?
但愿他们不再来求婚,不再来会聚,
愿这是他们在这里的最后一次聚餐。 685
你们在这里常聚宴,耗费许多食物,
智慧的特勒马科斯的家财;难道你们
从前幼小时从没有从你们的父辈听说,
奥德修斯当年如何对待你们的父母亲,
他从未对人们作事不义,说话不公正, 690
尽管这是神圣的国王们的素常习惯,
在人们中间憎恨这个人,喜爱那个人。
奥德修斯从没有随意作事不公平,
你们的用心和卑劣行径已暴露无遗,
以后也不会做什么令人感激的好事情。" 695

  善于思考的墨冬这时回答她这样说:
"尊敬的王后,但愿这是最大的不幸。
然而求婚者们正在策划另一件更大、
更可怕的罪行,愿克罗诺斯之子不让它实现。
他们想用锐利的铜器杀死特勒马科斯, 700
乘他返家时,他为探听父亲的音讯,
去到神圣的皮洛斯和美好的拉克得蒙。"

  他这样说完,王后双膝无力心瘫软,
立时哑然难言语;她的双眼噙满了

涌溢的泪水,往日清脆的声音被梗阻。 705
待后来终于开言,回答墨冬这样说:
"传令官,孩儿为什么离我而去?他无需
登上航行迅速的船只,那是人们的
海上快马,驾着它驶入广阔的水面。
难道他不想把自己的名字留在人世间?" 710

善于思考的墨冬回答王后这样说:
"我不知道是哪位神明鼓励他这样做,
或是他自己的心灵驱使他前去皮洛斯,
打听父亲是否能归返,或已遭灾难。"

他这样说完,离开奥德修斯的寝间。 715
王后陷入巨大的忧伤,虽然房间里
摆着许多座椅,她不想过去坐一坐,
却坐到建造精美的房间的门槛旁边,
痛苦地哭泣。女奴们也和她一起悲恸,
房间里的所有女奴,不管年长或年轻。 720
佩涅洛佩痛哭不止,对她们这样说:
"朋友们,听我说,奥林波斯神给我的痛苦
远超过任何同时代出生和成长的女人,
我首先失去了雄狮般勇敢的高贵丈夫,
全体达那奥斯人中他各种品德最高尚, 725
高贵的英名传遍赫拉斯和整个阿尔戈斯。①
现在风暴又从我家夺走了我亲爱的儿子,
无声无音讯,我都未曾听说他离去。
你们这些贱人啊,没有一个人想到,
前来从床上叫醒我,尽管你们知道, 730

---

① 阿里斯塔尔科斯删去此行。参阅第一卷第 344 行注。

他什么时候乘上乌黑的空心船离去。
倘若我预先知道他谋划作这次远行，
那时或是他留下来，不管他如何向往，
或是他把我留下，我已死在这宫里。
现在你们有人快去请老人多利奥斯， 735
我的仆人，我嫁来时父亲把他交给我，
如今他为我管理林木繁茂的果园，
让他快去见拉埃尔特斯禀告一切，
也许拉埃尔特斯能够想出办法，
前去向人们哭诉，那些人正企图伤害 740
他和英勇如神明的奥德修斯的后代。"

　　亲爱的老奶奶欧律克勒娅这时回答说：
"亲爱的夫人，你可用无情的青铜杀死我，
或是仍让我留在你家里，我都不隐瞒。
我知道全部实情，并给了他所需的一切， 745
给了他食品和甜酒，他要我起了大誓，
不把事情告诉你，除非十二天之后，
或者你自己想念，听人说他已出航，
免得悲哭损毁了你那美丽的容颜。
你现在去沐浴，给自己换上干净衣服， 750
然后同你的女仆们一起到楼上房间，
向提大盾的宙斯的女儿雅典娜祈求，
女神到时候定会拯救他免遭危难。
请不要给痛苦的老人添苦痛，常乐的神明
不会永远憎恨阿尔克西奥斯①的后代， 755
我想他们会让他留下后裔来继承
这高大的宫殿和远处那大片肥沃的土地。"

---

① 宙斯之子，拉埃尔特斯的父亲。

女仆这样说完,她停止哭泣止住泪。
王后沐完浴,给自己换上干净衣服,
然后同她的女仆们一起到楼上房间, 760
在篮里装上大麦,向雅典娜这样祈求:
"提大盾的宙斯的不倦女儿,请听我祈祷,
如果当年多智的奥德修斯曾在这家里
向你焚烧祭献的牛羊的肥美腿肉,
现在就请你不忘前情,拯救我儿子, 765
使他免遭邪恶狂妄的求婚人的伤害。"

她说完又放声痛哭,女神听见她祷告。
这时求婚人正在昏暗的大厅里喧嚷,
狂妄的年轻求婚者中有人这样说:
"众人追求的王后正想和我们成亲, 770
她哪里知道死亡正等待着她的儿子。"

有人这样说,他们不知道未来的事情。
这时安提诺奥斯开言对他们这样说:
"朋友们,你们可不要这样肆无忌惮地
随便乱说,免得有人把消息传出去。 775
让我们现在悄悄动身,去实现那个
你们心中都曾经一致同意的计谋。"

他这样说完,挑选二十个健壮的勇士,
一起前往海边岸滩和迅疾的船只边。
他们首先把船只拖到幽深的海水里, 780
在乌黑的船只上立起桅杆,挂好风帆,
把船桨套进皮革绞成的结实的索带里,
待一切安排妥当,扬起白色的风帆,

高傲的侍从给他们送来各种武器。
他们把船停泊到港口深处,然后走下船, 785
在那里用完晚餐,等待夜色降临。

　　这时审慎的佩涅洛佩躺在楼上寝间,
饮食全无心,点食未进,滴水未沾,
思虑杰出的儿子终能够躲过死亡,
或可能被狂妄无耻的求婚人们戕杀。 790
有如狮子被人们围堵,心中思忖,
满怀恐惧,见人们把它赶进包围圈;
她不断思虑,难忍的睡眠也这样降临她。
她斜倚卧榻睡去,全身肢节变松弛。

　　目光炯炯的女神雅典娜又想出了主意。 795
她制造一个幻象,模样像一个女人,
勇敢的伊卡里奥斯的女儿伊弗提墨,
居住在斐赖的欧墨洛斯娶她做妻子。①
女神把幻象送到神样的奥德修斯家里,
要她让沉痛地哭泣不止的佩涅洛佩 800
停止痛心的悲恸,止住不尽的泪珠。
幻象沿着门栓的皮条,进入寝间,
停在她的头上方,对她这样把话说:
"佩涅洛佩,你现在睡着,心中仍忧伤。
生活悠闲的神明们要你停止哭泣, 805
不要再悲恸,你的儿子会安全归返,
因为神明们认为他没有犯任何罪过。"

　　审慎的佩涅洛佩当时这样回答她,

---

① 斐赖是特萨利亚城市。参阅《伊利亚特》第二卷第711—713行。

甜蜜地沉沉睡着,正在梦境门边:
"我的好姐妹,你为何来这里?往日你可 810
从未来过,因为你居住距离太遥远。
你要我停止悲伤,不要过分哭泣,
然而它们正折磨着我的思想和心灵,
我首先失去了雄狮般勇敢的高贵丈夫,
全体达那奥斯人中他各种品德最高尚, 815
高贵的英名传遍赫拉斯和整个阿尔戈斯。①
现在亲爱的儿子又乘坐空心船离去,
他还年幼,不知艰苦,不谙世故。
我为他忧心远远胜过为自己的丈夫,
我很害怕,担心他会遭遇什么不幸, 820
或是在他前往的国土,或是在海上。
许多人心怀恶意,企图对他加害,
要在他回到故乡之前拦截杀死他。"

那模糊的幻象当时回答王后这样说:
"你宽慰自己,心里不用过分担忧, 825
有一位伴侣和他同行,一位其他人
都希望能受她保护的伴侣,因为她全能,
就是帕拉斯·雅典娜,她怜你如此悲伤,
现在就是她派我来向你说明这一切。"

审慎的佩涅洛佩回答幻象这样说: 830
"如果你真是位神明,听到过女神的声音,
那就请你告诉我那个不幸的人的命运,
他现在仍然活着,看得见太阳的光芒,
还是已经死去,去到哈得斯的居所。"

---

① 参阅本卷第726行注。

模糊的幻象当时回答王后这样说： 835
"我不能详细说明你那位丈夫的遭遇，
他活着还是已死去，说空话不是好事。"

　　幻象这样说完，从门框栓隙离去，
消失在风的气流里。伊卡里奥斯的女儿
从梦中惊醒过来，心情不觉振奋， 840
因为黑夜中给她送来清楚的梦境。

　　这时求婚者们登上船航行在海上，
心中给特勒马科斯谋划沉重的死亡。
大海中央有一个怪石嶙峋的岛屿，
位于伊塔卡和岸壁陡峭的萨墨之间， 845
名叫阿斯特里斯，岛上有一处可两边
泊船的港湾，阿开奥斯人就埋伏在那里。

第 五 卷

——奥德修斯启程归返海上遇风暴

  黎明女神从高贵的提托诺斯身旁起床,①
把阳光带给不死的天神和有死的凡人。
神明们坐下来开会,天空鸣雷的宙斯
坐在他们中间,享有至高的权威。
雅典娜对他们说话,忆及历尽艰辛的   5
奥德修斯,他仍被阻留在神女的洞穴:
"父亲宙斯和列位永生常乐的神明们
今后再不会有哪位执掌权杖的国王仁慈、
亲切、和蔼,让正义常驻自己的心灵里,
他会是永远暴虐无限度,行为不正义,   10
如果人们都把神样的奥德修斯忘记,
他曾经统治他们,待他们亲爱如慈父。
他现在忍受极大的苦难于一座海岛,
在神女卡吕普索的洞府,强逼他留下,
他无法如愿地归返自己的故土家园,   15
因为他没有带桨的船只,也没有同伴,
能送他成功地渡过大海的宽阔脊背。
现在又有人想杀害他的心爱的儿子
于归家途中,他为探听父亲的音讯,
去到神圣的皮洛斯和美好的拉克得蒙。"   20

---

① 提托诺斯是特洛亚王普里阿摩斯的兄弟,为黎明女神所爱,被掳到天上,长生不死。

集云神宙斯这时回答女神这样说：
"我的孩子，从你的齿篱溜出了什么话？
难道不是你亲自谋划，巧作安排，
要让奥德修斯顺利归返报复那些人？
至于特勒马科斯，你可巧妙地伴送他，　　　　　　　　25
你能这样做，让他不受伤害地回故乡，
让那些求婚人迅速乘船调向往回返。"

　　他说完，又对爱子赫尔墨斯这样说：
"赫尔墨斯，你是各种事务的使者，
你去向美发的神女宣告明确的旨意，　　　　　　　　30
让饱受苦难的奥德修斯返回故乡，
既无天神，也无有死的凡人陪伴，
乘坐坚固的筏舟，经历许多艰难，
历时二十天，到达肥沃的斯克里埃，
费埃克斯人的国土，与神明们是近族；①　　　　　　35
他们会如同尊敬神明那样尊敬他，
用船舶送他返回亲爱的故土家园，
馈赠他青铜、黄金、无数衣服和礼物，
多得有如奥德修斯从特洛亚的掠获，
要是他能带着他应得的那部分回故土。　　　　　　　40
须知命运注定他能见到自己的亲人，
返回他那高大的宫宇和故土家园。"

　　宙斯这样说，弑阿尔戈斯的引路神遵命。
这时他立即把精美的绳鞋系到脚上，
那是一双奇妙的金鞋，能使他随着　　　　　　　　　45
徐徐的风流越过大海和无边的陆地。

―――――――
① 斯克里埃和费埃克斯是传说中的国土和部落。详见第六卷。

他又提一根手杖,那手杖可随意使人
双眼入睡,也可把沉睡的人立即唤醒,
强大的弑阿尔戈斯神提着它开始飞行。
他来到皮埃里亚,①从高空落到海上, 50
然后有如海中的鸥鸟掠过波涛,
那海鸟掠过咆哮的大海的惊涛骇浪,
捕捉游鱼,海水沾湿了强健的羽翼,
赫尔墨斯有如那飞鸟掠过层层波澜。
当他来到那座距离遥远的海岛时, 55
他离开蓝灰的大海,登上陆地步行,
来到一座巨大的洞穴前,那里住着
美发的神女,赫尔墨斯看见她在洞里。
炉灶燃着熊熊的火焰,劈开的雪松
和侧柏燃烧时发出的香气弥漫全岛屿。 60
神女一面声音优美地放声歌唱,
一面在机杼前来回走动,用金梭织布。
洞穴周围林木繁茂,生长茁壮,
有赤杨、白杨和散逸浓郁香气的柏树。
各种羽翼宽大的禽鸟在林间栖息作巢, 65
有枭、鹞鹰和舌头既细又长的乌鸦,
还有喜好在海上翱翔觅食的海鸥。
在那座空旷的洞穴岩壁上纵横蜿蜒着
茂盛的葡萄藤蔓,结满累累硕果。
四条水泉并排奔泻清澈的流水, 70
彼此相隔不远,然后分开奔流。
旁边是柔软的草地,堇菜野芹正繁茂。
即使不死的天神来这里见此景象,
也会惊异不已,顿觉心旷神怡。

---

① 皮埃里亚在奥林波斯山北面,马其顿境内。

弑阿尔戈斯的引路神不禁伫立观赏。　　　　　　75
待他歆羡地把一切尽情地观赏够，
终于走进宽旷的洞穴。神女中的女神
卡吕普索一眼便从脸型认出他来，
因为不死的神明们彼此都能相认，
即使有哪位神明居住相距甚遥远。　　　　　　80
神使在洞中未看见勇敢的奥德修斯，
他正坐在海边哭泣，像往日一样，
用泪水、叹息和痛苦折磨自己的心灵。
他眼望苍茫喧嚣的大海，泪流不止。
神女中的女神卡吕普索向赫尔墨斯询问，　　　　85
一面邀请他坐到光亮精美的宽椅上：
"执金杖的赫尔墨斯，我敬重的亲爱的神明，
今天怎么驾临我这里？你可是稀客。
请告诉我你有什么事情，我一定尽力，
只要是我能办到，只要事情能办成。　　　　　90
首先请进来，让我有幸招待你一番。"

　　神女这样说完，随即摆好餐桌，
摆满各种神食，又摆上红色的神液，
弑阿尔戈斯的引路神开始吃喝起来。
待他吃喝一阵，满足了心灵的食欲，　　　　　95
便开始回答神女的询问对她这样说：
"神女询问神明我为何前来你这里，
既然你要求，我这就如实告诉你情由。
宙斯命令我来这里，并非出于我己愿，
有谁愿意越过无边的海水来这里？　　　　　　100
附近没有凡人的城市，从而也没有
凡人向神明敬献祭礼和辉煌的百牲祭。
然而对于提大盾的宙斯的任何旨意，

奥德修斯　古代雕像

没有哪一位神明胆敢回避或违逆。
他说你这里有一位英雄,他受的苦难 105
超过其他人,他们在普里阿摩斯城下
战斗九年,第十年摧毁城市返家园,
但他们在归返途中犯亵渎得罪雅典娜,
女神遣来强烈的风暴和滔天的狂澜。
他的所有杰出的同伴全部丧命, 110
只有他被风暴和波澜推拥来到你这里。
现在宙斯命令你立即释放此人,
因为他不该远离亲属亡命他乡,
命运注定他能够见到自己的亲人,
返回他那高大的宫宇和故土家园。" 115

神女中的女神卡吕普索听完心震颤,
大声地对神使说出有翼飞翔的话语:
"神明们啊,你们太横暴,喜好嫉妒人,
嫉妒我们神女公然同凡人结姻缘,
当我们有人为自己选择凡人做夫婿。 120
有玫瑰色手指的黎明女神爱上了奥里昂,①
你们生活清闲的神明们便心生嫉妒,
直至处女神金座的阿尔特弥斯前去,
用致命的箭矢把他射死在奥尔提吉亚②。
又如美发的得墨特尔爱上了伊阿西昂③, 125
在第三次新翻耕的田地里同他结合,
享受欢爱,宙斯很快知道了这件事,

---

① 奥里昂是波奥提亚一猎人,波塞冬在他眼瞎后(一说他是波塞冬之子)赋予他在海上行走的本领。他来到太阳神那里,太阳神使他重见光明,太阳神的姊妹黎明女神埃奥斯爱上了他。
② 小亚细亚一传说中的国家。
③ 伊阿西昂是宙斯和凡女所生,特洛亚先祖达尔达诺斯的兄弟。

抛下轰鸣的闪光霹雳,把他击毙。
神明们,现在你们又嫉妒我与凡人结合。
想当初他落难爬上船脊,我把他拯救, 130
宙斯用轰鸣的闪光霹雳向他的快船
猛烈攻击,把快船击碎在酒色的大海里。
他的所有杰出的同伴全部丧了命,
只有他被风暴和波澜推拥来到我这里。
我对他一往情深,照应他饮食起居, 135
答应让他长生不死,永远不衰朽。
可是对于提大盾的宙斯的任何旨意,
没有哪一位神明胆敢回避或违逆。
那就让他走,既然宙斯这样命令,
让他回到咆哮的大海上,我只能这样, 140
因为我没有带桨的船只,也没有同伴,
能送他成功地渡过大海的宽阔脊背。
但我可以给他提忠告,丝毫不隐瞒,
使他能不受伤害地返回故土家园。"

　弑阿尔戈斯的引路神立即这样回答说: 145
"那你赶快放他走,不要惹宙斯生气,
你若惹他恼怒,他以后定会惩罚你。"

　强大的弑阿尔戈斯神这样说完离去,
高贵的神女去寻找勇敢的奥德修斯,
不得不听从宙斯的难以违抗的旨意。 150
她看见奥德修斯坐在辽阔的海岸边,
两眼泪流不断,消磨着美好的生命,
怀念归返,神女不能使他心宽舒。
夜里他不得不在空旷的洞穴里度过,
睡在神女的身边,神女有情他无意; 155

白天里他坐在巨岩顶上海岸滩头，
用泪水、叹息和痛苦折磨自己的心灵，
眼望苍茫喧嚣的大海，泪流不止。
神女中的女神站到他身边，对他这样说：
"不幸的人啊，不要再这样在这里哭泣， 160
再这样损伤生命，我现在就放你成行。
只是你得用铜器砍一些长长的树干，
作成宽大的筏船，在上面安上护板，
它将载着你渡过雾气迷蒙的大海。
我会给你装上食品、净水和红酒， 165
丰富得足以供你旅途中排除饥渴，
再让你衣服齐整，送你一阵顺风，
使你安然无恙地回到自己的家园，
但愿统治广天的神明也这样希望，
他们比我更有智慧，更富有权能。" 170

　　她这样说，多难的英雄奥德修斯心惊颤，
他大声回答，说出有翼飞翔的话语：
"女神，你或许别有他图而非为归返，
你要我乘筏船渡过广阔的大海深渊，
它是那样可怕而艰险，速航的快船 175
即使有宙斯惠赐的顺风，也难渡过。
我无意顺从你的心愿乘筏船离开，
女神啊，如果你不能对我发一个重誓，
这不是在给我安排什么不幸的灾难。"

　　神女中的女神卡吕普索听完微笑， 180
抚拍他的手，呼唤一声对他这样说：
"你真狡猾，不会让自己上当受骗，
竟然费尽心机说出了这样的话语。

我现在就以大地、广阔的上苍寰宇
和斯提克斯流水起誓,常乐的神明　　　　　　　　185
也视它为最有力最可怕的誓言见证,①
这不是在给你安排什么不幸的灾难。
其实我考虑这些如同在为我自己,
如果我也陷入了这样的巨大困境,
因为我也有正义的理智,我胸中的　　　　　　　　190
这颗心灵并非铁铸,它也很仁慈。"

　　神女中的女神这样说完,立即前行,
奥德修斯紧紧跟随神女的足迹。
神女和凡人一起走进宽旷的洞穴,
奥德修斯在赫尔墨斯刚才坐过的　　　　　　　　195
宽椅上坐下,神女在他面前摆上
凡人享用的各种食物,供他吃喝,
她自己在神样的奥德修斯对面坐下,
女侍们在她面前摆上神食和神液。
他们伸手享用面前摆放的肴馔。　　　　　　　　200
待他们尽情享用食物和饮料之后,
神女中的女神卡吕普索开始这样说:
"拉埃尔特斯之子,机敏的神裔奥德修斯,
你现在希望能立即归返,回到你那
可爱的故土家园,我祝愿你顺利。　　　　　　　　205
要是你心里终于知道,你在到达
故土之前还需要经历多少苦难,
那时你或许会希望仍留在我这宅邸,
享受长生不死,尽管你渴望见到
你的妻子,你一直对她深怀眷恋。　　　　　　　　210

---

① 斯提克斯是冥河,汹涌可怖,神明们常以它的名义起大誓。

我不认为我的容貌、身材比不上
你的那位妻子,须知凡间女子
怎能与不死的女神比赛外表和容颜。"

　　足智多谋的奥德修斯这样回答说:
"尊敬的神女,请不要因此对我恼怒。　　　　　　215
这些我全都清楚,审慎的佩涅洛佩
无论是容貌或身材都不能和你相比,
因为她是凡人,你却是长生不衰老。
不过我仍然每天怀念我的故土,
渴望返回家园,见到归返那一天。　　　　　　　220
即使有哪位神明在酒色的海上打击我,
我仍会无畏,胸中有一颗坚定的心灵。
我忍受过许多风险,经历过许多苦难,
在海上或在战场,不妨再加上这一次。"

　　他这样说完,太阳沉下,夜色降临,　　　　　225
他们双双进入宽旷的洞穴深处,
享受欢爱,互相偎依,卧眠在一起。

　　当那初升的有玫瑰色手指的黎明呈现时,
奥德修斯立即起床,穿上罩袍和衣衫,
那神女身着一件宽大的白色长袍,　　　　　　　230
轻柔优美,腰间系一条无比精美的
黄金饰带,用巾布把头部从头顶包扎。
她为勇敢的奥德修斯准备行程,
交给他一把大斧,正合他的掌型,
青铜制造,两面有刃,斧上装有　　　　　　　　235
无比精美的橄榄木手柄,牢固结实。
再给他一把锋利的手斧,这才带领他

去海岛的边缘，那里生长着许多大树，
有赤杨、白杨，还有高达天际的杉树，
它们已经枯萎干透，可轻易飘浮。   240
神女中的女神卡吕普索向他指明
生长高大树干的地方，便返回洞穴，
奥德修斯开始砍树，很快把工作做完。
他一共砍倒二十棵，用铜斧把它们削光，
再把它们巧妙地修平，按照墨线。   245
神女中的女神卡吕普索又送来钻子，
奥德修斯把所有木料钻上孔，互相拼合，
用木钉和横木把它们牢固地紧密衔接。
如同有人制造一只宽体重载的
船体底部，木工手艺非常精湛，   250
奥德修斯也这样制造宽体筏船。
他立起树段，用斜杆把它们紧密固定，
再用一根根长长的圆木做成筏舷。
他竖起桅杆，在桅杆顶部装上帆桁，
又装好筏舵，掌握木筏行驶的方向。   255
他在木筏周围密密地捆上柳条枝，
抵御波浪冲击，再堆上许多细枝条。
神女中的女神卡吕普索又送来布匹，
制作风帆，奥德修斯熟练地作完。
他把转帆索、升帆索、帆脚索与筏系好，   260
然后用杠杆把木筏挪进神奇的海水。

　　到了第四天，他把一切工作做完，
第五天神女卡吕普索送他离开海岛，
给他沐完浴，再给他穿上馥郁的衣裳。
神女给他装上一皮囊暗红的美酒，   265
一大皮囊净水，还有一口袋干粮，

此外还装上许多令人愉快的美味。
这时神女给他送来温和的顺风,
神样的奥德修斯高兴地迎风扬帆。
他坐下来熟练地掌舵调整航向, 270
睡意从没有落上他那双仰望的眼睑,
注视着昴星座和那迟迟降落的大角星,
以及绰号为北斗的那组大熊星座,
它以自我为中心运转,遥望猎户座,
只有它不和其他星座为沐浴去长河。 275
神女中的女神卡吕普索谆谆叮嘱他,
渡海时要始终航行在这颗星的左方。
他在海上已连续航行十七个昼夜,
第十八天时显现出费埃克斯国土上
阴影层叠的山峦,距离他已经不遥远, 280
在雾气迷漫的海上有如一块牛皮盾①。

  这时强大的震地神离开埃塞俄比亚,
远远从索吕摩斯②山顶望见奥德修斯,
因为他航行在海上。波塞冬心中气愤,
频频摇头,自言自语心中暗思忖: 285
"好啊,显然天神们对这位奥德修斯
改变了主意,趁我在埃塞俄比亚人那里。
他距费埃克斯人的国土已经不遥远,
命定他到那里便可逃脱巨大的灾难。
但我还是一定要让他吃够苦头。" 290

  他说完立即聚合浓云,手握三股叉,

---

① "牛皮盾"见于古代抄稿,阿里斯塔尔科斯作"橄榄",莱比锡特布涅里版从之。"牛皮盾"和"橄榄"原文很相近。
② 索吕摩斯人是小亚细亚半岛南部一部落。

搅动大海,掀起各种方向的劲风的
暴烈气流,用浓重的云气沉沉笼罩
陆地连同大海,黑夜从天空跃起。
东风、南风一起刮来,反向的西风 295
和产生于太空的北风掀起层层巨澜。
奥德修斯顿时四肢麻木心瘫软,
无限忧伤地对自己的勇敢心灵这样说:
"我真不幸,我最终将遭遇什么灾难?
我担心神女所说的一切全都真实, 300
她曾说我在返抵故土家园之前,
会在海上受折磨,这一切现在正应验。
宙斯让这许多云雾笼罩广阔的天空,
把大海搅动,掀起各种方向的劲风的
暴烈气流,现在我必遭悲惨的毁灭。 305
那些达那奥斯人要三倍四倍地幸运,
他们为阿特柔斯之子战死在辽阔的特洛亚。
我也该在那一天丧生,接受死亡的命运,
当时无数特洛亚人举着锐利的铜枪,
围着佩琉斯之子的遗体向我攻击; 310
阿开奥斯人会把我礼葬,传我的英名,
可现在我却注定要遭受悲惨的毁灭。"

　　他正这样说,陡然隆起一个巨澜,
可怕地从上盖下,把筏船打得团团转。
他自己被从筏上抛出,抛出很远, 315
舵柄从手里滑脱,桅杆被各种风暴
混合旋起的强大风流拦腰折断,
船帆和帆桁一起被远远地抛进海里。
他被久久地打入水下,无力迅速地
向上浮起,身受狂涛巨澜的重压, 320

神女卡吕普索所赠衣服也增添分量。
他很久才浮出水面，嘴里不断喷吐
咸涩的海水，海水顺着他的头流淌。
他虽然精疲力竭，但没有忘记筏船，
他在波浪中向筏船游去，把它抓住，　　　　　325
坐到筏体中央，逃避死亡的结局。
巨浪把木筏随潮流忽上忽下地抛掷。
有如秋天的北风吹动原野上的蓟丛，
稠密的蓟丛随风摇摆簇拥在一起，
风暴也这样把筏体在海上推来逐去，　　　　330
一会儿南风把它推给北风带走，
一会儿东风又把它让给西风驱赶。

　　卡德摩斯的女儿、美足的伊诺看见他，
就是琉科特埃，她原是说人语的凡人，
现在在大海深处享受神明的荣耀。①　　　　335
她怜悯奥德修斯如此飘荡受折磨，
有如一只海鸥飞翔，浮出海面，
落到坚固的筏体上，开言对他这样说：
"不幸的人啊，震地神波塞冬为何对你
如此怒不可遏，让你受这么多苦难？　　　　340
不过不管他如何生气，他难把你伤害，
现在你要这么办，我看你并不缺理智，
你脱掉这些衣服，把木筏留给风浪，
任它刮走，你用手游泳，努力前往
费埃克斯国土，命定你将在那里得解脱。　　345
你接住我这方头巾，把它铺在胸下，

---

① 卡德摩斯是特拜的先祖。伊诺因抚养狄奥倪索斯而遭赫拉迫害投海，成为海神琉科特埃（意为"光明的女神"）。

它具有神力,便不用害怕灾难和死亡。
在你的双手终于触及陆地以后,
你便把头巾拿开,抛进酒色的海水,
要抛得远离陆地,你自己转身离去。" 350

女神这样说完,随即交给他头巾,
她自己重新沉入波涛汹涌的大海,
有如海鸥,黑色的波浪把她淹没。
历尽艰辛的神样的奥德修斯暗思忖,
无限忧伤地对自己的勇敢心灵这样说: 355
"我该怎么办?不会是哪位不死的神明
又来设计陷害我,要我把木筏抛弃?
我看不要听从她,我已经亲眼看见
远处的陆地,她说那是我脱难的地方。
现在就这么办,我看这样最适宜: 360
只要筏体仍然坚固地连成一体,
我就留在上面,准备忍受苦难。
如果汹涌的波涛把这筏体打散,
我只好游泳,那时也想不出更好的办法。"

奥德修斯心里和智慧正这样思忖, 365
震地神波塞冬又猛然掀起一个巨澜,
可怕而沉重,从上面直压下来扑向他。
有如一阵狂风袭来,把一堆干草
骤然卷起,吹得那干草四散飘落,
神明也这样把筏体的长长木料打散。 370
奥德修斯骑马般地爬上一根木料,
脱掉卡吕普索赠给他的那些衣衫,
立即把女神给他的头巾铺展在胸前,
头朝下跃进海里,迅速伸开双臂,

开始奋力浮游。强大的震地神看见他, 375
频频摇头,自言自语心中暗思忖:
"你已忍受过许多苦难,现在就这样
在海上漂泊吧,直到你到达神明的近族,
我想你大概对遭受的苦难不会不满意。"

神明这样说完,催动他的长鬃马, 380
返回埃盖①,那里有他的著名的宫阙。

宙斯的女儿雅典娜这时却另有打算。
她阻住所有其他方向的狂风的道路,
要它们全都停止逞能,安静下来,
只激励迅捷的北风,劈开前面的波澜, 385
让神明养育的奥德修斯抵达喜好航海的
费埃克斯人那里,逃脱灾难和死亡。

奥德修斯已经在汹涌的波涛里飘浮了
两夜两天,许多次预感到死亡的降临。
待到美发的黎明送来第三个白天, 390
风暴停息下来,海上一片平静。
他看见陆地已距离不远,正当他乘着
巨大的波浪浮起,凝目向远方遥望。
有如儿子们如愿地看见父亲康复,
父亲疾病缠身,忍受剧烈的痛苦, 395
长久难愈,可怕的神灵降临于他,
但后来神明赐恩惠,让他摆脱苦难;
奥德修斯看见大陆和森林也这样欣喜,
尽力游动着渴望双脚能迅速登上陆地。

---

① 埃盖在伯罗奔尼撒半岛北部海滨,古代崇拜波塞冬的中心之一。

但当他距陆地只有人声所及的距离时，　　　　　400
他听到大海撞击悬崖发出的轰鸣。
巨大的浪涛号叫着冲向坚硬的陆地，
发出吓人的咆哮，浪花把一切埋淹。
那里既没有可泊船的港湾，也没有避难地，
陡峻的岩岸到处一片礁石和绝壁。　　　　　　405
奥德修斯一见四肢麻木心瘫软，
无限忧伤地对自己的勇敢心灵这样说：
"天哪，宙斯让我意外地看见了陆地，
我奋力冲破波涛，挣扎着向这里游来，
可是却无法登岸，离开灰暗的大海。　　　　　410
前面礁石嶙峋，四周狂暴的波澜
奔腾咆哮，平滑的峭壁矗立横亘，
岸边海水幽深，无一处可让双足
伫立站稳，逃脱这无穷无尽的苦难。
要是我试图攀登，巨浪会把我扯下，　　　　　415
抛向嶙峋的岩石，使我枉费心机。
要是我继续向前游去，试图找到
可攀登的海岸或是海水拍击的港湾，
我担心巨大的风浪会重新把我卷走，
沉重地呼号着被送到游鱼出没的海上，　　　　420
神明或许会从海上放出巨怪攻击我，
著名的安菲特里泰生育了许多怪物，
何况我知道著名的震地神仍对我怀怨。"

　　奥德修斯心里和智慧正这样思忖，
一个巨浪又把他抛向嶙峋的巉岩。　　　　　　425
他本会肢体被扯碎，骨骸被折断，
若不是目光炯炯的雅典娜赋予他思想：
巨浪把他抛起时他探手攀住悬崖，

呻吟着牢牢抓住,待滚滚浪涛扑过。
可浪脊从他身旁涌过向后卷退时, 430
又袭向他把他高高掀起抛进海里。
有如多足的水螅被强行从窝壁拽下,
吸盘上仍然牢牢吸附着无数的石砾,
奥德修斯也这样,强健的掌上的皮肤
被扯下残留崖壁,巨浪又把他淹埋。 435
这时他定会在命定的时刻之前死去,
若不是目光炯炯的雅典娜又给他主意。
他从浪涛下泅起,波浪冲向陆地,
他顺势向前游动,凝目注视陆地,
能否找到一处平缓的海滩或湾岸。 440
他奋力游动来到一条闪光的河口,
庆幸发现一处可使他得救的去处:
既不见任何险岩,又能把风暴挡阻。
他游向河口,心中默默向河神祈求:
"河神啊,恕我不识尊号,我求你救援, 445
正向你游来,躲避波塞冬的大海的愤怒。
永生的天神永远尊重一个流浪者的
恳切祈求,我现在正是这样一个人,
来到你的河口和膝前,受尽了折磨。
尊敬的神明,怜悯我吧,我求你庇佑!" 450

  他这样祷告,河神立即阻住水流,
平静的波涛使他安然游向河岸。
奥德修斯上岸后低垂无力的双臂,
双膝跪地;咸海耗尽了他的气力。
他浑身浮肿,口腔和鼻孔不断向外 455
喷吐海水;他气喘吁吁难以言语,
只觉得一阵昏厥,精疲力竭地倒地。

待他感觉苏醒,胸中的精力复苏,
便取下胸前女神惠赐他的那方头巾。
他把头巾扔进与海水相混的河流, 460
波涛卷头巾入大海,奉还伊诺手里。
奥德修斯离开平静的河口爬进苇丛,
躺在苇丛里亲吻滋生谷物的土地。
他无限忧伤地对勇敢的心灵这样自语:
"我真多不幸,最终将遭遇什么灾难? 465
我要是就这样在河边度过难熬的夜晚,
凛烈的晨霜和瑟索的朝露会把我冻坏,
我已经精疲力尽,只剩下气息奄奄,
更何况河边袭人的晨风和彻骨的寒气。
我要是爬上斜坡,避进繁茂的树林, 470
在枯枝败叶间躺卧,倒可抵御寒冷,
消除困乏,让自己进入甜蜜的梦乡,
但我又担心那不要成为野兽的猎物。"

他心中思虑,觉得这样做更为合适。
他看见一片树林在高处距河岸不远, 475
便走了进去,来到两株枝叶交叉的
橄榄树前,一株野生,一株结硕果,
潮湿的疾风的寒冷气流吹不透它们,
太阳的明亮光线难射进,雨水打不穿,
橄榄树的繁茂枝叶纠缠得如此严密。 480
奥德修斯匍匐进荫翳,伸开双手,
把枯枝败叶拢起堆成厚厚的卧铺。
浓郁的荫蔽下枯枝败叶层层堆积,
甚至足够两三人同时在里面藏卧,
躲避严酷的寒冷,即使寒气凛烈。 485
历尽艰辛的神样的奥德修斯见了,

喜在心头,立即躺下埋身于枝叶里。
如同有人孤身独居在荒郊旷野间,
把未燃完的柴薪藏进发黑的余烬,
用不着去向他人祈求不灭的火种,
奥德修斯也这样把自己埋进残叶里,
雅典娜随即把梦境撒向他的双眸,
使他的眼睑紧闭,消释难忍的困倦。

490

第 六 卷

——公主瑙西卡娅惊梦救援落难人

历尽艰辛的神样的奥德修斯躺在那里,
深深地沉入梦境和困倦。这时雅典娜
来到费埃克斯人卜居的国土和城市,
他们原先居住在辽阔的许佩里亚,
与狂妄傲慢的库克洛普斯族①相距不远, 5
库克洛普斯比他们强大,常劫掠他们。
仪容如神明的瑙西托奥斯迁离那里,
来到斯克里埃,远离以劳作为生②的人们,
给城市筑起围垣,盖起座座房屋,
给神明建造庙宇,划分耕种的田地。 10
但他已被死亡征服,去到哈得斯,
现在由阿尔基诺奥斯统治,神明赐智慧。
目光炯炯的雅典娜来到他的宫殿,
设法为英勇的奥德修斯安排归程。
她来到一间精美的卧室,一位容貌 15
和身材如不死的神明的少女在那里安眠,
勇敢的阿尔基诺奥斯的女儿瑙西卡娅,
陪伴的两个侍女也都俊美无比,
睡在门柱旁边,闪光的房门紧闭。

---

① 库克洛普斯族即独目巨怪族。
② 或解作"以面饼为食的"。

女神像一阵清风来到少女的床前，　　　　　　　　20
站在她的头上方，对她开言这样说，
幻化成以航海著称的狄马斯的女儿模样，
此女与瑙西卡娅同龄，很令她喜欢。
目光炯炯的雅典娜来到她近前这样说：
"瑙西卡娅，母亲生了你怎这样懒惰？　　　　　　25
把你的那些漂亮衣裳随意扔一旁，
你已临近婚期，该穿上漂亮的衣服，
也该为随嫁的侍女们准备漂亮的服装，
漂亮的衣服能给人带来高尚的声名，
你的父亲和高贵的母亲也会喜心头。　　　　　　30
黎明到来时，让我们一起前去洗衣裳，
我将和你一同前往，作你的帮手，
应尽快备妥当，作少女的时间不会很久长。
本地所有费埃克斯人的高贵子弟
都来向你求婚，你也是高贵的出身。　　　　　　35
明晨你向高贵的父亲提出请求，
要他为你套好健骡，准备车乘，
装载你的袍带、衣衫和漂亮的披盖。
这对你自己也比徒步前往要方便，
因为洗涤的水池距离城市相当远。"　　　　　　40

目光炯炯的雅典娜说完，转身返回
奥林波斯，传说那里是神明们的居地，
永存不朽，从不刮狂风，从不下暴雨，
也不见雪花飘零，一片太空延展，
无任何云丝拂动，笼罩在明亮的白光里，　　　　45
常乐的神明们在那里居住，终日乐融融。
女神对少女作完嘱咐，便回到那里。

宝座辉煌的黎明女神降临人间，
唤醒盛装的瑙西卡娅。少女对梦境
惊异不已，穿过宫殿去禀告双亲， 50
亲爱的父亲和母亲，看见他们在里面。
母亲坐在炉灶边，正同女仆们一起，
纺绩紫色的羊绒；她遇见父亲正出门，
前去与杰出的王公们一起参加会议，
接受费埃克斯贵族们的盛情邀请。 55
她站到亲爱的父亲身边，对他这样说：
"亲爱的父亲，你能否为我套辆大车？
高大而快疾，我想把美丽的衣服载上，
去河边洗涤，衣服堆放在那里不干净。
你自己与贵族们一起开会商议要政， 60
也需衣冠整洁，与你的身份才相称。
宫里居住着你的五个心爱的儿子，
两个已成婚，三个未婚风华正茂，
他们也希望能穿上新洗的干净衣服，
去参加舞会，这些事情令我的心牵挂。" 65

她这样说，羞于对亲爱的父亲明言
欢乐的婚事，父亲会意一切对她说：
"孩子，我同意给你骡子和其他东西。
你去吧，奴仆们会给你套好大车，
高大而快疾，车上还装有篷布作遮护。" 70

他说完吩咐奴仆，奴仆们立即遵行。
他们在院里备齐一辆运行迅速的
骡拉大车，把骡赶来在车上套好，
少女从闺房拿来自己的华丽衣服。
她把衣服装上制作精美的大车， 75

母亲装上一箱种种令人愉快的
可口食品，又装上各种珍馐美馔，
再放上一皮囊美酒，姑娘登进车里。
母亲又给她送来一金瓶润滑的橄榄油，
供她同侍女们沐浴完毕涂抹肌肤。 80
这时少女抓住鞭子和光滑的缰绳，
扬鞭催骡，顿时响起嗒嗒的骡蹄声。
骡子不停地奔跑，载着衣服和少女，
她不是单独一人，侍女们和她同行。

　　她们来到无比美丽的河流岸边， 85
那里的水池经常满盈，河水清澈，
不断地涌流，可以洗净一切污渍，
她们把车在那里停住，给骡子解辕。
她们把骡赶到水流回旋的岸边，
去啃甜美的青草，再伸开双手从车上 90
抱下载来的衣服，抛进幽暗的水里，
在池里灵活地用脚蹬踩，互相比技艺。
待她们洗完衣服，除去一切污垢，
便把衣服一件件整齐地晾晒岸边，
距离受海水冲洗的滩头碎石不远。 95
她们沐浴以后，把香膏抹遍全身，
便坐在河边滩岸，开始享用午餐，
把衣服留给太阳的光辉曝晒烤干。
少女和侍女们个个尽情用完午餐，
然后把头巾取下，开始抛球游戏， 100
白臂的瑙西卡娅再带领她们歌舞。
有如射猎的阿尔特弥斯在山间游荡，
翻越高峻的透革托斯山和埃律曼托斯山，①

---

① 透革托斯山在伯罗奔尼撒半岛南部拉科尼亚境内，由北向南延伸，埃律曼托斯山在伯罗奔尼撒半岛中部阿尔卡狄亚境内。

猎杀野猪和奔跑迅捷的鹿群享乐趣,
提大盾的宙斯的生活于林野的神女们　　　　　　105
和她一起游乐,勒托①见了心欢喜。
女神的头部和前额非其他神女可媲美,
很容易辨认,尽管神女们也俊美无比;
这位未婚少女也这样超过众侍女。

　　当公主准备离开河滩归返回宫邸,　　　　　　110
驾上骡子,收起晾晒的美丽衣服,
目光炯炯的女神雅典娜又想了主意,
让奥德修斯被惊醒,得见美貌的少女,
少女好把他带往费埃克斯人的城市。
这时那公主正把球抛给一个侍女,　　　　　　　115
球没有击中侍女,却掉进幽深的水流。
她们大声惊叫,神样的奥德修斯被惊醒,
他立即坐起来,心里和智慧这样思忖:
"天哪,我如今到了什么样人的国土?
这里的居民是强横野蛮,不明正义,　　　　　　120
还是热情好客,心中虔诚敬神明?
有少女们的清脆呼声在周围回响,
她们或许是神女们,居住在山间
高峻的峰巅和河水源旁,繁茂的草地,
或许是我只身临近讲凡间语言的人们。　　　　　125
我还是亲自前去试探,察看清楚。"

　　神样的奥德修斯说完,匍匐出丛林,
伸手从浓密的树丛折下绿叶茂盛的
茁壮树枝,遮住英雄裸露的身体。

---

① 勒托是阿尔特弥斯的母亲,与宙斯生阿尔特弥斯。

他向前走去,有如生长荒野的狮子, 130
心里充满勇气,任凭风吹和雨淋,
双目眈眈如烈火,走进牛群或羊群,
或者山野的鹿群,饥饿迫使它去袭击
羊群以果腹,甚至进入坚固的栏圈。
奥德修斯也这样走向美发的少女们, 135
不顾裸露的身体,情势逼迫不得已。
他浑身被海水染污,令少女们惊恐不迭,
个个颤抖着沿突出的海岸四散逃窜。
唯有阿尔基诺奥斯的女儿留下,雅典娜
把勇气灌进她心灵,从四肢驱除恐惧。 140
公主在对面站定,奥德修斯不禁思忖,
是抱住美丽的姑娘,以双膝的名义请求,
还是远远地这样站定,用温和的语言
真切地恳告,请求指点城市赠衣穿。
他心中思虑,觉得这样做更为合适: 145
远远站住,用温和的语言真切恳求,
不要鲁莽去抱膝,令少女心中生嗔怨。
他于是温和而富有理智地开言这样说:
"恕我求问,姑娘,你是天神或凡人?
你如果是位执掌广阔天宇的神明, 150
我看你与伟大的宙斯的女儿最相似,
无论容貌,无论身材或是那气度。
如果你是位生活在辽阔大地的凡人,
那你的父亲和尊贵的母亲三倍地幸运,
你的兄弟也三倍地幸运,你会使他们 155
心中永远充满不灭的喜悦和欢欣,
看见你这样一位美丽的姑娘去歌舞。
但有一人比所有其他的人更幸运,
他若能把你娶回家,付出优厚的聘礼。

我从未亲眼见过如此俊美的世人， 160
或男或女，我一看见你不由得心惊异。
我去过得洛斯①，在阿波罗祭坛旁见到
一棵棕榈的如此美丽的新生幼枝。
我去那里，一支巨大的军队跟随我，
顺道路过，在那里遭受到许多不幸。 165
我一看见那棕榈，心中惊愕不已，
从未有如此美丽的树木生长于大地。
姑娘啊，我一见你也如此愕然惊诧，
不敢抱膝请求你，虽然已遭遇不幸。
昨天第二十天我才逃脱酒色的大海， 170
自从强烈的波涛和风暴把我吹离
奥古吉埃岛。现在神明送我来这里，
让我继续遭不幸，我的苦难犹未了，
神明们还会给我降下灾祸无穷尽。
尊敬的姑娘，可怜我，遭到许多苦难后， 175
我首先遇见了你，其他人我均不相识，
他们拥有这里的城市和广阔的土地。
请给我指点城市，赐给我粗布蔽体，
如果你前来这里时带有一些衣衫。
我祈求神明满足你的一切心愿， 180
惠赐你丈夫、家室和无比的家庭和睦，
世上没有什么能如此美满和怡乐，
有如丈夫和妻子情趣相投意相合，
家庭和谐，令心怀恶意的人们憎恶，
亲者欣慰，为自己赢得最高的荣誉。" 185

　　白臂的瑙西卡娅回答陌生人这样说：

---

① 得洛斯岛在爱琴海中。

"外乡人,我看你不像坏人,不像无理智,
奥林波斯的宙斯亲自把幸福分配给
凡间的每个人,好人和坏人,按他的心愿。
不管他赐给了你什么,你都得甘心忍受。 190
现在你既然来到我们的城市和国土,
便不会缺少衣服和其他需要的物品,
一个不幸的求助者前来需要的一切。
我给你指点城市,告诉你是什么居民。
费埃克斯人拥有这城市和这片土地, 195
我就是英勇的阿尔基诺奥斯的女儿,
他就是费埃克斯人的强盛和威力的体现。"

她这样说,又吩咐那些美发的侍女们:
"侍女们,你们站住,为何见人就逃窜?
你们或许认为这里有邪恶之徒? 200
现在没有,将来也不会有这样的人
前来费埃克斯人的土地,给我们带来
灾殃和祸害,因为我们受众神明眷顾。
我们僻居遥远,在喧嚣不息的大海中,
远离其他种族,从没有凡人来这里。 205
现在到来的这男子是个不幸的飘零人,
我们应该招待他,一切外乡人和求援者
都是宙斯遣来,礼物虽小见心意。
侍女们,你们快拿饮食把客人招待,
带他去河边沐浴,找个避风的去处。" 210

她这样说,侍女们站住互相招呼,
让奥德修斯在一处合适的地方坐下,
按照勇敢的阿尔基诺奥斯的女儿的吩咐。
她们把衣服放在他身旁,有衬衣外袍,

给他拿来用金瓶盛装的润滑的橄榄油, 215
嘱他去河边清澈水流中沐浴身体。
这时神样的奥德修斯对侍女们这样说:
"侍女们,请你们站开一些,让我自己
把肩头的盐渍洗净,再周身抹上橄榄油,
我已经许久没有用油膏涂抹身体。 220
只是我不能当着你们的面沐浴,
我羞于在美发的少女们面前裸露身体。"

他这样说,侍女们回避,转告少女。
这时神样的奥德修斯用河水洗净
后背和宽阔肩膀上海水留下的盐渍, 225
又洗去流动的海水残留发中的污垢。
待他把周身洗净,仔细抹完油膏,
把未婚少女给他的衣服一件件穿整齐,
宙斯的女儿雅典娜这时便使他显得
更加高大,更加壮健,让浓密的鬈发 230
从他头上披下,如同盛开的水仙。
有如一位巧匠给银器镶上黄金,
承蒙赫菲斯托斯和帕拉斯·雅典娜亲授
各种技艺,做成一件精美的作品,
女神也这样把风采撒向他的头和肩。 235
奥德修斯去到远处的海岸滩边坐下,
焕发俊美和风采,少女见了心惊异。
姑娘不禁对那些美发的侍女们这样说:
"白臂的侍女们,现在你们请听我说。
不会是背逆奥林波斯诸神的意愿, 240
此人来到神样的费埃克斯人中间,
我原先以为他是个容貌丑陋之人,
现在他如同掌管广阔天宇的神明。

我真希望有这样一个人在此地居住,
做我的夫君,他自己也称心愿意留这里。 245
侍女们,你们快给客人饮料和食品。"

　　她这样说完,侍女们纷纷遵命而行,
立即在奥德修斯面前摆下饮料和食品。
历尽艰辛的神样的奥德修斯贪婪地
开始吃喝,他已经许久未进餐饮。 250
白臂的瑙西卡娅这时想了个主意。
她把洗净的衣服摺好,放进车里,
把蹄子强健的骡子套好,自己登车,
然后招呼奥德修斯,对他这样直言:
"现在你起来,客人,我们一起进城去, 255
好让你前往我的睿智的父亲的宫殿,
在那里你会见到所有费埃克斯人的显贵。
现在你要这样做,我看你并不缺理智。
当我们经过人们劳作的广阔田野时,
你可同侍女们一起紧紧跟在骡子 260
和快疾的大车后面,我在前面引路。
这样直到我们快要进城的时候,
城市有高垣环绕,两侧是美好的港湾,
入口狭窄,通道有无数翘尾船守卫,
所有的船只都有自己的停泊埠位。 265
华美的波塞冬神庙附近有一座会场,
用巨大的石块建成,深深埋在土里。
人们在那里制作黑壳船需要的器具,
绞合缆绳,缝制船帆,磨光船桨。
我们费埃克斯人不好弯弓和箭矢, 270
却是通晓桅杆、船桨和船只的性能,
欣悦地驾着它们航行在灰色的大海上。

我希望避免人们的流言,免得有人
背后指责我,他们心性傲慢无礼,
也许有人见我们同行会这样讥讽说: 275
'跟随瑙西卡娅的英俊外乡人是谁?
她在哪里找到他?也许他将作夫君。
她大概从海船带来一个远方部族的
飘零游子,因为附近无他族人居住;
或许是哪位神明有感于她的祈求, 280
从上天降来凡间,和她把时光共度。
不妨她从别处找个丈夫离开我邦,
因为她心中蔑视我们费埃克斯人,
虽然有那么多高贵子弟向她求婚。'
人们会这样议论,对我不满行指责。 285
我也会谴责他人,倘若有人这样做,
违背双亲的意愿,尽管父母都健在,
又未正式缔姻缘,竟自行同男子交往。
客人,你应该完全按照我的话去做,
那时我父亲便会很快送你返家园。 290
你会看到路旁有一座祭祀雅典娜的
白杨树林,清泉淌其间,四周是草地。
我父亲的田庄和茂盛的果园就在那里,
离开城市不远,呼声所及的距离。
你坐在那里暂且等待,直到我们 295
已经进入城市,到达我父亲的宅邸。
待你估计我们已经抵达家宅时,
你再上路进入费埃克斯人的城市,
打听我父亲勇敢的阿尔基诺奥斯的宅邸。
那宅邸很容易辨认,连稚童也能指点, 300
因为其他费埃克斯人建造的住宅
与英雄阿尔基诺奥斯的宅邸不一样。

在你进入宅院大门和庭院以后,
你要迅速穿过大厅,去见我母亲,
母亲坐在火焰熊熊燃烧的炉灶边, 305
纺绩紫色的羊毛,形象令人称奇,
侧依一根立柱,身后坐着众侍女。
我父亲的座椅也在那里,依靠立柱,
他坐在椅上喝酒,仪容如不死的神明。
你从我父亲面前走过,用双手抱住 310
我母亲的双膝请求,使她高兴地决定,
让你迅速返家园,即使你路途遥远。
只要你能博得我母亲的喜悦和欢心,
那时你便有希望见到自己的亲人,
回到建造精美的家宅和故乡的土地。"① 315

　　她这样说完,举起闪亮的鞭子挥动,
驱赶那辕骡,骡子迅速离开河流。
骡子徐徐奔跑,徐徐摆动四蹄,
少女驾驭它们,让后面步行的侍女们
和奥德修斯能跟上,用心挥动鞭子。 320
太阳已经下沉,他们来到雅典娜的
著名圣林,神样的奥德修斯在那里坐定。
这时他立即向伟大的宙斯的女儿祈求:
"请听我祈祷,提大盾的宙斯的不倦女儿。
现在请听我祷告,你当初未允我祈求, 325
当强大的震地神袭击我,把我打落海里。
请让我获得费埃克斯人的友善和怜悯。"

　　他这样说,帕拉斯·雅典娜垂允祈求。

---

① 许多手抄稿删去第 313—315 行。参阅第七卷第 75—77 行。

女神未在他面前显现,因为她也敬畏
父亲的兄长对神样的奥德修斯难消的 330
强烈愤怒,直到英雄归返抵家园。

第 七 卷

——进王宫奥德修斯蒙国主诚待外乡人

    历尽艰辛的神样的奥德修斯祷告,
健骡迅速拉车,把少女载进城里。
公主来到她的父亲的华丽的宫宅前,
驶进宫门停住,她那些仪表如神明的
兄弟们一起向她迎来,站在她周围,   5
给拖车的健骡解辕,把衣服抱进屋里。
公主回到自己的房间,贴身老女仆,
阿佩拉①的欧律墨杜萨给她生起炉火;
当年翘尾海船把她从阿佩拉载来,
人们挑选这老妇送给阿尔基诺奥斯,   10
他统治费埃克斯人,国人敬他如神明,
她抚养白臂的瑙西卡娅长大在宫里。
现在她点火照明,在宫里把晚饭筹备。

    奥德修斯这时站起身,向城市走去,
雅典娜善意地在奥德修斯周围撒下   15
一层浓雾,以免高傲的费埃克斯人遇见,
出言不逊行侮辱,盘问他是何许人。
当奥德修斯正要走进美丽的城市时,
目光炯炯的女神雅典娜迎面走来,
幻化成一个年轻少女,手捧水罐。   20

---

① 阿佩拉的具体地理方位无从确考,也许是杜撰,有人认为即埃皮罗斯。

她站到他面前,神样的奥德修斯询问:
"孩子,你能否领我去一个人的住处?
他叫阿尔基诺奥斯,统治这里的人民。
我是个外乡人,经历了无数不幸前来,
来自非常遥远的国土,我不认识 25
拥有这座城市和这片土地的任何人。"

　目光炯炯的女神雅典娜回答他这样说:
"外乡大伯,我会指点你询问的宅邸,
因为它就在我高贵的父亲的住宅旁边。
但你要默默地前去,我在前面引路, 30
你不要注视任何人,也不要向人询问,
因为这里的居民一向难容外来人,
从不热情接待由他乡前来的游客。
他们信赖迅疾的快船,驾驶着它们
在幽深的大海上航行,震地神赐给他们, 35
他们的船只迅疾得有如羽翼或思绪。"

　帕拉斯·雅典娜这样说完,在前引导,
步履轻盈,奥德修斯紧随女神的足迹。
以航海著称的费埃克斯人没有发现他
从他们中间经过走进城,美发的雅典娜 40
不希望被他们看见,一位可畏的女神,
善意地把他笼罩在一层浓重的昏朦里。
奥德修斯无比惊异,看见那港口、
平稳的船舶、英雄们的会场、蜿蜒不断的
巍峨城墙、林立的栅栏、种种奇观。 45
他们终于来到国王的华丽的宫宅前,
目光炯炯的女神雅典娜开言这样说:
"外乡大伯,这就是你要我指引的宫宅,

你会看见神明抚育的王公们在饮宴，
你大胆进去，内心不要有任何顾虑，　　　　　　50
一个人只要胆大，就能顺利地成就
一切事情，即使他置身异域他乡。
你现在进宫去，必须首先找到王后，
她的名字叫阿瑞塔，来自同一的祖辈，
国王阿尔基诺奥斯也由他们出生。　　　　　　55
最初瑙西托奥斯由著名的震地神波塞冬
和佩里波娅所生，妇女中她美貌无比，
勇敢的欧律墨冬的最为年幼的爱女，
高傲狂妄的巨灵族①当年归他统治。
他毁灭了放纵的巨灵族，也毁灭了自己，　　　60
波塞冬与佩里波娅结合生下一子，
勇敢的瑙西托奥斯，统治费埃克斯人。
瑙西托奥斯生瑞克塞诺尔和阿尔基诺奥斯，
瑞克塞诺尔婚后尚无子，银弓的阿波罗
把他射死，留下独女阿瑞塔在宫中，　　　　　65
阿尔基诺奥斯娶她作妻子，无比尊重，
超过世上任何一个受敬重的女人，
那些受丈夫约束，料理家务的妇女们。
阿瑞塔往日备受敬重，现在也这样，
受到他们的子女、阿尔基诺奥斯本人　　　　　70
和人民的真心诚意的尊敬，视她如神明，
每当她在城中出现，人们问候表敬意。
只因她富有智慧，心地高尚纯正，
为人善良，甚至调解男人间的纠纷。
只要你能令她对你产生喜悦和好感，　　　　　75

---

① 巨灵族是天神乌拉诺斯和地神盖娅的儿子们，身躯魁伟，勇猛无比，曾起来反对奥林波斯神的统治，失败后被置于火山底下。欧律墨冬是巨灵族的首领。

那时你便有希望见到自己的亲人,
回到建造精美的家宅和故乡的土地。"

  目光炯炯的雅典娜说完,转身离开
心爱的斯克里埃,来到喧嚣的海上,
很快到达马拉松①和街道宽阔的雅典城,   80
进入埃瑞克透斯的建筑坚固的居所。②
奥德修斯走向阿尔基诺奥斯的光辉宫殿,
来到青铜宫门前,站住反复思虑。
似有太阳和皓月发出的璀璨光辉,
闪烁于勇敢的阿尔基诺奥斯的高大宫殿里。   85
原来宫邸两侧矗立着青铜墙壁,
由宫门向里延伸,装饰着珐琅墙脊。
黄金大门护卫着坚固宫宅的入口,
青铜门坎两边竖立着银质门柱,
门楣白银制造,门环黄金制成。   90
宫门两侧有用黄金白银浇铸的狗,
赫菲斯托斯用巧妙的想象制作了它们,
用来守卫勇敢的阿尔基诺奥斯的宫宅,
它们永远不会死亡,也永远不衰朽。
宫宅里两侧顺墙壁摆放着许多座椅,   95
由门坎向里连续不断,上面铺盖着
柔软精美的罩毯,妇女们的巧工妙艺。
费埃克斯首领们经常在那里落座,
吃饭饮酒,因为他们都很富有。
黄金铸成的幼童站在精雕的底座上,   100
个个手中紧握熊熊燃烧的火炬,

---

① 马拉松在阿提卡西北部海滨,距雅典约四十公里。
② 埃瑞克透斯是传说中的雅典始祖,雅典建有他与雅典娜共祀的庙宇。

为宫中饮宴的人们照亮夜间昏暗。
有五十个女奴在宫中侍候供役使，
有的用手磨把小麦果实磨成面粉，
有的坐在机杼前织布，转动纺锤，　　　　　　　　105
有如挺拔的白杨枝叶婀娜摇摆，
似有柔滑的橄榄油从光洁的布面淌流。
费埃克斯男子比所有其他人更善于
驾驶快船在海上航行，妇女们也都
精于纺织，因为雅典娜赐给他们　　　　　　　　110
无与伦比的精巧手工和杰出的智能。
院外有一座大果园距离宫门不远，
相当于四个单位的面积①，围绕着护篱。
那里茁壮地生长着各种高大的果木，
有梨、石榴、苹果，生长得枝叶繁茂，　　　　　115
有芬芳甜美的无花果和枝繁叶茂的橄榄树。
它们常年果实累累，从不凋零，
无论是寒冬或炎夏；那里西风常拂动，
让一些果树生长，另一些果树成熟。
黄梨成熟接黄梨，苹果成熟接苹果，　　　　　　120
葡萄成熟结葡萄，无花果熟结新果。
那里还有一座丰产的王家葡萄园，
有的葡萄被铺在一处平地上晾干，
受阳光曝晒，有些人正在采摘果实，
有些人正在酿造；有的葡萄未成熟，　　　　　　125
花蒂刚萎谢，有的颜色已经变紫暗。
末排葡萄藤蔓连着平整的苗圃，
各式花草斑斓生长，争奇斗艳。
那里有两道清泉，一泉灌溉果园，

---

① 原文含义不明，有解作"一天耕作的面积"，约合四公顷；有解作"四天耕作的面积"。

另一道清泉取道院里在地下流动,　　　　　　　　130
通向高大的宫邸,国人们也取用该泉流。
这一切均是神明对阿尔基诺奥斯的惠赐。

　　历尽艰辛的神样的奥德修斯伫立观赏。
待他歆羡地把一切尽情观赏以后,
终于迅速地跨过门坎,进入宫里。　　　　　　　135
他发现费埃克斯首领和君王们正给
目光犀利的弑阿尔戈斯神举杯奠酒,
那是安寝前祭奠的最后一位神明。
历尽艰辛的神样的奥德修斯穿过大厅,
周身笼罩在雅典娜给他撒下的浓雾里,　　　　　140
来到阿瑞塔和国王阿尔基诺奥斯面前。
奥德修斯伸手抱住阿瑞塔的双膝,
笼罩他周围的神雾这时也立即散去。
大家一片静默,看见他出现在宫里,
惊愕地把他注视。奥德修斯哀求说:　　　　　　145
"阿瑞塔,神样勇敢的瑞克塞诺尔的女儿,
我经历了无数不幸,来向你和你的丈夫
和在座的各位求助,愿神明惠赐你们
今生有福,愿你们每个人把家中产业
和人民赐给的荣誉传给你们的儿孙。　　　　　　150
现在我请求你们帮助我尽快回故乡,
我久久远离亲人,受尽苦难和折磨。"

　　他这样说完,坐到炉灶旁边的灰土里,
火焰近旁,众人一片静默不言语,
后有老英雄埃克涅奥斯开始说话,　　　　　　　155
他在费埃克斯人中年事最为高迈,
也最善言词,一位博古通今之人,

这时他满怀善意地开言对他们这样说:
"阿尔基诺奥斯,这不雅观,也不体面,
让客人在积满尘埃的灶边席地而坐, 160
在座的矜持不语均待你首先把话说。
请你扶起这位外乡人,让他在镶银的
座椅上就座,请你再吩咐众侍从们
把酒调和,让我们向掷雷的宙斯祭奠,
他保护所有应受人们怜悯的求助人。 165
让女仆给客人取些现成的食品作晚餐。"

　　阿尔基诺奥斯的神圣心灵听他说完,
伸手抓住阅历丰富多智谋的奥德修斯,
把他从灶边扶起,在光亮的宽椅上就坐,
命尊贵的儿子拉奥达马斯让出座位, 170
儿子坐在他旁边,令国王喜爱无比。
一个女仆端来洗手盆,用制作精美的
黄金水罐向银盆里注水给他洗手,
在他面前安好一张光滑的餐桌。
端庄的女仆拿来面食放置在近前, 175
递上各种菜肴,殷勤招待外来客。
历尽艰辛的神样的奥德修斯开始进餐。
阿尔基诺奥斯这时又这样吩咐那侍从:
"潘托诺奥斯,用调缸调好蜜酒分斟
厅里众宾客,让我们向掷雷的宙斯祭奠, 180
他保护所有应受人们怜悯的求助人。"

　　他这样说完,潘托诺奥斯调好蜜酒,
给众人分斟,首先给各酒杯略斟作祭奠。
众人向天神行过奠礼,尽兴地喝酒,
阿尔基诺奥斯这时开言对大家这样说: 185

"费埃克斯首领和君王们,请听我说,
我要说我胸中的心灵嘱咐我说的话语。
你们现在已饱饫,可各自回家安寝。
明晨我们将邀请更多的尊敬的长老们,
在厅里招待客人,并向神明们奉献 190
丰盛的祭品,然后商讨客人的归程,
解除他心头一切沉重的不快和忧烦,
在我们的帮助下欢悦地顺利返回
故土家园,不管他居住多么遥远,
并使他一路免遭任何不幸和痛苦, 195
直到他踏上故土。这以后他将忍受
母亲生育他时,命运和司命女神们
在他的生命线中纺进去的一切命数。
如果他是位神明从上天降临到人间,
那显然神明们另有意图令我们难猜度。 200
往日神明总是以原形显现于我们,
每当我们向他们奉献丰盛的百牲祭,
他们和我们同坐共饮与我们无区分。
即使我们单独与他们相遇于途中,
他们也不把形隐,因我辈与他们很亲近, 205
如同库克洛普斯族类和野蛮的众巨灵。"

　　足智多谋的奥德修斯这样回答说:
"阿尔基诺奥斯,请不要这样思忖,
我与掌管广天的神明们无法比拟,
无论身材或容貌;我是个有死的凡人。 210
凡你们认为有谁遭受过最多的不幸,
我遭受了那么多苦难堪与他相比拟。
我还可以列举更多更大的苦和难,
我忍受它们都是出于神明们的意愿。

不过我虽然痛苦,还是请让我先用餐。   215
无论什么都不及可憎的腹中饥饿
更令人难忍,它迫使人们不得不想起,
即使他疲惫不堪,心中充满愁忧,
有如我现在尽管心里充满了愁苦,
它们仍命令我吃喝,忘却曾经忍受的   220
一切痛苦和不幸,要我果腹除饥饿。
请你们明天黎明初现便迅速准备,
让我这个经历了无数忧患的可怜人
得返故土,见到我的家产、奴隶
和高大的宅邸,即使我可能丧失性命。"   225

　　他这样说完,赢得众人的一致称赞,
应该送客人归返,因为他的话合情理。
大家奠酒祭神明,自己又尽兴畅饮,
然后便纷纷离席,各自回家安寝,
唯有神样的奥德修斯仍然留在大厅,   230
旁边是阿瑞塔和神样的阿尔基诺奥斯,
女仆们撤去饮宴使用的各种杯盘。
白臂的阿瑞塔这时开言对他们说话,
因为她看见奥德修斯的衣衫、外袍
和各件漂亮衣服尽是她和女仆们缝制,   235
于是她开口,说出有翼飞翔的话语:
"尊敬的客人,首先请允许我动问一声,
你是何人何部族?谁给你这些衣衫?
你不是自称是海中飘零人沦落来这里?"

　　足智多谋的奥德修斯这样回答说: 240
"王后啊,很难从头至尾一一尽述
奥林波斯众神明给我的那许多苦难,

不过对你的询问我仍将直率地回答。
有一座海岛路遥遥,名叫奥古吉埃,
阿特拉斯的多谋的女儿卡吕普索　　　　　　　245
在那里居住,一头秀发,可畏的神女,
任何天神或有死的凡人均与她无往来,
但神明却唯独把不幸的我送到她那里,
当宙斯用轰鸣的闪光霹雳向我的快船
猛烈攻击,把快船击碎在酒色的大海里。　　250
我的所有杰出的同伴丧失了性命,
只有我双手牢牢抱住翘尾船的龙骨,
飘流九天,直到第十天黑夜降临,
神明们把我送到海岛奥古吉埃,
就是可畏的神女、美发的卡吕普索的居地;　255
她把我救起,温存地照应我饮食起居,
答应让我长生不老,永远不衰朽,
但她始终改变不了我胸中的心意。
我在那里淹留七年,时时把泪流,
沾湿卡吕普索赠我的件件神衣。　　　　　　260
光阴流逝,待到第八个年头来临,
她突然把我劝说,要我迅速归返,
不知是宙斯的旨意,还是她改变了主意。
她让我乘上坚固的筏船,给我送来
许多物品,有食物、甜酒和神明的衣服,　　265
还给我送来一阵温和的顺向气流。
我在海上十七个昼夜不断地航行,
第十八天时终于显现出你们国土上
阴影层叠的山峦,令不幸的我欢欣。
但是我注定还得忍受许多不幸,　　　　　　270
全是震地神波塞冬把它们遣送给我;
他鼓起各种狂风,阻住我前进的道路,

把无边的大海不停地翻动,狂涛迫使我
无法乘筏船继续航行,我大声嗟怨。
猛然间一个巨浪掀起把筏船打碎, 275
我不得不奋力游泳,劈开幽深的大海,
风浪推拥,把我送来你们的国土。
要是我就在那里登陆,狂涛会抓住我,
把我抛向巨大的岩石和危险的绝境。
我只好后退回游,来到一处河口, 280
在我看来是一处最适合登岸的地方,
那里岩石既平缓,还可以躲避气流。
我疲惫地倒在那里,神妙的黑夜降临。
我离开那条神明灌注雨水的河流,
爬进一处树丛,在身体周围堆起 285
厚厚的树叶,神明撒下不尽的睡眠。
我这样躺在树叶间,怀着忧伤的心灵,
酣睡一夜一早晨,直至今日中午。
太阳开始下行,睡眠才终于放开我。
这时我发现你女儿的侍女们在岸边嬉戏, 290
你女儿在她们中间宛如一位女神。
我向她请求,她不缺少高尚的思想,
你很难期待同龄的年轻人会这样行事,
因为年轻人往往缺少应有的智慧。
她给我食物和闪烁大海光泽的佳醪, 295
吩咐我在河中沐浴,给我这些衣衫。
我心中虽然忧愁,但所言均属实情。"

　　阿尔基诺奥斯立即回答他这样说:
"客人,我那女儿对此事考虑欠周全,
她没有和侍女们一起把你带回家来, 300
尽管你曾经首先向她发出请求。"

足智多谋的奥德修斯这样回答说:
"国王啊,请不要让你女儿无辜受责备,
她本要我跟随侍女们一道来相见,
无奈我不敢那样,担心对你太不敬, 305
当你看见我时难免心里不高兴。
我们世间凡人生性心中好恼怨。"

阿尔基诺奥斯回答奥德修斯这样说:
"尊敬的客人,我胸中的心灵并不喜好
随意恼怨,让一切保持分寸更适宜。 310
请天父宙斯、雅典娜、阿波罗为我作证,
我真希望有一个像你这样的秉性,
意气与我相投之人娶我的女儿,
留下做女婿。我会给你家宅和产业,
如果你愿意。不过费埃克斯人不会 315
强迫你背逆心愿,因为父宙斯不喜欢。
现在你放心,我决定明天就让你归返,
那时你可以躺在船上安心地睡眠,
自有人平稳地为你划桨,让你回到
故土家园,或其他你心向往的去处, 320
即使那地方甚至比尤卑亚岛①更遥远,
据说那岛路遥遥,我邦人民也有人
去过那里,伴送金发的拉达曼提斯,
前去拜访大地的儿子提梯奥斯②。
他们去到那里,丝毫不费辛苦地 325

---

① 尤卑亚岛在希腊东部近海。
② 提梯奥斯为宙斯之子,赫拉嫉妒他,煽动他追求女神勒托。他欲行非礼,被宙斯用霹雳打入地下受苦刑。参阅本书第十二卷。一说他被阿波罗和阿尔特弥斯用箭射死。他在尤卑亚岛深受居民崇拜。

完成了任务,并于当天折返回来。
你自己会知道我们的船只多么快速,
我们的年轻人多么善于在海上航行。"

　　历尽艰辛的神样的奥德修斯听说心欢喜,
立即大声地吁请神明,这样地祈求:　　　　　　　　　　330
"天父宙斯,请让阿尔基诺奥斯实现
所说的一切,愿他的声名在生长五谷的
大地上永不泯灭,愿我能顺利返家园。"

　　他们正互相交谈,说着这些话语,
白臂的阿瑞塔这时已经吩咐侍女们　　　　　　　　　　335
在廊屋摆下床铺,放上一条精美的
紫色褥垫,褥垫上面铺一条毡毯,
在毡毯上面盖上轻软的羊绒毛毯。
女仆们手执火炬迅速走出厅堂。
她们熟练地铺好厚实柔软的床铺,　　　　　　　　　　340
然后来到奥德修斯的身旁对他说:
"客人,请去安寝,床铺已备整齐。"

　　她们这样说,奥德修斯也正泛睡意。
历尽艰辛的神样的奥德修斯睡在
回声萦绕的廊屋雕花精美的床铺上,　　　　　　　　　　345
阿尔基诺奥斯睡在高大的宫宅的内室,
高贵的妻子同他分享卧床同安寝。

第 八 卷

——听歌人吟咏往事英雄悲伤暗落泪

当那初升的有玫瑰色手指的黎明呈现时,
神圣的阿尔基诺奥斯国王从床上起身,
攻掠城市的、宙斯养育的奥德修斯也起床。
神圣的阿尔基诺奥斯国王带领众人,
前往海港附近费埃克斯人的会场。 5
他们到达那里,在光亮的石凳上就坐,
一个个挨近。帕拉斯·雅典娜跑遍城市,
幻化成经验丰富的阿尔基诺奥斯的传令官,
谋划着勇敢的奥德修斯归返的事情,
她每遇到一个人都站住,对他们这样说: 10
"你们去吧,费埃克斯首领和君王们,
你们快去会场,见识一位外乡人,
新来到阅历丰富的阿尔基诺奥斯的宫邸,
曾在海上漂泊,样子像不死的神明。"

她这样说,鼓励每个人的力量和精神, 15
会场上很快挤满了人群,座无虚席。
人们不禁一片惊异,当他们看见
拉埃尔特斯的这位饱经忧患的儿子,
雅典娜在他的头和肩撒下神奇的气韵,
使他的仪表显得更魁伟,也更壮健, 20
令全体费埃克斯人对他产生好感,
对他更钦羡敬畏,请他作各种竞技,

费埃克斯人将这样考验奥德修斯。
待人们纷纷到来,迅速集合之后,
阿尔基诺奥斯开言,对他们这样说: 25
"请听我说,费埃克斯首领和君王们,
我要说我胸中的心灵吩咐我说的话语。
我不知道这位漂泊到我家的外乡人
是何许人,属东方还是西方的民族。
他请求我们帮助他返乡,保护他安全。 30
我们应该像往常一样,帮助他返乡井。
凡来到我家的外乡人,从来没有哪一个
满怀忧伤地滞留在这里,久久待归返。
让我们把一条首次出航的乌黑船只
拖进神妙的大海,再从国人中挑选 35
五十二个年轻人,个个要出众超群。
你们水手们要把船桨在桨架上绑好,
然后下船,迅速准备必要的食品,
前来我家里,我会让大家称心如意。
这是对水手的要求,我请其他执权杖的 40
诸王公现在就去我的美丽的宅邸,
让我们在大厅热情招待这外乡来客,
谁也不要拒请。你们再把神妙的歌人
得摩多科斯请来,神明赋予他用歌声
娱悦人的本领,唱出心中的一切启示。" 45

他说完前行,执权杖的王公们跟随他,
另有传令官去邀请那位神妙的歌人。
五十二位经过遴选的出色的年轻水手
按照他的吩咐,前往荒凉的海岸。
他们来到大海岸边,船只跟前, 50
把一条乌黑的船只拖进幽深的海水里,

在乌黑的船上立起桅杆,备好风帆,
把船桨套进皮革绞成的结实的索带里,
把一切安排妥当,张起白色的风帆。
他们把船停泊到深水处,再一起前往 55
经验丰富的阿尔基诺奥斯的宏伟的宫殿。
前厅、院廊和各个宫室一时间挤满了
汇集的人群,有老有年轻,难以胜计。
阿尔基诺奥斯为他们宰杀了十二头羊,
八头白牙肥猪和两头蹒跚的壮牛, 60
把它们剥皮烤炙,备办起丰盛的宴席。

　传令官回来,带来令人敬爱的歌人,
缪斯宠爱他,给他幸福,也给他不幸,
夺去了他的视力,却让他甜美地歌唱。
潘托诺奥斯给他端来镶银的宽椅, 65
放在饮宴人中间,依靠高大的立柱。
传令官把音色优美的弦琴①挂在木橛上,
在他的头上方,告诉他如何伸手摘取。
再给他提来精美的食篮,摆下餐桌,
端来酒一杯,可随时消释欲望饮一口。 70
人们伸手享用面前摆放的肴馔。
在他们满足了饮酒吃肉的欲望之后,
缪斯便鼓动歌人演唱英雄们的业绩,
演唱那光辉的业绩已传扬广阔的天宇,
奥德修斯和佩琉斯之子阿基琉斯的争吵, 75
他们怎样在祭神的丰盛筵席上起争执,
言词激烈,民众的首领阿伽门农心欢喜,
看见阿开奥斯人中的杰出英雄起纷争。

---

① 一种类似竖琴的弦乐器,但体积较竖琴大一些。

原来福波斯·阿波罗曾经向他作启示,
在神圣的皮托,当他跨过石门槛去求问,① 80
因为当时灾难已开始降临特洛亚人
和达那奥斯人,按照伟大宙斯的意愿。

  那位著名的歌人这样歌唱,奥德修斯
用强健的双手提起宽大的紫色外袍,
举到头部,遮住他那优美的脸面, 85
担心费埃克斯人发现他眼中流泪水。
当神妙的歌人唱完一曲停止演唱,
他便抹去眼泪,把袍襟从头部挪开,
举起双耳酒杯,醇酒把神明祭奠。
但当费埃克斯首领们重又要求歌人 90
继续演唱,因为他们喜欢他的歌,
奥德修斯不禁又把头遮住哭泣。
他这样流泪,瞒过所有在座的人们,
唯有阿尔基诺奥斯觉察发现此情景,
国王坐在他身旁,听见他低声叹息。 95
国王对喜好航海的费埃克斯人这样说:
"费埃克斯首领和君王们,请听我说。
我们的心灵已尽情享受了美味的肴馔
和优美的歌唱,那是盛宴必备的部分。
现在让我们到外面去进行各种竞技, 100
等到我们的客人回到他的家乡后,
也好对他的亲人们说起,我们如何在
拳击、角力、跳远和赛跑上超越他人。"

---

① 皮托在福基斯境内的帕尔那索斯山南麓,著名的得尔斐神示所即在那里,因此有时即以皮托作为该神示所的别称。

文艺女神 古代雕像

他这样说完在前引导,众人跟随他。
传令官把音色优美的弦琴挂在木橛上, 105
拉着得摩多科斯的手,领他出宫宅,
在前面给他引路,沿着观赏竞技的
其他费埃克斯人的首领们前去的路线。
他们来到广场,随行的是庞大的人群,
无法胜计,许多高贵的年轻人跻身前列。 110
出赛的有阿克罗纽斯、奥库阿洛斯和埃拉特柔斯、
瑙透斯、普里纽斯、安基阿洛斯和埃瑞特缪斯、
蓬透斯、普罗瑞斯、托昂、阿那贝西纽斯、
安菲阿洛斯和特克托诺斯之子波吕涅奥斯的儿子,
还有欧律阿洛斯和嗜杀成性的阿瑞斯般的 115
瑙波利特斯,仪表和身材胜过所有的
费埃克斯人,只不及高贵的拉奥达马斯。
又站出高贵的阿尔基诺奥斯的三个儿子:
拉奥达马斯、哈利奥斯和神样的克吕托涅奥斯。
他们比赛的第一个项目是竞赛跑速。 120
赛手们从起跑点迅速起跑,随即全力
向前飞奔,赛场上迷漫起滚滚飞尘。
高贵的克吕托涅奥斯远远地超越众人,
有如新耕的田地上健骡犁耕的距离,
他这样超过其他人,把他们拉在后面。 125
他们接着进行艰难的角力比赛,
欧律阿洛斯在这场比赛中技压群雄。
安菲阿洛斯在跳远比赛中出类拔萃,
埃拉特柔斯在掷饼比赛中遥遥领先,①
拳击优胜是拉奥达马斯,高贵的王子。 130

---

① 比赛用饼为木饼或石饼或金属饼。此处为石饼,参见本卷第190、192行。

在人们尽情地看完赏心悦目的比赛后,
阿尔基诺奥斯之子拉奥达马斯开言说:
"朋友们,现在让我们问问这位客人,
他擅长哪种竞技,他的体格并不差,
他的大腿、膝头,还有他的那双手 135
和他的颈脖都很强健,充满力量,
他并不缺勇毅,无奈苦难使他显憔悴。
在我看来,世上没有什么比大海
更能残酷地折磨人,即使此人很壮健。"

欧律阿洛斯立即回答他的提议说: 140
"拉奥达马斯,你的话说得非常在理。
你现在就去向他挑战,说明用意。"

阿尔基诺奥斯的高贵儿子听他说完,
立即走到场中央,对奥德修斯这样说:
"尊敬的外乡大伯,请你也参加竞赛, 145
如果你也有擅长,你显然也精通竞技。
须知人生在世,任何英名都莫过于
他靠自己的双脚和双手赢得的荣誉。
你也来试试,抛弃心中的一切忧虑。
你的归程绝不会被长久地推迟延误, 150
船只已下水,伴侣们也都准备就绪。"

足智多谋的奥德修斯这样回答说:
"拉奥达马斯,你们为何挑战嘲弄我?
我心中充满忧愁,无心参加竞技,
因为我经受了那么多苦难和那么多折磨, 155
而今我身在竞技场,心却把归程思虑,
请求国王和全体属民帮助我返乡里。"

欧律阿洛斯立即回答，讥讽地责备说：
"客人，我看你不像是精于竞赛之人，
虽然世人中这样的竞技花样颇繁多， 160
你倒像是经常乘坐多桨船往来航行，
一群航行于海上的贾货之人的首领，
心里只想运货，保护船上的装载
和你向往的获益，与竞技家毫不相干。"

足智多谋的奥德修斯侧目回答说： 165
"陌生人，你出言不逊，像个放肆之人。
神明并不把各种美质赐给每个人，
或不赐身材，或不赐智慧，或不赐词令。
从而有的人看起来形容较他人丑陋，
但神明却使他言词优美，富有力量， 170
人们满怀欣悦地凝望他，他演说动人，
为人虚心严谨，超越汇集的人们，
当他在城里走过，人们敬他如神明。
另有人容貌如同不死的神明一般，
但神明没有充分赐给他优美的谈吐， 175
就像你外表华丽，天神甚至不可能
使你更完美无缺，但你却思想糊涂。
你刚才使我胸中的心灵充满怒火，
说话太鲁莽无理。我并非不知竞技，
如你所揣度，我想我也会名列前茅， 180
只要我的青春和双手仍然可凭信。
只是我现在心里充满愁苦和忧伤，
我经历过无数战争，受尽波涛的折磨。
不过我尽管苦闷，仍愿一试身手，
你刚才的话太让人伤心，太让人气愤。" 185

他这样说完,从座位站起,外袍未脱,
便抓起一块赛饼,更大更厚更沉重,
超过费埃克斯人互相竞赛的那一块。
他挥动强劲的臂膀,抡起石饼抛出去, 190
那饼呼啸一声,把好用长桨善航海的
费埃克斯人惊恐得迅速扑向地面,
让饼飞过。石饼离手后迅速越过
所有其他人的标记,雅典娜标出落点,
幻化成常人模样,称呼一声这样说:
"客人,即使是瞎子也能摸索辨认出 195
这个标记,因为它不会同其他人的相混,
而是远远在前。在这项竞赛中你必胜,
费埃克斯人不可能抛出这么远去超过你。"

历尽艰辛的英雄奥德修斯听完心欣喜,
庆幸自己在比赛中遇到了真正的知己。 200
这时他心情轻松地对费埃克斯人这样说:
"年轻人,赶上那标记,我还可再抛一次,
我想或许是同样距离,或许会更远。
我的心灵向所有其他人发出挑战,
请他来竞赛,既然你们把我激怒。 205
拳击、角力或者赛跑,我都愿奉陪,
所有的费埃克斯人,除去拉奥达马斯。
他是我的东道主,谁会与朋友争斗?
这样的人准是没有头脑的糊涂人,
如果他同盛情招待他的主人竞争, 210
在异域他乡。那样他会丧失一切。
我对任何人都不拒绝,也不轻视,
我愿意和他比试一番,当面较量。

人世间的一切竞赛项目我都在行，
但我最为精通的是使用光滑的弓箭。 215
我总是首先把箭矢射向稠密的敌群，
第一个把敌人射中，即使是许多同伴
一起作战，同时把箭矢瞄准敌人。
只有菲洛克特特斯①在箭术方面胜过我，
当我们阿开奥斯人在特洛亚大地比箭术。 220
我敢说我的箭术远远超过其他人，
只要他们是凡胎，现在在大地上吃谷物。
我当然不敢冒昧地同过去的英雄们竞争，
与赫拉克勒斯和奥卡利亚人欧律托斯相比，
他们的箭术堪与不死的神明比高低。 225
伟大的欧律托斯由此很早便死去，
未能在宫里活到老年，愤怒的阿波罗
把他射死，因为他要同阿波罗比箭术。②
我投掷长枪比其他人射箭还要远。
只是在赛跑方面我担心会有哪位 230
费埃克斯人可能超过我，因为我忍受过
无数风暴的残酷折磨，航行中又经常
缺少饮食，我的双腿已瘫软无力。"

他这样说完，众人一片静默不言语。
唯有阿尔基诺奥斯这时回答他这样说： 235
"客人，你说这些话并非要刺伤我们，
只是想表明你还保存着怎样的勇力，

---

① 菲洛克特特斯是特萨利亚名箭手，得到了赫拉克勒斯死后遗传的弓箭。他在去特洛亚远征途中被蛇咬伤，留在楞诺斯岛。第十年时奥德修斯等把他请去，射死特洛亚王子、名箭手帕里斯。

② 欧律托斯以善射著称，一说他被赫拉克勒斯射死，因他违背诺言，在与赫拉克勒斯比箭失败后，不愿如约将女儿嫁给赫拉克勒斯。奥卡利亚在特萨利亚境内。

既然刚才那人挑战时说话带讥讽,
令你愤怒,但再无人否定你的力量,
只要他说话时善于运用自己的智慧。　　　　　　　　240
现在请你也听我一言,以便你以后能
对其他英雄说起,当你在自己的宫里
同自己的妻子和孩子们共同进餐时,
忆及到我们的勇力,宙斯赐给我们
怎样的本领,经过祖辈遗传给我们。　　　　　　　　245
我们在拳击和角力方面并不出色,
但我们双腿奔跑敏捷,航海超群,
我们也一向喜好饮宴、竖琴和歌舞,
还有华丽的服装、温暖的沐浴和软床。
现在开始表演舞蹈吧,费埃克斯人中　　　　　　　　250
最出色的舞蹈家,以便待客人返回家乡后,
向自己的亲人们述说,我们在航海、赛跑
和舞蹈、歌唱方面如何较他人优越。
再有一人速去给得摩多科斯取来
音色优美的弦琴,它就挂在我家里。"　　　　　　　　255

　　神明一般的阿尔基诺奥斯这样说完,
传令官急忙去王宫摘取空肚的弦琴。
遴选出的九位公众评判员站起身来,
他们负责安排比赛中的一切事宜,
划出一块舞蹈场,将场地准备就绪。　　　　　　　　260
这时传令官回来,给得摩多科斯取来
音色优美的弦琴。歌人走进场中央,
周围站着刚成年的年轻人,个个善歌舞,
用脚踩击那神妙的舞场。奥德修斯
看着他们闪烁的舞步,不觉心惊异。　　　　　　　　265

这时歌人边弹琴,开始美妙地唱起
阿瑞斯和发环美丽的阿佛罗狄忒的爱情。
他们怎样最初在赫菲斯托斯的家里
偷偷幽会,阿瑞斯馈赠了许多礼物,
玷污了大神赫菲斯托斯安眠的床榻。　　　　　　　270
赫利奥斯①窥见他们偷情便向他报信。
赫菲斯托斯听到这令人痛心的消息,
去到冶炼场,心中考虑报复的手段,
把巨大的锻砧搬上底座,锻造一张
扯不破挣不开的罗网,好当场捉住他们。　　　　275
他作成这件活计,心中怨恨阿瑞斯,
走进卧室,那里摆放着亲切的卧床。
他凭借床柱在床的四周布上罗网,
无数网丝自上面的房梁密密地垂下,
有如细密的蛛网,谁也看不见它们,　　　　　　280
即使是常乐的神明,制作手工太精妙。
他在床的四周布好他这件活计,
佯装前往利姆诺斯②,建造精美的城堡,
大地上所有城市中他最喜爱那一座。
执金缰绳的阿瑞斯敏锐地留心窥探,　　　　　　285
发现名巧匠赫菲斯托斯离家出远门,
便立即来到著名的赫菲斯托斯的家宅,
怀着对发环美丽的库特瑞娅③的情焰。
女神从父亲,全能的克罗诺斯的儿子
那里回来刚坐下,阿瑞斯便来到屋里,　　　　　290
抓住她的手,招呼一声对她这样说:

---

① 赫利奥斯是太阳神,明亮的光线使他无所不见。
② 爱琴海北部岛屿。
③ 库特瑞娅是阿佛罗狄忒的别名,源自岛名库特拉。该岛位于伯罗奔尼撒半岛南端,是古代祭祀女神的著名地点之一。

"亲爱的,快上床吧,让我们躺下寻欢爱,
赫菲斯托斯已经不在家,他可能是去到
利姆诺斯讲蛮语的辛提埃斯人那里。"①

  他这样说,女神乐意地和他躺下。 295
他们上床入睡,机敏的赫菲斯托斯的
精巧的罗网这时从四面密密地罩下,
使他们既无法挪动手脚,也无法起来。
他们终于明白,已无法摆脱束缚。
强大的跛足神这时来到他们跟前, 300
他未到利姆诺斯土地便折返回来,
赫利奥斯为他观察,报告消息。
他返身回家,亲爱的心灵怀着忧伤。
他站在门口,心头充满强烈的愤怒,
放声大喊,使全体神明都能听见: 305
"父亲宙斯和其他永生常乐的众神明,
你们快来看可笑而不可忍受的事情,
只因我跛足,宙斯的女儿阿佛罗狄忒
一贯轻视我,却看上了毁灭神阿瑞斯,
因为他漂亮又健壮,而我却天生孱弱。 310
可是这并非是应该怨我的一种过错,
而是在于我父母,他们不应该生下我。
现在你们请看,他们躺卧享欢爱,
登上我的床榻,我见了痛苦揪心。
我看他俩也不会就这样相亲相爱, 315
长久躺卧,他们很快会不想再卧眠。
如今我作成的罗网已把他们缚住,
直到她父亲把我的聘礼全部退还,

---

① 辛提埃斯人是利姆诺斯岛上的居民。

我当初为了这无耻的女人把它们送给他,
他的女儿确实很美丽,但不安本分。" 320

他这样说,众神聚集到他的铜宫。
震地之神波塞冬来了,广施恩惠的
赫尔墨斯来了,射王阿波罗也来到。
温柔的女神们羞于前来,留在家里。
给人赐福的神明们驻足卧室门前。 325
常乐的神明们不禁纷纷大笑不止,
当他们看见机敏的赫菲斯托斯的妙计。
有的神见此景象,对身旁的神明这样说:
"坏事不会有好结果,敏捷者被迟钝者捉住,
如现在赫菲斯托斯虽然迟钝,却捉住了 330
阿瑞斯,奥林波斯诸神中最敏捷的神明,
他虽跛足,却机巧,阿瑞斯必须作偿付。"

神明们当时纷纷这样互相议论,
宙斯之子阿波罗王对赫尔墨斯这样说:
"赫尔墨斯,宙斯之子,引路神,施惠神, 335
纵然身陷这牢固的罗网,你是否也愿意
与黄金的阿佛罗狄忒同床,睡在她身边?"

弑阿尔戈斯的引路神当时这样回答说:
"尊敬的射王阿波罗,我当然愿意能这样。
纵然有三倍如此牢固的罗网缚住我, 340
你们全体男神和女神俱注目观望,
我也愿睡在黄金的阿佛罗狄忒的身边。"

他这样说,不死的天神们哄笑不止。
波塞冬没有发笑,他一直不断请求

著名的巧匠赫菲斯托斯释放阿瑞斯。 345
他这样对巧匠说出有翼飞翔的话语：
"放了他吧，我担保让他按你的吩咐，
当着不死的众神明交出应给的偿付。"

著名的跛足神这时回答波塞冬这样说：
"震地之神波塞冬，请不要这样命令我， 350
不值得给不值得担保之人作担保。
我怎能当着不死的众神明把你缚住，
要是阿瑞斯逃避责任，又摆脱罗网？"

震地神波塞冬这时回答名巧匠这样说：
"赫菲斯托斯，要是阿瑞斯回避责任， 355
立即逃窜，我自己就替他偿付一切。"

著名的跛足神这时回答波塞冬这样说：
"好吧，我不能，也不该再拒绝你的要求。"

强大的赫菲斯托斯这样说，打开了罗网。
他们两人一摆脱那如此牢固的罗网， 360
立即从床上起来，阿瑞斯前往色雷斯，
爱欢笑的阿佛罗狄忒前往塞浦路斯，
来到帕福斯，那里有她的香坛和领地。①
美惠女神们为她沐浴，给她抹上
永生的天神们经常使用的神性香膏， 365
再给她穿上华丽的衣服，惊人地艳丽。

---

① 据说阿佛罗狄忒由海中出生后，首先来到塞浦路斯岛。帕福斯城在该岛西部，是古代崇拜女神的中心之一。

著名的歌人唱完这一段,奥德修斯
听了心旷神怡,那些好用长桨的、
善航海的费埃克斯人听了也很欣喜。

这时阿尔基诺奥斯吩咐哈利奥斯 370
和拉奥达马斯单独舞蹈,无人可比。
他们伸手抓起一个美丽的紫色球,
经验丰富的波吕博斯为他们缝制,
一个把球抛向云丝缭绕的天空,
把身后仰,另一个随即从地上跃起, 375
轻巧地把球接住,不待双脚落地。
在他们这样尝试一番抛球之后,
便在养育众生的土地上舞蹈起来。
两人不断地变换位置,其他年轻人
站在舞场跺节拍,一时间跺声四起。 380
神样的奥德修斯对阿尔基诺奥斯这样说:
"阿尔基诺奥斯王,人民的至尊至贵,
你曾经宣称你们是最出色的舞蹈家,
现在已证实,见他们舞蹈我赞叹不已。"

他这样说,阿尔基诺奥斯听了欣喜, 385
立即对好用船桨的费埃克斯人这样说:
"费埃克斯首领和君王们,请听我说。
我看这位外乡人非常聪明有理智,
现在让我们馈赠他一些合适的礼物。
我们的人民共有十二位杰出的王公, 390
掌权治理,把我算上一共十三位,
你们每人馈赠他清洁的披篷一件,
衣衫一件,再送他一塔兰同贵重的黄金。
我们立即把它们取来,好让客人

捧着这些礼物心情愉快地去赴宴。 395
至于欧律阿洛斯,他应用道歉和礼物
向客人寻求和解,他刚才说话不合适。"

　　他这样说完,赢得众人的一致称赞,
纷纷命令传令官快去把礼物取来。
欧律阿洛斯大声回答国王这样说: 400
"阿尔基诺奥斯王,人民的至尊至贵,
我将向客人寻求和解,按你的吩咐。
我要馈赠他一把纯铜剑,剑柄镶银,
剑鞘镶满新作成的种种象牙装饰,
我想他会认为这是件珍贵的礼物。" 405

　　他这样说,一面把镶银剑交给客人,
大声地对他说出有翼飞翔的话语:
"你好,外乡大伯,如果我言语冒犯,
愿风暴立即把它们吹走,把它们吹散。
愿神明赐你重见妻子,得返故土, 410
当你远离亲人,经历了那么多苦难。"

　　足智多谋的奥德修斯这样回答说:
"你好,亲爱的朋友,愿神明赐福于你。
但愿你他日不会为此剑心生惋惜,
你现在向我致词道歉,把它赠给我。" 415

　　他这样说完,把镶银钉的剑背上肩头。
太阳西下,珍贵的礼物已全部备齐。
高贵的传令官们把礼物搬进国王的宫里,
尊敬的阿尔基诺奥斯的儿子们接过它们,
把珍贵的礼物放到尊贵的母亲身边。 420

阿尔基诺奥斯兴致盎然地引导众人
返回宫邸，邀他们在高大的宽椅上就座。
强大的阿尔基诺奥斯对阿瑞塔这样说：
"夫人，请取一只最精制最漂亮的衣箱，
亲自放进一件洁净的披篷和衣衫， 425
把一只铜鼎架上火焰，把水烧热，
让客人沐浴后再观看那些美好的礼物，
它们都是高贵的费埃克斯人的馈赠，
然后让客人享受宴饮，听歌人吟咏。
我赠他那只精美的酒杯，黄金制成， 430
好让他永远想起我，每当他举起那杯，
向伟大的宙斯和其他众神明醑酒祭奠。"

他这样说完，阿瑞塔立即吩咐女仆们，
命她们赶快把巨大的三脚鼎架上火焰。
女仆们把烧水三脚鼎架上旺盛的火焰， 435
向鼎里注水，抱来柴薪向鼎下加添。
火焰把鼎肚围抱，凉水渐渐变温暖。
这时阿瑞塔从自己的贮室为客人取来
一只精致的衣箱，放进精美的礼物，
衣服、黄金，费埃克斯人的各种赠品。 440
她又放进一件披篷和华丽的衣衫，
开言对客人说出有翼飞翔的话语：
"现在请你查看箱盖，把箱笼捆好，
免得航行中有人从中窃取物品，
在你乘坐黑壳船时沉入深深的梦境。" 445

历尽艰辛的神样的奥德修斯听完，
立即关好箱盖，迅速把箱笼捆好，
打个巧结，尊贵的基尔克当年教习。

这时主管女仆过来邀请他沐浴,
前去浴室。他一见那温暖的浴水, 450
欣悦涌心头,因为他已久未如此享用,
自从他离开美发的卡吕普索的居处,
当日神女曾对他如对神明般地体贴。

　女仆们给他沐浴以后,抹上橄榄油,
再给他穿上缝制精美的罩袍和衣衫, 455
他走出浴室,走向正在饮宴的人们。
具有女神般美丽容貌的瑙西卡娅,
正站在建造坚固的屋檐下的立柱旁,
心中惊异不已,双眼注视奥德修斯,
开言对他说出有翼飞翔的话语: 460
"你好,客人,但愿你日后回到故乡,
仍能记住我,因为你首先有赖我拯救。"

　足智多谋的奥德修斯这样回答说:
"勇敢的阿尔基诺奥斯的女儿瑙西卡娅,
但愿赫拉的执掌霹雳的丈夫宙斯 465
能让我返回家园,见到归返那一天。
那时我将会像敬奉神明那样敬奉你,
一直永远,姑娘,因为是你救了我。"

　他这样说完,在国王身旁的宽椅就座,
人们分配肉食,再把酒酿调和。 470
这时传令官进来,领来敬爱的歌人,
令人们尊敬的得摩多科斯,让他坐在
饮宴的人们中间,依靠着高高的立柱。
足智多谋的奥德修斯招呼传令官,
一面割下一块白牙肥猪的里脊肉, 475

一大块留下,脊肉两面裹着肥油:
"传令官,请把这块肉送给得摩多科斯,
我尽管心中忧伤,但对他仍不忘敬重。
所有生长于大地的凡人都对歌人
无比尊重,深怀敬意,因为缪斯　　　　　　　　　480
教会他们歌唱,眷爱歌人这一族。"

　　他这样说,传令官把肉送到尊敬的
得摩多科斯手里,歌人接过心欢喜。
人们伸手享用面前摆放的肴馔。
在他们满足了饮酒吃肉的欲望之后,　　　　　　485
睿智的奥德修斯对得摩多科斯这样说:
"得摩多科斯,我敬你高于一切凡人。
是宙斯的女儿缪斯或是阿波罗教会你,
你非常精妙地歌唱了阿开奥斯人的事迹,
阿开奥斯人的所作所为和承受的苦难,　　　　　490
有如你亲身经历或是听他人叙说。
现在请换个题目,歌唱木马的故事。
那是由埃佩奥斯在雅典娜帮助下制造,
神样的奥德修斯把那匹计谋马送进城,
里面藏着许多英雄,摧毁了伊利昂。　　　　　　495
如果你能把这一切也为我详细歌唱,
那我会立即向所有的世人郑重传告,
是善惠的神明使你歌唱如此美妙。"

　　他这样说完,歌人受神明启示演唱,
唱起阿尔戈斯人登上建造坚固的船只,　　　　　500
航行到海上,纵火烧毁原先的营寨,
许多英雄与著名的奥德修斯一起,
藏身于木马留在特洛亚人的广场,

因为特洛亚人自己把它拖进卫城里。
木马停在广场,特洛亚人争论不休, 505
坐在木马周围;他们有三种意见,
或是用无情的铜器戳穿中空的木马,
或是把它拖往悬崖的高处推下,
或是把它如珍品保留取悦神明,
后来他们正是遵循了这一种建议。 510
命运注定他们遭毁灭,让城市接纳
那高大的木马,里面藏着阿尔戈斯人的
杰出英雄,给特洛亚人带来屠杀和灭亡。
他歌唱阿开奥斯子弟们怎样冲进城市,
他们爬出木马,离开藏身的空马腹。 515
他歌唱他们到处摧毁巍峨的城池,
奥德修斯冲向得伊福波斯的宫邸,
有如阿瑞斯,同神样的墨涅拉奥斯一起。
唱到他在那里经历了最艰苦的战斗,
最后获得胜利,有伟大的雅典娜助佑。 520

　著名的歌人吟唱这段故事,奥德修斯
听了心悲怆,泪水夺眶沾湿了面颊。
有如妇人悲恸着扑向自己的丈夫,
他在自己的城池和人民面前倒下,
保卫城市和孩子们免遭残忍的苦难; 525
妇人看见他正在死去作最后的挣扎,
不由得抱住他放声哭诉;在她身后,
敌人用长枪拍打她的后背和肩头,
要把她带去受奴役,忍受劳苦和忧愁,
强烈的悲痛顿然使她面颊变憔悴; 530
奥德修斯也这样睫毛下流出忧伤的泪水。
他这样流泪,瞒过了所有在座的人们,

唯有阿尔基诺奥斯觉察发现此景象,
国王坐在他身旁,听见他低声叹息。
国王对喜好航海的费埃克斯人这样说: 535
"费埃克斯首领和君王们,请听我说。
让得摩多科斯停住音色优美的弦琴,
因为他的歌未能引起众人心欢悦。
自从我们开始晚餐,神妙的歌人唱吟,
这位客人便没有停止悲痛的叹息, 540
显然巨大的痛苦袭击着他的心灵。
请歌人停止吟唱,大家共享欢欣,
主人和客人同乐,这样更为适宜。
本是为客人,才有歌人的这些歌唱,
送行酒宴和我们的那些热忱赠礼。 545
任何人只要他稍许能用理智思虑事情,
对待外乡来客和求援人便会如亲兄弟。
现在请你不要巧用心智求隐讳,
回避我的询问,直言作答更相宜。
请你告诉我,你在家乡时你的父母亲 550
以及本城和邻近的人们如何称呼你。
任何人都不可能完全没有名字,
无论卑微或尊贵,自他出生以后,
因为父母都要给出生的孩子起个名。
再请你告诉我你的故乡、部族和城邦, 555
好使我们的船只送你回去时定方向。
我们费埃克斯人没有掌航向的舵手,
也没有任何航舵,船只自己定方位,
它们自己理解人们的思想和心愿,
洞悉一切部族的城邦和所有世人的 560
肥田沃土,能够在云翳雾霭迷漫的
幽深大海上迅速航行,从不担心

会遭受任何损伤或者不幸被毁灭。
但我的父亲瑙西托奥斯曾经告诉我,
他说波塞冬对我们甚为不满怀怨怒, 565
因为我们安全地伴送所有的外来客。
声称费埃克斯人精造的船只总会在
送客返航于雾气迷漫的大海时被击毁,
降下一座大山把我们的城邦包围。
老人这样说,神明是让此事实现 570
还是不应验,全看他心头持何意愿。
现在请你告诉我,要说真话不隐瞒,
你漫游过哪些地方和住人的地域,
见过哪些种族和人烟稠密的城市,
哪些部族凶暴、野蛮、不明法理, 575
哪些部族尊重来客,敬畏神明。
请再告诉我,你为什么流泪心悲苦,
当你听到阿尔戈斯人和伊利昂的命运时。
须知那是神明安排,给无数的人们
准备死亡,成为后世歌唱的题材。 580
或许是你有哪位高贵的亲人倒在
伊利昂城下,或许是女婿或许是岳丈?
他们与我们最亲近,除了血缘亲属。
或许是你有哪位高贵的知心伙伴
在那里丧命?因为伙伴与亲人无差异, 585
须知他既是知心朋友,又是好咨议。"

第 九 卷

——忆归程历述险情逃离独目巨人境

  睿智的奥德修斯回答国王这样说:
"阿尔基诺奥斯王,人民的至尊至贵,
能听到这样的歌人吟唱真是太幸运,
他的歌声娓娓动听,如神明们吟咏。
我想没有什么比此情此景更悦人,   5
整个国家沉浸在一片怡人的欢乐里。
人们会聚王宫同饮宴,把歌咏聆听,
个个挨次安座,面前的餐桌摆满了
各式食品肴馔,司酒把调好的蜜酒
从调缸舀出给各人的酒杯一一斟满。 10
在我看来,这是最最美好的事情。
可你却一心想询问我的痛苦不幸,
这只能使我忧伤之中更加添愁苦。
真不知我该先讲什么,后讲什么,
只因乌拉诺斯众神裔赐我苦难无数。 15
现在我首先报上姓名,让你们知道,
也好待我从这些无情的时日解脱后,
有机会招待你们,尽管我居住遥远。
我就是那个拉埃尔特斯之子奥德修斯,
平生多智谋为世人称道,声名达天宇。 20
我住在阳光明媚的伊塔卡,岛上有山,
名叫涅里同,峻峭壮丽,郁郁葱葱。
周围有许多住人的岛屿,相距不远,

有杜利基昂、萨墨和多森林的扎昆托斯。
伊塔卡地势低缓最遥远,坐落海中 25
最西边,其他岛屿也遥远,东侧迎朝阳。
伊塔卡虽然崎岖,但适宜年轻人成长,
我认为从未见过比它更可爱的地方。
神女中的女神卡吕普索把我阻留在
她的宽旷洞穴里,心想让我作丈夫, 30
基尔克也曾把我阻留在她的宫宅里,
就是那魔女艾艾埃①,心想让我作丈夫,
但她们都无法改变我这胸中的心愿。
任何东西都不如故乡和父母更可亲,
如果有人浪迹在外,生活也富裕, 35
却居住在他乡异域,离开自己的父母。
现在让我讲讲我充满苦难的归程,
那是我离开特洛亚之后宙斯赐予。

"离开伊利昂,风把我送到基科涅斯人的
伊斯马罗斯,我攻破城市,屠杀居民。 40
我们掳获了居民们的许多妻子和财物,
把他们分配,每个人不缺相等的一份。
我当时要求大家立即离开那地方,
但他们糊涂过分,不愿听从我劝说。
他们在那里开怀畅饮,在大海岸边 45
宰杀了许多肥羊和蹒跚的弯角牛。
就在这时,基科涅斯人去召唤其他的
与他们邻近的同族,他们人多又勇敢,
居住在该国内陆地方,善于从马上
和敌人厮杀,必要时也能徒步作战。 50

---

① 艾艾埃本是基尔克的居地,据说在意大利和西西里之间的海上。

他们在清晨时到来,多得有如春天的
茂叶繁花,显然是宙斯的恶愿降临于
不幸的我们,让我们遭受无数的苦难。
双方摆开阵势,在快船边展开激战,
互相把装有青铜的枪矛不断地投掷。 55
在整个清晨和神圣的白昼增强的时候,
我们仍能回击比我们众多的敌人。
但到了太阳下沉,给耕牛解轭的时候,
基科涅斯人占优势,打垮了阿开奥斯人。
每条船有六个戴胫甲的同伴丧失性命, 60
其他人终于逃脱了死亡和面临的毁灭。

"我们从那里继续航行,悲喜绕心头,
喜自己逃脱死亡,亲爱的同伴却丧生。
我允许翘尾船继续向前航行,只是在
向不幸的同伴每人呼唤三声之后, 65
他们被杀死在基科涅斯人的土地上。
这时集云神宙斯唤起强烈的北风,
带来狂风暴雨,顷刻间浓密的云翳
笼罩大地和海面,黑夜从天降临。
船只被风暴刮走,一头扎进波涛, 70
狂风的威力把船舶三片四片地撕碎。
我们担心死亡降临,把风帆放下,
划动船桨,把船只迅速驶向陆地。
我们在那里连续停留两天又两夜,
浑身疲乏,忧伤吞噬着我们的心灵。 75
待到美发的黎明使第三个白天降临时,
我们又竖起桅杆,扬起白色的风帆,
在船上坐好,让风和舵手操纵船只。
当时我本可能安然无恙地抵达故乡,

但波涛和北风在我们绕过马勒亚时， 80
却把我们推开，使我们离开了库特拉。

"此后九天，我们继续被强烈的风暴
颠簸在游鱼丰富的大海上，第十天来到
洛托法戈伊人的国土，他们以花为食，
我们在那里登上陆地，提取净水， 85
同伴们立即在航行快速的船只旁用餐。
在我们全都尽情地吃饱喝足之后，
我决定派遣几个同伴去探察情况，
在这片土地上吃食的是些什么人。
我挑选了两个同伴，第三个是传令官。 90
他们立即出发，遇见洛托法戈伊人。
洛托法戈伊人无意杀害我们的同伴，
只是给他们一些洛托斯花品尝。
当他们一吃了这种甜美的洛托斯花，
就不想回来报告消息，也不想归返， 95
只希望留在那里同洛托法戈伊人一起，
享用洛托斯花，完全忘却回家乡。①
我不顾他们哭喊，强迫他们回船，
把他们拖上空心船缚在桨位下面，
然后立即命令其他忠实的伙伴们 100
赶快登上自己的航行快捷的船只，
免得再有人吃了洛托斯花忘归返。
他们迅速登进船里，坐上桨位，
挨次坐好后用桨划动灰暗的海面。

"我们从那里心情沉重地继续航行， 105

---

① 故此花又称"忘忧花"。

来到疯狂野蛮的库克洛普斯们的居地，
库克洛普斯们受到不死的天神们的庇护，
既不种植庄稼，也不耕耘土地，
所有作物无需耕植地自行生长，
有小麦大麦，也有葡萄累累结果，　　　　　110
酿造酒醪，宙斯降风雨使它们生长。
他们没有议事的集会，也没有法律。
他们居住在挺拔险峻的山峰之巅，
或者阴森幽暗的山洞，各人管束
自己的妻子儿女，不关心他人事情。　　　115

"海湾侧面坐落着一个不大的岛屿，
与库克洛普斯们的居地相距不远也不近，
岛上林木郁葱葱。许多山羊在那里
繁衍生长，从未被人们的脚步惊动，
惯于不辞艰辛地翻越险峻的山岭、　　　　120
穿过茂密丛林的猎人们也从未涉足。
那里没有牧放的畜群，也未经垦植，
一年四季无人犁地，也无人播种，
没有居民，只有蹒跚咩叫的羊群。
库克洛普斯们没有红色涂抹的舟楫，　　　125
也没有技艺高超的工匠为他们造出
排桨坚固的船只，让库克洛普斯们驾驶，
去到一个个人间城市，就像人们
驾船航行与许多城市联络结友谊，
巨怪们也可使那小岛归附自己变富庶。　　130
那小岛并不贫瘠，一切按时生长，
宽阔的草地延展到灰暗的咸海岸边，
湿润而柔软，葡萄藤不萎谢永远常青。
土地平坦，各种庄稼旺盛生长，

按时收获,因为下面是一片沃土。 135
那里也有优良的港湾,停靠船舶,
无需抛锚羁绊,也无需缆索系定,
可以把船只驶进港湾随意停靠,
直到刮起顺风,水手们乐意离去。
一股清澈的泉水从山洞滚滚涌出, 140
直泻海湾,洞边长满茂盛的白杨。
我们向那里驶去,好像有神明引领,
穿过昏沉沉的黑暗,小岛不现影形,
因为船只周围缭绕着浓重的雾气,
无月色从天空撒下,被厚厚的云层遮蔽。 145
我们谁也没有靠双眼辨出小岛,
也没有看见拍击海岸的滚滚浪滔,
直到装有坚固排桨的船只靠岸。
我们停住船只,收起所有的风帆,
走下船舷,登上涛声回响的海岸, 150
在那里躺下,等待神妙的黎明来临。

"当那初升的有玫瑰色手指的黎明呈现时,
我们满怀惊奇地在岛上信步漫游,
提大盾的宙斯的女儿神女们这时唤醒
生长于山野的羊群,使我的同伴们能饱餐。 155
我们立即回返,从船上拿起弯弓
和长颈投枪,分成三队前去追捕,
神明立即赐予令人欣喜的猎物。
总共十二条船跟随我,每条船抓阄
分得九头羊,我为自己挑选了十头。 160

"整整这一天,直到太阳开始下沉,
我们围坐着享用丰盛的羊肉和甜酒,

因为船只载来的红酒还没有喝完。
须知我们曾经用大坛装满了许多酒,
当我们攻下基科涅斯人的光辉城市。 165
我们望见不远处库克洛普斯们的居地,
他们的炊烟,听见他们的喊声和羊咩。
待到太阳下沉,夜幕终于降临后,
我们在大海的波涛声中躺下睡眠。
当那初升的有玫瑰色手指的黎明呈现时, 170
我立即召集同伴们开会,对他们这样说:
'我的亲爱的同伴们,你们在这里留待,
我要带着我的那条船和船上的同伴们,
前去探察那岛上居住的是些什么人,
他们是强横、野蛮、不讲正义的族类, 175
还是些尊重来客、敬畏神明的人们。'

"我这样说完登船,同时吩咐同伴们
迅速登上船只,解开系船的尾缆。
他们迅速登进船里,坐上桨位,
挨次坐好后用桨划动灰暗的海面。 180
我们来到距离不远的那座岛屿,
看见海滨边沿有一个高大的山洞,
上面覆盖着浓密的桂树。许多羊群,
有山羊也有绵羊,在那里度夜安眠。
高高的庭院有基础坚固的石墙包围, 185
生长着高大的松树和鬈发高盘的橡树。
那里居住着一个身材高大的巨怪,
独自一人于远处牧放无数的羊群,
不近他人,独据一处,无拘无束。
他全然是一个庞然怪物,看起来不像是 190
食谷物的凡人,倒像是林木繁茂的高峰,

在峻峭的群山间,独自突兀于群峰之上。

"我当时吩咐我的其他忠心的伙伴们
留在原地船只旁,看守那只船舶,
只挑选了十二个最为勇敢的伙伴, 195
与我同行,带上一羊皮囊暗色甜酒,
那是欧安特斯之子马戎给我的馈赠;
他是伊斯马罗斯的保护神阿波罗的祭司,
我们虔敬地保全了他本人和妻儿的性命,
因为他住在福波斯·阿波罗的茂密圣林里。 200
他因此馈赠我许多非常珍贵的礼物:
他赠给我七塔兰同精细提炼的黄金,
再赠给我一只质地纯正的银调缸,
另外装了满满十二坛酒酿赠给我,
那是未曾掺水的甜酒,神明的饮料, 205
他家的男女奴仆都不知有此酒贮藏,
除了他本人、他的妻子和忠实的女管家。
当他有意品尝这种红色的酒酿时,
总要向杯里倒进二十倍清水掺和,
一股极其浓郁的香气从杯里散出, 210
怡悦人的心灵,令人难以自制。
我装满一大皮囊酒带上,另外带上
一皮囊食品,因为尽管我勇气充沛,
但预感可能会遇到一个非常勇敢,
又非常野蛮、不知正义和法规的对手。 215

"我们很快来到山洞口,没有发现
巨怪的踪影,他已去草地牧放肥羊。
我们走进洞去,把洞内的情景察看。
洞里贮存着筐筐奶酪,绵羊和山羊的

厩地紧挨着排列,全都按大小归栏: 220
早生、后生和新生的一圈圈分开饲养,
互不相混。洞里各种桶罐也齐整,
件件容器盈盈装满新鲜的奶液。
同伴们一个个极力劝我搬走奶酪,
把圈里那许多绵羊和山羊迅速赶走, 225
装上我们乘坐的快船离开海岛,
驶到咸涩的海上继续我们的航程。
我却没有采纳,那样本会更合适,
想看看那居士对我们是否好客殷勤。
殊不知他的出现对同伴们并非是快事。 230

"我们燃起火堆,虔诚地向神明献祭,
然后拿起奶酪充饥,坐在洞里,
等待那主人放牧回归。巨人背负
大捆干枯的柴薪归来举火备晚餐,
把柴捆一声巨响扔下,放进洞里, 235
吓得我们慌忙退缩到洞穴的深处。
巨人把所有奶汁饱满的母羊赶进
宽阔的山洞挤奶,把所有公羊羁留
洞外的畜栏,不论是绵羊或者山羊。
接着他抓起一块巨石搁下堵洞口, 240
那巨石大得即使用二十二辆精造的
四轮大车也难以拉动,巨人就是用
这样一块生满乌荆子的巨岩作洞门。
他坐下挨次给那些绵羊和山羊挤奶,
再分给每头母羊一只嫩羊羔哺喂。 245
他立即把一半刚刚挤得的雪白奶汁
倒进精编的筐里留待凝结作奶酪,
把另一半留在罐里,口渴欲饮时,

可以随时取用，也备作当日的晚餐。
待他作完这一件件事情，点火照明， 250
立即发现了我们，对我们开言这样说：
'客人们，你们是什么人？从何处航行前来？
你们是有事在身，还是随意来这里？
就像海盗们在海上四处漫游飘荡，
拿自己的生命冒险，给他人带去灾难。' 255

"他这样说完，我们的心里充满惊颤，
粗厉的声音和怪诞的形象令我们惧怕，
但是我仍然壮胆回答，对他这样说：
'我们是阿开奥斯人，来自特洛亚地方，
被各种风暴在幽深的大海上到处驱赶， 260
本想能返回家园，可是走错了方向，
走上了另一条道路，大概是宙斯的意愿。
我们是阿特柔斯之子阿伽门农的属下，
他如今普天之下最闻名：他征服了
如此强大的城邦，杀戮了无数居民。 265
我们现在既然来到你的居地，
只好向你求情，请求你招待我们，
再赠予我们作为客人应得的赠品。
巨人啊，你也应敬畏神明，我们请求你，
宙斯是所有求援者和外乡旅客的保护神， 270
他保护所有应受人们怜悯的求助人。'

"我这样说完，巨人立即可怕地回答说：
'外乡人，你真糊涂，抑或来自远方，
竟然要求我敬神明，回避他们的愤怒。
须知库克洛普斯们从不怕提大盾的宙斯， 275
也不怕常乐的神明们，因为我们更强大。

我不会因为害怕宙斯愤怒而宽饶你
或你的那些同伴们,那得看我的意愿。
告诉我,你们精造的船只停在何处,
离这里很远或就在附近,快说给我听。' 280

"他这样说话试探我,但我见多识广,
怎容他蒙骗,便用假话回答他这样说:
'震地之神波塞冬把我的船只抛向
高峻的悬崖,抛到你管辖的地域边沿,
撞上海岬,风暴把它从海上刮走, 285
只有我和这些同伴逃脱了突然的毁灭。'

"我这样说,巨人凶狠地没有作答。
他站起身来,把手伸向我的同伴,
抓小狗似的抓起其中两个撞地,
撞得他们脑浆迸流,沾湿了地面。 290
他又把他们的肢体扯成碎块作晚餐,
如同山野生长的猛狮吞噬猎物,
把他们的内脏、骨头和肉统统吃尽。
我们两眼噙泪,向宙斯伸出双手,
目睹这残忍的场面,却又无力救助。 295
库克洛普斯填满了他的巨大的胃壑,
吃完人肉,又把纯净的羊奶喝够,
仰身倒卧地上,躺在羊群中间。
这时我英勇无畏的心里暗自思虑,
意欲上前袭击,从腿旁拔出利刃, 300
刺向他的胸膛,隔膜护肝脏的地方,
用手摸准;但一转念又立即停顿。
若那样我们也必然和他一起遭受
沉重的死亡,因为我们无法挪动

他堵在高大洞口作门的那块巨石。 305
我们叹息着等待神妙的黎明来临。

"当那初升的有玫瑰色手指的黎明呈现时,
巨人便起身焚火,挨次给羊群挤奶,
再分给每头母羊一只嫩羊羔哺喂。
当他依次做完这一件件惯常事情, 310
又抓起我的两个可怜同伴作早餐。
他吃完早餐,轻易地移动那块巨石,
把那一群群肥壮的绵羊山羊赶出洞外,
然后又移回巨石,有如把箭壶盖盖上。
巨人呼啸着把肥壮的羊群赶往山里, 315
我们仍被禁锢在洞中,心中思虑,
如何报复,祈求雅典娜赐我荣誉。

"这时我心里想出了一个最好的主意,
羊栏边横倒着巨人的一根橄榄树干,
那树干高大,依旧青绿,砍下晾干, 320
备作行路的拐棍。看见它令我想起
壳体乌黑、有二十名桨手的巨舶桅樯,
用那舶载货可安全航行于旷海深渊;
那橄榄树干就是那么高大粗壮。
我上前挥臂砍下整整两臂长一段, 325
把它交给同伴们,要他们把它削光。
同伴们削完,我又把它的一头削尖,
再抱起它伸进熊熊的火焰里烧锻。
我把树段埋进羊粪堆里好好掩藏,
洞穴里那圈圈羊群的粪污堆积无数。 330
这时我又命令同伴们一起抓阄,
抓得者一待巨人进入甜蜜的梦境,

需同我一起把树干刺进巨人的眼睑。
所有抓得的人选正合我的心愿,
他们一共四人,加上我自己共五个。 335
傍晚时巨人归来,赶着毛茸茸的羊群。
他立即把肥壮的羊群赶进宽阔的山洞,
全部赶进,没留一只在洞外的栏圈,
或是有什么预感,或是受神明启迪。
他立即举起那巨石搁下堵住洞口, 340
再坐下来依次给绵羊和山羊挤奶,
再分给每头母羊一只嫩羊羔哺喂。
当他依次做完这一件件惯常事情,
又抓起我的两个可怜的同伴作晚餐。
这时我走近独目巨人,双手捧着 345
斟满暗色浓酿的酒杯,对他这样说:
'巨人,你吃完人肉,请再享用这杯酒,
好让你知道我们载有多好的佐饮。
我带来这酒本为你祭奠,愿你可怜我,
送我返家园,可你恣肆暴戾无怜悯。 350
残暴的人啊,既然你作事背逆常理,
世人无数,谁还会再涉足你的国土?'

"我这样说,他接过酒杯把酒喝干,
欣喜醇美的酒味,要我再递上一杯:
'再给我酒喝,现在告诉我你的名字, 355
好让我赠你礼物,会使你称心如意。
富饶的大地也给独目巨人送来
可酿酒的葡萄,宙斯的雨露使它们生长,
但你带来的这酒酿却是神浆神醪。'

"他这样说,我又递给他闪光的酒浆, 360

我连斟三遍，他三次冒失地连连喝干。
待到强大的酒力到达巨人的心胸时，
我便用令人亲切的话语对他这样说：
'库克洛普斯啊，你询问我的名字，我这就
禀告你，你也要如刚才允诺地赠我礼物。　　　365
我的名字叫"无人"，我的父亲母亲
和我的所有同伴都用"无人"称呼我。'

"我这样说，巨人立即粗厉地回答：
'我将先吃掉你的所有的其他同伴，
把无人留到最后，这就是我的赠礼。'　　　　370

"他这样说，晃悠悠身不由己地倒下，
粗壮的脖子歪向一侧，偃卧地上，
被征服一切的睡眠制服，醉醺醺地
呕吐不止，喉咙里喷出碎肉和残酒。
这时我把那段橄榄木插进炭火里，　　　　　375
把它烧灼，又用话激励所有的同伴，
免得有人畏缩，不敢和我冒风险。
橄榄木虽还青绿，但熊熊火焰使它
很快受热变红，眼看就要燃着，
我把它从火里抽出，同伴们围站我身旁：　380
神明赐予了他们无比的勇气和力量。
同伴们抱起橄榄木，把削尖的那一头
猛刺进巨人的眼窝，我抱住上端旋动，
有如匠人用钻子给造船木料钻孔，
其他人在钻杆下端从两侧绕上皮带，　　　385
启动钻子，使钻子不停地飞速旋转。
我们当时也这样抱住灼热的橄榄木
不停地旋转，热血顺木桩向外涌流。

眼球燃起的火焰烧着橄榄木周围的
眼皮和眉毛,眼底被灼得不断爆裂。 390
如同匠人锻造长柄宽斧或锛子,
浸入冷水里淬火发出嘶嘶响声,
这样可以使铁器变得更加坚硬,
巨人的眼睛也这样在橄榄木周围发响。
巨人一声惨叫,四壁岩石回应, 395
吓得我们慌忙立即瑟缩退避。
巨人从眼里拔出橄榄木,血肉模糊。
他疯狂地把橄榄木扔掉,伸手乱抓,
同时向其他的库克洛普斯们放声呼喊,
他们就住在附近多风的高山岩穴。 400
库克洛普斯们闻声纷纷从四面赶来,
聚在洞前询问他有什么难忍的痛苦:
'波吕斐摩斯,你为何在这神圣的黑夜
如此悲惨地呼唤,打破我们的安眠?
是不是有人想强行赶走你的羊群, 405
还是有人想用阴谋或暴力伤害你?'

"强大的波吕斐摩斯从洞里对他们回答说:
'朋友们,无人用阴谋,不是用暴力,杀害我。'

"独目巨人们用有翼的话语这样回答说:
'既然你独居洞中,没有人对你用暴力, 410
若是伟大的宙斯降病患却难免除,
你该向你的父亲强大的波塞冬求助。'

"他们这样说纷纷离去,我心中暗喜,
我的假名和周全的计策蒙骗了他们。
独目巨人大声呻吟着痛苦难忍, 415

伸开双手摸索把巨石移开洞门,
他自己坐在洞口用手不断搜寻,
若有人随羊群混出洞门及时捉住,
竟以为我的心灵会那样愚蠢糊涂。
这时我反复思忖,用什么计策最稳妥, 420
既挽救同伴免于死亡,也挽救我自己。
各种方法和计策我胸中反复谋划,
只因为巨大的灾难瞬息可能会降临,
我终于想出一个主意我认为最可行。
洞里有许多肥壮的公羊绒毛厚实, 425
高大的身躯美丽健壮,一身灰黑。
凶残的巨人铺垫用的柔软枝条,
我悄悄抽出缚羊,三只缚成一组,
中间的那只缚上我的一个同伴,
另外两只行走时从两侧保护他们。 430
就这样每三只羊带走我的一个同伴,
至于我自己,全部羊群中有头公羊,
数它最肥壮,我抱住羊身一头钻进
毛茸茸的羊肚下面,双手牢牢抓住
绻绻弯曲的羊毛,极尽耐心地藏躲, 435
轻轻地喘息着等待神圣的黎明呈现。

"当那初升的有玫瑰色手指的黎明呈现时,
群群公羊急切地想出洞奔向牧地,
母羊尚未挤奶,在圈里不停地咩叫,
因为它们的乳部被丰盈的奶汁涨满。 440
当羊群从面前经过时,主人忍着剧痛,
抚摸每只羊背,愚蠢地未曾料到,
毛茸茸的羊肚下面缚着我的同伴。
羊群中那头大公羊最后一个出洞,

它不但毛厚,还有多谋的我给他添载负。　　　445
强大的波吕斐摩斯抚摸着对它这样说:
'公羊啊,今天你为何最后一个出山洞?
往日里你出去从不落在羊群后面,
总是远远第一个去吃青草的嫩芽,
大步跨跑,第一个奔向泉边饮水,　　　450
傍晚也总是第一个离开草地回圈,
今天你却殿后,或者主人的眼睛
令你悲伤,它被一个恶人刺瞎,
他和同伴们先用酒把我的心灵灌醉,
他叫无人,他肯定还未能逃脱死亡。　　　455
要是你也能思想能说话,你便会告诉我,
他现在在哪里躲藏,逃避我的愤怒。
那时我定把他摔倒,摔得他脑壳破裂,
脑浆迸流,溅满四壁,方可消解
可恶的无人给我的心头造成的痛苦。'　　　460

"他这样说,放开山羊让它出山洞。
当羊群离开山洞和栏圈一段距离,
我首先离开羊肚,再把同伴们解下。
我们立即把那些肥壮的长腿羊群
赶向船只,经过许多弯道曲径。　　　465
同伴们为我们归来欢欣,庆幸我们
逃脱死亡,同时悲悼死去的同伴。
我向他们点头示意,不让悼哭,
命令他们把绒毛厚实的肥壮羊群
迅速赶上船只,把船开到咸海上。　　　470
他们迅速登进船里,坐上桨位,
挨次坐好后用桨划动灰暗的海面。
当我们离开到一个人的喊声可及的距离,

我开始嘲讽地对库克洛普斯这样呼喊:
'库克洛普斯,并非软弱无能之人的 475
同伴们在空旷的洞穴里被你残忍地吞噬。
不幸的祸患已经很快降临到你身上,
可恶的东西,竟敢在家里把客人吞食,
宙斯和众神明让你受到应有的惩处。'

"我这样说,巨人心中更加恼怒, 480
便把一座大山的峰顶折断扔过来,
直扔到我们的黑首船前相距不远,
差一点未能击中我们的舵柄的最末端。①
大海在飞来的巨石撞击下发出巨响,
海水翻涌,腾起的巨浪向陆地回奔, 485
迫使我们的船只重新回到岸滩前。
我迅速伸手抓起一根长长的杆子,
把船推开崖边,同时激励同伴们,
要他们划动船桨,迅速逃脱灾难,
向他们点头示意;同伴们奋力划桨。 490
当我们离开海岸达刚才两倍的距离时,
我又想对库克洛普斯呼喊,但我身边的
同伴们一个个相继好言把我劝阻:
'可恶的家伙,你为何刺激那个野蛮人?
刚才他向海里扔岩石,使我们的船只 495
退回到岸边,我们都以为会当即丧命。
要是他听见有人喊叫,有说话的声音,
他会打破我们的脑袋和我们的船只,
扔过来一块粗砺的巨石,他能扔这么远。'

---

① 此行被阿里斯塔尔科斯删去,勒伯本把它放在脚注里。参阅本卷540行。

"他们这样说,未能说服我勇敢的心灵, 500
我重又对巨人愤怒的心灵大声呼喊:
'库克洛普斯,要是有哪个世人询问,
你的眼睛怎么被人不光彩地刺瞎,
你就说是那个攻掠城市的奥德修斯,
拉埃尔特斯的儿子,他的家在伊塔卡。' 505

"我这样说,巨人放声叹息回答我:
'天哪,一个古老的预言终于应验。
从前这里有位预言者,睿智而魁伟,
欧律摩斯之子特勒摩斯,最善作预言,
给库克洛普斯们作预言一直到老年。 510
他曾告诉我一切未来会发生的事情,
说我将会在奥德修斯的手中失去视力。
我一直以为那会是位魁梧俊美之人,
必定身体健壮,具有巨大的勇力,
如今却是个瘦小、无能、孱弱之辈, 515
刺瞎了我的眼睛,用酒把我灌醉。
奥德修斯,你过来,我会赐你礼物,
然后让强大的震地之神送你回家园,
因为我是他儿子,他宣称是我的父亲。
只要他愿意,他还会治好我的眼睛, 520
其他常乐的天神和凡人都无此能力。'

"他这样说,我立即大声回答这样说:
'我真希望能夺去你的灵魂和生命,
把你送往哈得斯的居所,那时即便是
震地之神,也无法医治你的眼睛。' 525

"我这样说,独目巨人向波塞冬祈祷,

把手高高举向繁星闪烁的天空：
'黑发的绕地之神波塞冬，请听我祈祷，
要是我真是你的儿子，你是我父亲，
就请你不要让攻掠城市的奥德修斯返家园， 530
就是那拉埃尔特斯之子，家住伊塔卡。
即使命运注定他能够见到亲人，
回到建造精美的家宅和故乡土地，
也要让他遭灾殃，失去所有的伴侣，
乘着他人的船只，到家后还要遇不幸。' 535

"他这样祈祷，黑发神听取他的祈求。
这时巨人又举起一块更大的石头，
挥手扔来，赋予那巨石无穷的力量，
直扔到我们的黑首船后面相距不远，
差一点未能击中我们的舵柄的最末端。 540
大海在飞来的巨石撞击下发出巨响，
巨浪推动船只向前，驶向陆地。

"我们驶向那座小岛，所有其他的
排桨精良的船只都一起停泊在那里，
同伴们流着眼泪，一直为我们担忧， 545
我们到达海岛后，把船停在沙滩上，
我们自己登上波涛拍击的海岸。
我们从空心船赶出库克洛普斯的羊群，
分给大家，每人都不缺相等的一份。
戴胫甲的同伴们分羊时特别把那只公羊 550
分给我一人，我在海边把它祭献给
克罗诺斯之子、统治一切的集云神宙斯，
把腿肉焚烧，但神明没有接受献祭，
仍然谋划如何让排桨精良的船只

和我的那些忠实同伴们全部遭毁灭。 555

"整整这一天,直到太阳开始下行,
我们围坐着享用丰盛的羊肉和甜酒。
待到太阳下沉,夜幕终于降临后,
我们在大海的波涛声中躺下睡眠。
当那初升的有玫瑰色手指的黎明呈现时, 560
我立即唤醒我的同伴们,吩咐他们
迅速登上船只,解开系船的尾缆。
他们迅速登进船里,坐上桨位,
挨次坐好后用桨划动灰暗的海面。

"我们从那里继续航行,悲喜绕心头, 565
喜自己逃脱死亡,亲爱的同伴却丧生。

第 十 卷

——风王惠赐归程降服魔女基尔克

"我们到达艾奥利埃岛,那里居住着
希波塔斯之子、天神们宠爱的艾奥洛斯,
在一座飘浮的岛上,岛屿周围矗立着
永不毁朽的铜墙和无比光滑的绝壁。
十二个孩子和他一起居住在宫邸, 5
六个女儿和六个风华正茂的儿子,
他把女儿嫁给了他的儿子作妻子。
儿女们陪伴亲爱的父亲和尊贵的母亲
终日饮宴,面前摆满丰盛的肴馔,
白日里人声响彻肴香的宫中庭院, 10
夜晚间他们躺在贤淑的妻子身边,
睡在雕刻精美的床上,铺着毡毯。
我们来到他们的城市和美丽的宫邸。
他招待我们整整一个月,事事细问询,
伊利昂、阿尔戈斯船队和阿开奥斯人归返。 15
我把所有的事情对他一一细说明。
我向他询问我们的归程,请求他助佑,
他也一件件应允,帮我们准备行程。
他给我一只剥自九岁牛的皮制口袋,
里面装满各种方向的呼啸的狂风, 20
因为克罗诺斯之子让他作群风的总管,
他可以把它们止住或唤起,随他的心愿。
他把那皮囊放上空心船,用光亮的银线

把囊口扎紧,不让一丝风漏出囊外。
但他让泽费罗斯①为我刮起强劲的气流, 25
助船只和我们自己航行,只可惜这一切
未能实现:我们的愚蠢使我们遭毁灭。

"我们连续航行九天,日夜兼程,
第十天时故乡的土地已清楚地显现,
看见人们就在不远处生火添柴薪。 30
这时我疲惫过分,陷入沉沉的梦境,
因为我一直掌握航舵,未把它交给
任何同伴,为了能尽快返抵乡土。
同伴们这时却开始互相议论纷纷,
猜想我准是把黄金白银载回家,就是那 35
希波塔斯之子、强大的艾奥洛斯的赠礼。
有人看着身边的同伴,这样议论:
'天哪,他到处备受人们的爱戴和尊敬,
不管到达哪个部族的城市和土地。
他从特洛亚携带回来很多掠获的 40
珍贵财宝,我们也作了同样的航行,
返回家园时却是两手空空白辛苦,
现在艾奥洛斯又盛情招待,给他礼物。
让我们赶快看看那是些什么东西,
皮囊里也许又装满了黄金和白银。' 45

"他这样说,大家赞同他的坏主意。
他们解开皮囊,狂风一起往外涌。
风暴骤起,立即把他们卷到海上,
任凭他们哭泣,刮离故乡的土地。

---

① 泽费罗斯即西风。

莱斯特律戈涅斯人　古罗马时代壁画

我立即惊醒,勇敢的心灵反复思索,　　　　　　　50
是纵身离开船只,跃进海里淹死,
还是默默地忍耐,继续活在世上。
我决定忍耐活下去,掩面躺在船里。
船队被那可恶的风暴又刮回到
艾奥洛斯的海岛,同伴们懊悔不迭。　　　　　　55

"我们重又登上陆地,提取净水,
同伴们随即在快速的船旁享用餐食。
在我们全都尽情吃饱喝足之后,
我便带着传令官和另一个同伴前往
艾奥洛斯的辉煌宫邸,看见他正同　　　　　　　60
自己的妻子和那些儿女欢乐饮宴。
我们走进宫里,坐在门槛边的立柱旁,
他心中十分惊讶,随即向我们询问:
'奥德修斯,你为何回来?遇上什么恶神?
我们已妥善地把你送走,让你返回　　　　　　　65
故乡家宅或者你想去的任何地方。'

"他这样询问,我立即心情沉重地回答他:
'倒霉的同伴们和可恶的睡眠把事情搅乱,
朋友们,请再帮助我们,你们能这样做。'

"我这样说,语意谦恭地发出央求,　　　　　　70
他们全都默然,最后父亲回答说:
'人间最大的渎神者,赶快离开这岛屿,
因为我不能接待,也不能帮助遣送
一个受到常乐的神明们憎恶的人。
你快离开吧,你返回表明神明憎恶你。'　　　　75

"他说完送我出宫,尽管我深深叹息。
我们继续航行,怀着沉重的心情。
大家被艰难的划桨折磨得疲惫不堪,
由于自己的过错,不再有顺风送行。
我们连续航行六天,日夜兼程, 80
第七天时来到拉摩斯的高大城堡,
莱斯特律戈涅斯人的特勒皮洛斯,
那里的牧人放牧回归,召唤出牧者。
人们彻夜不眠可挣得双份报酬,
既帮助牧放牛群,又牧放雪白的羊群, 85
因为夜间的和白日的牧放间隙很短暂。
我们来到那里的一个美好的港口,
长满乌荆子的悬崖绵延港湾两侧,
陡峭的巨岩突出海中,彼此相对,
形成海港的入口,中间通道狭窄, 90
同伴们把他们的翘尾船全部驶进港里。
船只在空阔的港湾里互相挨近停靠,
因为港湾里从不掀起任何风浪,
无论是狂浪或微波,一片明光无声息。
只有我把黑壳船在港湾外面停泊, 95
在入口附近的地方,把缆绳系于岩尖。
我登上一处崎岖的高地站定眺望,
未见有牛耕地,也未见有人劳作,
只看见有炊烟从地面不断袅袅升起。
我于是派遣同伴们前去探察情况, 100
在这片土地上吃食的是些什么人,
我挑选了两个同伴,第三个人是传令官。
他们登上岸,走上一条平坦的道路,
大车沿着它把木材从高山运往城里,
一个汲水的姑娘在城外和他们相遇, 105

莱斯特律戈涅斯人安提法特斯的健壮女儿。
她正前往清澈的阿尔塔基埃泉汲水，
因为人们惯常从那里汲水去城里。
同伴们上前和她说话，向她询问，
谁是他们的国王，统治什么部族。　　　　　　　　　110
她立即给他们指点她父亲的高大宫邸。
他们走进辉煌的宫殿，看见王后
魁梧得像座高大的山峰，令人恐惧。
她随即从广场叫回强大的安提法特斯，
让他为我的同伴们准备悲惨的毁灭。　　　　　　　115
他随手抓起其中一个同伴作午餐，
其他人拔腿逃跑，急匆匆奔回船只。
这时他放声大喊，喊声传遍全城，
强壮的莱斯特律戈涅斯人听见后迅速奔来，
人数众多，不像凡人，倒像是巨灵。　　　　　　　120
他们从崖顶向下抛掷巨大的石块，
立即从各条船只传出临死的人们的
凄惨喊叫和被撞碎的船只的爆裂声，
叉鱼般把人叉起带回作骇人的餐肴。
巨人们在深港里正这样杀害我的同伴，　　　　　　125
我急忙从大腿侧旁抽出锋利的佩剑，
挥臂砍断停泊黑首船的牢固缆绳。
这时我即刻激励跟随我的同伴们，
要他们用力划桨，逃脱可怕的灾难。
大家奋力划动海水，害怕死亡。　　　　　　　　　130
我的船终于远离悬崖，逃到海上，
其他船只全都在那里毁灭遭不幸。

"我们从那里继续航行，悲喜绕心头，
喜自己逃脱死亡，亲爱的同伴却丧生。

我们来到海岛艾艾埃,那里居住着　　　　　　135
美发的基尔克,能说人语的可怖的神女,
制造死亡的艾埃特斯的同胞姐妹,
两人都是给人类光明的赫利奥斯所生,
母亲是佩尔塞,奥克阿诺斯的爱女。
我们把船驶进一处僻静的港湾,　　　　　　140
悄悄靠岸,显然有神明指引我们。
我们在那里登岸,连续两天两夜
躺在海滨,心中充满困乏和痛苦。
等到美发的黎明带来第三天的时候,
我提起我的长矛,佩上我的利剑,　　　　　145
迅速离开船只,登上高处远眺,
盼望看见有人劳作,听见人声。
我登上一处崎岖的高地站定遥望,
看见有烟气从地面不断袅袅升起,
来自基尔克的宫殿,透过丛莽和橡林。　　　150
这时我的心里和智慧正这样思虑,
是否该前去察看,既然有闪光的炊烟。
我心中思虑,觉得这样做更为合适:
我首先返回快船,在海边让同伴们
饱餐一顿,再派遣他们前去察访。　　　　　155
在我回返快要到达翘尾船的时候,
也许是哪位天神垂怜我孤单无助,
让一只长角巨鹿来到我经过的路上。
那只巨鹿从林中草地走出,前往
河边饮水,因为当时正烈日炎炎;　　　　　160
正当它走出林莽,我对准它的脊背,
击中背中央;铜矛正好穿过鹿身,
那鹿惨叫着倒进尘埃里,灵魂飞走。
我踩住鹿身,从刺中的伤处拔出铜矛,

把矛随手放下,扔在旁边的地上。 165
这时我采了一些细软的柔枝藤蔓,
仔细地绞成一段约有两臂长的绳索,
从两头编紧,捆住庞然大物的四条腿,
把它背到肩上,迈步向黑壳船走去,
拄着长矛,因为难以靠肩头和手臂 170
把它背走,须知那只野物太庞大。
我来到船前把鹿放下,鼓励同伴们,
走到每一个人面前,用令人欣悦的话说:
'朋友们,我们尽管多忧伤,但还不会
前往哈得斯的居所,在命定的时日之前。 175
快船里还储有食品和饮料,现在让我们
考虑吃喝吧,不能让饥饿折磨我们。'

"我这样说,他们立即听从我的话,
不再在波涛拍击的海岸边披裹着躺卧,
一见那鹿惊异不已,那野物太庞大。 180
待他们注目观看,把那只巨鹿欣赏够,
大家便把手洗净,准备丰盛的午餐。
整整这一天,直到太阳开始下行,
我们围坐着享用丰盛的肉肴和甜酒。
待到太阳下沉,夜幕终于降临后, 185
我们在大海的波涛声中躺下睡眠。
当那初升的有玫瑰色手指的黎明呈现时,
我便召集大家会商,对他们这样说:
'饱受苦难的同伴们,现在请听我说,
朋友们,我们难辨哪边黑暗或黎明, 190
给人类光明的太阳在哪边进入大地,
又从哪边升起,现在让我们商量,
有无解救的手段。我看难有好办法。

我曾经登上崎岖的高处观察这海岛,
只见无边的大海从四面把它环绕,   195
岛屿本身地势平缓,我亲眼看见
有烟气在岛中央透过丛莽和橡林。'

"我这样说,同伴们不禁震颤心若碎,
想起莱斯特律戈涅斯人安提法特斯的作为
和强横的吞噬活人的库克洛普斯的暴行。   200
他们不禁失声痛哭,泪水如泉涌。
他们哭泣不止,却不会有任何帮助。
我于是把我的所有戴胫甲的同伴们
分成两队,给每队任命一个首领,
一队跟随我,另一队归神样的欧律洛科斯。   205
我们立即把阄放在铜盔里摇动,
摇出的是勇敢的欧律洛科斯的阄。
他离开上路,二十二个人一同前往,
流着眼泪,留下我们也泪流不止。
他们在山间看见了基尔克的坚固宅邸,   210
用磨光的石块建在视野开阔的地段。
宅邸周围有生长于山林的狼群和狮子,
但她让它们吃了魔药,陷入了魔力,
它们不再向路过的行人猛扑攻击,
而是摇着长长的尾巴,站在道边。   215
如同家犬对宴毕归来的主人摆尾,
因为主人常带回食物令它们欢悦;
健壮的狼群和狮子也这样对他们摆尾,
但他们见了凶恶的野兽却满怀畏惧。
他们站在美发的神女的宅邸门前,   220
听见基尔克在里面用美妙的声音歌唱,
在高大而神奇的机杼前忙碌,制作精细,

无比美丽、辉煌,只能是女神的手艺。
士兵的首领波利特斯对他们开言,
同伴中他最令我喜欢,也最勇敢:　　　　　　　　　225
'朋友们,里面有人在巨大的机杼前
唱着优美的歌曲,歌声四处回荡,
不知是天神或凡女,让我们赶快去询问。'

"他这样说完,众人立即呼唤探问。
基尔克应声出来,打开闪光的大门,　　　　　　　230
邀请他们入内,他们冒失地跟随她,
欧律洛科斯留在门外,担心有欺诈。
基尔克领他们进宅坐上便椅和宽椅,
为他们把奶酪、面饼和浅黄色的蜂蜜
与普拉姆涅酒①混合,在食物里掺进　　　　　　235
害人的药物,使他们迅速把故乡遗忘。
待他们饮用了她递给的饮料之后,
她便用魔杖打他们,把他们赶进猪栏。
他们立即变出了猪头、猪声音、猪毛
和猪的形体,但思想仍和从前一样。　　　　　　240
他们被关闭起来,不断地流泪哭泣,
基尔克扔给他们一些橡实和山茱萸。
它们都是爬行于地面的猪好吃的食料。

"欧律洛科斯立即跑回乌黑的快船,
报告同伴们遭遇到令人屈辱的不幸。　　　　　　245
他紧张得长时间说不出一句话来,
心中充满巨大的悲伤,两只眼睛

---

① 普拉姆涅酒是一种较为烈性的红酒,可能是因伊卡里亚岛上的普拉姆涅山或者累斯博斯岛或斯弥尔那城附近的同名山而得名。

噙满泪水,心灵忍受着强烈的痛苦。
大家一片惊异,不断地向他询问,
他终于说出了其他同伴们遭到的灾难: 250
'高贵的奥德修斯,我们按你的吩咐,
前往橡林,在山间见一座华丽的宅邸,
用磨光的石块建在一处开阔的地段。
有人在一部巨大的机杼前,歌声洪亮,
不知是天神或凡女,同伴们招呼询问, 255
她立即应声出来,打开闪光的大门,
邀请他们入内,他们冒失地跟随她,
当时我留在门外等待,担心有欺诈。
他们从此再不见踪影,谁也没有
走向屋来,我坐在那里久久等待。' 260

"他这样说,我把剑柄镶银钉的佩剑
背到肩上,那是把大铜剑,又拿起弯弓,
然后命令他沿着原路领我去那里。
他双手抱住我的膝头,向我请求,
哭泣着对我说出有翼飞翔的话语: 265
'神裔,请不要逼我前去,就留在这里,
我知道你自己不可能返回来,也不可能
带回任何同伴;让我们和这里的同伴们
赶快逃跑吧,那样也许能逃脱灾难。'

"他这样说完,我当时开言这样回答他: 270
'欧律洛科斯,那就请你留在这里吧,
在壳体乌黑的空心船旁尽情地吃喝,
我却得前去那里,因为我责任在肩。'

"我一面说,一面离开船只和海滩。

当我进入美妙的谷地,来到通晓　　　　　　　　275
药草魔力的基尔克的高大宅邸近前,
执金杖的赫尔墨斯与我迎面相遇,
挡住我的去路,幻化成年轻人模样,
风华正茂,两颊刚刚长出胡须;
他握住我的手,向我招呼一声这样说:　　　　280
'不幸的人啊,你孤身一人翻山过壑,
不明地理,意欲何往?你的同伴们
已陷入基尔克的掌心,被赶进拥挤的猪栏。
你想前去释放他们?我看你自己
甚至也难回返,同他们一起被留下。　　　　285
不过我可以解救你,让你摆脱这灾难。
我给你这奇特的药草,你带着它前往
基尔克的宅邸,它能帮助你抵御危难。
我详细告诉你基尔克的全部害人手法。
她会递给你饮料,在食物里和进魔药。　　　290
但她不可能把你迷住,因为我给你
这株奇特的药草会生效。你再听我说。
当基尔克用她那根长魔杖驱赶你时,
你便从你的腿侧抽出锋利的佩剑,
向基尔克猛扑过去,好像要把她杀死。　　　295
她会屈服于你的威力,邀请你同寝,
这时你千万不要拒绝这神女的床榻,
好让她释放同伴们,把你也招待一番;
但你要让她以常乐的神明起大誓,
免得她对你再谋划其他什么祸殃,　　　　　300
免得她利用你裸身加害,你无法抗拒。'

"弑阿尔戈斯的神一面说,一面从地上
拔起药草交给我,告诉我它的性质。

那药草根呈黑色,花的颜色如奶液。
神明们称这种草为摩吕,有死的凡人 305
很难挖到它,因为神明们无所不能。

"赫尔墨斯这时前往高耸的奥林波斯,
离开林木茂密的岛屿,我继续前行,
向基尔克的宅邸走去,思虑着许多事情。
我来到那位美发神女的宅邸的大门前, 310
停住脚呼唤,神女听见了我的声音。
她立即应声走出来,打开闪光的大门,
邀请我入内,当时我心情忧伤地跟随她。
她领我进屋后,让我坐在一把镶银钉的、
制作精美的宽椅上,椅下配有搁脚凳。 315
她用黄金酒杯为我调制那饮料,
把草药放进杯里,心里打着恶主意。
她递给我酒杯,我饮用后却未被迷住,
她仍用魔杖打我,一面招呼我这样说:
'你现在进圈去,和你的同伴们躺在一起。' 320

"她这样说,我立即从腿旁拔出利剑,
向基尔克猛扑过去,好像要把她杀死。
她大叫一声躲过,抱住我的双膝,
哭泣着对我说出有翼飞翔的话语:
'你是何人何部族?城邦父母在何方? 325
我感到奇怪,你喝了这药液竟未被迷住。
往日从未有人能抗住这药液的力量,
只要他一喝下,药液流过他的牙关,
可你胸中的思想却丝毫没有被折服。
你显然就是那足智多谋的奥德修斯, 330
执金杖的弑阿尔戈斯神曾一再对我说,

他将从特洛亚乘着乌黑的快船来这里。
现在请你把那剑收回你的剑鞘里，
让我们同登我的卧床共枕享欢爱，
以甜蜜的爱意你我互表诚意真心。'   335

"她这样说完，我立即回答神女这样说：
'基尔克，现在你怎能让我对你献温存？
你在这厅堂里把我的同伴们变成猪身，
又在这里不怀好意地对待我本人，
你要我去你的卧室，登上你的床榻，   340
或许想利用我裸身加害，我无法抗拒。
我定然不会就这样登上你的卧床，
神女啊，除非你现在对我起一个大誓，
不再对我谋划任何其他的不幸。'

"我这样说完，她立即按我的要求起誓。   345
待她遵行如仪，起完庄重的誓言，
我便登上基尔克的华丽无比的床榻。

"她的四个侍女开始在厅里忙碌，
原来她们都是神女的室内女侍。
她们全都出生于山中泉水和丛林，   350
或是出生于淌入大海的光辉河川。
其中一个侍女给宽椅放上美丽的
紫色坐垫，在坐垫下面先铺上麻布；
另一个侍女在那些座椅前面摆上
镶银的餐桌，餐桌上放一只黄金提篮；   355
第三个侍女把令人快慰的甜蜜酒酿
在银质调缸里调和，摆好黄金杯盏；
第四个侍女提来清水，把熊熊火焰

在一座巨大的三脚鼎下燃起,把水烧热。
等到水在闪光的铜鼎里沸腾起来, 360
她便坐下用大鼎里的热水给我沐浴,
把令人愉快的热水倾注我的头和肩,
从全身各肢节驱除那令人难忍的困乏。
待她给我沐浴完毕,抹完橄榄油,
再给我穿上缝制精美的罩袍和衣衫, 365
领我前去,让我坐在一把镶银钉的、
制作精美的宽椅上,椅下配有搁脚凳。
一个女仆端来洗手盆,用制作精美的
黄金水罐向银盆里注水给我洗手,
在我面前再摆好一张光滑的餐桌。 370
端庄的女仆拿来面食放置在近前,
递上各色菜肴,殷勤招待外来客。
神女请我用餐,但我却无意享用,
坐着另有思虑,心中思忖着不幸。

"基尔克看见我默默静坐,无意伸手 375
享用食物,心中充满强烈的忧愁,
便走上前来,说出有翼飞翔的话语:
'奥德修斯,你为何如同哑巴静坐,
心情焦虑如煎熬,不思食品和饮料?
或许你还害怕另有阴谋,你不用担心, 380
须知我已经起过那样严厉的誓言。'

"她这样说完,我立即回答神女这样说:
'基尔克,你想有哪个知理明义之人
会首先想到让自己享用食品和饮料,
在同伴们获释,并亲眼见到他们之前? 385
如果你真心想让我吃喝,那就请释放

我的同伴,让我亲眼见到他们。'

"我这样说,基尔克立即走过大厅,
手握那根魔杖,打开猪圈的门扇,
赶出我的变成九岁肥猪的同伴。 390
同伴们站在她面前,她走到他们中间,
给他们每人逐一涂抹另一种药物,
他们身上因神女基尔克原先施用的
害人魔药而长出的猪毛随即脱去。
同伴们立即变成人,并且比原先更年轻, 395
样子更加俊美,也显得更壮健。
他们认出了我,个个把我的手握紧。
同伴们难忍悲恸,整座房屋发出
巨大的震响,神女本人也不禁动怜悯。

"这时神女中的女神走来对我这样说: 400
'拉埃尔特斯之子,机敏的神裔奥德修斯,
现在你快前往大海岸边,快船跟前。
你们首先把自己的船只拖上陆地,
把所有珍贵的财物和用具搬进山洞,
然后你再返回这里,带着忠实的同伴。' 405

"她这样说,说服了我的勇敢的心灵,
于是我迅速前往大海岸滩快船边。
我看见我的忠实的同伴们正在快船旁
痛苦地哭泣,满眶的泪水不断流淌。
有如被围圈在栏里的牛犊看见母牛 410
吃饱了鲜嫩的牧草,从牧场随群归来,
众牛犊一起蹦跳相迎,冲出圈栏,
兴奋地哞叫着围着母亲欢快地狂奔;

我的同伴们当时亲眼看见我前来,
也这样热泪盈眶地围住我,心情激奋, 415
如同已经返回到生养哺育他们的
故乡土地和山丘崎岖的伊塔卡都城。
他们哭泣着说出有翼飞翔的话语:
'宙斯养育的,你的归来令我们庆幸,
有如我们自己返回到伊塔卡故土。 420
现在请说说其他同伴们遭到的厄运。'

"他们说完,我语言温和地回答他们:
'你们首先把我们的船只拖上陆地,
把所有珍贵的财物和用具搬进山洞,
然后你们便赶快跟随我一同前往 425
基尔克的辉煌住处会见自己的同伴,
他们正在那里吃喝,饮宴很丰盛。'

"我这样说完,他们赞同我的提议,
唯有欧律洛科斯试图阻拦同伴们,
大声地对他们说出有翼飞翔的话语: 430
'可怜的人们,你们去哪里?你们这是
自寻祸患,跟随他前去基尔克的宅邸,
她会把你们都变成或猪或狼或雄狮,
强迫我们为她看守巨大的居地,
如同库克洛普斯所为,当时同伴们 435
去到他的住所,由冒失的奥德修斯带领;
由于他的过错,同伴们丧失了性命。'

"他这样说完,当时我心中不禁思忖,
要不要立即从大腿侧旁抽出利剑,
砍下他的脑袋,把他打倒在地, 440

尽管他是我的亲属,关系很亲近,
同伴们纷纷用温和的语言劝阻我:
'宙斯养育的,如果你同意,我们不妨
就这样安排:让他留在船边守船只,
你带领我们前去基尔克的辉煌宅邸。' 445

"他们一面说,一面离开船只和海岸。
欧律洛科斯也没有留在空心船旁,
而是随我们前往,惧怕我严厉责备。

"这时基尔克正在她的宅里殷勤地
给其他同伴们沐浴,仔细涂抹橄榄油, 450
给他们穿上缝制精美的罩袍和衣衫。
我们到来,他们在厅里正欢乐地饮宴。
同伴们互相见面,叙说发生的一切,
不禁恸哭涕涟,房屋也随同叹息。
这时神女中的女神走近我,对我这样说: 455
'拉埃尔特斯之子,机敏的神裔奥德修斯,
现在请不要痛心地哭泣,我自己也清楚,
你们在多游鱼的海上忍受了怎样的痛苦,
在陆上狂暴的人们又怎样伤害过你们。
现在你们尽情地吃饭、尽情地饮酒吧, 460
重新恢复你们离开崎岖的伊塔卡
那故乡土地时胸中原有的坚强勇气。
而今你们仍疲惫力乏,心情沉重,
总在回忆艰难的漂泊,心灵陷在
忧苦之中,因为忍受了那么多不幸。' 465

"她这样说,说服了我们勇敢的心灵。
从那时起整整一年,我们每天都

围坐着尽情享用丰盛的肉肴和甜酒。
但是当新的一年到来,时序轮转,
岁月流逝,白昼重新变长的时候, 470
我的忠实的同伴们开始这样劝说:
'糊涂人啊,现在是考虑回乡的时候,
如果你命里注定得救,能够返回到
那座高大的宫宅和你的故乡土地。'

"他们这样说,说服了我的勇敢的心灵。 475
整整这一天,直到太阳开始下行,
我们围坐着享用丰盛的肉肴和甜酒。
待到太阳下沉,夜幕终于降临后,
我的那些同伴们在幽暗的房间里睡眠。
这时我登上基尔克的无比华丽的卧床, 480
向她恳切请求,神女听我说话,
我开言对她说出有翼飞翔的话语:
'基尔克,请你实践你承担的诺言,
送我回故乡,现在我的心渴望回家园。
我的同伴们也一样,他们令我心碎, 485
围着我哭泣,每当你不在我们身边时。'

"我这样说,神女中的女神立即回答:
'拉埃尔特斯之子,机敏的神裔奥德修斯,
现在你们不必勉强地滞留在我这里,
但你们需要首先完成另一次旅行, 490
前往哈得斯和可畏的佩尔塞福涅①的居所,
去会见特拜的盲预言者特瑞西阿斯的魂灵,
他素有的丰富智慧至今依然如故,

---

① 佩尔塞福涅本是农业女神得墨特尔的女儿,被冥神劫去后成为冥后。

佩尔塞福涅让他死后仍保持智慧,
能够思考,其他人则成为飘忽的魂影。' 495

"她这样说,我听完不禁震颤心若碎,
我坐在卧榻上伤心地哭泣,简直不想
再继续活下去,看见太阳的灿烂光辉。
待我这样无限忧伤地哭泣一阵后,
我终于重又开言对神女这样询问: 500
'基尔克,谁能带领我完成这一旅程?
还从未有人乘乌黑的船只去过哈得斯。'

"我这样说完,神女中的女神立即回答说:
'拉埃尔特斯之子,机敏的神裔奥德修斯,
你不用担心你的船只没有人引领, 505
你把桅杆竖起,扬起白色的风帆,
坐到船里,北风会拂送船只航行。
在你乘船渡过奥克阿诺斯之后,
那里有平坦的海岸和佩尔塞福涅的圣林,
有高大的白杨和果实随絮飘逸的柳树, 510
你把船停靠在幽深的奥克阿诺斯岸边,
你自己前往哈得斯的阴湿的府邸。
火河和哀河在那里一起注入阿克戎①,
哀河是斯提克斯流水的一条支流,
两条汹涌的河流有一块共同的巨岩, 515
勇敢的人啊,你如我吩咐前去那里,
在那里挖一个深洞,长阔各一肘尺②,
然后在洞旁给所有的亡灵举行祭奠,

---

① 冥间的深渊。
② 肘尺指由肘部至手指的长度。

首先用搀蜜的奶液,然后用甜美的酒酿,
再用净水,最后撒些洁白的大麦粉。 520
你要向亡故者的虚渺的魂灵好好祈祷,
应允回到伊塔卡后在家中用一条最好的
未生育的母牛焚献,摆上上等祭品,
另外再单独给特瑞西阿斯祭献一只
全黑的公羊,为你众多的羊群中最上乘。 525
在你向那些高贵的亡魂祈祷之后,
要祭献一头公羊和一头黑色的母羊,
把羊头转向昏暗①,你自己则要转身,
面向冥河的水流。这时无数故去的
死者的魂灵会纷纷来到你的面前。 530
你这时要鼓励和命令你的同伴们,
把用无情的铜器杀死的那些牲羊
剥皮焚献,向众神明虔诚地祷告,
向强大的哈得斯和可畏的佩尔塞福涅祈求。
你自己要从腿旁抽出锋利的佩剑, 535
坐在那里,不要让亡故者虚渺的魂灵
走近牲血,直待你询问过特瑞西阿斯。
人民的首领,那位预言者会很快到来,
他会告诉你回乡的方向、道路和远近,
又如何安全地渡过游鱼丰富的大海。' 540

"她这样说,金座的黎明很快降临。
神女给我穿好罩袍、衬衣诸衣衫,
她自己穿上银光闪烁的宽大披篷,
轻柔而舒适,环腰系上制作精美的
黄金腰带,把一块巾布扎在头上。 545

---

① "昏暗"原文为"埃瑞博斯",指冥间一可怖的昏暗区域。

我立即穿过房间去把同伴们唤醒,
走近每个人,用温和的话语对他们这样说:
'现在不要再躺着沉浸在深深的梦乡,
我们走吧,女主人基尔克已给我作指点。'

"我这样说,说服了同伴们勇敢的心灵。 550
我未能把所有同伴们全都安全地带走。
有个叫埃尔佩诺尔的最为年轻的同伴,
作战不是很勇敢,也不很富有智慧,
他在基尔克的华丽的宅邸离开同伴们,
为求凉爽,醉酒后独自一处安眠。 555
当他听见同伴们跑动的纷乱声响,
恍惚中突然爬起,匆忙中心里忘记
重新沿着长长的梯子逐节而降,
却从屋顶上直接跌下,他的椎骨的
头颈部位被折断,灵魂去到哈得斯。 560

"我对同我一起前往的人们这样说:
'你们或许以为我们这就回故乡,
但基尔克为我们指出了另一条路途,
前往哈得斯和可畏的佩尔塞福涅的居所,
需要会见特拜的特瑞西阿斯的魂灵。' 565

"我这样说,同伴们不禁震颤心若碎,
大家坐下痛哭,扯乱自己的头发。
他们哭泣不止,却不会有任何帮助。

"我们来到大海岸边,快船跟前,
怀着沉重的心情,淌着忧伤的眼泪, 570
这时基尔克已经来到乌黑的船只旁,

缚来一只公羊和一只黑色的母羊,
轻易地超越了我们。只要神明不愿意,
有哪个凡人能见到或来或往的神祇?

第 十 一 卷

——入冥府求问特瑞西阿斯魂灵言归程

"当我们来到大海岸边,船只跟前,
我们首先把船只拖到神妙的大海上,
在乌黑的船上竖起桅杆,扬起风帆,
把牺羊送上船只,然后我们自己也
怀着沉重的心情,泪水汪汪地登上船。 5
强劲的顺风为我们从后面鼓满风帆,
推送黑首船,那是航行的善良伴侣,
说人语的可畏的神女、美发的基尔克差遣。
我们把各种索具在船上安排妥当,
然后坐下,风力和舵手掌握航向, 10
一整天风帆鼓满气流航行于海上。
太阳西沉,条条道路渐渐变昏暗,
船只来到幽深的奥克阿诺斯边沿。
基墨里奥伊人的国土和都城就在那里,
为雾霭和云翳所笼罩,明媚的太阳 15
从来不可能把光线从上面照耀他们,
无论是当它升上繁星密布的天空,
或者是当它重又从天空返回地面,
凄凉的黑夜为不幸的人们不尽地绵延。
我们到达后把船只靠岸,把牺羊卸船, 20
然后沿着奥克阿诺斯岸边走去,
终于来到基尔克给我们指明的去处。

"佩里墨得斯和欧律洛科斯抓住牲羊,
我从大腿侧旁抽出锋利的佩剑,
挖出一个深坑,长阔各一肘尺, 25
我们在洞旁给所有的亡灵举行祭奠,
首先用搀蜜的奶液,然后用甜美的酒酿,
再用净水,最后撒些洁白的大麦粉。
我向亡故者的虚渺的魂灵久久祈祷,
应允回到伊塔卡后在家中用一条最好的 30
未生育的母牛焚献,摆上上等祭品,
另外再单独给特瑞西阿斯祭献一只
全黑的公羊,为我众多的羊群中最上乘。
在我向那些死者的亡魂祈祷之后,
我拉过献祭的公羊和母羊,对着深坑 35
把它们宰杀,乌黑的鲜血向外涌流,
故去的谢世者的魂灵纷纷从昏暗处前来。
有新婚的女子,未婚的少年,年长的老人,
无忧虑的少女怀着记忆犹新的悲怨,
许多人被锐利的铜尖长矛刺中丧命, 40
在战斗中被击中,穿着血污的铠甲。
许多亡魂纷纷从各处来到深坑旁,
大声呼号,我立即陷入苍白的恐惧。①
这时我立即鼓励和命令我的同伴们,
把用无情的铜器杀死的那些牲羊 45
剥皮焚献,向众神明虔诚地祷告,
向强大的哈得斯和可畏的佩尔塞福涅祈求。
我自己从腿旁抽出锋利的佩剑,
坐在那里,不让亡故者虚渺的魂灵

---

① 本卷第 38—43 行曾被亚历山大城校订者泽诺多托斯、阿里斯托法涅斯和阿里斯塔尔科斯删去。

走近牲血,直待我询问过特瑞西阿斯。 50

"首先到来的是埃尔佩诺尔的魂灵,
因为他还未被埋进广袤无垠的大地。
我们把他的遗体存放在基尔克的宅邸,
未行哀悼和埋葬,忙于其他事情。
我见他前来不禁泪下,心中怜悯, 55
对他开言,说出有翼飞翔的话语:
'埃尔佩诺尔,你已来到这幽冥的阴间?
你步行竟然比我们乘坐黑壳船先抵达。'

"我这样说完,他大声地叹息回答我:
'拉埃尔特斯之子,机敏的神裔奥德修斯, 60
神定的不幸命运和饮酒过量害了我。
在基尔克的宅邸睡着后竟然忘记
重新沿着长长的梯子逐节而降,
却从屋顶上直接跌下,我的椎骨的
头颈部位被折断,灵魂来到哈得斯。 65
我现在以远在家中的人们的名义请求你,
以你的妻子和父亲的名义,他从小抚育你,
以你留在家中的独生子特勒马科斯的名义,
因为我知道你离开哈得斯的宫邸之后,
还要把精造的船只驶回海岛艾艾埃, 70
主上啊,我求你回到那里后不要忘记我。
你不要留下我未受哀悼和葬礼便离去,
启程返家园,免得因为我受谴于神明,①
而要把我同我的铠甲一起焚化,

---

① 指埋葬死者是死者亲朋应尽的义务,否则被视为亵渎,会受到神明的惩罚。可见希腊人的这一习俗历史久远。

在灰暗的大海岸边为我堆一座墓丘,　　　　　75
让后代人把我这个不幸的人纪念。
你作完这些事,再把我的划桨插坟头,
那是我生前和同伴们一起使用的船桨。'

"他这样说完,我立即回答伴侣这样说:
'不幸的人啊,这一切我定会照办不误。'　　　80

"我们这样悲伤地交谈,坐在那里,
我手握佩剑护住牲血,不让他接近,
我的伴侣的魂影在我对面絮絮诉说。

"接着来到的是我故去的母亲的魂灵,
勇敢的奥托吕科斯的女儿安提克勒娅,　　　85
我前往坚固的伊利昂留下她时她活着。
我见她前来心中怜悯,潸然泪下;
但我尽管悲伤,仍不让她向前,
接近牲血,直待我询问过特瑞西阿斯。

"特拜的特瑞西阿斯的魂灵终于前来,　　　90
手握金杖,他认出了我,对我这样说:
'拉埃尔特斯之子,机敏的神裔奥德修斯,
不幸的人啊,你为何离开太阳的光辉,
来到这悲惨的地域,拜访亡故的人们?
请你离开这深坑,移开那锋利的佩剑,　　　95
让我吮吸牲血,好给你作真实的预言。'

"他这样说,我离开坑边,把镶银长剑
收进鞘里,高贵的预言者吮吸了一些
乌黑的牲血,便开始对我这样言命运:

'光辉的奥德修斯,你渴望甜蜜的归返,　　　　　　　　100
但神明会让它充满艰难,在我看来,
震地神不会把你忘记,他对你怀恨,
余怒难消,因为你刺瞎了他的爱子。①
你们忍受艰辛后仍可如愿返家园,
只要你能约束你自己和你的伴侣们,　　　　　　　105
当你把建造精良的船只首先渡过
蓝灰色的大海,驶抵海岛特里那基亚,②
你们会发现牧放的牛群和肥壮的羊群,
归无所不见无所不闻的太阳神所有。
如果你们不伤害畜群,一心想归返,　　　　　　　110
你们忍受艰辛后仍可返回伊塔卡;
如果你抢劫畜群,那会给船只和伴侣们
带来毁灭。虽然你自己可逃脱灾难,
但归返艰难迟缓,失去所有的同伴,
乘坐他人的船只,到家后再遭遇患难　　　　　　　115
和狂妄的人们,他们耗费你的家财,
向你的高贵的妻子求婚,送来赠礼。
待你到家后,你会报复他们的暴行。
当你把那些求婚人杀死在你的家里,
或是用计谋,或是公开地用锋利的铜器,　　　　　120
这时你要出游,背一把合用的船桨,
直到你找到这样的部族,那里的人们
未见过大海,不知道食用掺盐的食物,
也从未见过涂抹了枣红颜色的船只
和合用的船桨,那是船只飞行的翅膀。　　　　　　125
我可以告诉你明显的征象,你不会错过。

---

① 指独目巨人波吕菲摩斯,故事见前第九卷。
② 古代认为,此岛可能即西西里岛,那里素以农牧著称。

当有一位行路人与你相遇于道途,
称你健壮的肩头的船桨是扬谷的大铲,
那时你要把合用的船桨插进地里,
向大神波塞冬敬献各种美好的祭品,   130
一头公羊、一头公牛和一头公猪,
然后返回家,奉献丰盛的百牲祭礼,
给执掌广阔天宇的全体不死的众神明,
一个个按照次序。死亡将会从海上
平静地降临于你,让你在安宁之中   135
享受高龄,了却残年,你的人民
也会享福祉,我说的这一切定会实现。'

"他这样说完,我立即这样回答预言者:
'特瑞西阿斯,定是神明们安排这一切。
现在请你告诉我,要说真话不隐瞒。   140
我现在看见我的故去的母亲的魂灵,
她在那里默然端坐,不举目正视
自己的儿子,也不和自己的儿子说话。
老人啊,请告诉我,怎样能使她认出我?'

"我这样说完,他当时开言这样回答我: 145
'这很容易回答,我向你说明原因。
不管是哪位故去的死者,你只要让他
接近牲血,他都会对你把实话言明。
如果你挡住他接近,他便会返身退隐。'

"尊贵的特瑞西阿斯的魂灵这样说完,   150
作完预言,便离开返回哈得斯的宅第。
我继续留在坑边守候,直到我母亲
前来吮吸乌黑的牲血。她立即认出我,

哭泣着对我说出有翼飞翔的话语：
'我的孩子，你怎么仍然活着便来到　　　　　　　　155
这幽冥的阴间？活人很难见到这一切。
中间有巨大的河流和可怖的急流相隔，
首先是奥克阿诺斯，任何人都不可能
徒步把它涉过，除非他有精造的船舶。①
你这是直接从特洛亚和同伴们一起乘船　　　　　　160
经过漫长岁月的漂泊才终于来这里？
你尚未返回伊塔卡，见到家中的妻子？'

"她这样询问，我当时回答母亲这样说：
'我的母亲，我不得已来到哈得斯的宅第，
前来会见特拜的特瑞西阿斯的魂灵。　　　　　　　165
我至今尚未回到过阿开奥斯人的土地，
尚未回过故乡，一直在艰苦地飘游，
自从当年跟随神样的阿伽门农
前往产马的伊利昂，与特洛亚人作战。
现在请你告诉我，要说真话不隐瞒。　　　　　　　170
是什么不幸的死亡命数把你征服？
是长久的疾病，还是善射的阿尔特弥斯
用她那温柔的箭矢射中你丧你的性命？
请告诉我父亲和被我留下的儿子的情形，
他们仍保住我的王位，或者已为　　　　　　　　　175
他人占有，人们以为我不会再归返？
请再告诉我我的发妻的心愿和思想，
她留下同儿子在一起，保护着全部家产，
还是已改嫁于某个阿开奥斯首领？'

---

① 第157—159行被阿里斯塔尔科斯删去。

"我这样询问,尊贵的母亲立即回答: 180
'你的妻子仍然忠实地留在你家中,
内心忍受着煎熬,凄凉的白天和黑夜
一直把她摧残,令她泪流不止。
你的美好王权也未被他人占有,
特勒马科斯仍然安稳地拥有田产, 185
举办与掌权者身份相称的丰盛酒宴,
人们也如常地把他邀请。你的父亲
仍然留在原先的庄园里,从不进城来。
他不用床铺,不用袍毡和华美的铺盖,
而是在奴仆们的住屋里度过寒冷的冬天, 190
睡在炉旁灰尘里,身着褴褛的衣衫。
每当夏季和丰收的秋季到来的时候,
他在葡萄园里缓缓倾斜的土坡前,
随处以凋落的藤叶堆积成低矮的床铺。
他忧伤地躺在那里,心中无限悲愁, 195
盼望你为儿能归返,强度着困苦的晚年。
须知我就是这样亡故,命运降临,
并非那目光犀利的善射女神在家中
用她那温柔的箭矢射中我丧我的性命,
也不是什么疾病降临,使我受折磨, 200
令我的机体衰竭,夺走了我的生命,
光辉的奥德修斯啊,是因为思念你和渴望
你的智慧和爱抚夺走了甜蜜的生命。'

"她这样说,我心中思索着很想拥抱
我那业已故去的亲爱的母亲的魂灵。 205
我三次向她跑去,心想把她抱住,
她三次如虚影或梦幻从我手里滑脱。
这使我的心头涌起更强烈的痛苦,

我放声对母亲说出有翼飞翔的话语：
'我的母亲啊，你为什么不让我抱住你？ 210
让我们亲手抱抚，即便是在哈得斯，
那也能稍许慰藉我们那可怕的悲苦。
是不是高贵的佩尔塞福涅只给我遣来
一个空虚的幻影，令我悲痛更愁忧？'

"我这样说，尊贵的母亲立即答言： 215
'我的儿子，人间最最不幸的人啊，
宙斯的女儿佩尔塞福涅没有欺骗你，
这是任何世人亡故后必然的结果。
这时筋腱已不再连接肌肉和骨骼，
炽烈的火焰的强大力量把它们制服， 220
一旦人的生命离开白色的骨骼，
魂灵也有如梦幻一样飘忽飞离。
现在你赶快返回阳世，把这一切
牢记心里，他日好对你的妻子述说。'

"我们正这样交谈，到来一群妇女， 225
可畏的佩尔塞福涅鼓动她们前来，
她们都是贵族王公们的妻子或爱女。
她们成群地聚集在乌黑的牲血周围，
我当时考虑如何对她们一一问询。
我想出一个在我看来是最好的主意。 230
我迅速从大腿侧旁抽出锋利的佩剑，
不让她们同时吮吸乌黑的牲血。
她们只好一个个地走来，每人说出
自己的身世，我一个个地把她们询问。

"我首先见到的是出身高贵的提罗， 235

她自称是高贵的萨尔摩纽斯①的女儿,
艾奥洛斯之子克瑞透斯②的妻子。
她深深地钟爱神圣的河流埃尼珀斯,③
那是大地上最最美丽的一条河川,
她常去埃尼珀斯的优美的流水侧畔。　　　　　　240
环绕大地的震地神幻化成埃尼珀斯,
在漩流回转的河口和她一起躺卧。
紫色的波浪有如高山四周矗立,
屏障隆起,隐藏神明和凡间女子。
神明解开那女子的腰带,撒下睡意。　　　　　　245
当神明这样如愿地享受了爱情合欢,
便抓住那女子的手,招呼一声这样说:
'为这一爱情高兴吧,夫人,一年后你会
生育高贵的孩子,因为神明的爱抚
不会无结果,你要好好抚养他们。　　　　　　　250
你现在回家,保守秘密,莫道我姓名,
要知道我就是那波塞冬震地之神。'

"海神说完,沉入波涛汹涌的大海。
提罗由此怀身孕,生育佩利阿斯和涅琉斯,
两兄弟成为伟大的宙斯的勇敢扈从。　　　　　　255
佩利阿斯拥有许多羊群,住在广阔的
伊阿奥尔科斯,涅琉斯住在多沙的皮洛斯。④
王后还为克瑞透斯生了几个儿子,

---

① 萨尔摩纽斯是埃利斯的萨尔摩纽斯城的名主,因模仿宙斯雷电,用隆隆的锅声和辚辚的马车声模仿宙斯鸣雷,用火炬模仿宙斯掷闪电,引起宙斯愤怒,被宙斯打入冥间受苦。
② 特萨利亚王。
③ 埃尼珀斯是特萨利亚境内河流,此处指该河河神。
④ 佩利阿斯和涅琉斯是一对孪生兄弟,据说长大后发生争执,涅琉斯去到伯罗奔尼撒半岛的皮洛斯,成为皮洛斯诸王的始祖。佩利阿斯留在故乡,统治伊阿奥尔科斯。

他们是艾宋①、费瑞斯和车战的阿米塔昂。

"我又见到阿索波斯的女儿安提奥佩。 260
她自诩曾与宙斯拥抱同眠度夜阑,
生下一对孪生儿子安菲昂和泽托斯,
兄弟俩首先奠定七门的特拜城池,
又建起城墙,因为他们不可能占据
广阔的特拜无城垣,尽管他们很勇敢。 265

"我见到安菲特律昂之妻阿尔克墨涅,
她生了勇猛如狮又坚毅的赫拉克勒斯,
由于和伟大的宙斯拥抱结合享欢爱。
我还见到高傲的克瑞昂的女儿墨伽拉,
安菲特律昂的坚毅的儿子的爱妻。② 270

"我见到奥狄浦斯的母亲、美貌的埃皮卡斯特,
她本人不明真相,犯下了可怕的罪孽,
与自己的儿子婚配,儿子弑父娶母亲。
神明们很快把事情的真相向世人公开,
但他在美好的特拜仍统治卡德摩斯人, 275
按照神明们的残忍意愿,忍受痛苦。
王后来到强大的守门神哈得斯的居地,
在她把绳索系上高高的房梁自缢后,
心怀嗟怨,给儿子留下无数的苦难,
为母亲们报仇的女神们一手制造的祸患。 280

---

① 艾宋是伊阿宋的父亲,因兄弟之间权力之争而有伊阿宋寻取金羊毛的著名故事。
② "安菲特律昂的坚毅儿子"指赫拉克勒斯。宙斯乘安菲特律昂出征在外,幻化成安菲特律昂模样,与阿尔克墨涅结合生赫拉克勒斯,安菲特律昂是赫拉克勒斯名义上的父亲。

"我又见到无比美丽的克洛里斯,
涅琉斯慕貌娶了她,给了许多聘礼,
她本是伊阿索斯之子安菲昂的幼女,
伊阿索斯统治弥尼埃奥斯人的奥尔科墨诺斯。①
她成为皮洛斯王后,连育杰出的儿子,   285
涅斯托尔、克罗弥奥斯和勇敢的佩里克吕墨诺斯。
她又为他们生高贵的佩罗,美貌绝伦,
邻近的人们都向她求婚,涅琉斯不应允,
除非此人能把凶猛的宽额弯角牛群
赶出费拉克,它们归伊菲克洛斯王所有。②   290
那位高贵的预言者决定去赶这些牛,
但神明注定他因而要承受许多苦难,
体验沉重的镣铐,在野外牧放牛群。
他一天一天、一月一月地备受煎熬,
一年的时光流逝,命定的时限来到,   295
国王伊菲克洛斯宽赦他,把他释放,
让他作预言,终于实现了宙斯的意愿。③

"我还见到廷达瑞奥斯的妻子勒达,
她为廷达瑞奥斯生育了英勇的儿子,
驯马的卡斯托尔和高贵的拳击手波吕丢克斯,   300
赐予生命的大地把他俩活活地收下。
他们在地下仍获得宙斯惠赐的尊荣,
轮流一人活在世上,一人死去,

---

① 奥尔科墨诺斯城在波奥提亚地区。
② 伊菲克洛斯是特萨利亚王,他的牛非常好看,涅琉斯想得到它们。
③ "预言者"指墨兰波斯。他的兄弟比阿斯向佩罗求婚,墨兰波斯帮助兄弟去赶那些牛。墨兰波斯被伊菲克洛斯捉住,关进监狱。一年后,他因向伊菲克洛斯说明如何解除后者的无后之忧,被释放。

享受神明才能享受的特殊荣誉。①

"然后我又见到阿洛欧斯的妻子　　　　　　　　　305
伊菲墨得娅,她自诩曾与波塞冬欢爱,
生育了两个儿子,但都年少短命,
神样的奥托斯和遐迩驰名的埃菲阿尔特斯,
他们在谷物丰饶的大地抚育的人中间
最高大也最为俊美,除了著名的奥里昂。　　　　310
他们年方九岁,身围即达九肘尺,
身高达九倍常人双臂伸开的距离。
他们威胁要对居住在奥林波斯的
不死的神明们开战,进行激烈的战争。
他们要把奥萨山②叠上奥林波斯山顶,　　　　　315
在奥萨山再叠放葱郁的佩利昂峰,从而达天庭。
他们若长大成人,或许真会这样做,
但宙斯与美发的勒托的儿子③杀死了他们,
当他们双鬓下尚未长出初生的毛发,
那下颌也未被新生的浓密胡须盖住。　　　　　　320

"我见到费德拉④、普罗克里斯⑤和狡诈的弥诺斯的

---

① 据说波吕丢克斯是宙斯之子,宙斯赐他永生。卡斯托尔死后,波吕丢克斯不愿比自己的孪生兄弟长寿,因此宙斯把赐给波吕丢克斯的永生分给卡斯托尔一半,使兄弟俩轮流分别在地府和人间。
② 特萨利亚境内山峰。
③ "宙斯与美发的勒托的儿子"指阿波罗。
④ 费德拉是雅典王提修斯的妻子,她爱上了提修斯的前妻之子希波吕托斯,遭拒绝后在提修斯面前进谗言,诡称波吕托斯企图对她无礼,把希波吕托斯害死,她自己羞愧自杀。
⑤ 普罗克里斯是雅典王埃瑞克透斯的女儿,丈夫克法洛斯想考验她的忠贞,诡称外出,却乔装成外乡人返回,以厚礼引诱普罗克里斯,普罗克里斯为其所动,被丈夫指责不忠。普罗克里斯羞愧地逃到克里特岛,阿尔特弥斯(一说弥诺斯)赠她每投必中的长矛。她乔装回来考验丈夫,答应以矛相赠,感动丈夫。最后夫妻和好。后来普罗克里斯怀疑丈夫变心,在克法洛斯一次狩猎时掷出长矛,杀死了丈夫。

美丽女儿阿里阿德涅,提修斯想把她
从克里特岛带往神圣的雅典城的丘冈,
但他未能享有她,受狄奥倪索斯怂恿,
阿尔特弥斯把她杀死在环水的狄埃岛。①   325

"我见到迈拉②、克吕墨涅③和邪恶的埃里费勒,
她收受贵重的黄金,出卖了自己的丈夫。④
我不可能把那些人的姓名一一列举,
说出我见到的各位英雄的妻子和爱女,
神秘的黑夜将消逝。现在是睡觉的时候,   330
我或是去快船伴侣们中间或者就留在
你们这里,归返事有赖于你们和众神明。"

他这样说,在座的人们静默不言语,
在幽暗的大厅里个个听得心醉神迷。
白臂的阿瑞塔这时开言对众人这样说: 335
"费埃克斯人,这位客人的容貌、身材
和他那严谨的智慧令你们有何感触?
他虽是我的客人,你们也分享荣光。
请不要急忙送客,吝啬自己的礼品,
客人很需要它们。由于神明的恩惠,   340

---

① 提修斯作为雅典的活人贡品,被送往克里特岛供牛人食用。提修斯杀死牛人后靠阿里阿德涅赠给的线团逃出迷宫。阿里阿德涅随提修斯一起离开克里特,到达爱琴海南部的狄埃岛(后称那克斯岛),提修斯受神明启示,把阿里阿德涅留在那里。阿里阿德涅被阿尔特弥斯射死后,成为狄奥倪索斯的伴侣和妻子。
② 迈拉是阿尔戈利斯王克罗托斯的女儿,与宙斯生洛克罗斯(特拜奠基者之一),被阿尔特弥斯射死。
③ 克吕墨涅是特萨利亚的菲拉卡城的王菲拉科斯的母亲。
④ 埃里费勒是阿尔戈斯王安菲阿拉奥斯的妻子,她接受奥狄浦斯之子波吕尼克斯赠送的一条具有魔力的黄金项链,逼迫丈夫参加进攻特拜的战斗,尽管她知道丈夫会在那次战斗中丧生。后来安菲阿拉奥斯果然在那场战斗中被杀死,儿子阿尔克迈昂长大后,为父报仇,杀死母亲埃里费勒。

你们家中都藏有无数珍贵的财物。"

老年英雄埃克涅奥斯对大家说话,
他在所有的费埃克斯人中年事最高迈:
"朋友们,睿智的王后的提议完全符合
我们的意见和心愿,你们应遵行不误。 345
现在看阿尔基诺奥斯有什么吩咐和要求。"

阿尔基诺奥斯开言回答老者这样说:
"按照王后的话去做,只要我还活着,
仍然统治着喜好划桨的费埃克斯人。
尽管客人渴望能尽快地返回故乡, 350
但我仍希望他留待明天,我好备齐
一切礼物。送客人上路人人有责任,
尤其是我,因为我是此国中的掌权人。"

足智多谋的奥德修斯这样回答说:
"阿尔基诺奥斯王,全体人民的至尊, 355
即使你想让我在这里等待一整年,
为我安排归程,送我珍贵的礼物,
我也很乐意,那样也符合我的心愿,
因为我可以带着更多的财宝返故乡。
那时所有的人们会对我更加敬重, 360
更加热爱,当他们看见我回到伊塔卡。"

阿尔基诺奥斯这时回答客人这样说:
"尊敬的奥德修斯,我们见到你以后,
便认为你不是那种骗子、狡猾之徒,
虽然这类人黑色的大地哺育无数, 365
那些人编造他人难以经历的见闻,

但你却有一副高尚的心灵,言语感人。
你简直有如一位歌人,巧妙地叙述
阿开奥斯人和你自己经历的可悲苦难。
现在请你再说说,要直言叙述不隐瞒, 370
你可曾见到勇敢的伴侣们,他们和你
一起去到伊利昂,在那里遭到死亡。
长夜漫漫,还不是回家睡觉的时候,
请把你们的神奇事迹给我详叙述。
我愿意聆听你直至神妙的黎明来临, 375
只要你愿为我叙述你经受的种种苦难。"

　　足智多谋的奥德修斯这样回答说:
"阿尔基诺奥斯王,全体人民的至尊,
既然有时间叙谈,也有时间安眠,
如果你们确实愿意继续听叙述, 380
我当然不反对说说更加悲惨的事迹,
我的同伴们的苦难,他们后来把命丧,
虽然从特洛亚人手下逃脱了可悲的死亡,
归返后却死于一个邪恶的女人的意愿。

　　"在我周围的这些柔弱妇女们的魂灵 385
被圣洁的佩尔塞福涅四处驱散之后,
阿特柔斯之子阿伽门农的忧伤魂灵到来,
其他魂灵围着他,他们和他一起,
在埃吉斯托斯家被杀害,遭受死亡。
他吮吸了乌黑的牲血,立即把我相认。 390
他一面放声痛哭,泪水不断流淌,
向我伸出双手,希望能把我碰触,
可是他已不再有强壮的筋腱和力量,
如同他往日灵活的肢体具有的那样。

我一见他忍不住泪下,心中生怜悯, 395
开言说出有翼飞翔的话语询问他:
'显赫的阿特柔斯之子,人间王阿伽门农,
是何种悲惨的死亡命运把你征服?
是波塞冬把你制服在航行的船舶里,
掀起狂烈的风暴,带来凶猛的气流, 400
还是被心怀敌意的人们杀死在陆地上,
当你劫掠他们的牛群或美好的羊群时,
或者你为了保卫城市和妇女们而战?'

"我这样说完,他立即开言这样回答我:
'拉埃尔特斯之子,机敏的神裔奥德修斯, 405
波塞冬并没有把我制服在航行的船舶里,
掀起狂烈的风暴,带来凶猛的气流,
也不是心怀敌意的人们在陆上杀死我,
是埃吉斯托斯为我准备了毁灭和死亡,
同我那可恶的妻子一起把我杀死, 410
请我去家中赴宴,有如杀牛于棚厩。
我就这样悲惨地死去,我的伴侣们
也都无情地遭杀戮,有如白牙肥猪,
它们被杀死在无比显贵的富有之人的
婚筵间或者聚餐时或者丰盛的宴席上。 415
你也曾经常见到许多人被杀死的景象,
或者单独遭戕杀,或在激烈的战斗中,
但当你见到那一惨景时也会生怜悯,
在宴席饮酒的调缸和丰盛的餐桌之间,
我们横陈在堂上,鲜血把地面浸漫。 420
我当时听见普里阿摩斯的女儿卡珊德拉①

---

① 卡珊德拉被俘后归阿伽门农所有,阿伽门农把她带回国,引起克吕泰墨涅斯特拉的忌恨,一起遭杀害。

发出的凄惨叫声,狠毒的克吕泰墨涅斯特拉
把她杀死在我的身旁,我举起双手
拍打地面,尽管被剑刺中正死去。
无耻的女人转过身去,甚至都不愿 425
伸手给正去哈得斯的我抚合双眼和嘴唇。
可见没有什么比女人更狠毒、更无耻,
她们的心里会谋划出如此恶劣的暴行,
就像她谋划了如此骇人听闻的罪恶,
杀死自己的高贵丈夫。我原以为 430
会如愿地见到自己的孩子们和众奴仆,
幸得返家园。她犯下如此严重的罪行,
既玷辱了她自己,也玷辱了后世的
温柔的妇女们,即使有人行为良善。'

"他这样说完,我开言回答对他这样说: 435
'天哪,雷声远震的宙斯显然从一开始
便利用女人的计划,憎恨阿特柔斯的后代,
我们许多人已经为海伦丧失了性命,
克吕泰墨涅斯特拉在你远离时又对你设阴谋。'

"我这样说完,他立即回答对我这样说: 440
'因此你以后对女人不要过分温存,
不要把知道的一切全部告诉女人,
要只说一部分,隐瞒另外一部分。
奥德修斯啊,你不会被你的妻子杀死,
伊卡里奥斯的女儿、聪明的佩涅洛佩 445
非常明达事理,用心无比善良。
想当年她新婚不久,我们出发远征,
把她留下,孩子偎依母怀尚年幼,
如今他大概已长大,坐在成人们中间,

幸福的孩子,父亲归来将会见到他, 450
他也会像通常那样拥抱自己的父亲。
我的那位妻子却不让我亲眼见到
我的儿子,因为她已首先把我杀死。
不过我仍要嘱咐你,你要用心牢记。
你要秘密地让航船抵达故乡的土地, 455
不可公开返回,因为妇女们不可信。①
现在请你说说,要说真话不隐瞒,
你可曾听说我的儿子活在世上的消息,
他是在奥尔科墨诺斯②,还是在多沙的皮洛斯,
或是在辽阔的斯巴达墨涅拉奥斯身边? 460
因为勇敢的奥瑞斯特斯活着并未死。'

"他这样询问,我当时开言回答这样说:
'阿特柔斯之子,你为何询问我这些事情?
我不知他是生是死,不应该说话无根据。'

"我们就这样互相交谈,话语悲伤, 465
心情沉重地站在那里,泪水流淌。
这时佩琉斯之子阿基琉斯的魂灵前来,
还有帕特罗克洛斯、高贵的安提洛科斯
和埃阿斯的魂灵,他的容貌和身材超越
所有的达那奥斯人,除了高贵的阿基琉斯。 470
埃阿科斯的捷足后裔的魂灵认出我,
哭泣着对我说出有翼飞翔的话语:
'拉埃尔特斯之子,机敏的神裔奥德修斯,
大胆的家伙,你还想干什么更冒险的事情?

---

① 古代编辑者删去第454—456行。
② 奥尔科墨诺斯是波奥提亚城市,奥瑞斯特斯在阿伽门农遇害后,曾在那里避难。

你怎么竟敢来到哈得斯,来到这居住 475
无知觉的死者、亡故的凡人的阴魂的地方?'

"他这样说完,我开言回答对他这样说:
'佩琉斯之子阿基琉斯,阿开奥斯人的俊杰,
我来这里为寻求特瑞西阿斯的指点,
我怎样才能回到崎岖不平的伊塔卡。 480
须知我至今尚未抵阿开奥斯人的住地,
未踏故乡土,我一直在忍受各种苦难。
阿基琉斯,过去未来无人比你更幸运,
你生时我们阿尔戈斯人敬你如神明,
现在你在这里又威武地统治着众亡灵, 485
阿基琉斯啊,你纵然辞世也不应该伤心。'

"我这样说完,他立即回答对我这样说:
'光辉的奥德修斯,请不要安慰我亡故。
我宁愿为他人耕种田地,被雇受役使,
纵然他无祖传地产,家财微薄度日难, 490
也不想统治即使所有故去者的亡灵。
现在请说说我那个高贵的儿子的情形,
他是继我参战身先士卒,或是从未出征。①
也请说说你所知道的高贵的佩琉斯的消息,
他在米尔弥冬人的各城邦继续受尊敬, 495
还是在赫拉斯和佛提亚人们已不敬重他,
由于年龄高迈,双手双脚已不灵便。
我真希望仍能在太阳的光辉下保护他,
如此强壮,像从前在辽阔的特洛亚原野,

---

① 指涅奥普托勒摩斯,他在阿基琉斯死后去特洛亚参战。预言说,只有他的参战才能
攻下特洛亚。见后。

杀戮敌人的主力,保卫阿尔戈斯人那样。 500
即使我只片刻如往日勇健地返回父宅,
我也会让伤害他、剥夺他的尊荣的人们
在我的威力和无敌的双手面前发颤。'

"他这样说完,我开言回答对他这样说:
'我不知悉高贵的佩琉斯的任何消息, 505
关于你的爱子涅奥普托勒摩斯的事情,
我将按你的要求,把实情一一说明。
是我乘坐平稳的船只把他从斯库罗斯①
送到胫甲精美的阿开奥斯人中间。
每当我们在特洛亚城下商讨战情, 510
他总是首先发言,言语切中肯綮,
只有神样的涅斯托尔和我能把他超过。
我们在特洛亚平原用青铜兵器作战时,
他从不混迹于人群中间,留在队列,
而是冲杀在前,勇毅超过任何人, 515
无数敌人被他杀死在激烈的战斗里。
我不可能全部叙说,一一道姓名,
他为保卫阿尔戈斯人杀死的敌人,
但他用铜器杀死了如特勒福斯之子、
英勇的欧律皮洛斯,许多克特奥伊人② 520
为女人的礼物在他周围一起被杀死。
我见过的人他最俊美,除了神样的门农③。

---

① 斯库罗斯为爱琴海中一小岛。阿基琉斯与该岛公主生涅奥普托勒摩斯,阿基琉斯去特洛亚参战后把儿子留在那里。
② 克特奥伊人是小亚细亚密西亚部落。特勒福斯是普里阿摩斯的姐夫。宙斯曾为伽倪墨得斯,回赠特洛亚一株由赫菲斯托斯制作的金葡萄,普里阿摩斯在特洛亚危急时将此金葡萄赠其姊姊阿斯提奥卡,使后者劝说儿子率军帮助特洛亚人。欧律皮洛斯是特洛亚人的最后一个援助者,立过许多战功,后被阿基琉斯之子杀死。
③ 门农是埃塞俄比亚人的首领,战争第十年时支援特洛亚,被阿基琉斯杀死。

当我们这些阿尔戈斯杰出将领藏身于
埃佩奥斯制作的马腹,由我掌管一切,
打开或关闭那牢固的隐蔽处所时, 525
达那奥斯人的所有其他首领和君王们
个个擦抹泪水,双膝颤抖不止,
我看见当时唯有他那美丽的面色
没有变苍白,也未看见他抬手擦泪珠。
他曾一再要求允许他从马腹爬出, 530
手握双刃剑柄和镶铜的坚固长枪,
渴望给特洛亚人制造各种灾难。
在我们摧毁了普里阿摩斯的巍峨都城后,
他带着他那份战利品和财物登上船舶,
安然无恙,既未被锐利的铜器击中, 535
也未在短兵相接中受伤,虽然战斗中
经常发生,阿瑞斯对谁都一样疯狂。'

"我这样说,埃阿科斯的捷足后裔的
魂灵迈开大步,沿常青的草地离去,
听说儿子很出众,心中充满了喜悦。 540

"其他故去的谢世者的魂灵仍在那里
悲伤地哭泣,诉说自己忧心的事情。
只有特拉蒙之子埃阿斯的魂灵这时仍
伫立一旁,为那场争执余怒未消,
在阿开奥斯人的船寨我获得胜利,赢得 545
阿基琉斯的铠甲,母亲把它作奖品,
特洛亚人的子弟和帕拉斯·雅典娜作裁判。①

---

① 据说阿基琉斯死后,其母忒提斯嘱咐,把赫菲斯托斯为阿基琉斯锻造的铠甲(故事见《伊利亚特》第十八卷)奖给为保卫阿基琉斯的遗体作战最勇敢的人。奥德修斯和埃阿斯为此发生争执,希腊人认为敌人会对这一争执作出公正的评判,因而让被俘虏的特洛亚人进行裁断。雅典娜从中干预,使裁断有利于奥德修斯。埃阿斯气愤不过,自杀而死。

悔不该我在那次争执中获得胜利,
大地从而收下了这样的英雄埃阿斯,
论相貌或是论功绩他都超越所有的 550
达那奥斯人,除了高贵的佩琉斯之子。
我用友好的话语开言对他这样说:
'埃阿斯,高贵的特拉蒙之子,你难道死后
对我仍余怒未消,为那副可诅咒的铠甲?
神明们给阿尔戈斯人降下了巨大的灾难。 555
我们阿开奥斯人为失去你这样的砥柱,
都像为佩琉斯之子阿基琉斯那样,
一直悲痛你的故去。那件事的肇因
不在他人,是宙斯对持枪矛的达那奥斯人
心怀积怨,给你降下了死亡的命运。 560
君王啊,请走上前来,听我一言相劝,
平息你的怒火和勇敢的心头的怨愤。'

"我这样说,他没有回答,却同其他
故去的死者的魂灵一起走向昏暗。
他本可抑怒和我作交谈,我也愿意。 565
这时我那亲切的胸中的心灵还想
同许多其他亡故的人们的魂灵相见。

"这时我看见弥诺斯,宙斯的高贵儿子,
他手握黄金权杖,正在给亡灵们宣判,
他端坐,亡灵们在他周围等待他判决, 570
或坐或站,在哈得斯的门庭宽阔的府第。

"我又看见那位身材高大的奥里昂,
照样在常青不谢的冥间草地上狩猎,
驱赶着他往日在荒芜的山间杀死的野兽,

手握那永远不会折断的全铜棍棒。 575

"我又看见提梯奥斯,富饶大地之子,
横陈大地,占地面积达五佩勒特隆①,
有两只秃鹰停在他两侧啄食肝脏,
吞噬他的内腑,他无力用双手阻拦,
因为他对宙斯的高贵妻子勒托施暴行, 580
当她途经舞场美好的帕诺佩斯②赴皮托。③

"我又见坦塔洛斯④在那里忍受酷刑,
站在湖水里。湖水直淹到他的下颌,
他虽然焦渴欲饮,但无法喝到湖水,
因为每当老人躬身欲喝口湖水时, 585
那湖水便立即退逸消失,他的脚边
现出黝黑的泥土,神明使湖水干涸。
繁茂的果树在他的头上方挂满果实,
有梨、石榴,还有簇簇灿烂的苹果,
棵棵甜蜜的无花果,果肉饱满的橄榄树, 590
但当老人伸手渴望把它们摘取时,
风流却把果实吹向昏沉沉的云气里。

"我又见西绪福斯⑤在那里忍受酷刑,

---

① 佩勒特隆在此处为面积单位,1佩勒特隆约合0.095公顷。
② 帕诺佩斯在福基斯境内,距波奥提亚不远,荷马时期繁盛一时,后来被毁。
③ 提梯奥斯是宙斯和地母盖娅之子(后来的传说有异),神后赫拉嫉妒,进行报复,煽动他狂热追求勒托,欲行非礼。宙斯愤怒,用雷电把提梯奥斯打入冥间。
④ 关于坦塔洛斯的身分,神话说法不一,常见的神话说他是阿尔戈斯王,阿伽门农的祖先。他本来很受神明恩宠,受邀参观奥林波斯众神的会议和饮宴,但他从而自命不凡,泄露神界秘密,从而被打入冥府受惩罚。
⑤ 西绪福斯生前是科林斯王。荷马未说他在冥间受苦的原因,后来的神话说他是一个诡计多端的人,许多神明,包括宙斯,都上过他的当,因而受惩罚。

正用双手推动一块硕大的巨石,
伸开双手双脚一起用力支撑, 595
把它推向山顶,但当他正要把石块
推过山巅,重量便使石块滚动,
骗人的巨石向回滚落到山下平地。
他只好重新费力地向山上推动石块,
浑身汗水淋淋,头上沾满了尘土。 600

"我又认出力大无穷的赫拉克勒斯,
一团魂影,他本人正在不死的神明们中间
尽情饮宴,身边有美足的赫柏陪伴,
伟大的宙斯和脚登金鞋的赫拉的爱女。
亡故者的阴魂在他周围放声嚎叫, 605
有如惊飞的鸟群;他形象阴森如黑夜,
手握出套的弯弓,箭矢搭在弓弦,
可畏地四处张望,似待随时放矢。
他胸前环系令人生畏的黄金绶带,
带上镌刻着各种神奇怪异的图案, 610
有凶残的熊群、野猪和眈眈注视的猛狮,
有搏斗、战争、杀戮和暴死的种种情景。
制作者大概不可能再造出类似的作品,
他创作此绶带运用了如此高超的技艺。
赫拉克勒斯一见我立即把我认出, 615
两眼噙泪,说出有翼飞翔的话语:
'拉埃尔特斯之子,机敏的神裔奥德修斯,
不幸的人啊,你遭到什么可悲的命运,
就像我在太阳的光辉下遭受的那样?
我虽是克罗诺斯之子宙斯的儿子, 620
却遭到无数不幸,不得不受命于一个

孱弱之人,他让我完成各种苦差事。①
他曾派我来这里捉拿那条恶狗②,
因为他想不出其他更为艰难的差遣。
我终于捉住那条狗,把它赶出哈得斯, 625
有赫尔墨斯和目光炯炯的雅典娜助佑。'

"他这样说,转身进入哈得斯的宫邸,
我仍继续在那里留待,希望有哪位
早先故去的著名英雄的魂灵来相见。
我本可见到我想见面的古代英雄, 630
有提修斯和佩里托奥斯,神明们的光辉儿子,
若不是成群地蜂拥前来无数的亡灵,
一片喧嚣,灰白的恐惧立即抓住我,
担心可怕的怪物戈尔戈③的头颅前来,
可能被冥后佩尔塞福涅遣出哈得斯。 635
我立即返回船舶,吩咐随行的同伴们
迅速登上船只,解开系船的尾缆。
同伴们迅速登进船里,坐上桨位。
水流把船只送到奥克阿诺斯海面,
起初靠我们划桨,后来有顺风送行。 640

---

① 指由于赫拉妒忌加害,赫拉克勒斯不得不受命于欧律斯透斯。参阅《伊利亚特》第十九卷第133行。
② 指冥府三头狗。
③ 女妖,能使目光所及的一切变成石头。

第十二卷

——食牛群冒犯日神受惩伴侣尽丧生

"当船只离开奥克阿诺斯长河的水流,
沿着辽阔无际的大海的狂涛惊浪,
来到海岛艾艾埃,破晓的黎明女神
在那里居住和歌舞,太阳升起的地方,
我们到达后随即把船只拖上沙滩, 5
我们自己登上波涛拍击的海岸,
在那里躺下,等待神妙的黎明来临。

"当那初升的有玫瑰色手指的黎明呈现时,
我便派遣伙伴们前往基尔克的住处,
搬取不慎暴卒的埃尔佩诺尔的遗体。 10
我们迅速砍柴,在海岸最突出的地方
举行葬礼,伤心得忍不住热泪涟涟。
在死者的遗体和甲仗被焚化之后,
我们便堆起一座坟丘,立起墓碑,
在坟头尖顶插上一把合手的船桨。 15

"我们这样忙碌着一件件殡葬事宜,
基尔克业已知晓我们从哈得斯归返,
立即整装前来,携侍女陪伴随行,
带来面食、丰盛的菜肴和闪光的红酒。
神女中的女神在我们中间站定这样说: 20
'大胆的家伙,活着去到哈得斯的居所,

将两度经历死亡,其他人只死亡一次。
现在请尽情享用食物,畅饮酒酿,
度过整整这一天,待明天黎明呈现,
你们便继续航行。我将指点行程   25
和各处标记,免得你们一时生谬误,
又会在海上或陆地遭到意外的不幸。'

　　"她这样说,说服了我们勇敢的心灵。
整整这一天,直到太阳开始下行,
我们围坐着享用丰盛的肉肴和甜酒。   30
在太阳下沉,夜幕终于降临之后,
人们纷纷躺在船舶的缆绳边睡去,
基尔克便拉住我的手离开同伴们,
让我坐下,她躺在我身边一一相问,
我把经历的事情向她一件件细述。   35
尊贵的基尔克这时开言对我这样说:
'这一切危难均已过去,现在请你
听我嘱咐,神明会让你记住它们。
你首先将会见到塞壬①们,她们迷惑
所有来到她们那里的过往行人。   40
要是有人冒昧地靠近她们,聆听
塞壬们的优美歌声,他便永远不可能
返回家园,欣悦妻子和年幼的孩子们;
塞壬们会用嘹亮的歌声把他迷惑,
她们坐在绿茵间,周围是腐烂的尸体的   45
大堆骨骸,还有风干萎缩的人皮。
你可以从那里航过,但需把蜂蜡揉软,
塞住同伴们的耳朵,不让他们任何人

---

① 一种半人半鸟形女妖。

听见歌声;你自己如果想听歌唱,
可叫同伴们让你站立,把手脚绑在 50
快船桅杆的支架上,用绳索牢牢绑紧,
这样你便可聆听欣赏塞壬们的歌声。
如果你恳求、命令他们为你解绳索,
他们要更牢固地用绳索把你绑紧。

"'在你的同伴们从塞壬们旁边驶过, 55
我不能继续给你们指明这时应选择
两条道路中的哪一条,你自己用心判断,
我可以把两条道路逐一向你描述。
一条通向高峻的悬崖,崖前喧嚣着
碧眼的安菲特里泰的巨大波涛相撞击, 60
常乐的神明们称它们为普兰克泰伊①。
飞鸟也无法从中间飞过,为天父宙斯
运送神露的胆怯鸽子也一样难穿越,
光滑的悬崖每次要逮住其中的一只,
使得天父不得不放进另一只作替补。 65
任何凡人的船只到那里都难逃脱,
船只的碎片和人的肢体在那里一起
在大海的狂涛和致命的烈焰中颠簸毁灭。
只有一条海船曾安全地从那里通过,
众所周知的阿尔戈从艾埃特斯②处返航。 70
甚至它也会被两块巨大的悬崖撞击,
若不是赫拉宠爱伊阿宋,让船只通过。③

---
① "普兰克泰伊"意为"会移动的悬崖",因两片悬崖见有物从中间穿过,便相向移动而夹击。或称"撞岩"。
② 艾埃特斯是黑海北岸科尔克斯的国王。
③ 指以伊阿宋为首的阿尔戈船英雄前往黑海岸边的科尔克斯寻取金羊毛的故事。据说当他们从那里航过时,他们先放出一只鸽子,待悬崖撞击分离时,迅速把船驶过。

"'另一条水道有两座悬崖,一座的尖峰
直插广阔的天宇,萦绕着浓重的云翳,
雾霭从不变稀疏,晴明的太空从不见　　　　　　75
悬崖的峰巅,无论是炎夏或是在凉秋。
任何凡人都难攀援,登上崖顶,
即使他有二十只手和二十只脚,
只因光滑的崖壁如经过仔细琢磨。
悬崖中央有一处洞穴,云雾迷漫,　　　　　　80
面向西方的昏暗,你们要把空心船,
光辉的奥德修斯啊,径直从那里航过。
即使有哪位强健的勇士从空心船上
射出箭矢,也射不到那宽阔的洞穴,
那里居住着斯库拉,吼声令人恐怖。　　　　　　85
它发出的声音如同初生的幼犬狂吠,
但它是一个可怕的怪物,任何人见了
都不会欣喜,神明们也不想和它面遇。
它有十二只脚,全都空悬垂下,
伸着六条可怕的长颈,每条颈上　　　　　　90
长着一个可怕的脑袋,有牙齿三层,
密集而坚固,里面包藏着黑色的死亡。
它把身体缩在空阔的洞穴中央,
把头昂出洞外,悬于可怖的深渊,
不断地四处窥探搜寻,伺机捕捉　　　　　　95
海豚、海豹和其他较大的海中怪物,
它们数目众多,由安菲特里泰抚养。
任何航海人都不可夸说他能安全地
把船只驶过那里,那个可恶的怪物
会从黑首船为它的每个头抓走一人。　　　　　　100

"'奥德修斯,你会看见另一面悬崖
较为低矮,与前崖相隔一箭之遥。
崖顶有棵高大的无花果树枝叶繁茂,
崖下怪物卡律布狄斯吞吸幽暗的海水。
怪物每天把海水三次吞进吐出, 105
在它吞吸时你不可行船从那里驶过,
那时甚至震地神也难助你摆脱灾难。
你还是把船靠近斯库拉一侧的悬崖,
急速从旁边驶过,因为即使损失
船上的六个伙伴,也胜于全体遭覆灭。' 110

"她这样说完,我开言询问对她这样说:
'神女啊,请你直言不讳地对我明言,
我能否既得以躲过残暴的卡律布狄斯,
又挡住另一个怪物伤害我的同伴们?'

"我这样询问,神女中的女神这样回答: 115
'大胆的家伙,你又在构思作战行动,
向往战斗。你难道与不死的神明也抗争?
它并非有死,而是一个不死的怪物,
可怖、凶残、狂暴,不可与之作战,
也无法防卫,最好的办法是把它躲过。 120
你若在崖下进行战斗,滞留不前,
我担心斯库拉又会向你发起攻击,
用它的那些脑袋,再夺走那么多伙伴。
你应该奋力行进,召唤克拉泰伊斯,
斯库拉的母亲,给人类生育了那灾祸, 125
那时她会阻止怪物再次攻击你。

"'然后你会到达海岛特里那基亚,

那里牧放着赫利奥斯的肥壮的牛羊,
共有壮牛七群和同样数量的美丽羊群,
每群五十只,它们永远不会生育, 130
也不会死亡。由两位女神牧放它们,
美发的神女法埃图萨和兰佩提娅,
杰出的涅艾拉为赫利奥斯·许佩里昂生育。
尊贵的母亲生育和抚养她们长大后,
把她们送往遥远的特里那基亚岛居住, 135
看守父亲的这些羊群和弯角的壮牛。
你要是不伤害那些牛羊,一心想归返,
那你们忍受许多苦难后可返回伊塔卡;
你要是劫夺它们,我敢说你的船只
和同伴们将会遭毁灭;即使你自己逃脱, 140
也会是遭难迟归返,失去所有的同伴。'

"她这样说完,金座的黎明随即降临。
神女中的女神这时离去,登上岛屿,
我即刻回到船边,唤醒我的同伴们,
要他们迅速登船,解开系船的缆绳。 145
他们迅速登进船里,坐上桨位,
挨次坐好后用桨划动灰暗的海面。
强劲的顺风为我们从后面鼓满风帆,
推送黑首船,那是航行的善良伴侣,
说人语的可畏的神女、美发的基尔克差遣。 150
我们把各种索具在船上安排妥当,
然后坐下,风力和舵手掌握航向。

"这时我心情忧伤,对同伴们这样说:
'朋友们,不应该只有一两个人知道,
神女中的女神基尔克对我预言的事情, 155

因此我现在向你们说明,让你们也清楚,
我们是遭毁灭,或是免于死亡得逃脱。
她要我们首先避开神奇的塞壬们的
美妙歌声和她们的繁花争艳的草地。
她说只有我可聆听歌声,但须被绳索　　　　　　　　　160
牢牢捆绑,使我只能待在原处,
缚在桅杆支架上,被绳索牢牢绑紧。
如果我恳求、命令你们为我解绳索,
你们要更牢固地用绳索把我捆绑。'

"我就这样把一切对同伴们细述,　　　　　　　　　　165
建造精良的船只这时已迅速来到
塞壬们的海岛近前,因为有顺风推送。
顷刻间气流停止吹动,海面呈现
一片寂静,恶神使咆哮的波涛平息。
同伴们只好站起身来,放下风帆,　　　　　　　　　170
把帆放进空心船里,再纷纷坐上
各自的桨位,用光滑的船桨划动海面。
这时我用锋利的铜器把一块大蜡
切成小块,伸开强健的大手压揉,
蜡块很快熔软,由于双手的强力　　　　　　　　　　175
和许佩里昂①之子赫利奥斯的光线;
我用它把同伴们的耳朵挨次塞紧。
他们让我直立,把我的手脚捆绑在
快船桅杆的支架上,用绳索牢牢绑紧,
自己再坐下,用船桨划动灰暗的海面。　　　　　　　180
当我们距离那海岛已是呼声可及时,

---

① "许佩里昂"本意为"高悬的",此处拟人为太阳神赫利奥斯的父亲。此词有时也作为太阳神的别名。

奥德修斯和塞壬们　油画　(英)德莱伯作

我们迅速前进，但塞壬们已经发现
近旁行驶的船只，发出嘹亮的歌声：
'光辉的奥德修斯，阿开奥斯人的殊荣，
快过来，把船停住，倾听我们的歌唱。　　　　　185
须知任何人把乌黑的船只从这里驶过，
都要听一听我们唱出的美妙歌声，
欣赏了我们的歌声再离去，见闻更渊博。
我们知道在辽阔的特洛亚阿尔戈斯人
和特洛亚人按神明的意愿忍受的种种苦难，　　190
我们知悉丰饶的大地上的一切事端。'

"她们这样说，一面发出美妙的歌声，
我心想聆听，命令同伴们给我松绑，
向他们蹙眉示意，他们仍躬身把桨划。
佩里墨得斯和欧律洛科斯随即站起身，　　　　195
再增添绳索把我更加捆牢绑紧。
待他们驶过妖女们的居地，再也听不到
塞壬们发出的动人声音和美妙的歌唱，
我的那些忠实的同伴们立即取出
我塞在他们耳朵里的蜡块，把我解下。　　　　200

"待我们离开了那座海岛，我很快望见
迷漫的烟雾和汹涌的波涛，耳闻撞击声。
同伴们惊惶不已，船桨从手中滑脱，
纷纷啪啪地掉进波涛，船只在原地
停驻；因为他们手中无长桨可划行。　　　　　205
这时我走遍船中，鼓励我的同伴们，
用温和的语气对他们说话，走近每个人：
'朋友们，我们并非未经受过种种危难，
面临的灾祸不可能超过库克洛普斯

用暴力把我们囚禁在他的空旷洞穴里， 210
凭我的勇敢、机敏的智谋和聪明的思想，
我们得逃脱，我相信你们还记得那灾难。
现在请听我说，你们要遵行不误。
你们举桨奋力地划动大海的涌流，
各人依然在桨位坐稳，或许宙斯 215
会让我们躲过死亡，逃避灾难。
掌舵人，你要把我的吩咐牢记心里，
因为空心船上的舵柄由你执掌。
你要让船只远离那边的烟雾和波澜，
靠近这边的悬崖，切不可漫不经心地 220
把船只驶往那里，把我们抛进灾难。'

"我这样说，他们立即按我的话去做。
我未提斯库拉这一无法抵御的灾祸，
免得同伴们知道后一时心中生恐惧，
停止划桨，只顾自己往船里躲藏。 225
这时我把基尔克对我的严厉嘱咐
彻底忘记，她要我不可武装自己。
我却仍穿起辉煌的铠甲，双手紧握
两杆长枪，站到船只前部的甲板，
因为在那里可首先看见居住于山崖的 230
斯库拉出现，免得它让同伴们遭不幸。
可我却未见它任何踪影，尽管我双眼
极目观察那模糊的悬崖，四处搜寻。

"我们大声哭泣，行驶在狭窄的海道，
一边是斯库拉，一边是神奇的卡律布狄斯， 235
可怖地把大海的咸涩水流彻底吞吸。
当它吐出时，有如架在旺火上的大锅，

整锅水沸腾,哨叫着上下不停翻滚,
水花飞溅,溅落两侧矗立的崖顶。
当它张口吞吸大海的咸涩水流时,　　　　　　　　240
大海咆哮奔流,把内里的一切全暴露,
崖壁可怖地发出呻吟,海底显露出
乌黑的泥沙,令大家陷入苍白的恐惧。
我们惊恐地注视着面前可能的陷灭,
斯库拉这时却从空心船一下抓走了　　　　　　　245
六个伴侣,他们个个都身强力壮。
当我回首查看快船和同伴们的时候,
只见那几个同伴的手脚在头顶上方,
高悬半空中。他们不停地大声喊叫,
呼唤着我的名字,发出最后的企求。　　　　　　250
有如渔人在突出的岩石上扔下饵食,
用长长的钓竿诱惑成群浮游的小鱼,
穿过牧放的壮牛的角尖甩向海里,①
待鱼儿上钩,便将鱼蹦跳着扔到岸边,
我的同伴们也这样蹦跳着被抓上崖壁。　　　　　255
怪物在洞口把他们吞噬,他们呼喊着,
一面可怕地挣扎,把双手向我伸展。
这是我亲眼见到的最最悲惨的景象,
我在海上久飘零,经历过诸般不幸。

　　"我们躲过可怖的卡律布狄斯悬崖　　　　　　260
和斯库拉,很快来到太阳神的光辉岛屿,
那里牧放着美丽的宽额牛群和许多
肥美的羊群,许佩里昂·赫利奥斯所有。
远在海上黑壳船里我已能听见

---

① 据称把钓鱼线穿过牛角是防鱼儿吞食时把鱼线咬断。

牛群的大声鸣叫和羊群的阵阵咩声， 265
这时我心中想起那位盲目的预言者、
特拜城的特瑞西阿斯的预言和艾艾埃岛的
基尔克的警告，她曾一再严厉告诫我，
要躲过给世人欢乐的赫利奥斯的岛屿。
我于是心情忧伤地对同伴们这样说： 270
'饱受苦难的伴侣们，现在请听我说，
我告诉你们特瑞西阿斯的预言和艾艾埃岛的
基尔克的警告，她曾一再严厉地告诫我，
要躲过给世人欢乐的赫利奥斯的岛屿，
因为那里隐藏着对我们最可怕的灾祸， 275
你们必须把黑壳船从岛屿侧旁航过。'

"我这样说完，同伴们震颤心若碎。
这时欧律洛科斯恶狠狠地对我这样说：
'奥德修斯，你真勇敢，精力充沛，
肢体不知疲倦，全身好似用铁铸， 280
同伴们都已疲惫不堪，渴望睡眠，
你却不让他们登岸，我们在这座
环水的海岛上本可以吃顿合口的晚餐，
可你偏命令我们在即将来临的黑夜里，
航过这座海岛，在茫茫的大海上漂泊。 285
冥冥黑夜常刮起毁坏船只的恶风，
人们又能去何处躲避突然的危难，
如果骤起的强烈的风暴突然降临，
不管是南风或反向的西风，它们都会把
船只毁坏，即使背逆神明的意愿。 290
现在让我们还是听从昏冥的黑夜，
傍岸准备晚餐，然后在快船边安睡，
明朝再登船，继续航行于辽阔的大海。'

"欧律洛科斯这样说,同伴们个个称赞。
这时我知道,恶神在制造种种祸殃, 295
于是我开言说出有翼飞翔的话语:
'欧律洛科斯,唯我坚持,你们逼迫我,
但你们现在得对我发一个庄重的誓言,
如果我们发现牛群或大批的羊群,
任何人都不得狂妄地萌生宰杀之念, 300
随意伤害壮牛和肥羊,你们只可以
安静地享用不死的基尔克准备的食物。'

"我这样说完,大家立即遵命起誓。
待他们遵行如仪,立下庄重的誓言,
我们便把精造的船只停进港湾里, 305
清澈的流水近旁。同伴们纷纷走下船,
在那里一起熟悉地准备可口的晚餐。
在他们满足了饮酒吃肉的欲望之后,
他们怀念起亲爱的同伴,伴侣们被斯库拉
从空心船抓走吞噬,不禁放声哭泣。 310
他们就这样在哭泣中进入沉沉的梦境。
及至三分夜辰剩一分,众星辰下沉,
集云神宙斯掀起一股狂暴的气流,
带来无际的疾风暴雨,浓黑的乌云
笼罩陆地和旷溟,昏暗从天降临。 315
当那初升的有玫瑰色手指的黎明呈现时,
我们把船拖上岸,系进空旷的石穴,
那里是神女们优美地歌舞和聚会的地方。
我召集同伴,再次告诫他们这样说:
'朋友们,快船里储有食品,也有饮料, 320
我们切勿动牛群,以免骤然降灾祸,

这些牛和肥壮的羊群属于可畏的神明
赫利奥斯,他无所不见,无所不闻。'

"我这样说,说服了他们勇敢的心灵。
整整一个月,南风劲吹不见停息, 325
无任何其他风向,只见东风和南风。
当大家还有食品和暗红的酒酿的时候,
同伴爱惜生命,没有去动那些牛。
当船上储备的各种食物耗尽告罄时,
他们便不得不开始游荡,猎获野物, 330
寻找游鱼飞鸟和一切可猎取的食品,
借助弯鱼钩,饥饿折磨着他们的空肚皮。
这时我独自登上海岛,祈求神明们,
求某位神明启示我一条归返的途程。
当我沿着海岛行走,已远离同伴, 335
我洗净双手,在一处避风的地方,
开始向拥有奥林波斯的众神明祈求,
神明们把深沉的睡眠撒上我的眼睑。
欧律洛科斯这时向同伴们提出坏建议:
'饱受苦难的伴侣们,现在请听我说。 340
任何死亡对于不幸的凡人都可憎,
饥饿使死亡的命运降临却尤为不幸。
让我们从赫利奥斯的牛群中挑几头上好牛,
祭奠掌管广阔天宇的不死的众神明。
如果我们终能回到故乡伊塔卡, 345
我们将立即给赫利奥斯·许佩里昂建造
豪华的神殿,献上许多贵重的祭品。
如果神明为他的这些直角牛生怨恨,
想毁掉我们的船只,其他神明也赞成,
那我宁可让狂涛吞没顷刻间死去, 350

也不愿在这荒凉的海岛上长期受折磨。'

"欧律洛科斯这样说,同伴们个个称赞。
他们立即从附近的赫利奥斯的牛群中
挑出几头上好牛,距离黑首船不远,
牧放着那些美丽的直角宽额壮牛; 355
他们围着牛群站住,祈求众神明,
从一棵高大的橡树摘下一些嫩叶,
因为坚固的船上已没有洁白的大麦。
他们作完祷告,把牛宰杀剥皮,
割下牛的腿肉,在上面盖上网油, 360
网油覆盖两层,上面再放上生肉。
他们没有甜酒醇奠烧烤的牲肉,
便用净水祭奠,再烤炙全部腑脏。
他们焚过腿肉,尝过各种腑脏,
又把其余的肉切碎,用叉穿好烤炙。 365

"这时深沉的睡眠离开我的眼睑,
我立即向快船和神妙的大海岸滩跑去。
当我来到距离翘尾船不远的地方,
向我迎面飘来炙肉的热腾腾香气。
我对不死的神明大声发出怨诉: 370
'天神宙斯和其他永生常乐的众神明,
你们让我沉沉睡去,加害于我,
我的同伴们留下,犯了严重的亵渎。'

"穿长裙的兰佩提娅迅速前去报告
赫利奥斯·许佩利昂,我们宰杀了他的牛。 375
太阳神心中愤怒,立即对众神明这样说:
'天神宙斯和其他永生常乐的众神明,

请看拉埃尔特斯之子奥德修斯的伴侣,
他们狂妄地宰杀了我的牛,我非常喜欢
那些牛,无论我升上繁星密布的天空, 380
或是在我从天空返回地面的时候。
如果他们不为我的牛作相应的赔偿,
我便沉入哈得斯,在那里照耀众魂灵。'

"集云神宙斯立即回答太阳神这样说:
'赫利奥斯啊,你还是照耀不死的神明 385
和有死的凡人,留在生长谷物的大地上。
我会立即向快船抛出闪光的霹雳,
把它在酒色的大海中央打成碎片。'

"我从美发的卡吕普索那里听说这些话,
她说她是从引路神赫尔墨斯那里听说。 390

"当我回到大海岸边,快船跟前,
我一个个严厉责备,但我们也想不出
任何补救的办法,因为牛已被宰杀。
这时众神明立即向同伴们显示朕兆,
牛皮开始爬动,叉上的牛肉吼叫, 395
无论生肉或已被炙熟,都有如牛鸣。

"我的忠实的同伴们就这样连续六天,
美餐捕捉来的赫利奥斯的上等好牛。
当克罗诺斯之子宙斯送来第七天时,
能唤起狂风暴雨的气流开始止息, 400
我们立即登船,驶向宽阔的海面,
协力竖起桅杆,扬起白色的风帆。
当我们驶离海岛,已不见任何陆地,

广阔的天宇和无际的大海浑然一片时,
克罗诺斯之子把浓重的乌云密布在 405
弯船上空,云翳下面的大海一片昏暗。
船只未航行很长时间,强劲的西风
立即呼啸刮来,带来猛烈的暴风雨,
一阵疾驰的风流把桅杆前面两侧的
缆绳吹断,桅杆后倾,所有的缆绳 410
一起掉进舱底。桅杆倒向船尾,
砸向舵手的脑袋,他的整个颅骨
被砸得粉碎,立即有如一名潜水员,
从甲板掉下,勇敢的心灵离开了骨架。
宙斯又打起响雷,向船只抛下霹雳, 415
整个船只发颤,受宙斯霹雳打击,
硫磺弥漫,同伴们从船上掉进海里。
他们像乌鸦一样在发黑的船体旁边
逐浪浮游,神明使他们不得返家园。

"这时我仍在船上奔跑,只见那风浪 420
把船板剥离船梁,光梁在波涛里飘荡,
桅杆连着船梁。桅杆仍然连系着
一根用牛皮鞣成的坚固结实缆绳,
我用那缆绳把船梁和桅杆一起捆绑,
坐到上面,任凭险恶的风浪飘荡。 425

"能唤起狂风暴雨的西风这时止息,
南风又迅速吹来,令我心生忧虑,
我可能重新经过险恶的卡律布狄斯。
我这样整夜漂泊,日出时分来到
斯库拉的洞穴和可怖的卡律布狄斯近旁。 430
卡律布狄斯正在吞吸咸涩的海水,

我立即向上抓住那棵高大的无花果树，
如同蝙蝠把它抱紧。我当时就这样
既无法用双脚站稳，也无法爬上树干，
因为那树干距离很远，树枝倒悬，　　　　　　　435
又长又庞大，把卡律布狄斯密密罩住。
我只好牢牢抱住树枝，等待那怪物
重新吐出船梁和桅杆；我终于如愿地
看见它出来，约在有人离开公庭，
判完年轻人的争讼，回家进晚餐的时候；　　　440
这时木料也重新出现于卡律布狄斯。
我于是把手松开树枝，放下双脚，
正好落在那些粗长的木料中央，
坐到上面，用手作桨划动海水。
凡人和天神之父没有让斯库拉发现我，　　　　445
否则我当时定难逃脱悲惨的死亡。

"从此我又漂流九天，直至第十天黑夜，
神明们把我送到奥古吉埃岛，说人语的
可畏神女、美丽的卡吕普索在那里居住，
她热情招待我。我何必把这些再重新述说？　　450
我昨天在你的家里已经对你和你的
高贵的夫人叙述，我不爱重复叙述
那些业已清楚地述说了的种种事情。"

第 十 三 卷

——奥德修斯幸运归返难辨故乡土

　　奥德修斯说完,大家一片静默不言语,
在幽暗的大厅深深陶醉于听到的故事。
阿尔基诺奥斯终于开言对他这样说:
"奥德修斯,你既然来到我的巍峨的、
铜门槛的宫宅,我想你不会复归原途, 5
重新漂泊返家园,既然你已历经苦难。
现在我要向你们每个人提出建议,
你们经常在我的宫邸尽情地呷饮
积年的闪光酒酿,聆听美妙的歌咏。
精制的箱笼里已经为客人放好衣服、 10
工艺精巧的金器和各式其他礼物,
它们均为费埃克斯长老们馈赠。
我们再赠送客人一只巨鼎和大锅,
所需费用我们可以从百姓中征收,
因为我们难负担馈赠这样的厚礼。" 15

　　阿尔基诺奥斯这样说,博得大家的赞赏。
人们纷纷返回自己的家宅安眠,
当那初升的有玫瑰色手指的黎明呈现时,
他们来到船只旁,带来结实的铜器皿。
神圣的阿尔基诺奥斯王上亲自登上船, 20
把礼物安放在长凳下面,免得它们
妨碍伴侣们行动,有碍他们划桨。

人们又回到阿尔基诺奥斯王宫饮宴。

　　神圣的阿尔基诺奥斯为众人把牛祭献
主宰万物的集云神、克罗诺斯之子宙斯。　　　　25
人们焚烧腿肉，享受丰盛的饮宴，
那位神妙的歌人在他们中间歌唱，
就是深受人们尊重的德摩多科斯。
奥德修斯不断抬头观望高照的太阳，
希望它快快降落，因为他急欲启程。　　　　　30
如有人盼望晚餐，跟随两条褐色牛，
整日拖着坚固的犁铧翻耕田地，
终于如愿地看到太阳的光辉下沉，
能回家准备晚饭，拖着疲惫的双腿；
太阳光辉西沉也这样合奥德修斯心愿。　　　35
他立即对喜好划桨的费埃克斯人说话，
特别是对阿尔基诺奥斯开言表心意：
"阿尔基诺奥斯王，全体人民的至尊，
请奠酒送我安全归返，祝诸君康安。
我心中希望的一切现在都已成现实：　　　　40
归返和心爱的礼物。愿乌拉诺斯的后裔神
让它们为我带来吉祥，愿我抵家园，
见到高贵的妻子和家人们康健无恙。
愿在座诸位能令你们高贵的妻子
和孩子们欢悦，愿神明们惠赐你们　　　　　45
诸事如意，人民免遭任何不幸。"

　　他这样说完，赢得众人的一致称赞，
吩咐送客起行，因为他说话很得体。
阿尔基诺奥斯王上对传令官这样说，
"潘托诺奥斯，你用调缸把蜜酒调匀，　　　　50

分斟厅里众宾客,对父宙斯作祭奠,
送这位客人返回他自己的故土家园。"

他这样说完,潘托诺奥斯搀好蜜酒,
来到身旁分斟众宾客,大家祭奠
执掌广阔天宇的常乐的诸多神明, 55
在座位把酒酹。这时神样的奥德修斯
站起身来,把双重杯递到阿瑞塔手里,
开言对她说出有翼飞翔的话语:
"尊敬的王后,我祝愿你永远幸福,
直至凡人必经历的老年和死亡来临。 60
我这就启程,祝愿你在这宫邸和孩子们、
全体人民、阿尔基诺奥斯王欢乐共享。"

神样的奥德修斯这样说完,跨出门槛,
阿尔基诺奥斯王上命令传令官前行,
带引他前往大海岸滩,快船旁边。 65
阿瑞塔也派遣数名女侍随他前往,
让其中一个携带干净的披篷和衣衫,
吩咐另一个守护那结实的箱笼同行,
第三个女侍提着食品和暗红的酒酿。

当他们来到大海岸滩,船只旁边, 70
高贵的水手们接过物品,人们提来的
饮料和食物,把它们放进空心船里,
给奥德修斯把松软的褥垫和亚麻罩单
铺在空心船的甲板上,让他安稳睡眠。
奥德修斯登上快船,安稳地躺下, 75
船员们各自挨次在桨位上纷纷坐好,
从凿成通孔的岩石上解下泊船的缆绳。

船员们支住身体,举桨划动海水,
深沉的睡眠降落到奥德修斯的眼睑,
安稳而甜蜜地睡去,如同死人一般。 80
有如广阔平原上四匹迅捷的快马,
它们并驾受皮鞭不断地鞭策驱赶,
四蹄腾离地面,迅速向前奔驰;
船只后艄也这样腾起于喧嚣的大海,
紫色的巨浪推拥着船只高高扬起。 85
快船不受阻碍地迅速向前飞驰,
飞禽中最快的鹞鹰也难把它追赶。
快船就这样冲破海浪快速航行,
载着神明一般的足智多谋的英雄,
他曾忍受过无数令人心碎的艰辛, 90
经历过各种战斗和凶恶的狂涛骇浪,
现在正安稳地睡去,忘却了往日的苦难。

　　当那颗最最明亮的星辰,那颗预告
破晓透明的光辉的星辰升起的时候,
那条惯于航行的船只来到海岛前。 95

　　海港福尔库斯,海中老人的名字命名,
在伊塔卡地域,有两片高耸的悬崖,
陡峭突兀地矗立,沉入港湾两面,
挡住逆向的狂风从外掀起的巨浪,
建造精良的船只驶抵港里的泊位, 100
可以不用锚链羁绊地在港内停泊。
港口崖顶有棵橄榄树枝叶繁茂,
港口附近有一处洞穴美好而幽暗,
那是称作涅伊阿德斯①的神女们的圣地。

---

① 涅伊阿德斯是山林女神,可能源自涅伊昂山名。

那里有调酒用的石缸和双耳石坛,　　　　　　105
群群蜜蜂在那里建造精美的巢室。
那里有长长的石造机杼,神女们在那里
织绩海水般深紫的织物,惊人地美丽;
还有永远流淌的水泉。入口有两处,
一处入口朝北方,凡人们可以进出,　　　　　110
南向入口供神明出入,任何凡人
无法从那里入洞,神明们却畅通无阻。

　　水手们知道那海港,便把船只驶进。
船只向岸边驶去,一半竟冲上岸滩,
由于船员们双臂强劲,船行太迅疾。　　　　115
船员们离开座凳坚固的船只登岸,
首先把奥德修斯从空心船上抬下,
连同亚麻罩单和光彩华丽的褥垫,
把仍沉沉酣睡的奥德修斯放上滩岸,
再把财物抬下,那都是费埃克斯显贵　　　　120
受伟大的雅典娜感召馈赠归家人的礼物。
他们把财物一起堆放在橄榄树根旁,
远离道路,免得有哪位路过的行人
趁奥德修斯沉睡未醒,把它们窃去。
船员们这样安排妥帖,立即回返。　　　　　125

　　震地神却没有忘记他当初对神样勇敢的
奥德修斯发出的威胁,便询问宙斯的意图:
"天父宙斯,我在不死的神明中间
不再会受尊敬,既然凡人毫不敬重我,
譬如费埃克斯人,他们虽与我同宗。　　　　130
我曾说过奥德修斯需经历许多苦难,
才能返家园,我当然并非要他永远

不得归返,当时你也曾点头示允诺。
现在他们竟让他酣睡快船渡大海,
送达伊塔卡,送给他无法胜计的礼品, 135
有铜器、黄金和许多精心纺织的衣袍,
奥德修斯若能从特洛亚安全归返,
随身带着他那份战利品,也没有那么多。"

　　集云神宙斯开言回答震地神这样说:
"哎呀,威力巨大的震地神,你说什么话! 140
神明们丝毫没有轻慢你,对你这一位
年高显贵的神明不敬重是严重的罪孽。
要是有凡人的力量和权力竟与你相比,
对你不敬重,你永远可以让他受报应。
现在你如愿地去做你想做的事情。" 145

　　震地神波塞冬当时回答主神这样说:
"黑云神,我本想如你所说立即行动,
但我一向尊重你的心愿,未敢贸然。
现在我想乘费埃克斯人的美好船只
遣客后回归航行在雾气迷漫的大海上, 150
把它击碎,使他们不敢再护送漫游人,
我还要用一座山峦把他们的城市围困。"

　　集云之神宙斯回答震地神这样说:
"亲爱的朋友,我觉得这样做最为适宜:
当人们从城头遥遥望见船只驶来时, 155
你再把船只变成石头,离陆地不远,
仍保持快船模样,令大家惊异不已,
然后再用山峦把他们的城市围困。"

震地神波塞冬听见主神这样说完，
前往斯克里埃,费埃克斯人生息的地方。　　　　　　160
他在那里等待,那海船飞速前来,
迅速驶近,震地神走向那条海船,
仅用手掌一击,便把它变成巨岩,
下面固定生根,自己则迅速离去。

　　好用长桨、喜好航海的费埃克斯人　　　　　　　165
互相用有翼飞翔的话语纷纷议论。
有人看着身边的同伴,这样议论:
"天哪,是谁把那条迅速归返的船只
固定在海面?整个船体已清晰可辨。"

　　有人这样议论,不明白事情的根源。　　　　　　170
阿尔基诺奥斯这时开言对大家这样说:
"天哪,我父王对我作的神圣预言
现在正应验,他曾说波塞冬不喜欢我们,
只因我们安全地护送所有的飘零人。
他说有一天费埃克斯人的美好船只　　　　　　　　175
遣送客人后航行在雾气迷漫的海面,
会被击毁,我们的都城被大山围困。
老人这样说,现在一切正变成现实。
现在请听我说,你们要遵行不误。
我们将不再护送客人,不管谁来到　　　　　　　　180
我们的城市;还需精选十二条肥牛
祭献波塞冬,但愿他能垂怜我们,
不再用连绵的山峦把我们的都城围困。"

　　他这样说,人们恐惧地准备牺牛。
费埃克斯国人的众位首领和君王们　　　　　　　　185

一起向伟大的神明波塞冬虔诚地祈求,
围住祭坛。这时神样的奥德修斯醒来,
尽管他亲身偃卧故乡土,却把它难辨认,
只因为离别家园太久远。宙斯的女儿
帕拉斯·雅典娜也在他周围撒下浓雾, 190
使他不被人发现,好向他说明一切,
也不让他的妻子、国人和家人们认出他,
在他惩罚所有傲慢的求婚人之前。
就这样,周围的一切令国王感到陌生,
无论是蜿蜒的道路,利于泊船的港湾, 195
陡峭的悬崖和那些枝叶繁茂的树林。
他立即跃身而起,观看周围的乡土,
忍不住大声呼喊,伸出强健的手掌
拍打双腿,悲怆地哭泣着这样惊叹:
"不幸啊,我又来到什么部族的国土? 200
他们是凶暴、野蛮、不明法理之徒,
还是些尊重来客、敬畏神明的人们?
我把这许多财物藏匿何处?我又该
向何方举步?我真该留在费埃克斯人中间。
我应该求见其他高贵强大的王公们, 205
他们也许会友善待我,送我回故乡。
现在我不知道把这些财物置放何处,
又不能把它们留在这里,被他人窃取。
天哪,费埃克斯人的那些首领和君王们
这样作事真不明智,也不合情理, 210
他们把我送来这异域,可他们曾声言,
送我回明媚的伊塔卡,他们的允诺未兑现。
愿宙斯惩罚他们,宙斯保护求援人,
他督察凡人的行为,惩处犯罪的人们。
我现在应该清点财物,把它们查看, 215

水手们或许会留下什么随空心船载走。"

他一面说,一面查看精美的三脚鼎、
大锅、金器和缝制精美的华丽袍衫。
它们一件未丢失。奥德修斯怀念乡土,
沿着喧嚣的大海岸边漫步徘徊, 220
不断悲怆地叹息。雅典娜来到他身旁,
幻化成年轻人模样,一个牧羊少年,
非常年轻,像国王的儿子们那般英俊,
身着精美的双层披篷,在肩头披裹,
光亮的双脚系着绳鞋,手握投枪。 225
奥德修斯一见心欢喜,迎面上前,
对她开言,说出有翼飞翔的话语:
"朋友,你是我在此地相遇的第一人,
我向你问候,但愿你对我也无恶意,
请你拯救这些财物,拯救我本人, 230
我把你如神明请求,扑向你的双膝。
我请你向我说明实情,让我明白,
此处是何地域何国土,什么种族居住?
这是一座阳光明媚的海岛,抑或是
肥沃的陆地伸入大海的一处岸滩?" 235

目光炯炯的女神雅典娜回答他这样说:
"外乡人,你或是愚蠢,或是远道来此,
既然你连这片土地也要仔细询问。
此处远非无名之地,它众所周知,
无论是居住于黎明和太阳升起的地方, 240
或是居住在遥远的昏暗西方的人们。
此处崎岖不平,不适宜马匹驰骋,
土壤不甚贫瘠,地域也不甚辽阔。

这里盛产麦类,也生长酿酒的葡萄。
这里经常雨水充足,露珠晶莹, 245
有面积广阔的牧场适宜牧放牛羊,
林木繁茂生长,水源常流不断。
外乡人,伊塔卡的声名甚至远扬特洛亚,
据说那国土距离阿开亚土地甚遥远。"

　　女神这样说,多难的英雄奥德修斯 250
喜悦涌心头,庆幸自己已踏故乡土,
见提大盾的宙斯之女帕拉斯·雅典娜这样说。
他开言对女神说出有翼飞翔的话语,
但并未直言相告,而是言语矜持,
因为他心中一向怀抱狡狯的主意: 255
"我曾听说过伊塔卡,当我在辽阔的克里特,
远在大海上;现在我居然来到这里,
携带这么多财富。我逃离时也曾给儿子
留下如此多财物,杀死了伊多墨纽斯之子、
捷足的奥尔西洛科斯,他在辽阔的克里特 260
以奔跑快捷胜过所有食五谷的人们,
因为他想侵夺我从特洛亚携带回去的
所有战利品,为它们我忍受过无数艰辛,
历经过各种人间战斗和无情风浪的袭击,
只因为我无心讨好他父亲,为此人服务于 265
特洛亚土地,而是统率着另一些伴侣。
待他走近时,我从田间向他掷出
镶铜的长枪,事先与同伴埋伏于道畔。
当时黑夜笼罩天宇,没有人会
发现我们,我暗暗夺走了他的生命。 270
在我用锐利的铜器把他杀死之后,
我立即奔向船只,向高贵的腓尼基人

请求救助,送给他们许多战利品。
我要求他们把我送往皮洛斯安生,
或是埃佩奥斯人辖有的神妙的埃利斯。 275
强劲的风流把他们刮离预期的航道,
违背他们的意愿,他们并不想欺骗我。
我们偏离航线航行,黑夜抵这里。
我们奋力划桨,把船驶进港湾,
虽然饥饿难熬,谁也没想到进晚餐, 280
立即离开船只登岸,躺倒在岸滩。
我当时人困力乏,很快沉沉地睡去,
他们把我的财物从空心船上搬下,
安放在我躺下沉沉睡去的沙滩。
他们登上船,驶往繁华的西顿尼亚①, 285
我一人被撇在这里,心中忧烦又惆怅。"

他这样说完,目光炯炯的女神雅典娜
微笑着把他抚拍,恢复了女神形象,
美丽、高大,精通各种光辉的技能,
对他开言,说出有翼飞翔的话语: 290
"一个人必须无比诡诈狡狯,才堪与你
比试各种阴谋,即使神明也一样。
你这个大胆的家伙,巧于诡诈的机敏鬼,
即使回到故乡土地,也难忘记
欺骗说谎,耍弄你从小喜欢的伎俩。 295
现在我们这些暂不说,你我俩人
都善施计谋,你在凡人中最善谋略,
最善词令,我在所有的天神中间
也以睿智善谋著称。可你却未认出

---

① 西顿尼亚是腓尼基一地区,在地中海滨。

我本就是帕拉斯·雅典娜,宙斯的女儿, 300
在各种艰险中一直站在你身边保护你,
让全体费埃克斯人对你深怀敬意。
而今我前来,为的是同你商量藏匿
高贵的费埃克斯人受我的感召和启发,
在你离开时馈赠给你的这些财物, 305
再告你命运会让你在美好的宅邸遇上
怎样的艰难;你需得极力控制忍耐,
切不可告知任何人,不管是男人或妇女,
说你他乡漂泊今归来,你要默默地
强忍各种痛苦,任凭他人虐待你。" 310

　　多智的奥德修斯回答女神这样说:
"女神啊,即使聪明绝伦之人遇见你,
也很难把你认出,因为你善于变幻。
我深切感知我当年多蒙你垂爱护佑,
当阿开奥斯子弟们作战在特洛亚城下。 315
待我们摧毁了普里阿摩斯的巍峨都城,
登上船只,神明把阿开奥斯人打散,
宙斯之女啊,从此我便再没有见到你,
未见你登上我的船,帮助我脱离苦难。
我怀着憔悴破碎的心灵不断漂泊, 320
直到神明们终于把我解脱不幸,
在费埃克斯人的肥沃丰饶的国土,
你对我言语激励,指引我进入城市。
现在我以你父亲的名义抱膝请求你,
因为我认为我显然并没有到达伊塔卡, 325
而是飘流到别的国土,你是想嘲弄我,
才说出这些话,好把我的心灵欺骗,
现在请告诉我,我是否确实来到故乡土?"

目光炯炯的女神雅典娜这样回答说：
"你心中总是这样满怀重重的疑云。 330
我不能让你总这样心怀狐疑生忧愁，
你为人审慎、机敏而又富有心计。
其他人历久漂泊终得如愿返故乡，
必定即刻返家看望孩子和爱妻，
你却不想先探问亲人，询问究竟， 335
在你对你的妻子进行考验之前；
她却仍幽坐家中，任凭不幸的白天
和黑夜不断流逝，悲泪常流不止。
我从未萌发失望，心中总深信不疑，
你终得回故乡，虽会失去所有的伴侣。 340
只是我不想和那波塞冬费力争斗，
因为那是我的叔伯，他心怀怨恨，
你刺瞎了他那心爱的儿子令他气愤。
我现在为你指点伊塔卡，使你消疑团。
这就是海中老人福尔库斯的港湾， 345
港湾高处是那棵枝叶繁茂的橄榄树，
橄榄树旁是那个美好幽暗的洞穴，
神女们的圣地，她们被称为涅伊阿德斯，
就是那个你曾经常在那里向女神们
举行丰盛的百牲祭的宽阔荫蔽的洞穴。 350
那边便是林木覆盖的山峦涅里同。"

女神说完把雾气驱散，景色显现。
历尽艰辛的神样的奥德修斯心中欢喜，
庆幸返故乡，把生长五谷的土地亲吻。
他伸出双手向山林神女们这样祈求： 355
"尊敬的涅伊阿德斯神女们，宙斯的女儿，

我以为不会再见到你们,现在又来尽礼数。
我会像往日一样向你们敬献礼品,
只要宙斯的赠送战利品的热忱女儿
让我延年,让我的儿子成长且康健。" 360

目光炯炯的女神雅典娜对他这样说:
"放心吧,不要让这些事情困扰你心灵。
现在我们应赶快把这些财物放进
宽阔的洞穴深处,使它们安全免丢失,
然后我们再商量如何行动最适宜。" 365

女神这样说完,走进幽暗的洞穴,
巡视藏匿财物的地方;这时奥德修斯
把财物搬进洞内,有金器、坚固的青铜、
精美的衣服,全是费埃克斯人的赠礼。
待他们把财物藏好,提大盾的宙斯的女儿 370
帕拉斯·雅典娜搬一块石头堵住洞门。

他们坐在神圣的橄榄树根近旁,
商量如何杀戮傲慢无礼的求婚人。
目光炯炯的女神雅典娜开言这样说:
"拉埃尔特斯之子,多智的神裔奥德修斯, 375
你应该考虑如何制服无耻的求婚人,
他们在你的宫宅作威作福已三年,
向你的高贵妻子求婚,赠送礼物。
她一直心怀忧伤地盼你能归返,
同时使求婚人怀抱希望,对每个人许诺, 380
给他们消息,心中却盘算着别的主意。"

足智多谋的奥德修斯这样回答说:

"天哪,我定然也会在宫宅遭到不幸,
就像阿特柔斯之子阿伽门农那样,
女神啊,若不是你把一切向我说明。 385
现在请思忖,我该如何报复他们。
请你继续帮助我,给我勇气和力量,
如当年助我们摧毁特洛亚的辉煌城墙。
目光炯炯的女神,愿你仍这样帮助我,
我甚至可与三百人作战,和你一起, 390
尊贵的女神啊,如果你能全力支持我。"

　　目光炯炯的女神雅典娜回答他这样说:
"我定然全力支持你,不会把你忘记,
当我们采取行动的时候。在我看来,
那些求婚人的鲜血和脑浆定会溅洒 395
富饶的大地,他们耗费你家的财富。
但我要把你变得令人们难以辨认,
让你灵活的肢体上的美丽皮肤现皱纹,
去掉你头上的金色头发,给你穿上
破烂的衣衫,使得人人见你心生厌, 400
我还要把你如此明亮的眼睛变昏暗,
使得所有的求婚人和你留在家中的
妻子和儿子都认为你是一个卑贱人。
至于你自己,你首先应去觅见牧猪奴,
他牧放着猪群,他热爱你、你的儿子 405
和聪明的佩涅洛佩,始终真诚无二心。
你会在猪群旁把他觅见,它们常在
乌鸦岩下,阿瑞杜萨泉流旁边,
觅食橡果,吸饮充盈的暗黑水流,
它们能使猪群生长迅速体肥健。 410
你可和他一起,打听一切事情,

我这时则迅速前往生育美女的斯巴达，
奥德修斯，召唤你的儿子特勒马科斯，
他在广袤的拉克得蒙，向墨涅拉奥斯
打听你的消息，你是否仍活在人世。" 415

　　足智多谋的奥德修斯这样回答说：
"你既然知道一切，为何不对他明言？
他在荒凉的大海上飘荡，也许会遭受
许多磨难，其他人正耗费他的财产。"

　　目光炯炯的女神雅典娜这时回答说： 420
"你完全不必因此而为他焦虑担忧。
我曾亲自伴送他，让他去博取好声誉。
他并未遭受任何苦难，平安地住在
阿特柔斯之子的宫邸，享受丰盛的肴馔。
确有一些年轻人在黑壳船中埋伏， 425
想在他返回故乡之前把他杀死。
我看这不可能，那些消耗你家财富的
求婚人中倒会有人首先被埋进泥土。"

　　雅典娜这样说完，用杖把他一击。
他灵活的肢体上美丽的皮肤立即现皱纹， 430
头上的金色头发掉落，整个身体
显现出年迈老人的各个肢体的模样，
使先前如此美丽的双眼顿然变昏暗；
让他穿起另一件破旧外套和一件
又破又肮脏的衬衫，沾满乌黑的烟尘， 435
披上一张奔跑迅速的巨鹿的革皮，
茸毛已脱落，再给他一根拐棍和口袋，
粗陋、布满破窟窿，绳子代替皮背索。

他们这样安排后便分手,女神去寻觅
奥德修斯之子,前往神妙的拉克得蒙。　　　　440

第十四卷

——女神旨意奥德修斯暗访牧猪奴

　　奥德修斯离开港湾,沿着崎岖的路径,
越过林莽和山岗,遵循雅典娜的指引,
去寻觅高尚的牧猪奴,在神样的奥德修斯的
所有奴仆中,他最为主人的产业操心。

　　他看见牧猪奴坐在屋前,附属的院落　　　　　5
垒着高高的护围,建在开阔的地段,
舒适而宽大,围成圆形。这个院落
由牧猪奴为离去的主人的猪群建造,
未曾禀告女主人和老人拉埃尔特斯,
用巨大的石块和刺梨把整个院落围绕。　　　　10
他在墙外侧又埋上木桩,连续不断,
紧密排列,一色砍成的橡树干木。
他在院里建造猪栏一共十二个,
互相毗连,供猪休息,每个栏里
分别圈猪五十头,一头头躺卧地上,　　　　　15
全是怀胎的母猪,公猪躺卧在栏外,
数量远不及母猪,因为高贵的求婚人
连连宰食使它们减少,牧猪奴须时时
把肥壮的骟猪中最好的一头送给他们,
当时全猪栏一共只残存三百六十头。　　　　　20
四条凶猛如恶兽的牧犬常睡在猪栏旁,
它们也是由那个民众的首领牧猪奴喂养。

这时他正在给自己的双脚制作绳鞋,
裁剪着一张光亮的牛皮,其他牧猪奴
赶着猪群各自前往一处去牧放, 25
他们共三人,第四个牧奴被派往城里,
不得不给那些高傲的求婚人赶去一头猪,
供他们宰杀,称心如意地享用佳肴。

    那几条狗一见奥德修斯,开始狂吠。
它们嗥叫着猛扑来人,奥德修斯随即 30
机敏地坐到地上,扔掉手中的拐棍。
他差点在这座田庄遭受可悲的不幸,
若不是牧猪奴迅速跑来追赶那些狗,
冲出院门,立即扔掉手里的革皮。
他大声呼唤那几条狗,把它们驱散, 35
连连投掷石块,然后对国王这样说:
"尊敬的老人,这几条狗差点突然地
把你撕碎,那时你便会把我怪罪。
神明们已给我许多其他的痛苦和忧愁,
我坐在这里还为我的高贵的主人 40
伤心落泪;我饲养骟猪供他人吞食,
我的主人或许正渴望食物解饥饿,
飘荡在讲他种语言的部族的国土和城邦,
如果他还活着,看得见太阳的光芒。
现在跟我来,老人家,让我们且进陋舍, 45
待你心中业已感觉酒足饭饱,
再叙说你来自何方,经历过哪些苦难。"

    高贵的牧猪奴这样说,引导客人去居室,
进屋后请客人入座,垫上厚厚的枝蔓,
再铺上一张胡须修长的野山羊的毛皮, 50

他自己的铺垫,宽大而柔软,奥德修斯
欣喜他招待殷勤,招呼一声这样说:
"朋友,愿宙斯和其他不死的众神明赐你
一切如愿,因为你如此热情地招待我。"

  牧猪奴欧迈奥斯啊,你当时这样回答说: 55
"外乡人,按照常礼我不能不敬重来客,
即使来人比你更贫贱;所有的外乡人
和求援者都受宙斯保护。我们的礼敬
微薄却可贵,身为奴隶也只有这些,
他们总是心怀恐惧,听主人吩咐,   60
那帮新主人。显然神明们阻碍他归返,
我主人对我关怀备至,赠我财产,
给我房屋、土地和人们追求的妻子,
好心的主人可能赐予奴隶的一切。
奴隶勤劳为主人,神明使劳作有成效,   65
如神明为我现在的辛勤所作的恩赐。
主人若在家安度老年,定会重赏我,
可是他逝去了,但愿海伦一家遭不幸,
彻底毁灭,她使许多英雄丧失了性命;
我的主人也正是为了阿伽门农的荣誉,   70
前往产马的伊利昂,与特洛亚人作战。"

  他这样说完,立即用腰带束紧衣衫,
前往猪栏,那里豢养着许多乳猪。
他从其中挑选了两头捉来宰杀,
燎净残毛,切成碎块,穿上肉叉。   75
他把肉全部烤熟,连同肉叉热腾腾地
递给奥德修斯,撒上雪白的大麦粉,
然后用常春藤碗搀好甜蜜的酒酿,

坐到奥德修斯的对面,邀请客人用餐:
"外乡人,现在请吃喝,奴仆们的食物, 80
这些乳猪、肥猪尽被求婚人吞食,
他们心中既不畏惩罚,也不知怜惜。
常乐的神明们憎恶这种邪恶的行为,
他们赞赏人们公正和合宜的事业。
有些人虽然凶狠残暴,傲慢地侵入 85
他人的土地,宙斯赐给他们虏获物,
使他们装满船只,启程归航返家乡,
但他们心里也害怕遭受严厉的惩罚。
这些求婚人或许已听见神明的声音,
知主人已惨死,从而胆敢恣意求婚, 90
甚至不回自家的居处,心安理得地
随意耗费主人的财产,丝毫不痛惜。
宙斯送来一个个白天,一个个黑夜,
他们每天宰杀并非一两头猪羊,
他们纵情狂饮,消耗主人的酒酿。 95
主人的家财无比丰盈,任何人都难
与他相比拟,无论是在黑色的大陆,
还是在伊塔卡本土,即使二十个人的
财产总和仍不及他富有,请听我列举。
在大陆有十二群牛,同样数量的绵羊, 100
同样数量的猪群和广泛散牧的山羊群,
都由外乡游荡人或当地的牧人牧放。
在这里的海岛边沿共有十一群山羊,
广泛散牧,忠实的牧人把它们看守。
每人每天都需给求婚人赶去一头羊, 105
必须是他们肥腴的羊群中最好的上等羊。
我就在这里牧放,看守这里的猪群,
每天得挑选一只最好的奉献给他们。"

他这样诉说,奥德修斯贪婪地吃肉喝酒,
沉默不语,心中为求婚人谋划灾难。　　　　　　110
待他尽情享用,心中已感饱饫,
牧猪奴又把他饮用的那只酒杯递给他,
向杯里斟满酒。他欣然接过酒杯,
对牧猪奴开言说出有翼飞翔的话语:
"亲爱的朋友,究竟是何人如你所言,　　　　　115
如此强大富有,耗费资财买下你?
你说他为了阿伽门农的荣誉遭死亡,
告诉我他系何人,也许我在哪里见过,
须知宙斯和其他不死的众神明清楚,
我到过许多地方,我是否也曾见过他。"　　　120

　　民众的首领牧猪奴对他这样回答说:
"老人啊,任何人漫游来这里报告消息,
都不能令他的妻子和心爱的儿子相信,
原来游荡人只为能得到主人的款待,
经常编造谎言,不想把真情说明。　　　　　　125
常有人游荡来到我们这伊塔卡地方,
谒见我们的王后,胡诌一些谎言。
王后热情接待他,询问种种事情,
怀着悲伤的心情,泪珠从眼睑流淌,
妇女们的常情,只因丈夫他乡丧性命。　　　　130
老人啊,你也会立即把谎言巧妙编织,
要是有人答应送给你外袍和衣衫。
我想野狗和疾飞的鸟群早就把他的
皮肉从骨上扯下,灵魂离开了他,
或者海中的无数游鱼早把他吞噬,　　　　　　135
骨骸遗留岸边,深深掩埋泥沙里。

他无疑早已客死他乡,给所有的亲人
留下悲哀,尤其是我,我再也找不到
如此仁慈的主人,不管我去到哪里,
即使我返家乡重新回到父母亲身边, 140
那是我生养的地方,他们抚育了我。
我并非为他们如此忧伤,我虽然也渴望
返回故乡,亲眼一见我的父母亲,
是远离的奥德修斯牵挂着我的思念。
客人啊,虽然他不在身边,但我称呼他 145
仍满怀敬畏,因为他曾那样关心爱护我。
他虽已离开,我仍称呼他亲爱的主人。"

　　历尽艰辛的英雄奥德修斯这样回答说:
"朋友啊,既然你这样不相信任何消息,
认定他不会再归来,疑虑占据心头, 150
那我也不想多费唇舌,但我敢发誓,
奥德修斯会归返。我应立即得到
报告喜讯的奖赏,待他日后真归返。
应该奖赏我缝制精美的外袍和衬衫,
但我绝不预先领受,虽然我很贫寒。 155
有人也令我憎恶,如同哈得斯的门槛,
只因他身陷贫苦,不惜把谎言杜撰。
我现在请众神之主宙斯、这待客的餐桌
和我来到的高贵的奥德修斯的家灶作见证,
这一切定会全部实现,如我所预言。 160
在太阳的这次运转中①,奥德修斯会归返。
就在月亮亏蚀变昏暗,新月出现时,
他将会返回家宅,一一报复那些

---

① 意为今年。

在这里侮辱他的妻室和儿子的人们。"

　　牧猪奴欧迈奥斯，你回答来客这样说： 165
"老人啊，我不会为这样的喜讯酬报你，
奥德修斯不会归返。请放心喝酒，
让我们想想别的事情，别再对我
把这事提起，因为我心中悲伤难忍，
每当有人提起我那可敬的主人时。 170
刚才的誓言可不计较，愿奥德修斯能归返，
我自己、佩涅洛佩、老人拉埃尔特斯
和神样俊美的特勒马科斯都这样希望。
现在我还担心奥德修斯亲生的儿子
特勒马科斯，神明让他如小树成长， 175
我相信待他长大成人，定会像他那
亲爱的父亲，一副惊人的面容和威仪，
却不知是哪位神明或者是哪位凡人
使他心灵变糊涂，为打听父亲消息，
去到神圣的皮洛斯，高贵的求婚者们 180
正待他归返设伏加害，以求从伊塔卡
彻底铲除神样的阿尔克西奥斯宗系。
我们也略去不提，不管他或被捉住，
或得逃脱，克罗诺斯之子会伸手保护。
老人啊，如今请说说你自己经历的苦难， 185
要对我把真情一一明言，让我知道，
你是何人何部族？城邦父母在何方？
你乘什么船前来？航海人又怎样
把你送来伊塔卡？他们自称是什么人？
因为我看你怎么也不可能徒步来这里。" 190

　　足智多谋的奥德修斯这样回答说：

"承蒙询问,我将把情况如实告诉你。
但愿现在这陋室里储有足够的食物,
和甜蜜的酒酿,供应我们长时间耗费,
我们安安静静地吃喝,任他人去劳作, 195
那时我可以在这里轻易地叙述一整年,
也难讲完我经历的种种伤心事情,
按神明意愿我曾忍受的种种苦难。

"我按氏族荣幸地出身于辽阔的克里特,
一个富有人的孩子,他家里还养育了 200
许多其他儿子,都是由元配所生,
一个买来为奴妾的母亲生育了我,
但许拉科斯之子卡斯托尔对待我
如同嫡生的儿子,他就是我的生父,
他在克里特人中受国人尊敬如神明, 205
因为他幸运、富有,有许多杰出的儿子。
死亡的命运终于降临,把他送往
哈得斯的居所,他的那些高贵的儿子们
用阄签把他的财产互相瓜分殆尽,
分给我只是很少一份和居所一处。 210
我娶了一个富有人家的女儿作妻子,
因为我生性勇敢,绝非懦弱之人,
胆小的逃兵。现在这一切已成往事,
但我想你从残存的麦秆仍可看出
当年的风华,只因我忍受过无数的不幸。 215
阿瑞斯和雅典娜曾经赐给我无比的勇气
和获胜的力量,每当我挑选最勇敢的战士
预设埋伏,给敌人播下无数的灾难时,
我的勇敢的心灵从不害怕死亡,
却始终远远冲杀在前,手握长矛, 220

追赶敌群中腿脚不如我快疾的敌人。
我当年就是这样作战,却不喜欢
干农活和家庭琐事,生育高贵的儿女,
我一向只是喜欢配备划桨的战船、
激烈的战斗、光滑的投枪和锐利的箭矢, 225
一切令他人恐惧、制造苦难的武器。
定是神明使我心中喜爱这一切,
其他人则以种种其他劳作为乐事。
在阿开奥斯子弟们进攻特洛亚之前,
我已九次率领战士和迅疾的船只 230
侵袭外邦人民,获得无数的战利品。
我从中挑选我喜爱之物,然后按阄签
又分得许多,于是我家境迅速暴富,
在克里特人中既令人景慕,又令人畏惧。

"后来当雷声远震的宙斯安排了那次 235
不幸的征途,使许多战士丧失了性命,
人们委派我和那位著名的伊多墨纽斯
统率舰队前往伊利昂,我们无法
拒绝委任,国人们的委令严厉难推辞。
阿开奥斯子弟们在那里连续作战九年, 240
第十年我们摧毁了普里阿摩斯的都城,
登船返家乡,神明把阿开奥斯人打散。
智慧神宙斯又为不幸的我安排苦难,
因为我在家逗留仅一月,同我的孩子们
和高贵的妻子同欢乐,享受丰盈的财富, 245
心灵又迫使我外出航行,前往埃及,
把船只装备,带上神明般勇敢的伴侣。
我装备了九条船,同伴们迅速聚齐。
我的忠实的伴侣们连续会饮六天,

我为他们宰杀了难于胜计的牲畜，　　　　　　　250
　　既用作祭献神明，也供他们饮宴。
　　第七天我们登船离开辽阔的克里特，
　　有美好的顺风、暴烈的博瑞阿斯推送，
　　航行很容易，有如顺行于湍急的水流，
　　没有一条船遭损坏，我们也安然无病痛，　　　255
　　坐在船里，任凭风力和舵手指航路。

　　"第五天我们来到水流平缓的埃及，
　　把首尾翘起的船只停泊在埃及河上。
　　这时我吩咐忠心的伴侣们留在停泊地，
　　船只近旁，对各条船只严加护卫，　　　　　　260
　　又派出人员登上高处四方瞭望。
　　可他们心生狂傲，自视力量强大，
　　立即开始蹂躏埃及人的美好农田，
　　劫掠了无数妇女和他们的年幼的孩子，
　　把他们本人杀死，呐喊声直达城市。　　　　　265
　　城里人遥闻叫喊，黎明时分起床后，
　　整个平原布满无数的步兵和车马，
　　闪烁着青铜的辉光。投掷霹雳的宙斯
　　给我的伴侣们抛下不祥的混乱，
　　没有人胆敢停留抵抗，四周包围着灾难。　　　270
　　他们用锐利的铜器把我们不少人杀死，
　　许多人被活活捉走，逼迫为他们服劳务。
　　这时宙斯本人让我心中生主意，
　　其实我本该死去，就在埃及接受
　　命运的裁定，因为还有不幸在等待我。　　　　275
　　当时我立即取下头上的精致盔帽，
　　从肩上取下盾牌，丢掉手中的长枪，
　　急忙迎着国王的车马迅跑上前，

抱吻国王的双膝,国王怜悯宽恕我,
让我坐上车,把哭泣的我带回宫邸。 280
许多敌人尾追而来,举着梣木枪,
要把我杀死,他们都对我怒不可遏,
但国王把我解脱,害怕激怒宙斯,
客游人的保护神,对各种恶行严加惩处。

"我在那里逗留七年,在埃及人中 285
积聚了很多财富,他们都给我馈赠。
时间不断流逝,第八个年头来临,
来了一个腓尼基人,此人善于说谎,
惯于行骗,对许多人作过种种恶事;
他花言巧语蛊惑我的心,要我们一起 290
前往腓尼基,他的家产就在那里。
我在他家逗留了整整一年时间。
日复一日,月复一月,不断流逝,
一年的时光迅速过去,时机来临,
他让我同他坐上海船前往利比亚, 295
用谎言劝说我,说是帮助他运送货物,
实则想把我卖掉,获得一大笔收入。
我不得不随他登船,心中满怀疑惧。
船只有美好的顺风、强劲的北风推送,
海中遥望克里特。宙斯为他们降灾祸。 300
待我们驶过克里特,已不见其他
任何陆地,苍天和大海浑然一片,
克罗诺斯之子这时在空心船上布下
浓密的云翳,云翳下的海面一片昏暗。
宙斯又打起响雷,向船只抛下霹雳, 305
整个船只发颤,受宙斯的霹雳打击,
硫磺弥漫,同伴们从船上掉进海里。

他们像乌鸦一样在发黑的船体旁边
逐浪浮游,神明使他们不得返家乡。
我心中无限忧伤,这时宙斯却把　　　　　　　　　　310
首部乌黑的船只上一根高大的桅杆
送到我手里,好把面临的死亡逃脱。
我抱住桅杆,听凭邪恶的风浪飘浮。
我这样飘流九天,第十天冥冥黑夜里,
翻腾的巨浪把我推向特斯普罗托伊人国土。①　　315
特斯普罗托伊人的国王、尊贵的费冬
慷慨招待我,当时他心爱的儿子见我
身受寒冷精力耗尽,领我去他家,
用手把我搀扶,前往他父亲的宫邸,
给我穿上外袍和衬衫等各式衣服。　　　　　　　　320

"我在那里听到奥德修斯的消息。
国王说他当时返乡路过,殷勤招待,
向我展示了奥德修斯聚集的种种财物,
有铜器、黄金器皿和精心锻造的铁器。
那些财物足够供应十代人享用,　　　　　　　　　325
奥德修斯留在王宫的财物如此丰富。
国王说当时奥德修斯去到多多那②,
向高大的橡树求问神明宙斯的旨意,
他该如何返回丰饶的家园伊塔卡,
远离后公开返回,还是秘密归返。　　　　　　　　330
国王奠酒堂上,郑重地对我发誓说,
船只已拖到海边,船员们已准备就绪,
他们将伴送奥德修斯返回亲爱的家园。

---

① 特斯普罗托伊人属佩拉斯戈人部落,居住在埃皮罗斯南部。
② 多多那在埃皮罗斯境内,那里建有著名的宙斯神庙。

但他遣我先启程,特斯普罗托伊人的船只
恰好前往盛产小麦的杜利基昂。　　　　　　　　　335
国王吩咐伴行人安全送我去见
阿卡斯托斯国王,可是那些人心中
对我不怀好意,要让我遭受不幸。
当那条海船离开陆地一段距离,
他们立即计划要让我沦为奴隶。　　　　　　　　340
他们把我的外袍、衣衫件件剥去,
给我换上另一件褴褛的外套和衬衫,
破烂不堪,就是你现在看见的这衣衫,
傍晚到达阳光明媚的伊塔卡海岸。
这时他们用结实的绳索把我牢牢地　　　　　　　345
缚在精造的船上,他们自己走下船,
迅速登上海岸,尽情享用晚餐。
神明们却很轻易地给我解开绳结,
我用那件褴褛的外套把头包裹,
顺着光滑的船舵滑下,俯身下海,　　　　　　　350
伸开双手代桨,用力划动海水,
向前游动,很快便远离了那些船员。
我攀登上岸,觅得一处茂密的灌木丛,
匍匐在地面。这时他们放声大喊,
把我搜寻;待他们看到若继续寻找,　　　　　　355
对他们更不合算,他们便返回海岸,
登上空心船。这是神明们亲自轻易地
把我隐蔽,又引我来到这样一个
明理人家里,显然命运仍让我活下去。"

　　牧猪奴欧迈奥斯,你回答来客这样说:　　　　360
"最为不幸的外乡人,你这件件叙述
令我感动,你经历了这么多苦难和漫游。

只是我认为也不尽合情理,你提到奥德修斯,
却未能令我置信。你如今这把年纪,
又何必肆意编谎言?我自己清楚知道, 365
我的主人是否会归返,他定然受到
众神憎恶,既然他未能战死特洛亚
或是战争结束后死在亲人手里。
那时全体阿开奥斯人会为他造坟茔,
他也可为自己博得伟大的英名传儿孙。 370
现在他却被狂烈的风暴不光彩地刮走。
而今我孤身度日于猪群,从不进城,
除非那审慎的佩涅洛佩召唤我前往,
每当从某处地方传来什么新消息。
这时人们围坐她身旁,一件件询问, 375
有人忧伤主人漂泊在外不见踪影,
有人欣喜能白白地吃喝他家财富。
我现在已无兴趣探听,无热情询问,
自从一位埃托利亚人用谎言把我骗;
那人杀死一个人,漫游过许多地方, 380
然后来到我们家,我对他殷勤招待。
他声称在克里特的伊多墨纽斯家见过
我主人在修理船舶,风暴把船只损坏。
他还说主人归返定在炎夏或凉秋,
带着许多财物和神样勇敢的众伴侣。 385
多难的老人啊,既然神明送你来这里,
你无需再编造谎言蛊惑我,博取我欢心。
须知我并非因此才恭敬你,款待你殷勤,
只因我敬畏游客神宙斯,对你也怜悯。"

　　足智多谋的奥德修斯这样回答说: 390
"你这人啊,胸中的心灵确实多疑虑,

我已经如此发誓,也不能令你相信。
那就让我们现在相约,他日将由
主管奥林波斯的众神明为我们作见证。
若你家主人日后果真返回这家门, 395
你得送我外袍衬衫一件件衣服,
并送我前去我心中向往的杜利基昂;
若你家主人并非如我所言归家来,
你可以遣奴隶把我从高高的悬崖扔下,
告诫其他乞援者不敢再谎言蒙骗人。" 400

　高贵的牧猪奴这时回答主人这样说:
"外乡人,那时我真会立即在世人中间
赢得广泛流传的赞誉,不朽的美名,
倘若我把你领进住屋,殷勤招待,
然后又把你伤害,剥夺你的性命; 405
我真该高兴地向克罗诺斯之子宙斯祈求。
现在已该吃晚饭,愿我的伙伴们快归来,
我们便可在屋里准备可口的晚餐。"

　正当他们这样互相絮絮地交谈,
其他牧猪奴相继归来,驱赶着猪群。 410
他们把母猪赶向往日熟悉的栏圈,
猪群被关进圈栏,发出阵阵嘶鸣。
高贵的牧猪奴这时吩咐自己的众伙伴:
"你们快赶来一头肥猪,我把它宰杀,
招待这远道来客,我们自己也要品尝; 415
我们为牧放白牙猪群费尽辛劳,
他人却把我们的辛苦白白吞下。"

　他这样说完,举起无情的铜斧劈柴,

伙伴们赶来一头肥猪,已有五年。
他们把猪赶到灶边,牧猪奴牢牢记住　　　　420
不死的神祇,因为他具有善良的心灵。
他首先从白牙猪头顶扯下一绺鬃毛,
扔进灶台的火焰,向所有的神明祈求,
祝愿智慧的奥德修斯终得返回家园。
他站起身来,用劈开的橡树猛击肥猪,　　　425
灵魂离开了猪体。他们放血燎净毛,
随即把猪剖开,牧猪奴从每一部分
都割下一些生肉,把它们裹进网油,
然后把它们放进火焰,撒上大麦粉。
他们又把其余的肉切块,串上肉叉,　　　　430
仔细炙烤,把所有叉肉全部烤熟,
把肉堆放到桌上。牧猪奴站到桌边,
把肉分配,心中知道应分配公平。
他把肉分开,一共均等地分成七份,
他把一份留给众神女和迈娅之子　　　　　435
赫尔墨斯作祈求,其余的分给每个人。
他把白牙猪的一块长长的里脊肉奉敬
奥德修斯,令主人心里不胜喜悦,
足智多谋的奥德修斯对他这样说:
"欧迈奥斯,愿父宙斯像我那样喜欢你,　　440
因为我虽是游荡人,你却用好肉奉敬我。"

　牧猪奴欧迈奥斯,你当时这样回答说:
"吃吧,可敬的客人,现在请你享用
这些食物。神明或赐予什么或夺走,
全凭他意愿,因为神明无所不能。"　　　　445

　他说完,把头刀肉祭献永生的众神明,

醇奠闪光的酒酿,再递到攻掠城市的
奥德修斯手里,然后坐到自己的位置。
墨绍利奥斯给他们分面食,这个奴隶
是牧猪奴在主人外出期间自己买下, 450
未得王后和老人拉埃尔特斯的费用,
用自己的积蓄把他从塔福斯人那里买来。
他们伸手享用面前摆放的肴馔。
在他们满足了饮酒吃肉的欲望之后,
墨绍利奥斯把食物从他们面前撤走, 455
各人饭饱肉饫地躺上自己的床榻。

　　恶劣的黑夜来临,没有一丝月色,
宙斯整夜遣淫雨,西风猛烈劲吹。
奥德修斯对众人开言考验牧猪奴,
他是否会脱下外袍给他或者吩咐 460
其他同伴把衣让,既然他那样关心他:
"现在请听我说,欧迈奥斯和其他诸同伴,
我想自夸几句,令人变糊涂的酒酿
要我这样做,它能使智慧者放声高歌,
甜媚地微笑,迫使他欢快地手舞足蹈, 465
让他说那些本不该向人述说的话语。
只是我既已对大家说话,便不想再隐瞒。
但愿我仍能像当年那样强壮有力量,
当我们在特洛亚城下准备偷袭敌人,
奥德修斯和阿特柔斯之子墨涅拉奥斯率领, 470
第三个首领就是我,他们这样要求。
当我们来到城外陡峭的墙垣下面,
我们藏身于城畔生长茂密的丛莽、
苇荡和沼地,全身披挂伏卧地面。
恶劣的夜色笼罩,北风劲吹不止, 475

凉气逼袭;雪花如繁霜从天上飘下,
寒冷难忍,晶莹的冰凌结满盾沿。
所有其他人这时身着外袍和衬衫,
安稳舒适地睡眠,用盾牌护盖双肩,
唯有我临行时却把外袍留给同伴, 480
一时思虑欠周全,以为不会太寒冷,
随行时只带上盾牌,穿上件闪光紧身。
黑夜三分剩一份,星辰开始下沉,
我对躺卧身旁的奥德修斯暗暗开言,
用肘触动他,使他迅速听见我说话: 485
'拉埃尔特斯之子,机敏的神裔奥德修斯,
我快要进入死人行列,寒冷会冻坏我,
因为我没有穿外袍,神明恶意地诱使我
只穿来衬衫,看来今夜难逃劫难。'

"我这样说完,他心中立即想出了主意, 490
原来他无论谋划或作战都出类拔萃,
这时他低声耳语,开言对我这样说:
'别声张,免得被哪个阿开奥斯人听见。'

"他然后把头抬起,用肘支撑这样说:
'朋友们,请听我说,我梦见神妙的幻境。 495
我们离船舶甚远,现在谁愿意去禀报
士兵的牧者、阿特柔斯之子阿伽门农,
看他能不能从船上再多派一些人来支援。'

"他这样说完,安德赖蒙之子托阿斯
迅速跃身而起,抛下紫色的外袍, 500
向船舶方向奔去,我披上他的外袍,
欣然躺下,直到金座的黎明呈现。

但愿我现在仍能像当年强壮有力量,
那时这舍内或许有牧猪奴给我外袍,
两种原因,既表示友情,也尊重战士。 505
现在我身上衣衫褴褛,不受人尊敬。"

　牧猪奴欧迈奥斯,你回答客人这样说:
"老人啊,你刚才的夸奖确实很动听,
你的话合情合理,不会无效地白说。
在这里绝不会让一个饱经忧患的求援人 510
感到短缺衣服和其他需要的物品。
这是夜晚,明晨你仍得把它们归还。
这里没有多余的外袍和替换的衬衫
可供穿用,我们每个人也只有一件。
待到奥德修斯的心爱的儿子来这里, 515
他将会赠送你外袍衬衫等件件衣服,
再送你前往你的心灵想去的地方。"

　他说完站起身,把床摆在灶火旁边,
上面铺上多层山羊和绵羊的毛皮。
奥德修斯躺到床上,牧猪奴又给他 520
一件宽大而厚实的外袍,那是他自己
替换穿用的衣服,抵御严寒的冬天。

　奥德修斯这样睡下,其他年轻人
一个个睡在他身旁,只有牧猪奴不愿意
离开那些猪群,睡在屋里的床上, 525
却拿起武器走出屋,奥德修斯一见欣然,
牧猪奴关心他的财产,尽管他远在外乡。
牧猪奴把一柄锋利的佩剑背到肩头,
把一件厚厚的挡风外袍穿到身上,

拿起一张喂养肥壮的大公羊的毛皮， 530
抓起一根锐利的投枪，防备犬和人。
他走出屋，躺在白牙猪躺卧的地方，
在一处可避北风侵袭的凹形岩石下。

第十五卷

——神明感悟特勒马科斯脱险避庄园

　　帕拉斯·雅典娜来到辽阔的拉克得蒙，
提醒心高志大的奥德修斯的光辉儿子
归返故乡，催促他速速动身作归程。
她见特勒马科斯和涅斯托尔的高贵儿子
在声名显赫的墨涅拉奥斯的廊屋就寝，　　　　　　　5
涅斯托尔之子正陷于深沉的酣眠，
特勒马科斯却未进入甜蜜的梦乡，
在神妙的黑夜里心中仍眷念着父亲。
目光炯炯的雅典娜站在他身旁这样说：
"特勒马科斯，你不宜远离家乡久漂泊，　　　　　　10
抛下全部家财和你家中的那些
狂傲的人们；不要让他们把一切吞噬，
把家产分光，那时你这趟旅行便白费。
你赶快催促那擅长呐喊的墨涅拉奥斯
送你归返，仍可见贞洁的母亲在家里。　　　　　　15
如今她的父亲和兄弟们正竭力相劝，
要她嫁给欧律马科斯，他的赠礼
超过其他求婚人，又慷慨增加了聘礼，
不可让她把家财带走，违背你心愿。
要知道，女人胸中的心灵就是这样，　　　　　　　20
她总是为新嫁之人把家庭尽心安排，
把前夫所生的孩子和故去的亲爱之人
彻底遗忘，对故去的亲人不再关心。

你自己返家后须把家中所有的资产
托付给令你最为信赖的一个女仆, 25
直到神明们告诉你谁是高贵的妻子。
我还有一事相告,你要牢牢记心里。
求婚人中一群狂妄之徒正埋伏于
伊塔卡和崎岖陡峭的萨墨之间的海峡,
企图不待你抵达故乡便把你杀死。 30
我料定他们的意图难得逞,土地会首先
把一些耗费你家财产的求婚人埋葬。
你要让精造的船只远离那些海岛,
黑夜兼程航过,有位不死的神明
会给你从后面遣来顺风,保护拯救你。 35
当你一抵达伊塔卡的第一处海滨地沿,
你要让所有同伴继续航行去城里,
你自己应首先前去觅见那个牧猪奴,
他负责看管猪群,对你满怀忠心。
你便在那里留宿,派遣牧猪奴去城里, 40
求见审慎的佩涅洛佩,报告消息,
告诉她你健康无恙,从皮洛斯安然归返。"

　　女神说完,返回高耸的奥林波斯,
特勒马科斯用脚触碰涅斯托尔之子,
把他从甜蜜的睡眠中唤醒,对他这样说: 45
"涅斯托尔之子佩西斯特拉托斯,快醒醒,
快把单蹄马驾上车,我们即刻就启程。"

　　涅斯托尔之子佩西斯特拉托斯回答说:
"特勒马科斯,我们虽然急切欲登程,
也不能暗夜冥冥驱车行,黎明已临近。 50
我们应该等待阿特柔斯的英雄儿子、

名枪手墨涅拉奥斯拿来礼物装上车,
说一说亲切的话语为我们送行启程。
须知外游人会日日夜夜想念那个
友好招待的主人,念他殷勤好客。"　　　　　　　55

　　他这样说,金座的黎明很快呈现。
擅长呐喊的墨涅拉奥斯向他们走来,
他刚刚起床,从那美发的海伦的身边。
奥德修斯心爱的儿子看见他身影,
英雄迅速起身,把光灿的衬衫穿上,　　　　　　60
把一件宽大的披篷披到强健的肩头,
走到门外,神样的奥德修斯的爱子
特勒马科斯来到他身边,开言对他说:
"阿特柔斯之子,神裔墨涅拉奥斯,
人民的首领,现在你该送我回故乡,　　　　　　65
因为我的心灵急欲登程把家返。"

　　擅长呐喊的墨涅拉奥斯这样回答说:
"特勒马科斯,我不挽留你在此久住,
既然你急欲归返。我也不赞赏那种
待客的主人,他招待客人过分殷勤,　　　　　　70
或是过分冷淡:事事都应合分寸。
两种待客方式同样与情理不相容:
客欲留时催客行,客欲行时强留客。
应该是客在勤招待,客去诚挚送客行。
只是我仍望能把精美的赠礼取来,　　　　　　75
放置车上,你亲自过目,我再命侍女们
在厅堂准备午餐,家中有丰盈的储藏。
我企求两种荣誉:光辉的赠礼和食物,
让客人饱饫地奔行在广阔无垠的大地上。

如果你此去想经过赫拉斯和中阿尔戈斯， 80
　　我可驾起车马，与你一路同行，
　　引导你访问许多城邦，不会有人
　　把我们空手送走，不馈赠任何礼物，
　　譬如一只精制的铜鼎，一只大锅，
　　或是一对健骡，一只黄金制作的杯盏。" 85

　　聪慧的特勒马科斯立即回答他这样说：
　　"阿特柔斯之子，神裔墨涅拉奥斯，
　　人民的首领，我想此去直接返家乡，
　　因为我离开家门时未托人看守产业，
　　我不能为寻找神样的父亲自己遭不幸， 90
　　也不能家中的珍贵财物为此遭亏损。"

　　擅长呐喊的墨涅拉奥斯听他这样说，
　　立即吩咐自己亲爱的妻子和众女奴
　　在厅堂准备午餐，家中有丰盈的储藏。
　　波埃托伊斯之子埃特奥纽斯走来， 95
　　他刚刚起床，他的住屋离这里不远。
　　擅长呐喊的墨涅拉奥斯命令他去生火，
　　炙烤肉肴，他听见命令遵行不误。
　　墨涅拉奥斯自己前去熏香的库房，
　　不是他一人，有海伦和墨伽彭特斯陪伴。 100
　　他们来到存放各种珍宝的地方，
　　阿特柔斯之子取一只双耳的双重杯，
　　吩咐墨伽彭特斯取一只银质调缸，
　　海伦来到数目众多的衣箱前面，
　　里面摆放着她亲手缝制的各种服装。 105
　　女人中的女神海伦从中取出一件，
　　上面布满斑斓的装饰，精美而宽大，

赫尔墨斯　古代雕像

如星辰闪烁,收藏在其他衣服的下面。
他们经过厅堂,走向特勒马科斯,
金发的墨涅拉奥斯开言对他这样说: 110
"特勒马科斯,既然你心中急切思归返,
愿赫拉的鸣雷的丈夫宙斯赐你如愿。
在我家收藏的各种无比珍贵的礼物中,
我赠你制作最精美、价值最昂贵的物品。
赠你这只现成的调缸,整个缸体 115
全是银质,缸口周沿镶嵌着黄金,
赫菲斯托斯的手艺,费狄摩斯所赠,
他是西顿国王,我在返乡途中
曾在他家留住,我想把它赠给你。"

　　阿特柔斯的英雄儿子这样说完, 120
把双耳的双重杯交到特勒马科斯手里,
强健的墨伽彭特斯拿来光灿的银调缸,
摆在他面前,美颊的海伦站在一旁,
手捧华丽的衣服,招呼一声这样说:
"亲爱的孩子,这是我给你的赠礼, 125
海伦的手工纪念,待久盼的婚期到来,
你把它送给你的爱妻,此前且把它
交给你亲爱的母亲收藏。祝愿你欣悦地
回到建造精美的家宅和故乡土地。"

　　她这样说完,把礼物交给特勒马科斯, 130
他欣喜地收下。英雄佩西斯特拉托斯接过,
把赠礼放进车里,件件令他惊异,
金发的墨涅拉奥斯把他们带进饮宴厅。
他们在一张张便椅和宽椅上相继坐下。
一位女仆端来洗手盆,用制作精美的 135

黄金水罐向银盆里注水给他们洗手,
在他们面前安好一张光滑的餐桌。
端庄的女仆拿来面食放置在近前,
递上各色菜肴,殷勤招待外来客。
波埃托伊斯之子切肉,分成许多份, 140
著名的墨涅拉奥斯之子给大家斟酒。
人们伸手享用面前摆放的肴馔。
在他们满足了饮酒吃肉的欲望之后,
特勒马科斯和涅斯托尔的高贵儿子
驾好双马,登上彩饰的华丽马车, 145
驶出回声萦绕的前廊和宅邸大门。
阿特柔斯之子、金发的墨涅拉奥斯
跟随他们,右手举着甜美的酒酿,
盛满黄金酒杯,为他们登程祝福。
他站在马前,祝他们旅途平安这样说: 150
"再见,年轻人,向人民的牧者涅斯托尔
诚挚问候,昔日阿开奥斯子弟们
在特洛亚作战时,他对我慈爱如父亲。"

  聪慧的特勒马科斯立即回答这样说:
"神明的后裔,我们定会如嘱遵行, 155
到达后转达你对他的诚挚的良好祝愿。
我也望返抵伊塔卡,家中得见奥德修斯,
禀报我在你这里受到的热情款待,
临行时还带走这许多无比宝贵的赠礼。"

  他正这样说,一只飞鸟从右边飞过, 160
老鹰爪里抓着一只巨大的白鹅,
从一家宅院抓起,男人和女人们顿时
呼喊着奔逐追赶,那鹰向他们飞近,

从马前右侧掠过，大家一见心欢喜，
　　人人胸中的心灵泛起无限的欣悦。　　　　　　　　　165
　　涅斯托尔之子佩西斯特拉托斯开言：
　　"请阐释，神裔墨涅拉奥斯，人民的首领，
　　神明显此兆是为了我们，还是为了你。"

　　他这样询问，勇武的墨涅拉奥斯思忖，
　　应该如何理解这征兆，好回答年轻人，　　　　　　170
　　长袍轻拂的海伦首先释述，这样说：
　　"请听我说，我将按照不死的神明
　　在我胸中启示作预言，我相信会实现。
　　如同这只鹞鹰抓走饲养的家鹅，
　　从它出生和家族的居地高山飞来；　　　　　　　　175
　　奥德修斯经历了无数苦难和漫游，
　　也会这样归返行报复，或许他早已
　　返抵家园，正在给求婚人谋划灾难。"

　　聪慧的特勒马科斯回答海伦这样说：
　　"愿赫拉的鸣雷的丈夫宙斯让此兆应验，　　　　　180
　　我返家后会对你如同对神明常祭献。"

　　他这样说完，扬鞭驱策两匹驾辕马，
　　马匹迅速奔过城市，驶向平原，
　　整天不停地奔驰，肩上驾着辕轭。

　　太阳下沉，条条道路渐渐变昏暗。　　　　　　　　185
　　他们来到斐赖的狄奥克勒斯的宅邸，
　　他是阿尔费奥斯之子奥尔提洛科斯的儿子。
　　他们在那里宿夜，他殷勤招待他们。

当那初升的有玫瑰色手指的黎明呈现时,
他们驾好马,登上彩饰的华丽马车, 190
驶出回声萦绕的前廊和宅邸大门。
特勒马科斯扬鞭,马匹欣然地奔驰。
他们很快便来到皮洛斯的高耸的城堡。
特勒马科斯对涅斯托尔之子这样说:
"涅斯托尔之子,你是否赞同我的意见, 195
答应我的请求?我们一直是朋友,
始自祖辈的友谊,更何况我们又同庚,
这次旅行更是在情投意合中实现。
神明的后裔,请不要把我带过泊船处,
请把我留下,免得老人强留我去宫中, 200
再把我殷勤招待,我需尽快把家返。"

他这样说,涅斯托尔之子心思忖,
怎样能满足愿望,答应请求合情理。
他心中思虑,觉得这样做更为合适。
他把车马赶往大海岸边快船旁, 205
卸下珍贵的礼物,放到船只后艄,
衣服、金器,尽是墨涅拉奥斯所赠,
然后说出有翼飞翔的话语鼓励他:
"现在快登船,命令同伴们也赶快登上,
不待我返抵家宅向老人报告消息。 210
须知对此事我胸中明白,心里清楚,
他性格倔强,不会就这样放你离去,
他必定会亲临命你前往,我敢断言,
他不会徒然来这里,起码他会很恼怒。"

他这样说完,驱赶那两匹长鬃辕马, 215
奔向皮洛斯城郭,很快到达宅邸。

特勒马科斯激励同伴们,这样命令:
"伴侣们,快把黑壳船的索具准备妥当,
然后自己迅速登船,准备起航。"

  他这样说完,同伴们纷纷遵命而行,   220
一个个迅速登进船里,坐上桨位。
他正这样奔忙,在船舶尾艄向雅典娜
祭献祈祷,走来一位远方游荡人,
著名的预言者,因杀人远离阿尔戈斯。
原来此人按族系乃墨兰波斯的后裔,   225
墨兰波斯也居住于盛产绵羊的皮洛斯,
在皮洛斯人中很富有,家宅高大华丽,
后来他逃离自己的故土,前去异乡,
逃避显赫的涅琉斯,无比强大的凡人;
涅琉斯在一年之内完全霸占了他的   230
无数产业。他那时正带着沉重的镣铐,
被囚于弗拉科斯宫邸,受尽折磨,
由于涅琉斯的女儿而完全失去理智,
严酷的女神埃里倪斯使他这样做。
他后来终于逃脱死亡,把哞叫的牛群   235
从弗拉克赶来皮洛斯,报复了神样的涅琉斯的
残酷暴行,把涅琉斯的女儿带回家,
嫁给了自己的兄弟。① 后来他又去外乡,
去到牧马的阿尔戈斯,命定他将
在那里定居,统治众多的阿尔戈斯人。   240
他在那里娶妻室,建起高大的宫邸,
生强大的儿子安提法特斯和曼提奥斯。
安提法特斯生了勇敢的奥伊克勒斯,

---

① 参阅第十一卷第291—297行及注。

奥伊克勒斯生了善鼓动的安菲阿拉奥斯，
提大盾的宙斯满心喜爱他，阿波罗也对他　　　　245
眷爱备至，但他未能活到老年，
由于妇女们的礼物，终于在特拜丧命。①
他生子阿尔克迈昂和安菲洛科斯。
曼提奥斯生波吕费得斯和克勒托斯，
金座的黎明女神把克勒托斯抓走，　　　　　　　250
慕其俊美，让他跻身于神明行列。
阿波罗使心高志大的波吕费得斯成为
凡人中最好的预言者，在安菲阿拉奥斯死后。
他由于惹父亲恼怒，前往许佩瑞西埃，
在那里定居，给所有的世间凡人作预言。　　　255

波吕费得斯生子名叫特奥克吕墨诺斯，
现在就站在特勒马科斯的身旁，他看见
特勒马科斯在黑壳快船上祭献祈求，
便开言询问，说出有翼飞翔的话语：
"朋友，我既然当你在这里献祭时见到你，　　　260
我便以你的祭牲、你所祭献的神明、
以你的和随行的同伴们的性命的名义请求你，
请回答我的询问，要说真话不隐瞒：
你是何人何部族？城邦父母在何方？"

聪慧的特勒马科斯回答来人这样说：　　　　　265
"客人，我这就真实地回答你的询问。
我出生在伊塔卡，父亲是奥德修斯，
如果他存在过；现在他定然已可悲地死去。

---

① 安菲阿拉奥斯是著名的预言者，娶埃里费勒时曾答应婚后一切听从于她。后来埃里费勒接受奥狄浦斯的儿子波吕尼克斯的赠礼，迫使丈夫参加进攻特拜。安菲阿拉奥斯知道自己将死于这次战争，但不得不前往，临行时嘱儿子在他死后为他报仇。

我正是因此才带领同伴们乘坐黑壳船，
前来打听常在外漂泊的父亲的消息。" 270

　　神样的特奥克吕墨诺斯这样回答说：
"我也离开了祖国，我戕杀了一个亲属，
他有许多兄弟和亲人在牧马的阿尔戈斯，
在阿尔戈斯人中间他们很有势力。
为躲避他们加害于我，逃避死亡 275
和悲惨的结局，我不得不在人间游荡。
我作为一个逃亡者，请求你让我上船，
使我免遭杀害，我知道他们在追赶我。"

　　聪慧的特勒马科斯回答来客这样说：
"你既然寻来，我不会把你赶下平稳的船只， 280
现在跟我走，到那里我会尽力招待你。"

　　他这样说完，伸手接过客人的铜枪，
把它放在首尾翘起的船只的甲板上，
自己也登上适合航行于大海的船只。
他在船尾坐定，邀请特奥克吕墨诺斯 285
坐在自己的身旁，伴侣们解开船尾缆。
特勒马科斯鼓励同伴们，要他们系紧
船上的帆缆，伴侣们迅速遵行不误。
他们协力抬起长长的松木桅杆，
插入深深的空槽，再用桅索绑好， 290
用精心绞成的牛皮索拉起白色的风帆。
目光炯炯的雅典娜赐给他们顺风，
自天空猛烈刮来，使船只迅速奔驰，
尽快渡过苍茫大海的咸涩水流。

他们驶过了克罗诺伊①和多泉流的卡尔基斯。   295

太阳下沉,条条道路渐渐变昏暗,
船只有宙斯的风流推送,驶向费艾②,
驶过埃佩奥斯人辖有的神妙的埃利斯。
这时他把船只驶向迅速消隐的岛屿,
心中思虑着能逃过死亡或可能被捉住。   300

这时奥德修斯和牧猪奴正在农舍里,
一起吃晚饭,其他人在他们旁边就餐。
在他们满足了饮酒吃肉的欲望之后,
奥德修斯对众人开言,试探牧猪奴,
看牧猪奴是想继续热情地接待他,   305
让他留在田庄,还是想劝他去城里:
"请听我说,欧迈奥斯和其他众同伴,
我意欲明晨离开此处,去城里乞讨,
免得让你和同伴们无端耗费添艰难。
唯望你指点,并派一可靠引路人同行,   310
引导我前往。我进城后将自己游荡,
也许会有人递给我一杯水或一块面饼。
我若得前往神样的奥德修斯的宅邸,
便会去向审慎的佩涅洛佩报告消息,
并去与那些傲慢无礼的求婚人厮混,   315
他们菜肴丰盛,或许会让我吃顿饭。
我也可按他们的吩咐,好好侍候他们。
现在我想告诉你,请你认真听我说。
由于引路神赫尔墨斯的惠爱,他能使

---

① 克罗诺伊是埃利斯北部一地区,那里有著名的卡尔基斯泉水。
② 费艾是埃利斯北部城市。

所有的凡人的劳动变得快乐和荣耀， 320
没有哪个凡人能和我比赛灵巧，
无论是用柴薪生火或劈开干柴，
无论是切肉、烤炙或是饮宴斟酒，
所有这一切下贱人侍候高贵人的活计。"

　　牧猪奴欧迈奥斯，你很不满意地回答： 325
"天哪，外乡人，你心里怎么会产生
这样的念头？你这是想去那里找死，
如果你想混迹于那群求婚人中间；
他们的狂傲强横气焰达铁色的天宇。
他们的亲信侍奴可不像你这模样， 330
他们年轻，穿着华丽的外袍和衬衫，
头发闪光发亮，面容俏丽俊美，
尽心侍候他们的主人，光滑的餐桌上
丰富地摆满各种食物、肉肴和酒酿。
你还是留下，你在这里没有人嫌弃你， 335
无论是我或其他任何与我一起的同伴。
待到奥德修斯的心爱的儿子来这里，
他会赠送你外袍、衬衫等各件衣服，
再送你前往你的心灵向往的地方。"

　　多灾多难的英雄奥德修斯这样回答说： 340
"欧迈奥斯，愿父宙斯像我那样喜欢你，
因为你让我停止了游荡，不再受苦难。
对于世人，没有什么比飘零更不幸，
但为了可恶的肚皮，人们不得不经受
各种艰辛，忍受游荡、磨难和痛苦。 345
你现在既要我留下，待你家主人归来，
那就请你说说神样的奥德修斯的母亲

和父亲,出征时留下他已临近老年门槛,
他们现在继续活在太阳的光线下,
还是已经亡故,去到哈得斯的居所。" 350

民众的首领牧猪奴回答客人这样说:
"外乡人,我这就把真实情况告诉你。
拉埃尔特斯还活着,他经常向宙斯祷告,
让生命离开躯体,死在那座房屋里,
因为他无限想念他那漂泊的儿子 355
和高贵、聪慧的妻子,妻子的亡故使他
极度悲伤,老态龙钟提前入暮年。
母亲为自己高贵的儿子伤心而亡故,
死得真悲惨,愿所有与我在这里居住,
对我友好的朋友不会那样死去。 360
当年她在世时心情无比忧伤愁苦,
我一直心怀亲情前去看望问候,
因为她曾把我同她的高贵女儿同抚养,
就是穿长袍的克提墨涅,最年幼的孩子。
她把我同女儿等同抚养,从不蔑视我。 365
待我们到了令人向往的青年时期,
他们把女儿嫁往萨墨,聘礼丰厚;
女主人给我一件外袍、一件衬衫,
精美的衣服,还给我绳鞋穿上双脚,
遣我来田庄,发自内心地真诚喜欢我。 370
现在我已没有这一切,但常乐的神明们
使我辛勤从事的劳作为我见成效,
使我有吃有喝,与尊敬的来客分享。
如今从王后那里已得不到任何安慰,
无论是言语或行动,自从家中遭不幸, 375
就是那帮狂妄之徒。奴仆们仅希望

能当面和女主人说话,询问种种事情,
吃点喝点,然后带点东西回田庄,
唯有这些一向能快慰他们的心灵。"

　　足智多谋的奥德修斯这样回答说: 380
"哎呀,牧猪奴欧迈奥斯,你显然早在
幼年时便被赶出故乡,离开了父母。
现在请你告诉我,要说真话不隐瞒,
是你的父亲和尊贵的母亲居住其中的
街道宽阔、人烟稠密的城市被攻破, 385
还是在你独自牧放羊群和牛群时,
敌人把你劫掠载上船,然后卖给
这户人家,主人为你付出了高价?"

　　民众的首领牧猪奴回答客人这样说:
"外乡人,既然你询问打听这些事情, 390
那就请安坐静听欣赏,边呷酒酿。
现在长夜漫漫,有时间用来睡眠,
也有时间欣赏听故事,你也无需
过早地躺下安寝,睡眠过多也伤身。
至于其他人,如果有人渴望睡眠, 395
那就前去安睡吧,待明晨黎明初现,
吃完早饭便去牧放主人的猪群。
让我们俩留在这处陋舍喝酒吃肉,
回忆过去,欣赏对方的不幸故事。
一个人也可用回忆苦难娱悦心灵, 400
在他经历了许多艰辛和漫游之后。
我这就回答你的叩问,你的探询。

"有座海岛名叫叙里埃①,你或许曾听说,
在奥尔提吉亚②上方,太阳在那里变路线;
那岛上人口不很稠密,但条件优越, 405
牛健羊肥,盛产葡萄,小麦也丰盛。
那里的人民从不发生饥馑,也没有
任何可恶的病疫降临悲苦的凡人。
当该邦国的部族人民有人衰老时,
银弓之神阿波罗便和阿尔特弥斯 410
一起前来,用温柔的箭矢把他们射死。
岛上有两座城市,均分邦国的事务,
统治这两座城市的是我父亲克特西奥斯,
奥尔墨诺斯之子,容貌如不死的神明。

"后来来了一些以航海著称的腓尼基人, 415
一帮骗子,用黑壳船运来许多玩物。
我父亲家里曾有一个腓尼基女奴,
美丽、修长,会做各种出色的活计,
狡猾多端的腓尼基人献媚诱惑她。
当她去他们的空心船旁洗涤衣服, 420
有人和她结合寻欢,爱情能蛊惑
软弱的妇女的心灵,即使她精于手工。
那人询问她是何人,来自何处地方,
她立即遥指我父亲的高大宫宅相告说:
'我告诉你,我来自盛产铜器的西顿, 425
我是阿律巴斯的女儿,家财如流水。
当我行走于田间,一伙塔福斯海盗
强行劫掠了我,把我带来这里,

---

① 叙里埃是传说中的岛屿。
② 参见第五卷第124行及注。

卖给这户人家,付给了很高的代价。'

"那个和她偷情的人这时这样询问她: 430
'现在你想不想跟随我们一起回家,
重见你父母的高大宅邸和他们本人?
据说他们现今还健在,仍然很富有。'

"那女人当时回答对方询问这样说:
'但愿如此,水手们,如果你们能对我 435
庄严发誓,保证把我安全送回家。'

"她这样说完,他们全都依言发誓。
待他们个个立誓,一一行礼如仪,
那女人重又开言,这样告诫他们:
'现在你们要保持沉默,任何人不得 440
与我说话,无论与我相遇在途中
或者可能在泉边,谨防有人前往
老人的家中报信,老人觉察后会把我
痛苦地捆绑,也会让你们遭受毁灭。
你们要牢记我的话,尽快把买卖做完。 445
待你们的船只已经被各种货物装满,
便赶快派人来主人宅邸给我送消息,
那时我会顺手带走一些金器皿,
我还想作我的船资另赠一件礼物。
原来我在主人家看管他的孩子, 450
那孩子聪明,总是跟我一起出门。
我若能把他带上船,你们把他卖给
讲他种语言的人们,会带来大宗收入。'

"她这样说完,返回我们美丽的宅邸,

那些腓尼基人在那里逗留整整一年, 455
换得了许多货物,装进宽敞的海船。
待那条空肚船装满货物准备起航时,
信使前来,向那个女人传递消息。
一个狡诈之徒来到我父亲的宫宅,
带来一条镶有琥珀的黄金项链。 460
厅堂的女奴们和我那尊贵的母亲
用手抚摸珍贵的项链,注目观赏,
开出价钱,来人则向那女人默默点头。
那人向她示意后返回宽敞的海船,
那女人拉着我的手,把我带出宫室。 465
她看见前厅里摆着许多餐桌和酒杯,
供人们饮宴,他们都是我父亲的近属。
当时他们正出席民众会议议事,
她急忙拿起三只酒杯揣进怀里,
随身带走,我年幼无知地跟随她。 470
太阳下沉,条条道路渐渐变昏暗。
我们匆匆而行,来到优美的港湾,
腓尼基人的快速船只就停在那里。
他们登上船,迅速沿着水路航行,
把我们一起带上船,宙斯遣来顺风。 475
我们一连六天,昼夜兼程地航行,
当克罗诺斯之子宙斯送来第七天时,
善射的阿尔特弥斯把那女人射中,
她立即倒下掉进船舱,如一只海鸥。
他们把她扔进海里,成为海豹 480
和游鱼的食料,我被留下心怀忧虑。
风力和水流推动,把他们送来伊塔卡,
拉埃尔特斯用自己的财物把我买下。
我就是这样到来,看见了这块土地。"

宙斯养育的奥德修斯回答他这样说： 485
"欧迈奥斯,你的一件件叙述深深地
打动了我的心,你经历了这许多不幸。
但除了苦难,宙斯也已赐给你好运,
因为你经历了许多不幸后来到一个
仁慈主人的家里,他关怀备至地让你 490
有吃有喝,过着称心如意的生活,
我漫游了许多人间城市,才来到这里。"

他们互相交谈,说着这些话语,
仅作了短暂睡眠,没有多长时间,
金座的黎明很快来临。特勒马科斯的 495
伴侣们这时来到岸边,收起风帆,
灵活地放下桅杆,把船划到停泊处。
他们扔下石锚,系好船尾缆索,
自己离船,登上波涛拍击的海岸,
准备丰盛的肴馔,搀好闪光的酒酿。 500
在他们满足了饮酒吃肉的欲望之后,
聪慧的特勒马科斯开言对他们这样说:
"你们现在把乌黑的船只航向城市,
我要暂去田庄,去探察那些牧人,
待视察完各项农活,晚上再进城。 505
明晨我会付你们这次旅行的报酬,
一席美好的宴饮,有肉和甜美的酒酿。"

神样的特奥克吕墨诺斯这时对他说:
"亲爱的孩子,如今我该去何处？是去见
某位统治道路崎岖的伊塔卡的首领, 510
还是直接去见你母亲,前往你家里？"

聪慧的特勒马科斯对他这样回答说:
"若在他时,我定会邀请你去我们家,
我家不缺物待客,但现在于你不相宜,
因为我自己不在家,我母亲也不会相见,　　　　515
现在她居家不愿在求婚人面前常露面,
总是远离他们,在阁楼机杼前织绩。
我可向你举荐一人,你不妨去找他:
欧律马科斯,智慧的波吕博斯的高贵儿子,
现在伊塔卡人敬重他有如敬神明。　　　　　　520
他比其他人都更显贵,也一心想望
能娶我母亲,获得奥德修斯的荣耀,
但是居住于太空的奥林波斯的宙斯知道,
他会不会让他们在结婚之前遭不幸。"

他正这样说,有只飞鸟从右边飞过,　　　　　525
一只鹞鹰,阿波罗的快使,双爪抓住
一只鸽子,不断把羽毛撒向地面,
撒在船只和特勒马科斯本人之间。
特奥克吕墨诺斯把他叫离同伴们,
拉住他的手,招呼一声对他这样说:　　　　　530
"特勒马科斯,鸟右飞不会没有神意,
我一看见这飞鸟,便知它的来意。
在伊塔卡地方没有任何其他家族
比你家更能为王,你们会永远兴旺。"

聪慧的特勒马科斯重又对他这样说:　　　　　535
"客人啊,但愿你的这些话最终能实现。
那时你立即会得到我的热情款待
和许多赠礼,令遇见的人都称你幸运。"

这时他对忠实的伴侣佩赖奥斯说:
"克吕提奥斯之子佩赖奥斯,在同我一起 540
前往皮洛斯的所有伴侣中,你对我最听从。
现在请为我把这位客人带去你们家,
招待要殷勤有礼,直待我折返回城里。"

善用长矛的佩赖奥斯回答他这样说:
"特勒马科斯,即使你在那里逗留很久, 545
我也会招待他,待客的东西我不短缺。"

他这样说完登上船只,命令同伴们
迅速登进船里,解开系船的尾缆。
同伴们迅速登进船里,坐上桨位。
特勒马科斯在脚上系好美丽的绳鞋, 550
从船舱甲板提起一根坚固的长矛,
装有锐利的铜尖,船员们解开船尾缆。
人们开船驶向城市,按照神样的
奥德修斯的爱子特勒马科斯的吩咐。
特勒马科斯迅速迈步,奔向田庄, 555
那里有他的许多猪群,高贵的牧猪奴
怀着对主人的忠心,正在猪群旁休息。

第十六卷

——父子田庄相认商议惩处求婚人

　　黎明时分,奥德修斯和高贵的牧猪奴
在农舍一起生起炉火,准备早饭,
派遣其他牧猪奴赶着猪群去牧放,
喜好狂吠的牧犬对特勒马科斯摆尾,
见他走来未嗥吠。神样的奥德修斯　　　　　　5
看见牧犬摇摆尾巴,又传来脚步声,
立即对欧迈奥斯说出有翼飞翔的话语:
"欧迈奥斯,定然是你的某位朋友
或其他熟人到来,因为牧犬不吠叫,
只是把尾摇,我也耳闻有脚步声响。"　　　　10

　　他这样询问话犹未了,亲爱的儿子
已站在院门边。牧猪奴惊异地站起身,
酒碗从手里滑脱,他正拿着它们
把闪光的酒酿调和。他上前迎接少主人,
亲吻他的头部、他那双美丽的眼睛　　　　　15
和可爱的双手,颗颗热泪不断往下流。
有如父亲欣喜地欢迎自己的儿子,
儿子历时十载远赴他乡终回返,
独子多娇惯,父亲为他无限担忧愁;
高贵的牧猪奴也这样把他全身吻遍,　　　　20
拥抱逃脱了死亡的神样的特勒马科斯,
哭泣着对他说出有翼飞翔的话语:

"特勒马科斯,甜蜜的光明,你终于归来!
自你航行皮洛斯,我以为不可能再相见。
请进屋,亲爱的孩子,让我好好看看你,　　　　25
让心灵享受喜悦,你终于从他乡归返。
你往日不常来田庄和你的牧人中间,
常在城里居住;你似乎已喜欢那样,
看见那帮厚颜无耻地求婚的恶徒!"

聪慧的特勒马科斯回答牧猪奴这样说:　　　　30
"老人家,就算是这样。我这次为你而来,
我想亲眼看看你,也想听你说说,
我母亲是继续留在家中,还是已经
外嫁他人,使得奥德修斯的床榻
已空空荡荡,布满令人厌恶的蛛网。"　　　　35

民众的首领牧猪奴当时这样回答说:
"你的母亲心灵忍受着极大的痛苦,
留在你家里;她一直泪水不断盈眼睑,
伴她度过那一个个凄凉的白昼和黑夜。"

牧猪奴这样说,一面伸手接过铜矛,　　　　40
特勒马科斯跨过石门槛走进屋里。
父亲奥德修斯见他走近,让出座位,
特勒马科斯立即阻拦,开言这样说:
"请坐下,客人,我们是在自己的庄园,
可以另外安座位,这位老人会安置。"　　　　45

他这样说,奥德修斯回身重新坐下,
牧猪奴铺开青绿的软枝,再铺上羊皮,
奥德修斯的心爱的儿子在上面就座。

牧猪奴在他们面前摆上几盘烤肉,
那是他们前一天晚上享用的剩余; 50
牧猪奴又迅速拿来面饼,装满提篮,
再用常春藤碗搀好甜蜜的酒酿,
他自己坐到神样的奥德修斯对面。
他们动手享用面前摆放的肴馔。
在他们满足了饮酒吃肉的欲望之后, 55
特勒马科斯对高贵的牧猪奴这样询问:
"老人家,这客人来自何方?航海人又怎样
把他送来伊塔卡?他们自称是什么人?
因为我想他怎么也不可能徒步来这里。"

　　牧猪奴欧迈奥斯,你当时这样回答说: 60
"孩子,我这就把全部情况向你叙说。
他说自己出生于地域辽阔的克里特,
声称曾飘零漫游过许多种族的城市,
认为全是神明为他安排那一切。
现在他从特斯普罗托伊人的船只逃脱, 65
来到我这田庄;我将把他交给你,
听凭你安排,他作为求援人请求你帮助。"

　　聪慧的特勒马科斯回答牧猪奴这样说:
"欧迈奥斯,你的话令我深感痛心,
你看我如今怎能把这位客人带回家? 70
我自己尚且年轻,还难以靠双手自卫,
回敬任何欲与我作对的年长之人;
而我那母亲,她胸中的心灵正在思虑,
是继续留在我身边,关照这个家庭,
尊重她丈夫的卧床和国人们的舆论, 75
还是嫁给一位在大厅向她求婚、

赠送礼物最多、最高贵的阿开奥斯人。
至于这位客人,他既已来到你这里,
我给他一件外袍和衬衫,精美的衣服,
此外再给他一柄双刃剑和一双绳鞋, 80
送他前往他的心灵向往的地方。
要是你愿意,你可照料留他在田庄,
我会送来衣服和所有需要的食物,
免得给你和你的同伴们增添负担。
只是我不希望他前往那些求婚人中间, 85
因为那些人粗暴强横,又傲慢无礼,
恐怕他们会侮辱他,那样我会很痛心。
即使一个人勇敢有力量,他也难以
与众人对抗,因为对方人多势力强。"

　　历尽艰辛的神样的奥德修斯这样说: 90
"朋友啊,要是我也可以回答几句,
我听你刚才所言,心灵都要被撕碎,
那些求婚人在你家竟如此狂妄无礼,
横行无忌,违背你这样一个人的心愿。
请你告诉我,是你甘愿屈服于他们, 95
还是人民受神明启示,全都憎恨你?
或者兄弟们令你不满意?任何人都可以
依仗兄弟们相助,即使战斗很激烈。
但愿我现在也年轻,同豪壮的心灵相称,
或者我就是高贵的奥德修斯的儿子, 100
或者是他本人漂泊回乡井;希望未泯灭。
任何外乡人可立即把我的脑袋砍下,
倘若我不能给他们这帮人带去不幸,
在我去到拉埃尔特斯之子奥德修斯的家里。
即使我孤单一人,败于众人手下, 105

我也宁可被杀害,死在自己家里,
决不能对那些无耻行径熟视无睹,
眼看着他们粗暴地赶走外邦来客,
在华美的厅堂上恣意谩骂侮辱众女仆,
把酒浆狂斟豪饮,把食物任意吞噬,　　　　　110
不知何时有尽头,不知何时能终结。"

　　聪慧的特勒马科斯回答来客这样说:
"客人,我将把情况完全如实地告诉你。
既不是全体人民心怀不满憎恨我,
也不是兄弟们令我不满意,任何人都可以　　115
依仗兄弟们相助,即使战斗很激烈。
原来克罗诺斯之子使我家独子繁衍,
阿尔克西奥斯生了独子拉埃尔特斯,
祖父生独子奥德修斯,奥德修斯生我,
也是独子,留下我未享受任何好处。　　　　120
现在我家里聚集了许多恶意之徒,
他们是统治各个海岛的贵族首领,
有杜利基昂、萨墨和多林木的扎昆托斯的
或是道路崎岖的伊塔卡的众多首领,
都来向我母亲求婚,耗费我的家财,　　　　125
母亲不拒绝他们令人厌恶的求婚,
又无法结束混乱,他们任意吃喝,
消耗我的家财,很快我也会遭不幸。
不过这一切全都摆在神明的膝头,
老人家,现在你快去见聪明的佩涅洛佩,　　130
告诉他我健康无恙,已从皮洛斯归返。
我在此等候,你向她报告后立即返回,
此事不要让其他的阿开奥斯人知晓,
因为许多人正企图给我制造灾难。"

牧猪奴欧迈奥斯，你当时这样回答说： 135
"我知道，我明白，你在对明白之人作吩咐。
现在请你告诉我，要说真话不隐瞒，
我这次前去，是否向不幸的拉埃尔特斯
也报告消息，他虽然为奥德修斯忧伤，
却仍然省察各种农活，在屋里与奴隶们 140
共同饮食，当胸中的心灵感觉饥渴时。
可是现在，自从你乘船去到皮洛斯，
我听人们传说，他完全不思饮食，
也不省察农事，只坐着叹息呻吟，
流泪哭泣，日见皮肉消瘦骨嶙峋。" 145

聪慧的特勒马科斯回答老人这样说：
"真可怜，我们伤心，也只能暂由他去。
如果所有的事情都可为凡人实现，
那我们首先盼望我的父亲能归返。
你此去报信速速归来，不要在田间 150
徘徊不尽寻祖父，你可告诉我母亲，
要她快派遣管家女奴前去他那里，
仍要机密行事，向老人报告消息。"

他这样说完，催促牧猪奴迅速出发，
牧猪奴把绳鞋系到脚上，前往城里。 155
牧猪奴欧迈奥斯离开田庄瞒不过雅典娜，
她立即来到附近，幻化成妇女模样，
美丽、颀长，善做各种精巧的手工。
她站在农舍门边，让奥德修斯看见，
特勒马科斯却看不见、不觉察她到来， 160
因为神明很容易不对所有人显现，

但奥德修斯和牧犬看见她,犬未嗥吠,
只轻声尖叫,穿过庭院畏缩离避。
女神蹙眉示意,神样的奥德修斯领会;
他步出屋外,沿着庭院高墙走去, 165
来到女神面前,雅典娜对他这样说:
"拉埃尔特斯之子,机敏的神裔奥德修斯,
你现在可对儿子说明,不必再隐瞒,
好一起为求婚人谋划死亡和毁灭,
然后前往著名的城市,我自己不会 170
久久地远离你们,因为我也很想战斗。"

　　雅典娜说完,用金杖触击奥德修斯,
使他身上转瞬间穿起洗涤干净的
外套和衬衫,体形变得魁伟壮健。
他立即显得皮肤黝黑,面颊丰满, 175
下颌周围的胡须呈现出乌黑的颜色。
女神这样做完离去,奥德修斯
返回农舍,他的儿子见了心惊异,
惊恐得把视线移开,以为是神明显现,
开言对他说出有翼飞翔的话语: 180
"客人,你焕然一新变成另一个人,
你改换了衣服,皮肤也显得不一样。
你显然是某位掌管广阔天宇的神明。
请你赐恩,让我们献上丰盛的祭礼
和制作精良的金器,求你宽恕我们。" 185

　　历尽艰辛的神样的奥德修斯回答说:
"我并非神祇,你怎么视我为不死的神明?
我就是你的父亲,你为他心中忧伤,
忍受过许多痛苦,遭受过各种欺凌。"

他说完亲吻自己的儿子,泪水涌流, 190
滴落地面,到现在他一直控制着自己。
特勒马科斯不信此人就是他父亲,
这时重新开言,回答对方这样说:
"你不可能是我的父亲奥德修斯,
是恶神蛊惑我,使我愈加忧伤更悲苦。 195
有死的凡人凭他自己的心智不可能
作成这些事情,除非有神明降临,
轻易地把他变老或变得更加年轻。
你刚才还是一位老人,衣衫褴褛,
现在却如同掌管广阔天宇的神明。" 200

　　足智多谋的奥德修斯这样回答说:
"特勒马科斯,你的父亲已经归来,
你不要过分惊奇,也不要过分疑虑。
绝不可能有另一个奥德修斯来这里,
因为我就是他,忍受过许多苦难和漂泊, 205
二十年岁月流逝,方得归返回故里。
刚才是赠送战利品的雅典娜的作为,
她按照自己的意愿,她有这样的能力,
一会儿把我变得像个穷乞丐,一会儿
又把我变得年轻,身着华丽的服装。 210
掌管广阔天宇的神明很容易这样做,
能使有死的凡人变尊贵或者变卑贱。"

　　奥德修斯说完坐下,特勒马科斯
紧紧拥抱高贵的父亲,泪水流淌。
父子俩心潮激荡,都想放声痛哭。 215
他们大声哭泣,情感激动胜飞禽,

有如海鹰或弯爪的秃鹫,它们的子女
羽毛未丰满,便被乡间农人捉去,
父子俩也这样哭泣,泪水顺眉流淌。
他们准会直哭到太阳的光线西沉, 220
若不是特勒马科斯开言对父亲这样说:
"亲爱的父亲,请说说,航海人用什么船只
把你送来伊塔卡?他们自称是什么人?
因为我想你怎么也不可能徒步来这里。"

　　历尽艰辛的神样的奥德修斯回答说: 225
"孩子,我将把真实情况一一告诉你。
以航海著称的费埃克斯人送我前来,
他们也伴送其他去到那里的人们。
我酣睡在快船,他们带领我航过大海,
送来伊塔卡,给我无数珍贵的礼物, 230
有铜器、金器和许多精心缝制的衣服。
按神明的旨意,我把它们安放在山洞。
现在我按照雅典娜的吩咐,来到这里,
让我们商量,如何杀戮那帮恶徒。
现在你估算一下求婚者的人数告诉我, 235
让我知道他们有多少,是些什么人,
我的高尚的心灵好仔细盘算作决定,
我们俩无需其他人参与单独便能够
对付他们,还是需约请他人相助佑。"

　　聪慧的特勒马科斯回答父亲这样说: 240
"父亲啊,我常听说你的巨大威名,
你是位强大的枪手,智慧丰富善计谋,
然而你刚才话语夸张,颇令我惊异,
他们人多且强悍,我们就两人难对付。

想那些求婚人并非十个,也非二十个, 245
他们人数众多,你很快就会知道究竟。
从杜利基昂来了五十二个杰出的
高贵青年,有六个侍从跟随他们;
从萨墨来了二十四个英勇的首领,
从扎昆托斯来了二十个阿开奥斯青年, 250
从伊塔卡本岛一共来了十二个贵族,
此外还有传令官墨冬和神妙的歌人,
两个擅长为就餐人片割肉肴的从人。
如果我们在家里和他们全体遭遇,
你本想报复他们的暴行,结局会悲惨。 255
你还是再作周详考虑,看能不能
找到一些帮手,乐意襄助我们。"

历尽艰辛的神样的奥德修斯回答说:
"我现在告诉你,你要牢记心里听清楚。
你仔细想想,如果雅典娜和天父宙斯 260
襄助我们,我是否还需要帮助求他人?"

聪慧的特勒马科斯立即这样回答说:
"你刚才提到的这两位帮手当然强大,
尽管他们高踞在云际。他们统治
所有其他凡人和所有不死的众神明。" 265

历尽艰辛的神样的奥德修斯回答说:
"这两位神明不会长时间地远远离开
激烈的战斗,一旦我们开始与求婚人
在我的家中展开阿瑞斯式的猛烈较量。
只是你明天黎明后便需返回城里, 270
同那些傲慢无礼的求婚人一起厮混,

然后这位牧猪奴会带领我进城来，
我仍幻化成一位不幸的乞求人和老翁。
要是他们在我们的家中对我不尊重，
你要竭力忍耐，尽可眼见我受欺凌， 275
即使他们抓住我脚跟，把我拖出门，
或者投掷枪矢，你见了也须得强忍。
你也可劝阻他们，要他们停止作恶，
但说话语气要温和，他们不会听从你，
因为他们命定的最后时日已来临。 280
我还有一事吩咐你，你要牢牢记在心。
当善用智谋的雅典娜给我心中启示，
我会向你点头示意，你看见我暗示，
便需把厅里存放的那些武器搬走，
立即搬进高大的库房角落里贮存。 285
如果求婚人觉察，询问其中的原因，
你可用温和的语言向他们解释这样说：
'我把它们从烟尘中移走，因为它们
已不像奥德修斯前去特洛亚留下时那样，
长久被炉火燎熏，早已积满了尘垢。 290
克罗诺斯之子还引起我心中更大的忧虑，
担心你们纵饮之后可能起争执，
互相残杀造伤残，玷污盛筵和求婚，
因为铁制的武器本身常能诱惑人。'
你仅为我们自己留下两柄长剑、 295
两根长枪，再留下两块牛皮盾牌，
到时候我们冲过去把它们抓在手里，
帕拉斯·雅典娜和智慧神宙斯会迷惑他们。
我还有一事吩咐你，你要牢牢记在心。
如果你真是我儿子，真是我们的血统， 300
你就不要让任何人知道奥德修斯在家里，

不要让拉埃尔特斯,不要让牧猪奴知道,
不要让任何家人,甚至佩涅洛佩知道,
只有你我两人,要直接观察妇女们。
我们还需要探察一些男奴们的用心, 305
他们是继续敬重我们,心怀畏惧,
还是已不复尊重,轻视你这样一个人。"

尊贵的儿子当时回答父亲这样说:
"亲爱的父亲啊,我相信到时候你会明白
我的用心,我现在作事已丝毫不轻率。 310
我实在觉得你这种设想对我们两人
确实不相宜,我希望你对它再作思忖。
你想去田间,在那里探察每一个奴隶,
那会需要很多时间,这时求婚人
仍在毫无顾忌地耗费财产不顾惜。 315
至于女仆们,我倒希望你考察一番,
看她们哪些人蔑视你,哪些人保持清白。
我却不赞成我们前往田庄探察
那些男奴们,此事可留待以后去做,
如果你确实知道提大盾的宙斯的意愿。" 320

父子正互相交谈,说着这些话语,
那只把特勒马科斯和他的所有伴侣们
载离皮洛斯的精造的船只已驶抵伊塔卡。
待他们驶进海水幽深的港湾泊定,
他们便把发黑的船只拖上岸滩, 325
勇敢的侍从们把他们的武器从船上卸下,
把珍贵的礼物送往克吕提奥斯家里。
他们派使者前往奥德修斯宅邸,
去向审慎的佩涅洛佩报告消息:

特勒马科斯已去田庄,吩咐把船只　　　　　　　　330
直接驶来城里,免得尊贵的王后
心中担忧,难忍温柔的泪水流注。
使者和高贵的牧猪奴不期相遇于道途,
为了同一个消息,前来禀报王后。
他们来到神样英武的国王的宫邸,　　　　　　　335
使者当着众多女仆们的面如此报告:
"王后啊,你的亲爱的儿子已经归返。"
牧猪奴则站近身旁,向佩涅洛佩禀告
亲爱的儿子吩咐他报告的一切事情。
待他把所有吩咐的事项报告完毕,　　　　　　　340
便立即回返猪群,离开宫宅和庭院。

　　这时众求婚人情绪忧伤,心中惊异,
他们离开厅堂,顺着庭院的高墙,
来到院门前面,纷纷在那里坐下。
波吕博斯之子欧律马科斯开言这样说:　　　　　345
"朋友们,特勒马科斯勇敢地作了件大事,
完成了旅行,我们曾预言他不会成就。
现在我们得准备一条最好的黑壳船,
集合一些出色的水手,要他们尽快地
通知被派去设伏的人们赶快回返。"　　　　　　350

　　他话犹未了,安菲诺摩斯转身离座,
瞥见船只已驶进海水渊深的港湾,
船员们正把风帆收起,手握船桨。
他不禁放声大笑,对同伴们这样说:
"我们无需派人去送信,他们已进港。　　　　　355
也许是某位神明通知了他们,或者是
他们看见船只航过,却未及追上。"

他这样说完,人们起身前往海岸,
迅速把壳体乌黑的船只拖上岸滩,
勇敢的侍从们把他们的武器从船上卸下。　　360
他们一起前去会商,不允许任何
其他人参加,无论是年轻或者年长。
欧佩特斯之子安提诺奥斯对他们这样说:
"天哪,神明们又为此人解脱了灾难。
白日里哨兵们坐在多风的山崖之巅,　　365
专注地合伙眺望。即使到太阳西沉时,
他们也不返回岸边睡眠度黑夜,
却驾着快船至神妙的黎明巡行海上,
一心给特勒马科斯设伏,欲把他逮杀,
可是恶神这时却把他送回家来。　　370
我们得设法让特勒马科斯悲惨地死去,
切不可让他从我们手中逃脱;依我看,
只要他继续活着,我们的事情便难成。
须知此人很聪明,多计谋又善思虑,
这里的人民对我们也已不怀好感。　　375
让我们行动吧,在他召集阿开奥斯人
开会之前;我想他不会就这样罢休,
他会怒气冲冲地向全体人民诉说,
我们阴谋把他杀害,但未能如愿。
人们听到这种恶行会反对我们,　　380
不能让他们给我们制造任何不幸,
把我们赶出家园,使我们流落他乡。
我们必须首先行动,把他逮住在
城外的田间或道途,再夺过他的家财,
在我们之间公平地分配,这座宅邸　　385
可留给他的母亲和将要娶她的那个人。

如果你们不同意这样做,却欲让他
继续活下去,享有全部祖传的家财,
那我们便不要再一起消耗他的财产,
在这里聚饮,每人都返回自己家里, 390
向她求婚,馈赠礼物,她可以嫁给
赠礼最丰厚、她命中注定婚嫁的那个人。"

他这样说完,众人一片静默不言语。
安菲诺摩斯这时开言对大家说话,
国王阿瑞提阿斯之子尼索斯的光辉儿子, 395
从盛产小麦、牧草繁茂的杜利基昂
同其他求婚人一起前来,他的言谈
令佩涅洛佩最中听,因为他心地善良,
他这时好心好意地对大家开言这样说:
"朋友们,我不赞成杀死特勒马科斯, 400
杀害国王的后代乃是件可怕的行为,
还是首先让我们问问神明的意愿。
倘若伟大的宙斯的意旨同意这样做,
我自己也会杀他,并且会鼓励其他人;
如若神明们反对,那我就请大家罢休。" 405

安菲诺摩斯这样说,博得众人的赞赏。
他们立即起身返回奥德修斯的宅邸,
进去后纷纷在一张张光亮的宽椅上就座。

审慎的佩涅洛佩这时又想出了主意,
决定出现在狂妄傲慢的求婚人面前, 410
她在内室已听说有人想杀害她儿子,
传令官墨冬禀报她,他听见求婚人商量。
她在侍女们陪伴下,举步向厅堂走来。

待这位女人中的女神来到求婚人中间,
伫立在把坚固的大厅支撑的立柱近旁, 415
系着光亮的头巾,罩住自己的双颊,
招呼一声安提诺奥斯,这样责备说:
"安提诺奥斯,你这个狂妄、恶毒的家伙,
人们认为你在伊塔卡地区的同辈人中
最善谋略和词令,看来你并非如此。 420
你这个疯子,你为什么要谋害特勒马科斯,
不听别人恳求,宙斯是求情者的见证?
给他人制造不幸亵渎民俗神律。
你难道忘记了你的父亲害怕人民,
曾逃亡来这里?当时民众对他气愤, 425
因为他曾伙同海盗塔福斯人一起,
侵害与我们结盟的特斯普罗托伊人。
人们要把他杀死,剥夺他的生命,
把他的丰厚的财产全部吃完耗尽,
奥德修斯进行干预,阻止了愤怒的人们。 430
现在你在他家白吃喝,向他的妻子求婚,
若加害他儿子,你的作为太令我气愤。
我要求你停止作恶,并且劝阻其他人。"

波吕博斯之子欧律马科斯这时这样说:
"伊卡里奥斯的女儿,审慎的佩涅洛佩, 435
你放心吧,不必为这些事情担忧愁。
现在不会有人,将来也不会有人
胆敢对你的儿子特勒马科斯下毒手,
只要我仍然活在世上,看得见阳光。
我现在既然这样说,事情也就会这样: 440
作恶者会立即在我的长枪下黑血溅流,
因为攻掠城市的奥德修斯曾经常让我

坐在他的膝上,把热气腾腾的烤肉
放在我的手里,给我暗红色的酒酿。
因此所有的人中,特勒马科斯是我的　　　　　　445
最亲近的朋友,他不用担心求婚人
会加害于他,若是来自神明却难逃避。"

　　他这样说话抚慰,正是他意欲加害。
王后回到自己明亮的阁楼寝间,
禁不住为亲爱的丈夫奥德修斯哭泣,　　　　　　450
直到目光炯炯的雅典娜把甜梦降眼帘。

　　高贵的牧猪奴傍晚回到奥德修斯
和他的儿子那里。他们正准备晚饭,
杀了一头周岁的公猪。这时雅典娜
来到拉埃尔特斯之子奥德修斯的身旁,　　　　　455
用杖触击他,重新把他变成一老翁,
身上穿着褴褛的衣衫,使得牧猪奴
当面看见也难辨认,不会去报告
聪明的佩涅洛佩,不把秘密藏心里。

　　特勒马科斯首先开言对牧猪奴这样说:　　　　460
"高贵的欧迈奥斯,回来了,城中有何消息?
那些高傲的求婚人已经从设伏中返回,
还是继续在那里守候,等待我归返?"

　　牧猪奴欧迈奥斯,你当时这样回答说:
"我没有顾及询问,打听这些事情,　　　　　　465
我仅是穿城而过,当时心灵要求我
禀报消息后尽快归返,迅速回这里。
我曾遇见你的同伴们的快捷使者,

传令官,他首先向你的母亲报告了消息。
可是我看见了一件事,是我亲眼所见。　　　　　　　　470
当我到达城市的高处,就是著名的
赫尔墨斯山冈,看见有一条快船
正驶进我们的港湾,船上人员众多,
装载着无数盾牌和许多双刃长矛,
我猜想就是那些人,不知是否这样。"　　　　　　　　475

　　他这样说完,神勇的特勒马科斯一笑,
举目注视父亲,不让牧猪奴发现。

　　待他们忙碌完毕,晚饭准备齐全,
他们开始享用,不缺乏需要的饭食。
待他们满足了饮酒吃肉的欲望之后,　　　　　　　　480
人人想起了卧榻,享受睡眠的恩赐。

第十七卷

——奥德修斯求乞家宅探察行恶人

当那初升的有玫瑰色手指的黎明呈现时,
神样英武的奥德修斯的亲爱的儿子
特勒马科斯把精美的绳鞋系到脚上,
拿起一根使用合手的坚固长矛,
准备前往城里,他对牧猪奴这样说: 5
"老公公,我现在就要进城,让我的母亲
亲眼见见我,我想她会一直为我
悲痛地哭泣,大声地哀叹,不断把泪流,
直到看见我本人。现在有事吩咐你。
你把这位不幸的外乡人带进城去, 10
让他在那里乞讨,也许会有人给他
一杯水或一块面饼,我自己难以招待
所有的来客,因为我心中也有苦楚。
若客人为此不欣悦,那他会更不幸。
我就是一向喜好说话直率不隐瞒。" 15

足智多谋的奥德修斯这样回答说:
"朋友,我自己本也不想在这里逗留。
对于一个求乞人,在城里游荡乞讨
胜于在乡间,那里会有人愿意施舍我。
我已这把年纪,不适宜在田庄留住, 20
听从受命的管理人的吩咐干各种活计。
你走吧,此人会如你所嘱领我进城去,

待我在炉边烤暖,外面也渐渐变暖和,
因为我身上的衣服太破旧,难以抵挡
清晨的寒气,你们也说城市很遥远。"   25

他这样说,特勒马科斯穿过庭院,
迅速迈开脚步,为众求婚人准备灾祸。
当他来到那座华美的高大宅邸时,
他把手中的长矛靠在高大的立柱旁,
他自己随即入内,跨过石制的门槛。   30

奶妈欧律克勒娅首先远远看见他,
她正在给一张张精雕的座椅铺展毛毡,
立即泪水汪汪地迎接,饱受苦难的
奥德修斯的其他女仆们也一起围拢,
亲吻他的头部和双肩,热烈欢迎他。   35

审慎的佩涅洛佩这时也走出寝间,
有如阿尔特弥斯或黄金的阿佛罗狄忒,
伸开双手,含泪抱住亲爱的儿子,
亲吻他的头部和那双美丽的眼睛,
悲伤地哭泣着说出有翼飞翔的话语: 40
"特勒马科斯,甜蜜的光明,你终于归来!
我以为不可能再相见,自你航行皮洛斯,
瞒着违背我心愿,为探听父亲的消息。
现在快把你的所见所闻告诉我。"

聪慧的特勒马科斯回答母亲这样说: 45
"亲爱的母亲,请不要又引起我哭泣,
令我忧伤,我终于逃脱了险恶的死亡。
你且去沐浴,换上一身洁净的衣衫,

再同随身的侍女们一起登上阁楼,
向所有的神明虔诚祈祷,答应奉献　　　　　　　50
丰盛的百牲祭,祈求宙斯对恶行作报应。
我现在要去广场迎接一位客人,
我归来时他同我一起航行来这里。
我让他随神样的同伴们一起先行前来,
吩咐佩赖奥斯把他带回自己家去,　　　　　　55
招待要殷勤有礼,直待我折返回城里。"

　　他这样说完,母亲嗫嚅未曾多说。
她便去沐浴,换上一身洁净的衣衫,
向所有的神明虔诚祈祷,答应奉献
丰盛的百牲祭,祈求宙斯对恶行作报应。　　　60

　　特勒马科斯这时穿过大厅走去,
手握长矛,两只迅捷的猎狗跟随他。
雅典娜在他身上撒下神奇的光彩,
人们见他走来,全都惊异不已。
傲慢无礼的求婚人也一起把他围住,　　　　　65
个个说话和善,心中却不怀好意。
他很快离开他们这些乌合之众,
来到门托尔和安提福斯、哈利特尔塞斯
坐着的地方,他们是他的祖辈的伙伴;
他在那里坐下,他们询问他各种事情。　　　　70
这时名枪手佩赖奥斯向他们走来,
带领客人穿过城市,来到广场。
特勒马科斯远远相迎,站到身边,
佩赖奥斯首先开言,对他这样说:
"特勒马科斯,请速派遣女仆去我家,　　　　　75
取回墨涅拉奥斯赠你的那些礼物。"

聪慧的特勒马科斯回答同伴这样说：
"佩赖奥斯，我们不知道事情会如何。
如果那些傲慢无礼的求婚人偷偷地
把我杀死在厅堂，瓜分我祖辈的财产， 80
那我宁愿你享用它们，而不是那些人。
如果我能为他们准备死亡和毁灭，
那时我高兴，你也会高兴地送来赠礼。"

他这样说完，把饱经忧患的客人领回家。
他们进入那座华美的高大宅邸， 85
便把外袍脱下，放在便椅和宽椅上，
再走进仔细磨光的浴室接受沐浴。
女仆们为他们沐完浴，仔细抹过橄榄油，
又给他们穿上毛茸茸的外袍和衣衫，
他们走出浴室，来到便椅上坐下。 90
一个女仆端来洗手盆，用制作精美的
黄金水罐向银盆里注水给他们洗手，
在他们面前安放一张光滑的餐桌。
端庄的女仆拿来面食放置在近前，
递上各式菜肴，殷勤招待外来客。 95
母亲坐在对面，依靠高大的立柱，
背靠便椅，转动纺锤纺柔软的毛线，
他们伸手享用面前摆放的肴馔。
在他们满足了饮酒吃肉的欲望之后，
审慎的佩涅洛佩开言对他们这样说： 100
"特勒马科斯，我这就返回楼上寝间，
卧床休息，那里是我哭泣的地方，
一直被我的泪水浸湿，自从奥德修斯
随同阿特柔斯之子们出征伊利昂。

我看在高傲的求婚人来到这宅邸之前,　　　　　　　105
你不会告诉我你听到的父亲回归的消息。"

聪慧的特勒马科斯回答母亲这样说:
"母亲啊,我将把真实情况一一告诉你。
我们去皮洛斯见到人民的牧者涅斯托尔,
他在自己高大的宅邸里热情接待我,　　　　　　　110
有如父亲在长久的离别后终于见到
从他乡刚刚归来的亲儿子,他和他那些
高贵的儿子们也这样非常热情地招待我。
关于饱受苦难的奥德修斯,他说他没有
从任何凡人那里听到他生死的消息,　　　　　　　115
但给我马匹和坚固的车乘,要我去见
阿特柔斯之子、名枪手墨涅拉奥斯。
在那里我见到阿尔戈斯的海伦,按照神意,
阿尔戈斯人和特洛亚人为她受尽了苦难。
擅长呐喊的墨涅拉奥斯立即询问　　　　　　　　　120
我究竟为何前来神妙的拉克得蒙,
我向他一一说明所有真实的情况。
他听完我的叙述,立即这样回答说:
'天哪,一位无比勇敢的英雄的床榻,
却有人妄想登上,尽管是无能之辈!　　　　　　　125
有如一头母鹿把自己初生的乳儿
放到凶猛的狮子在丛林中的莽窝里,
自己跑上山坡和茂盛的谷地去啃草,
当那狮子回到它自己固有的住地时,
便会给两只小鹿带来可悲的苦命;　　　　　　　　130
奥德修斯也会给他们带来可悲的命运。
我向天父宙斯、雅典娜和阿波罗祈求,
但愿他能像当年在繁庶的累斯博斯,

同菲洛墨勒得斯比赛摔跤,把对方摔倒,
全体阿开奥斯人高兴得一片欢呼; 135
奥德修斯这次也这样出现在求婚人面前,
那时他们全都得遭殃,求婚变不幸。
关于你刚才的询问,求我说明的事情,
我不想含糊其词,也不想把你蒙骗;
好讲实话的海中老神说的一番话, 140
我将不作任何隐瞒地如实告诉你,
他说看见他在一座海岛无限痛苦,
强逼他留驻在神女卡吕普索的洞府,
他无法如愿回到自己的故乡土地,
因为他没有带桨的船只,也没有同伴, 145
能送他成功地渡过大海的宽阔脊背。'
阿特柔斯之子名枪手墨涅拉奥斯这样说。
我作完这些事便回返,不死的神明
赐给我顺风,很快便把我送回到故乡。"

他这样说完,激动了王后胸中的心灵。 150
高贵的特奥克吕墨诺斯对他们这样说:
"拉埃尔特斯之子奥德修斯的贤淑妻子,
他并不知道实情,现在请听我说,
我将向你真实预言,丝毫不隐瞒。
首先请众神之主宙斯、待客的宴席 155
和我来到的高贵的奥德修斯的家灶作证,
奥德修斯本人业已返回家园,
正坐待或在走动,察访各种恶行,
为所有的求婚人准备悲惨的毁灭。
我乘坐精良的船只时曾见到示兆的飞鸟, 160
我曾对特勒马科斯作过相应的阐释。"

审慎的佩涅洛佩这时对客人这样说：
"客人啊，但愿你的这些话最终能实现。
那时你会立即得到我的热情款待
和许多赠礼，令遇见的人都称你幸运。" 165

　　他们正互相交谈，说着这些话语，
那些求婚人在奥德修斯的厅堂前
抛掷铁饼、投掷长矛，在一片平坦的
场地上娱乐，心地依归那么傲慢。
待到用餐时分，牧放羊群的牧人们 170
赶着一群群肥羊从田野各处归来时，
墨冬对众人开言，他是最令他们
欢心的侍者，经常侍候他们的饮宴：
"年轻人，倘若诸位玩耍已尽兴，
现在就请回屋，我们好准备饮宴， 175
须知按时进餐并不是什么坏事情。"

　　他这样说，众人欣允，起身回屋。
待他们进入建造华美的宽大厅堂，
纷纷把外袍放到一张张便椅和宽椅上，
开始宰杀高大的绵羊和肥壮的山羊， 180
宰杀肥硕的骟猪和一头群牧的母牛，
准备饮宴。奥德修斯和高贵的牧猪奴
正准备启程上路，离开田庄进城里。
民众的首领牧猪奴开言对他们这样说：
"客人，既然你急于今天就要进城去， 185
按照我的少主人的吩咐，因此虽然我
有意让你留下，看管这座庄园，
但我敬畏主人，不要为此事惹他
对我生气，主人的责备总是很严厉。

让我们现在就启程,白昼业已来临, 190
傍晚降临迅速,那时又会变寒冷。"

足智多谋的奥德修斯这样回答说:
"我知道,我明白,你在对明白之人作吩咐。
我们走吧,请你一直引导我前行。
如果你这里有一根现成砍就的木棍, 195
就请给我,因为你说道途很滑溜。"

他这样说完,把一只破囊背到肩上,
上面布满破窟窿,绳子代替皮背索。
欧迈奥斯又给他一根合手的拐棍。
他们两人上路,留下牧犬和牧人们 200
看守田庄。牧猪奴领着主人进城,
主人酷似一个悲惨的乞求人和老翁,
拄着拐棍,身上穿着褴褛的衣衫。

他们结伴行路,沿着崎岖的山径,
距离城市已不远,来到一处美丽的、 205
建造精美的水泉边,市民们从那里汲水,
由伊塔科斯、涅里托斯和波吕克托尔修建。①
水泉旁边生长着靠水泉灌溉的白杨,
从四面把水泉密密环绕,清凉的泉水
从崖壁直泻而下,崖顶建有一座 210
神女们的祭坛,路人总要去那里献祭。
多利奥斯之子墨兰透斯在这里和他们相遇,
赶着一群羊,它们都是羊群中的上等,

---

① 伊塔科斯是伊塔卡岛名主,涅里托斯是伊塔卡岛涅里同山的名主,波吕克托尔是伊塔卡一英雄。

供给求婚人作佳肴,有两个牧人跟随他。
他看见他们,便招呼一声开言讥讽, 215
粗鲁而恶毒,把奥德修斯的心灵激怒:
"现在真是卑贱之人引导卑贱之流,
因为神明总是让同类与同类相聚。
悲惨的牧猪奴,你想把这既可怜又讨厌、
把餐桌一扫而空的饿鬼带往何处? 220
这种人经常站在门边挤擦肩背,
乞求残肴剩饼,而不是刀剑或釜鼎。
你如果把他交给我,让他看守田庄,
打扫羊圈,用青草嫩叶喂养羊群,
喝点剩余奶液,两腿也会变粗壮。 225
可是他已惯于作恶,不愿意再去
田间干农活,宁愿在乡间到处游荡,
靠乞讨充实他那永远填不满的肚皮。
我现在有一言相告,它定会变成现实。
如果他前去神样的奥德修斯的宅邸, 230
人们会顺手把脚凳扔向他的脑袋,
砸得他在宫里逃窜,砸烂他的双肋。"

　　他说完从旁边走过,狂妄地用脚猛踢
奥德修斯的臀部,未能把他踢出路边,
奥德修斯仍稳稳站住,心中不禁思虑, 235
是立即扑过去用拐棍剥夺他的性命,
还是抓住脚把他举起,用脑袋砸地。
他终于克制住自己的怒火,牧猪奴看见,
当面斥责,举起双手大声祈求:
"水泉神女们,宙斯的女儿,若奥德修斯 240
曾给你们焚献绵羊羔或山羊羔的腿肉,
裹着肥油,那就请满足我的请求,

让奥德修斯归返,让神明把他送回家。
让他制服这个人的一切狂傲自大!
你这人无耻地自命不凡,总在城里　　　　　　　245
游来荡去,让卑劣的牧人把羊群摧残。"

　　牧羊奴墨兰提奥斯当时这样回答说:
"天哪,这条狗用心险恶,口出狂言,
我总有一天会用建造精良的黑壳船
把他从伊塔卡带走,获得一大笔收入。　　　　250
至于特勒马科斯,愿银弓之神阿波罗
今天就杀他于厅堂,或让他被求婚人杀死,
有如奥德修斯羁留他乡不得返家园。"

　　他这样说完,撇下二人缓步行进,
他自己前行,很快到达主人的宅邸。　　　　　255
他立即入内,坐在众求婚人中间,
欧律马科斯的对面,因为他最喜欢此人。
仆人们在他面前摆上一份肉肴,
端庄的女管家又给他拿来面饼放下,
供他食用。奥德修斯和高贵的牧猪奴　　　　　260
在宅前停住,但听得空肚琴声音嘹亮,
歌人费弥奥斯正在为求婚人演唱,
奥德修斯抓住牧猪奴的手这样说:
"欧迈奥斯,这定是奥德修斯的华丽宫宅,
即使在众多住宅中间也很容易辨认。　　　　　265
这里房屋鳞次栉比,庭院建有
防护的卫墙和无数雉堞,双扇院门,
结实坚固,任何人都难以把它攻破。
我看里面定有许多人正在饮宴,
因为从那里传出肉香,琴声悠、扬,　　　　　　270

神明们使它成为丰盛酒宴的伴侣。"

　　牧猪奴欧迈奥斯，你当时这样回答说：
"你轻易地猜出，足见你事事精通不愚钝。
只是现在让我们把面临的事情思忖。
是你首先进入华丽宽大的宅邸，　　　　　　　　　275
与求婚人厮混，我暂且在这里稍候，
还是你愿意暂且留下，让我先进去。
只是你不可久留，免得宫外人看见你，
使你遭到凌辱或驱赶，我要你三思。"

　　历尽苦难的神样的奥德修斯回答说：　　　　　280
"我知道，我明白，你在对明白之人吩咐。
还是你先进去，我留在这里稍候。
须知我并非未受过鞭打，未受过凌辱，
我的心灵坚忍，因为在海上，在战场，
我忍受过无数不幸，不妨再忍受这一次。　　　　285
肚皮总需要填满，怎么也无法隐瞒，
它实在可恶，给人们造成许多祸殃，
正是为了它，人们装备坚固的船只，
航行于喧嚣的海上，给他人带去苦难。"

　　他们正互相交谈，说着这些话语，　　　　　　290
有一条狗躺卧近旁，抬起头和耳朵，
狗名阿尔戈斯，归饱受苦难的奥德修斯所有，
他当年饲养它尚未役使，便出发前往
神圣的伊利昂。往日年轻人曾经驱使它
追逐乡间旷野的山羊、群鹿或野兔，　　　　　　295
但如今主人外出，它也无人照管，
躺卧于堆积在院门外的一大堆秽土上，

由健骡和牛群积下，有待奴隶们运走，
施用于奥德修斯的面积宽广的田地。
阿尔戈斯躺在那里，遍体生满虫虱。 300
它一认出站在近旁的奥德修斯，
便不断摆动尾巴，垂下两只耳朵，
只是无力走到自己主人的身边，
奥德修斯见此情景，转身擦去眼泪，
瞒过欧迈奥斯，随即这样询问他： 305
"欧迈奥斯，这条狗躺卧秽土真稀罕。
它样子好看，却不知是否属于那种类型，
它奔跑迅捷，与它的俊美外表相称，
或者只是与那些餐桌边的狗属同类，
主人饲养它们，只是为了作点缀。" 310

　　牧猪奴欧迈奥斯，你当时这样回答说：
"这条狗由客死他乡的真正英雄豢养。
倘若它的外表和动作仍像当年，
如奥德修斯前往特洛亚留下它时那样，
你一见便会惊叹它的勇猛和迅捷。 315
即使是高大幽深的树林里的野兽也难以
逃脱它的追踪，因为它善于寻踪觅迹。
现在它身受不幸，主人客死他乡，
心地粗疏的女奴们对它不加照管。
原来只要主人对奴隶不严加管束， 320
奴隶们便不再愿意按照规定干活。
雷声远震的宙斯使一个人陷入奴籍，
便会使他失去一半良好的德性。"

　　他这样说完，进入华丽的宽大宅邸，
直接走到那些傲慢的求婚人中间。 325

阿尔戈斯立即被黑色的死亡带走,
在时隔二十年,重见奥德修斯之后。

　　神样的特勒马科斯首先远远地看见
牧猪奴走进宫宅,立即向他点头,
示意他走上前来,牧猪奴巡视周围, 330
拿起一张空凳,切肉人常坐在那凳上,
求婚的人们饮宴时为他们分割肉肴。
他把那空凳放在特勒马科斯的餐桌旁,
就在他对面坐下,侍者给他送来
一份菜肴,又从篮里取出面饼。 335

　　奥德修斯不久也进入那座宫宅,
样子酷似一个悲惨的乞求人和老翁,
拄着拐棍,身上穿着褴褛的衣衫。
他坐在大门里侧梣木制作的门槛上,
依靠着柏木门柱,那门柱由高超的巧匠 340
精心制造磨光,用线锤取直瞄平。
特勒马科斯招呼牧猪奴,对他作吩咐,
从制作精美的篮里取出一整块面饼
和丰盛的肉肴,让他合起双手捧住:
"你现在把这些食物送给那位客人, 345
吩咐他去向每个求婚人乞求恩赐。
对于一个乞求人,羞怯不是好品格。"

　　他这样说,牧猪奴听完遵命走去,
走到近旁说出有翼飞翔的话语:
"客人,特勒马科斯给你这些食物, 350
吩咐你去向每个求婚人乞求恩赐,
还说对于乞讨人,羞怯不是好品格。"

足智多谋的奥德修斯这样回答牧猪奴：
"祈求宙斯，愿特勒马科斯在人间最幸运，
愿他的一切愿望都能如意地实现。"　　　　　　　355

　　他这样说完，伸开双手接过食物，
放到脚前那个破烂的背囊上面，
开始进餐，歌人同时在厅堂吟咏。
他用完餐，神妙的歌人也停止吟唱，
求婚人在厅上喧嚷。这时雅典娜　　　　　　　　360
来到拉埃尔特斯之子奥德修斯身旁，
鼓励他上前向众求婚人乞讨饭食，
好知道哪些人守法，哪些人狂妄无羁，
但她并不想让任何一个人逃脱灾难。
奥德修斯走过去向右边挨个乞讨，　　　　　　　365
向每个人伸手，好像他一向以乞讨为生。
人们怜悯地给他饭食，心生疑窦，
互相询问，他是什么人，从何处前来。
牧羊奴墨兰提奥斯这时对他们这样说：
"尊贵的王后的求婚人，请你们听我说说　　　　370
这个外乡人，因为我在此之前见过他。
定是那个牧猪奴带领他来到这里，
但我不确知他自称何人，来自何方。"

　　他这样说完，安提诺奥斯申斥牧猪奴：
"卑贱的牧猪奴，为什么把他带进城里？　　　　375
难道这样的游荡人对于我们还不多？
一帮可怜又讨厌、扫尽餐桌的饕餮。
你是担心这里聚饮的人们还不足以
耗尽你家主人的财产，还得邀请他？"

奥德修斯行乞　古代雕像

牧猪奴欧迈奥斯，你当时这样回答说： 380
"安提诺奥斯，你虽显贵，说话却欠道理。
谁会自己前来，又约请外乡客人，
除非他们是懂得某种技艺的行家，
或是预言者、治病的医生，或是木工，
或是感人的歌人，他能歌唱娱悦人。 385
那些人在世间无际的大地上到处受欢迎，
谁也不会请一个乞求人给自己添麻烦。
在所有的求婚人当中，你总是凶狠地
对待奥德修斯的奴仆，对我尤其残忍。
但我并不在意，只要聪明的佩涅洛佩 390
和仪容如神明的特勒马科斯仍生活在这宅邸。"

　　聪慧的特勒马科斯这时开言把话说：
"请你住嘴，不必与此人多费唇舌。
安提诺奥斯一向惯于恶毒地激怒人，
他言语尖刻，挑动其他人一起起纷争。" 395

　　他又对安提诺奥斯说出有翼飞翔的话语：
"安提诺奥斯，你如父亲对儿子关心我，
刚才你言词严厉，要求把这位客人
赶出厅堂，但神明不会允许这样做。
你取些食物给他，我并非如此吝啬。 400
你也不用顾虑我母亲，不用顾虑
神样的奥德修斯宫宅里的任何奴隶。
实际上是你的心中没有这样的愿望，
希望自己更多地吞噬，不愿给他人。"

　　安提诺奥斯回答特勒马科斯这样说： 405

"好说大话的特勒马科斯,放肆的家伙,
你说什么话!要是求婚人都这样给食物,
他便可在家连续三个月不用出屋门。"

他这样说完,便从餐桌下取出搁脚凳,
饮宴时他把光亮的双脚放在搁脚凳上。 410
其他求婚人纷纷给食物,使奥德修斯的
背囊装满面饼和肉肴。奥德修斯本想
迅速回门边享用阿开奥斯人的赠品,
但他又走近安提诺奥斯,对他这样说:
"给一点,朋友,我看你不像是阿开奥斯人中 415
最卑劣之徒,而是位显贵,有国王气度,
因此你赐给我面饼应比他人还要多,
我会在无际的大地上传播你的美名。
须知我先前在人间也居住高大的宅邸,
幸福而富有,经常资助这样的游荡者, 420
不管他是什么人,因何需要来求助。
我也曾拥有许多奴仆和能使人们
生活富裕、被誉为富人的一切东西。
可是克罗诺斯之子宙斯毁灭了一切,
显然是他的旨意:他让我与游荡的海盗们 425
一起去埃及,长途跋涉,使我遭不幸。
我们把首尾翘起的船只停在埃及河,
这时我吩咐忠心的伴侣们留在停泊地,
船只近旁,对各条船只严加护卫,
又派出人员登上高处四方瞭望。 430
可他们心生狂傲,自视力量强大,
立即开始蹂躏埃及人的美好农田,
劫掠了无数妇女和他们的年幼的孩子,
把他们本人杀死,呐喊声直达城市。

城里人遥闻叫喊,黎明时分起床后,　　　　　　　　435
整个平原布满无数的步兵和车马,
闪烁着青铜的辉光。投掷霹雳的宙斯
给我的伴侣们抛下不祥的混乱,
没有人胆敢停留抵抗,四周包围着灾难。
他们用锐利的铜器把我们不少人杀死,　　　　　440
许多人被活活捉走,被迫为他们服劳务。
他们把我交给一个塞浦路斯外乡人,
伊阿索斯之子德墨托尔,他统治塞浦路斯。
我受尽苦难,现在从那里来到此处。"

　　安提诺奥斯立即大声回答这样说:　　　　　　445
"是哪位恶神遣来这祸害,饮宴的灾难?
你站到中间去,赶快离开我的餐桌,
免得又去趟痛苦的埃及和塞浦路斯,
你这个多么狂妄、多么无耻的穷乞丐!
你挨次向每个人乞讨,他们都随意施予,　　　　450
施予他人之财,不知节制和吝惜,
每个人面前都摆着许多可吃的东西。"

　　足智多谋的奥德修斯后退一步回答说:
"天哪,你的内心与你的外表不相称,
你甚至都不会把自家的一粒盐施予乞求人,　　455
既然你在他人家里都不愿从自己面前
拿些食品施予我,尽管摆放得很丰盛。"

　　他这样说,安提诺奥斯气忿难忍,
怒视乞求人,说出有翼飞翔的话语:
"我看你今天已不可能安然无恙地　　　　　　460
离开这大厅,既然你胆敢恶语伤人。"

他这样说,拿起搁脚凳击中奥德修斯的
右肩上脊背,奥德修斯岩石般稳稳站住,
安提诺奥斯这一击未能把他动摇,
他默默地点一点头,心中谋划着灾殃。　　　　465
他回到门边,在那里坐下,把装满食品的
背囊放下,然后对众求婚人这样说:
"尊贵的王后的求婚人,现在请听我说,
我要说我胸中的心灵吩咐我说的话语,
一个人心里不会感到痛苦和忧伤,　　　　　470
如果他受打击是为了保护自己的财产,
为了保护自己的牛群或者羊群。
安提诺奥斯打击我却因为这可憎的肚皮,
它实在可恶,给人们造成许多不幸。
如果众神明和埃里倪斯也保护乞求人,　　　475
愿死亡在安提诺奥斯婚礼前便降临他。"

　　欧佩特斯之子安提诺奥斯这样对他说:
"外乡人,你安静地坐着吃吧,要不就走开。
你说出这些话,也不怕年轻人把你拖出屋,
抓住你的手或脚,把你的那身皮全剥下。"　　480

　　他这样说,其他求婚人心中不平,
一个心灵勇敢的年轻人开言这样说:
"安提诺奥斯,你不该打这可怜的乞求人。
如果他是位上天的神明,你便会遭殃。
神明们常常幻化成各种外乡来客,　　　　　485
装扮成各种模样,巡游许多城市,
探察哪些人狂妄,哪些人遵守法度。"

众求婚人这样说,安提诺奥斯不在意。
特勒马科斯见父亲受打击,心中忧伤,
但他却未让泪水洒落眉梢滴地面, 490
仍默默地点一点头,心中构思着灾殃。

当审慎的佩涅洛佩听说有人在厅堂
打击乞求人,便对身边的女侍们这样说:
"但愿善射的阿波罗也能射中此人。"

女管家欧律诺墨开言对她这样说: 495
"但愿我们的祈祷能实现,那时他们
便谁也不可能活到宝座辉煌的黎明。"

审慎的佩涅洛佩这时对她这样说:
"奶妈啊,他们个个可憎,在策划灾难,
安提诺奥斯尤其像黑色的死亡一样。 500
那个不幸的外乡人来到我家乞讨,
求人们施舍,须知他也是为贫穷所逼迫。
其他人都给他食物,装满他的背囊,
唯独此人用脚凳击中他的右脊背。"

佩涅洛佩这样与侍奉的女仆们交谈, 505
坐在房间里,神样的奥德修斯正用餐。
佩涅洛佩叫来高贵的牧猪奴对他说:
"高贵的欧迈奥斯,你去把那个外乡人
请来这里,我想和他说话询问他,
他是否听说过受尽苦难的奥德修斯, 510
或亲眼见过,他显然是个天涯浪迹人。"

牧猪奴欧迈奥斯,你当时这样回答说:

"王后啊,但愿那些阿开奥斯人能静下来。
他的故事非常动人,会令你欣悦。
他和我已共度三个夜晚,逗留我陋舍 515
已三个白天,逃离海船后首先把我求,
但仍未能把他经历的一桩桩苦难说完。
有如一个人欣赏歌人吟唱,歌人
受神明启示能唱得世人心旷神怡,
当他歌唱时,人们聆听渴望无终止; 520
他坐在屋里叙说,也这样把我迷住。
他说他与奥德修斯的父辈有交往,
家居克里特,那是弥诺斯出身的地方。
现在他来到这里,经历过许多苦难,
到处游荡。他声称听说奥德修斯 525
就在近处,在特斯普罗托伊人的国土,
仍然活着,正带着许多财宝返家园。"

　　审慎的佩涅洛佩这时对牧猪奴这样说:
"你去吧,把他请来,让他当面叙说。
至于求婚人,让他们坐在门口玩耍, 530
或者就在这宅里,任凭他们喜欢。
他们自己的钱财贮藏家里无损耗,
还有食物和甜酒,唯有奴仆们享用,
他们自己却每天聚集在我的家里,
宰杀无数的壮牛、绵羊和肥硕的山羊, 535
举办丰盛的筵席,纵饮闪光的酒酿,
家产将会被耗尽,只因为没有人能像
奥德修斯那样,把这些祸害赶出家门。
倘若奥德修斯能归来,返回家园,
他会同儿子一起,报复他们的暴行。" 540

她这样说,特勒马科斯打了个喷嚏,
整座宫宅回响,佩涅洛佩欣然微笑,
对欧迈奥斯说出有翼飞翔的话语:
"去吧,去请那个外乡人快来我里。
你没有听见在我说话时我儿打喷嚏? 545
这意味着所有的求婚人必然遭祸殃,
他们没有一个人能逃脱毁灭和死亡。
我还有一事吩咐你,你要牢牢记在心。
如果我看到他说的一切都能够应验,
我就赠送他外袍和衬衣,精美的衣衫。" 550

　　他这样说,牧猪奴听完立即出屋,
走近乞求人,说出有翼飞翔的话语:
"尊敬的客人,聪明的佩涅洛佩请你去,
就是特勒马科斯的母亲。她虽然忧伤,
心灵却仍然激励她探听丈夫的消息。 555
如果她看到你说的一切都能够应验,
她就赠送你外袍和衬衣,那些是你
迫切需要的东西。然后你可到处
乞讨填肚皮,会有人愿意施舍你。"

　　历尽艰辛的神样的奥德修斯回答说: 560
"欧迈奥斯,我愿意立即把一切如实地
对伊卡里奥斯的女儿、聪明的佩涅洛佩叙说,
我知道那个人,我们经历过同样的苦难。
可我怕那些求婚人,他们穷凶极恶,
狂傲、强横的气焰直达铁色的天宇。 565
须知我刚才在宫宅走动,恶事未作,
那个家伙居然打了我,让我吃苦头,
无论特勒马科斯或其他人都不敢拦阻。

因此请你让佩涅洛佩在屋里等候，
即使她心中着急，也得待太阳下沉。 570
那时再让她询问我她丈夫何时归返，
让我坐在火炉旁，因为我衣服破烂。
这你也知道，因为我曾首先向你求助。"

他这样说，牧猪奴听完他的话离去。
他刚刚跨进门槛，佩涅洛佩便询问： 575
"欧迈奥斯，你未带他来？他有何顾虑？
他害怕有人行不义，还是另有原因，
羞于把屋进？羞怯对流浪人没有好处。"

牧猪奴欧迈奥斯，你当时这样回答说：
"他的话很有道理，其他人也会这样说， 580
他想躲避狂妄的求婚人的傲慢行为，
要你耐心等待片刻，到太阳下沉。
王后啊，这样对你自己也更为合适，
那时你可以单独和客人交谈听消息。"

审慎的佩涅洛佩对牧猪奴这样说： 585
"这个外乡人这样思虑，显然不愚蠢。
世间有死的凡人中，没有哪个人像他们
这样无耻，肆无忌惮地策划灾难。"

王后这样说完，高贵的牧猪奴禀报过
各项事情，回到那些求婚人中间。 590
他对特勒马科斯说出有翼飞翔的话语，
贴近他的头边，免得被其他人听见：
"孩子，我回去看管猪群和其他一切，
你的和我的财物，你在这里要留神。

首先要保护好自己,当心遭遇不幸, 595
许多阿开奥斯人正在谋划干坏事,
愿宙斯让他们害我们未成自己先丧生。"

聪慧的特勒马科斯回答牧猪奴这样说:
"老人家,事情会这样。你吃完饭便离开,
明晨再来这里,赶来美好的祭牲, 600
我和众神明会照应这里的一切事情。"

他这样说,牧猪奴重新坐到光亮的凳上,
在他的心灵对饮食感到饱饫之后,
便起身回去看猪群,离开庭院和充满
欢宴的人们的厅堂;那些人纵情享受 605
歌咏和舞蹈,冥冥的黄昏不觉降临。

第 十 八 卷

——堂前受辱初显威能制服赖乞丐

这时来了一个众所周知的穷乞丐,
常在伊塔卡各处乞讨,闻名的大肚皮,
不断地吃和喝;但是此人既无力气,
又不勇敢,尽管身材显得颇魁梧。
他名叫阿尔奈奥斯,那是尊贵的母亲　　　　　　　　5
在他出生时授予,年轻人都叫他伊罗斯,
因为他常为他们传消息,不管谁吩咐。①
他也来到那门前,想把奥德修斯赶走,
大声斥责,说出有翼飞翔的话语:
"老头子,滚开这门边,免得被抓住脚拖走!　　　　10
你难道没有看见大家在对我使眼色,
要我把你拖出去?可我却不愿这样干。
快起来,免得我们争执起来真动手。"

足智多谋的奥德修斯怒视他这样说:
"真是怪事,我没有任何言行得罪你,　　　　　　　15
也不嫉妒有人施舍你,即使给很多。
这门槛能够容下我们俩,你太不该
对他人如此嫉妒;我看你也是个游荡人,
同我一样,有赖于神明们赐予恩惠。
请不要用拳头向我挑战,不要惹恼我,　　　　　　20

---

① 由此推测,"伊罗斯"可能是借用女神使名"伊里斯"词根,戏拟衍化而来。

免得血溅胸膛和双唇,别看我老年。
如若那样,我明天便可饱享安宁,
因为我看你定然不可能重新来到
拉埃尔特斯之子奥德修斯的这大厅。"

　　游荡者伊罗斯满腔怒火地大声回答说: 25
"天哪,这个馋鬼如此不停地噜苏,
有如烧火的老太婆,我得让他尝苦头,
给他左右掌嘴,把他的牙齿从嘴里
全部打落,像对待偷吃种粒的蠢猪。
你快束紧腰带,让人们看我们厮打, 30
你怎么能同一个比你年轻的人交手?"

　　他们两人就这样在那座高大宅门的
光亮的门槛边大声争吵,针锋相对。
高贵的安提诺奥斯看见他们起争执,
大笑一声,对众求婚人开言这样说: 35
"朋友们,以前从未有过这样的事情,
现在神明把这样的娱乐送来这宅邸。
那个外乡人和我们的伊罗斯互相争吵,
眼看要动手,我们让他们快点儿相斗。"

　　他这样说,众求婚人欢笑着站起身来, 40
纷纷围住那两个衣衫褴褛的乞求人。
欧佩特斯之子安提诺奥斯对他们这样说:
"高贵的求婚的人们,请听我提个建议。
炉火边正烤着许多羊肚,我们本想
备好作晚餐,里面填满肥油和羊血。 45
他们谁战胜对方,显得更有力量,
便让他亲自从中挑选最喜欢的一个。

他从此永远可以同我们一起饮宴,
我们再不让其他乞丐在这里乞求。"

　　安提诺奥斯这样说,博得大家的赞赏。　　　　　　50
足智多谋的奥德修斯狡狯地对他们说:
"朋友们,一个备受饥饿折磨的老人
怎么也不可能与比他年轻的人争斗,
但是可憎的肚皮鼓励我,要我挨拳头。
现在你们诸位都得起一个重誓,　　　　　　　　　　55
谁也不得为那个伊罗斯对我动手,
强使我败给对方,非法挥拳把我揍。"

　　他这样说,众人按他的要求立誓言。
待他们遵行如仪,起完庄重的誓言,
尊贵的特勒马科斯开言对他们这样说:　　　　　　　60
"外乡人,只要你心里敢于和他搏斗,
你不用担心其他阿开奥斯人动手;
若有人胆敢打你,他便得同许多人交手。
我是这里的主人,两位王公也赞成,
安提诺奥斯和欧律马科斯,两位明人。"　　　　　　65

　　他这样说,众人赞成他的意见。
奥德修斯用外套束紧腰,围住腹部,
露出他那两条美好、健壮的大腿,
露出宽阔的肩膀、前胸和粗壮的双臂,
雅典娜走近他,使人民的牧者变得更魁伟。　　　　　70
求婚的人们见了,个个惊诧不已。
有人看着身边的同伴,这样议论:
"伊罗斯自找不幸,很快会成'非伊罗斯'①,

———————
① "非伊罗斯"原文是在"伊罗斯"前加了一个否定义前缀,作专名。

那老人衣服下面露出的大腿多壮健。"

　　众人这样议论,伊罗斯心中害怕。　　　　　　　　75
尽管他发慌,侍从们仍给他束好腰带,
把他领出来,他不住颤抖浑身发软。
安提诺奥斯大声斥责,对他这样说:
"你这个牛皮家,不该活着,不该出世,
既然你对他如此害怕,如此恐惧,　　　　　　　　　80
尽管他已经年老,受尽饥饿的折磨。
我现在警告你,我说出的话定会实现。
如果那个外乡人胜过你,比你有力量,
我将把你送往大陆,装上黑壳船,
交给国王埃克托斯,人类的摧残者,①　　　　　　85
他会用无情的铜刀割下你的耳鼻,
切下你的阳物,作生肉扔给狗群。"

　　他这样说,那乞丐双膝更加发颤。
人们把他带到场中,两人举起手来。
睿智的神样的奥德修斯这时心思忖,　　　　　　　90
是对他猛击,让他立即倒地丧性命,
还是轻轻击去,只把他打倒在地。
他考虑结果,认为这样做更为合适:
轻轻打击,免得阿开奥斯人认出他。
他们举起手,伊罗斯击中他的右肩,　　　　　　　95
他击中乞丐耳下的颈脖,把骨头击碎,
鲜红的血液立即从嘴里向外喷溅,
乞丐呻吟着倒进尘埃,紧咬牙关,

―――――――――
① 埃克托斯是一个传说人物,初见于此。有传说称他是埃皮罗斯国王,因不满女儿的爱情,把女儿的双目挖掉,还把女儿的情人如诗中所言处置。他也这样残忍地对待外邦人。

双脚在地上乱蹬;出身高贵的求婚人
一个个挥手狂笑,笑得死去活来。 100
奥德修斯抓住乞丐的一条腿倒拖出门,
直拖到宅院门廊,让他靠住围墙,
在那里坐下,给他手里塞一根拐棍,
大声对他说出有翼飞翔的话语:
"你就坐在这里驱赶猪群野狗吧, 105
自己本可怜,不要再对外乡人和乞求者
作威作福,免得遭受更大的不幸。"

　　他这样说完,把那只破背囊背到肩头,
上面布满破窟窿,绳子代替皮背索。
他返身回到门边,重新在那里坐下。 110
求婚人也回到厅里,欢笑着向他祝贺:①
"外乡人啊,愿宙斯和其他不死的众神明
惠赐你最渴望、心中最需要的东西,
因为你使那馋鬼不会再来乞求。
我们会即刻把他赶走,送往大陆, 115
交给国王埃克托斯,人类的摧残者。"

　　他们这样说,神样的奥德修斯见兆心喜悦。
安提诺奥斯把一只大羊肚放在他面前,
里面填满肥油和羊血,安菲诺摩斯
从食篮里取出两块面饼,放在他面前, 120
举起黄金双重杯,大声地向他道贺:
"外乡老公,祝贺你,愿你以后会幸运,
虽然你现在不得不忍受许多不幸。"

---

① 许多抄稿还录有这样一行:"傲慢的年轻人中有一个开言对他这样说。"勒伯本把它放在注里。

足智多谋的奥德修斯这样回答说：
"安菲诺摩斯，我看你是个聪慧之人，　　　　　　　125
因为有那样的父亲，我耳闻过他的美名，
杜利基昂人尼索斯，心地善良而富有，
都说你由他所生，也像个理智之人。
因此我奉劝你，你要牢记心里听清楚。
大地上呼吸和行动的所有生灵之中，　　　　　　130
没有哪一种比大地抚育的人类更可怜。
他们以为永远不会遭遇到不幸，
只要神明赋予他们勇力和康健；
待到幸福的神明们让各种苦难降临时，
他们便只好勉强忍受，尽管不情愿。　　　　　　135
生活在大地上的人们就是这样思想，
随着人神之父遣来不同的时光。
原来我从前在世人中也属幸福之人，
强横地作过许多狂妄的事情，听信于
自己的权能，倚仗自己的父亲和兄弟。　　　　　140
一个人任何时候都不可超越限度，
要默默地接受神明赐予的一切礼物。
现在我看见求婚的人们只顾作恶事，
耗费这家人的财产，不敬重他的妻子，
我认为主人离开他的家人和乡土　　　　　　　145
不会再很久，他现在就在附近某地；
神明会让他回返，愿你不会遇见他，
当他返回自己亲爱的故乡土地时，
因为我认为当他返回自己的家宅时，
要解决他和求婚人间的冲突非流血不可。"　　　150

　　　他这样说完，奠酒后饮尽甜蜜的酒酿，
把酒杯交还到那位人民的牧者手里。

安菲诺摩斯走过厅堂,心情忧伤,
脑袋垂下,因为心中预感到不幸。
但他仍难逃死亡,雅典娜已把他缚住, 155
让他倒在特勒马科斯的臂膀和长矛下。
他又回到他刚才站起的座位上坐下。

　　目光炯炯的女神雅典娜让审慎的佩涅洛佩,
伊卡里奥斯的女儿,这时心中生念头,
要让她出现在求婚人面前,令众求婚人 160
对她更动心,也使她的丈夫和儿子
觉得她远胜于往日更值得受他们尊敬。
她强带笑容招呼一声,开言这样说:
"欧律诺墨,我心中出现从未有过的念头,
想去一见求婚人,尽管我很憎恨他们, 165
同时也想对儿子说几句有益的话语,
要他不再同那些狂妄的求婚人厮混,
因为他们嘴里说好话,背后生恶意。"

　　女管家欧律诺墨立即这样回答说:
"孩子,你刚才所言一切均很合情理。 170
你去同儿子说说话吧,直言不隐瞒,
只是你须首先去沐浴,双颊抹香膏,
你不能就这样前去,带着满脸泪痕,
因为无休止的哭泣一向有损容颜。
你的儿子已长大,你向不死的神明 175
最热切祈求的就是希望能看见他成人。"

　　审慎的佩涅洛佩回答女管家这样说:
"欧律诺墨,你这是关心我,但请别要我
去做这些事情,前去沐浴抹油膏。

掌管奥林波斯的神明们早已毁掉　　　　　　　　　180
我的容颜,自从他乘坐空心船离去。
你快去传唤奥托诺埃和希波达墨娅,
让她们前来见我,伴我一起去厅堂,
我不愿单独去见男人们,我总是羞涩。"

　　她这样说,老妇人离开穿过厅堂,　　　　　　185
去传唤那两个侍女,要她们赶快来卧房。

　　目光炯炯的女神雅典娜又有新主意:
给伊卡里奥斯的女儿撒下甜蜜的睡意,
让她立时依凭着卧榻,沉沉地睡去,
各个肢节变松软。这时女神中的女神　　　　　　190
赐给她神妙的礼物,令阿开奥斯人惊异。
她首先用神液为她洗抹美丽的面容,
就是发髻华美的库特瑞娅经常使用的
那种神液,去参加卡里斯们动人的歌舞。
她又使她的体格显得更高大、更丰满,　　　　　195
使她显得比新雕琢的象牙还白皙。
待女神中的女神作完这一切事情,
白臂的女侍们由厅堂走来,一面进屋,
一面大声说话,甜蜜的睡眠离开了她,
她伸开双手揉揉面颊,开言这样说:　　　　　　200
"我虽然愁苦,温柔的沉睡仍然降临我。
但愿圣洁的阿尔特弥斯快快惠赐我
如此温柔的死亡,免得我心中忧悒,
消耗生命的时光,怀念自己的丈夫,
阿开奥斯人的俊杰,具有完美的德性。"　　　　205

　　她这样说完,离开明亮的房间下楼来,

不是单独一人,有两个侍女伴随她。
待这位女人中的女神来到求婚人中间,
站在建造坚固的大厅的门柱近旁,
系着光亮的头巾,罩住自己的面颊, 210
左右各有一位端庄的侍女陪伴。
众求婚人立时双膝发软,心灵被爱欲
深深诱惑,都希望能和她偎依同眠。
她却申斥特勒马科斯,那是她儿子:
"特勒马科斯,你的心智、思想不坚定。 215
你往日虽然年幼,心灵却远为聪颖。
现在你身材魁梧,已达成人年龄,
任何外邦人看见你的身材和容貌,
都会认为你是名门望族的苗裔。
可是你的心智和思想与天性不相称, 220
刚才厅堂上竟然发生了那样的事情,
你竟让一个外乡人如此遭辱受欺凌!
怎么能像现在这样,让一位外邦来客
屈辱地坐在我们家,遭受无情的辱骂?
这是你的耻辱,在人民中失去威望。" 225

　　聪慧的特勒马科斯回答母亲这样说:
"亲爱的母亲,你心中不满,我不责怪你。
我现在已明白事理,知道一件件事情,
分得清高尚和卑贱,虽然以前是孩子。
只是我不可能把一切都考虑周全, 230
因为他们处处阻挠我,坐在我身边,
策划各种灾祸,我也没有人襄助。
刚才那个外乡人与伊罗斯的一场争斗,
并不合求婚人的心愿,外乡人更有力气。
我向天父宙斯、雅典娜和阿波罗祈求, 235

但愿现在在我们家聚集的众求婚人
也能这样被打垮,一个个垂头丧气,
或在庭院,或在屋里,四肢变瘫软,
就像那个伊罗斯,现在坐在院门边,
低垂着脑袋,好像喝醉了酒的样子, 240
难以用两腿直立,返回自己的住处,
因为他全身的各肢节已经软弱无力。"

　　母子正互相交谈,说着这些话语,
欧律马科斯这时对佩涅洛佩这样说:
"伊卡里奥斯的女儿,审慎的佩涅洛佩, 245
伊阿索斯的阿尔戈斯①的阿开奥斯人
若都能见到你,明天便会有更多的求婚人
前来你们家饮宴,因为你的容貌、
身材和内心的智慧都胜过其他妇女。"

　　审慎的佩涅洛佩这时这样回答说: 250
"欧律马科斯,神明们已使我的容貌
和体态失去光彩,自从阿尔戈斯人
远征伊利昂,我丈夫奥德修斯同出征。
要是他现在能归来,照顾我的生活,
那时我会有更好的容颜、更高的荣誉。 255
现在我心中悲伤,恶神给我降灾难。
想当年他告别故乡土地远行别离时,
曾握住我的右手腕,对我叮嘱这样说:
'夫人,我看胫甲精美的阿开奥斯人
不可能全都安然无恙地从特洛亚归返, 260

---

① 伊阿索斯是阿尔戈斯的始祖之一。"伊阿索斯的阿尔戈斯"指整个阿尔戈斯地区,有时甚至指整个伯罗奔尼撒半岛。

因为据说特洛亚人也很勇敢善战,
善使各种枪矛,善挽弯弓放飞矢,
也善于驾驭快马战车驰骋于战场,
能在势均力敌的恶战中取胜对方。
因此我难料此去神明是让我能归返, 265
或者就战死特洛亚,现在把诸事托付你。
我离开之后你在家照料好父母双亲,
如现在这样,甚至比我在家时更尽心。
但当你看到孩子长大成人生髭须,
你可离开这个家,择喜爱之人婚嫁。' 270
他曾对我这样说,现在一切正应验。
这样的夜晚将来临,那时可憎的婚姻
降临苦命人,宙斯已夺走我的幸运。
可是有一事令我的心灵痛苦忧伤,
往日的求婚习俗并非如你们这样, 275
当有人向高贵的妇女和富家闺秀
请求婚允,并且许多人竞相争求。
那时他们自己奉献肥壮的牛羊,
宴请女方的亲友,馈赠珍贵的聘礼。
他们从不无偿地消耗他人的财物。" 280

　　她这样说,睿智的神样的奥德修斯
心中窃喜,因为她向他们索取礼物,
语言亲切惑心灵,自己却另有打算。

　　欧佩特斯之子安提诺奥斯对她这样说:
"伊卡里奥斯的女儿,审慎的佩涅洛佩, 285
不管哪个阿开奥斯人送来的礼物,
你都要接受,因为拒绝收礼不合适。
只是我们不会回庄园或去其他地方,

直到你同一位高贵的阿开奥斯人成婚。"

  安提诺奥斯这样说,博得大家的赞赏, 290
每个人立时派遣侍从去取礼物。
给安提诺奥斯取来精美的外袍一件,
色彩斑斓,上面总共装有十二颗
黄金扣针,扣针配有相应的弯钩。
给欧律马科斯取来条手工精巧的项链, 295
黄金制成,镶嵌着琥珀,阳光般明晶。
欧律达马斯的两个侍从取来耳环,
悬有三颗暗红的坠饰,耀眼动人。
波吕克托尔之子佩珊德罗斯的侍从
取来一个项链,无比精美的饰物。 300
其他阿开奥斯人也都有美好的赠礼。
女人中的女神这时回到楼上寝间,
侍女们陪伴她,拿着美好的礼物。

  众求婚人又开始娱乐,旋转舞蹈,
聆听动人的歌唱,进入黄昏暮色。 305
冥冥夜色终于降临这群娱乐人。
人们立即在厅堂里放置三个火钵①,
为把厅内照亮,周围堆满柴薪,
早已晾晒干燥,用铜斧刚刚劈就,
再用火把点燃,饱受苦难的奥德修斯的 310
女仆们轮流看守,给它们添加柴薪。
足智多谋的神裔奥德修斯对她们这样说:
"奥德修斯的女仆们,既然主人不在家,
你们现在可以进屋去,陪伴女主人,

---

① 一种照明器具,青铜制作,有底座和柱身,上为钵型,装柴点火。

在她身边旋锤把线纺,坐在房间里　　　　　　　315
逗她喜悦,或者用手把羊毛梳理,
我将给这些火钵添加柴薪好照明。
即使求婚人直待到宝座辉煌的黎明时,
他们也难胜过我,因为我历尽艰辛。"

　　他这样说,侍女们彼此相视而笑。　　　　　　320
美颊的墨兰托这时对他恶言相讥讪,
多利奥斯生了她,佩涅洛佩抚养她,
待她如亲生儿女,给她称心的玩具,
可是她心中并不为佩涅洛佩分忧愁,
却与欧律马科斯鬼混,往来亲密,　　　　　　　325
这时她这样恶语斥责奥德修斯:
"你这个不幸的外乡人,真是失去理智,
你不想去找一个铜匠作坊睡觉度夜,
或者去某个小店铺,却在这里絮叨,
在众人面前口出狂言,不知羞臊。　　　　　　　330
你也许酒醉心迷乱,或许你一向这样,
头脑糊涂无理智,只会夸口说空话,
或者你战胜了乞丐伊罗斯便得意忘形?
当心不要即刻有人强过伊罗斯,
举起强劲的双手狠揍你的脑袋,　　　　　　　　335
打得你鲜血淋淋,把你赶出门去。"

　　足智多谋的奥德修斯侧目怒视这样说:
"你这狗东西,我即刻去找特勒马科斯,
把你的恶语报告他,让他把你剁成泥。"

　　他这样说,吓得女仆们心惊胆战。　　　　　　340
她们迅速离开厅堂,个个害怕得

肢节瘫软,担心他的话真会实现。
这时奥德修斯来到明亮的火钵旁边,
守着火钵烧旺,把众求婚人观察,
心中把将要发生的事情认真思忖。 345

　　雅典娜不想让那些高傲的求婚人就这样
中止谩骂刺伤人,却想让他们激起
拉埃尔特斯之子奥德修斯更深的怨恨。
波吕博斯之子欧律马科斯首先说话,
嘲弄奥德修斯,引得同伴们狂笑不止: 350
"尊贵的王后的求婚人,现在请听我说,
我要说我胸中的心灵吩咐我说的话语。
这家伙来到奥德修斯家里显然有神意。
起码我看见他的脑袋周围散发出
火炬的光辉,看他那头顶没一根毛发。" 355

　　他说完,又转向攻掠城市的奥德修斯:
"外乡人,要是我愿意雇你,你愿不愿意
去地边干活,给你的报酬相当可观,
你给我垒石砌围墙,栽植高大的树木?
那时我让你一年到头不会缺食物, 360
给你需要的衣服,让你的双脚有鞋穿。
但是当你只知道干种种坏事的时候,
你不会愿意去干活,宁可到处乞讨,
填饱你那个永远不可能填满的肚皮。"

　　足智多谋的奥德修斯这样回答说: 365
"欧律马科斯,要是我们比赛干活,
在那春天的时日里,那时白昼变长,
不妨割草,我取一把优美的弯镰,

你也取同样的一把,让我们比试耐力,
空着肚子到黄昏,只要青草足够多。 370
或者我们比赛赶牛,赶最好的牛,
橙黄、魁梧,那牛双双喂饱草料,
同样年龄,同样力量,同样能干活,
给我四单位田地①,犁铧进得去土里,
那时你可看到我开的垄沟是否连贯。 375
要是克罗诺斯之子就在今天掀起
一场战争,请给我盾牌、两根长枪
和一顶铜盔,与我的两鬓形状正合适,
那时你会看到我冲杀在战阵最前列,
你大概不会再胡说,取笑我的肚皮。 380
可是你现在口出狂言,用心狠毒,
自以为是个什么魁梧强大的人物,
只因你跻身于无能卑贱之辈的行列。
如果奥德修斯归返家乡回故里,
那时这门虽宽阔,但你欲从中通过, 385
逃出门外,它会立时显得很狭窄。"

他这样说,欧律马科斯心头恼恨,
怒视他一眼,说出有翼飞翔的话语:
"你这个无赖如此唠叨,我要你好看,
在众人面前口出狂言,不知羞惭。 390
你也许酒醉心迷乱,或许你一向这样
头脑糊涂无理智,只会夸口说空话,
或者你战胜了乞丐伊罗斯便得意忘形?"

他这样说,一面抓脚凳,奥德修斯

---

① 参阅第七卷第 113 行注。

蹲到杜利基昂的安菲诺摩斯的膝前,   395
躲避欧律马科斯。欧律马科斯击中
司酒人的右手,酒罐掉地嘭然作响,
他自己大叫一声,仰面倒进尘埃里。
众求婚人在明亮的厅堂里一片喧哗,
有人看着身边的同伴,这样议论: 400
"这个游荡的外乡人真应死在他处,
不该来这里,那时便不会有这样的混乱。
现在我们为乞丐们争吵,丰盛的饮宴
不能给大家欢乐,一切都被它搅乱。"

　　尊贵的特勒马科斯插言对他们这样说: 405
"这群疯子,如此发狂,已不能用灵智
控制吞下的酒食,定然是受神明怂恿。
饮宴既已尽兴,便该回家去安息,
听从心灵吩咐;我并非想驱赶你们。"

　　他这样说,求婚人个个咬牙切齿,   410
惊奇特勒马科斯说话竟如此放肆。
安菲诺摩斯这时开言对大家说话,
国王阿瑞提阿斯之子尼索斯的光辉儿子:
"朋友们,他刚才所言颇为合理公正,
我们不要再和他恶语相争怀怨恨。   415
不要再凌辱这个外乡人,也不要凌辱
神样的奥德修斯家中的其他仆奴。
现在让司酒人为我们把酒杯一一斟满,
我们祭过神明,便各自回家安寝。
让这个外乡人留在奥德修斯家里,   420
由特勒马科斯照应,他本是他家的客人。"

他这样说完,大家同意他的提议。
杜利基昂的使者、安菲诺摩斯的侍从、
杰出的穆利奥斯给大家用调缸搀酒。
他走近把大家的酒杯斟满,人们祭奠 425
常乐的众神明,然后饮尽甜蜜的酒酿。
待他们祭过神明,又尽情饮过酒醪,
便纷纷离座,各自回家安寝休息。

第十九卷

——探隐情奥德修斯面见妻子不相认

　　这时神样的奥德修斯仍留在厅堂里,
为众求婚人谋划死亡,有雅典娜襄助,
他对特勒马科斯说出有翼飞翔的话语:
"特勒马科斯,我们必须把这里的武器
全部搬走,如果求婚人觉察问原因,　　　　　　　5
你可语气温和地向他们解释这样说:
'我把它们从烟尘中移走,因为它们
已不像奥德修斯前去特洛亚留下时那样,
长久被炉火燎熏,早已积满了尘垢。
克罗诺斯之子还引起我心中更大的忧虑,　　　10
担心你们纵饮之后可能起争执,
互相残杀致伤残,玷污盛筵和求婚,
因为铁制的武器本身常能诱惑人。'"

　　他这样说完,特勒马科斯遵从父命,
召唤奶妈欧律克勒娅,对她这样说:　　　　　15
"好奶妈,你现在让女仆们全都回屋,
我好把父亲的精美武器搬进库房去,
父亲离家后未精心保管,让它们在宫里
被烟尘玷污,只因我当日还是个孩子。
我现在要搬走它们,不再受火燎烟熏。"　　　20

　　慈爱的奶妈欧律克勒娅这样回答说:

"我的孩子,我多么希望你终于懂得
关心自己的家业,保护所有的财富。
只是请告诉我,哪个女仆掌灯伴随你?
你不让女仆们出屋,她们本该管照明。" 25

聪慧的特勒马科斯这时对奶妈这样说:
"这位客人可替代,他既然在我家吃饭,
尽管是外乡客,我也不能让他不干活。"

他这样说,奶妈嗫嚅未敢再多言,
便把各间居住舒适的房门关上。 30
奥德修斯和光辉的儿子立即起身,
开始搬动那些头盔、突肚盾牌
和锐利的枪矛,帕拉斯·雅典娜在前引路,
手擎黄金火炬,放射出优美的光辉。
这时特勒马科斯立即对父亲这样说: 35
"父亲,我亲眼看见一件惊人的奇事。
这厅堂里的墙壁、精美的屋顶横架木、
松木屋梁和根根直立的高大堂柱,
都在眼前生辉,有如炽烈的火焰。
定然有某位掌管广天的神明在这里。" 40

足智多谋的奥德修斯这样回答说:
"别说话,把你的想法藏心里,不要询问。
掌管奥林波斯的众神明自有行事的道理。
只是你现在去睡觉,我还要留在这里,
以便进一步试探众女仆和你的母亲。 45
她会无限伤感地询问我种种事情。"

他这样说完,特勒马科斯走过厅堂,

前往自己的寝间,火炬照耀他行进。
他通常在那里安息,甜蜜的睡眠降临他。
他这时在屋里躺下,等待神妙的黎明。　　　　　　　　50
这时神样的奥德修斯仍留在厅堂里,
为众求婚人谋划死亡,有雅典娜襄助。

　　审慎的佩涅洛佩这时举步出寝间,
有如阿尔特弥斯或黄金的阿佛罗狄忒。
女侍们把她常坐的椅子摆放在火炉旁,　　　　　　　　55
椅上镶有象牙和白银。那椅子由巧匠
伊克马利奥斯制作,下面配有搁脚凳,
与座椅相连,椅面铺有宽厚的羊皮。
审慎的佩涅洛佩这时在那椅上坐下。
白臂的侍女们纷纷走出她们的房间。　　　　　　　　60
她们收起丰盛的餐食,清理餐桌
和高傲的求婚人欢宴饮用的双重杯。
她们把火钵的余烬倾倒地上,又添上
许多柴薪,使得燃起的火焰更明亮。
墨兰托这时再次凶狠地责骂奥德修斯:　　　　　　　　65
"外乡人,你是不是想整夜在这里烦人,
在宅内到处乱走,偷偷窥伺妇女们?
你这可怜虫,快去门外,你没有少吃,
否则你会很快尝火棍,不得不逃出门。"

　　足智多谋的奥德修斯侧目怒视这样说:　　　　　　　70
"你这恶妇,为什么对我如此愤恨?
是不是因为我浑身污秽,衣衫褴褛,
到处乞求?可是我这样也是不得已。
乞求者和游荡人通常都是这副模样。
须知我先前在人间也居住高大宅邸,　　　　　　　　75

幸福而富有,经常资助这样的游荡者,
不管他是什么人,因何需要来求助。
我也曾拥有许多奴仆和能使人们
生活富裕、被誉为富人的一切东西。
可是克罗诺斯之子宙斯毁灭了一切, 80
因此你切不可如此,夫人啊,你也会失去
现有的荣耀,虽然你现在超越众女奴。
留心女主人有一天会生气对你不满意,
或者奥德修斯会回返,希望未泯灭。
即使他真的已故去,不可能再返回家园, 85
可是由于阿波罗的眷佑,他还有儿子
特勒马科斯,家里任何女奴作恶,
都不可能把他瞒过,因为他已不是孩子。"

　他这样说,聪明的佩涅洛佩听完,
严厉谴责女仆,连声斥责这样说: 90
"无耻的东西,大胆的恶狗,你的恶行
难把我瞒过,你得用你的生命来偿付。
你都清楚地知道,你曾听见我说过,
我想在自己家里向这位外乡人打听
丈夫的消息,无限的忧伤纠缠着我。" 95

　这时她对女管家欧律诺墨这样吩咐:
"欧律诺墨,去端张座椅,铺上羊皮,
好让这个外乡人坐下来叙说经历,
也听我说话,因为我想询问他事情。"

　她这样吩咐,奶妈迅速端来一张 100
光亮的座椅放下,在椅上铺上羊皮,
历尽艰辛的神样的奥德修斯在上面坐下。

聪明的佩涅洛佩开言对众人这样说：
"外乡人，我首先要亲自向你询问一事：
你是何人何部族？城邦父母在何方？" 105

足智多谋的奥德修斯这样回答说：
"尊敬的夫人，大地广袤，人们对你
无可指责，你的伟名达广阔的天宇，
如同一位无瑕的国王，敬畏神明，
统治无法胜计的豪强勇敢的人们， 110
执法公允，黝黑的土地为他奉献
小麦和大麦，树木垂挂累累硕果，
健壮的羊群不断繁衍，大海育鱼群，
人民在他的治理下兴旺昌盛享安宁。
因此现在请在你家里把其他事垂询， 115
切不要询问我的出生和故乡在何处，
免得激起我回忆，痛苦充盈我心灵；
我是个饱尝患难之人，却也不该
在他人家里哀叹不断，泪流不止，
因为不断地哭泣并非永远都适宜。 120
也免得女仆又来谴责我，甚至你自己，
说我泪水涟涟是由于酒醉乱心灵。"

审慎的佩涅洛佩回答客人这样说：
"外乡人，不死的众神明已使我的容貌
和体态失去光彩，自从阿尔戈斯人 125
远征伊利昂，我丈夫奥德修斯同出征。
要是他现在能归来，照顾我的生活，
那时我会有更好的容颜，更高的荣誉。
如今我心中悲伤，恶神给我降灾难。
统治各海岛的贵族首领，他们来自 130

杜利基昂、萨墨和多林木的扎昂托斯，
还有居住在阳光明媚的伊塔卡的贵族，
都强行向我求婚,消耗我家的财产。
由此我疏于接待外乡来客、求援人
和身居国家公务职位的各种使者， 135
我深深怀念亲爱的奥德修斯心憔悴。
他们却催促我成婚,我便思虑用计谋。
神明首先启示我的心灵,激发我
站在宫里巨大的机杼前织造布匹,
布质细密幅面又宽阔,对他们这样说： 140
'我的年轻的求婚人,奥德修斯既已死,
你们要求我再嫁,但不妨把婚期稍延迟,
待我织完这匹布,免得我前工尽废弃,
这是给英雄拉埃尔特斯织造做寿衣,
当杀人的命运有一天让可悲的死亡降临时, 145
免得本地的阿开奥斯妇女中有人指责我,
他积得如此多财富,故去时却可怜无殡衣。'
我这样说,说服了他们的高傲的心灵。
就这样,我白天开始织那匹宽面的布料,
夜里当火炬燃起时,又把织成的布拆毁。 150
我这样欺诈三年,瞒过了阿开奥斯人。
待到第四年来临,时光不断流逝,
月亮一次次落下,白天一次次消隐,
他们买通女仆们,那些无耻的狗东西,
进屋来把我的计谋揭穿,大声指责我。 155
我终于不得不违愿地把那匹布织完。
现在我难以躲避婚姻,可又想不出
其他办法,父母亲极力鼓励我再嫁,
我儿子心中怨恨那些人消耗家财,
看见他们饮宴,因为他已长大成人, 160

知道关心财产,宙斯赐给他荣誉。
但请你告诉我你的氏族,来自何方,
你定然不会出生于岩石或古老的橡树。①"

　　足智多谋的奥德修斯这样回答说:
"拉埃尔特斯之子奥德修斯的尊贵妇人,　　　　　　　　165
你为何要如此不停地询问我的身世?
我这就告诉你,虽然你这样使我更伤心。
须知这也是人之常情,当一个人
长久地离别故乡,像我遭遇的那样,
漫游过许多人间城市,忍受辛苦。　　　　　　　　　　170
不过我仍然向你述说,如你所垂询。
有一处国土克里特,在酒色的大海中央,
美丽而肥沃,波浪环抱,居民众多,
多得难以胜计,共有城市九十座,
不同的语言互相混杂,有阿开奥斯人、　　　　　　　　175
勇猛的埃特奥克瑞特斯人、库多涅斯人、
蓄发的多里斯人、勇敢的佩拉斯戈斯人。
有座伟大的城市克诺索斯,弥诺斯在那里
九岁为王,他是伟大的宙斯的好友,
我的祖父,我父亲是英勇的杜卡利昂。　　　　　　　　180
杜卡利昂生了我和国王伊多墨纽斯。
伊多墨纽斯乘弯船随同阿特柔斯之子
前往伊利昂;我的高贵的名字叫艾同,
年龄较小,伊多墨纽斯年长且勇敢。
这时我见到奥德修斯,曾盛情招待他。　　　　　　　　185
那是风暴的威力把他赶来克里特,
他前往特洛亚途经马勒亚偏离航线。

---

① "出生于岩石或古老的橡树"可能暗喻某个涉及人类起源的古老传说。

他首先停靠险峻的港湾安尼索斯①,
那里有个山洞,好容易把风浪躲过。
他立即前往城市探访伊多墨纽斯, 190
声称伊多墨纽斯是他敬爱的挚友,
可是伊多墨纽斯已离开十天或十一天,
乘坐弯船出发远征,前往伊利昂。
我把他带领到自己家里,热情招待,
殷勤地拿出家里贮存的丰盛的物品, 195
为跟随他一起远征的其他同伴们
提供公共的大麦,征集了闪光的酒酿,
宰杀了许多肥牛,满足他们的心愿。
英勇的阿开奥斯人在那里逗留十二天,
强劲的波瑞阿斯拦阻,甚至使人 200
难站稳于陆地,定是由某位恶神掀起。
第十三天风暴平息,他们继续航行。"

他说了许多谎言,说得如真事一般。
佩涅洛佩边听边流泪,泪水挂满脸。
有如高山之巅的积雪开始消融, 205
由泽费罗斯堆积,欧罗斯把它融化,②
融雪汇成的水流注满条条河流;
佩涅洛佩泪水流,沾湿了美丽的面颊,
哭泣自己的丈夫,就坐在自己身边。
奥德修斯心中也悲伤,怜惜自己的妻子, 210
可他的眼睛有如牛角雕成或铁铸,
在睫毛下停滞不动,狡狯地把泪水藏住。
待佩涅洛佩尽情地悲恸哭泣一阵后,

---

① 克诺索斯城的外港。
② 泽费罗斯是西风,十分寒冷,常带来暴雪。欧罗斯是东风,偏南,强烈而温暖。

她重又开言把客人探询,这样发问:
"可敬的外乡人,我现在还想对你作考验, 215
看你是否真如你所说,在你家里
招待过我的丈夫和他那些勇敢的同伴,
请说说他当时身上穿着什么样衣服,
他什么模样,一些什么样的同伴跟随他。"

  足智多谋的奥德修斯这样回答说: 220
"尊敬的夫人啊,事情相隔如此久远,
难以追述,因为已历时二十个年头,
自从他来到我故乡,又从那里离去,
不过我仍凭心中的印象对你叙说。
神样的奥德修斯穿着一件紫色的 225
双层羊绒外袍,上面的黄金扣针
有两个针孔,扣针表面有精巧的装饰。
一只狗用前爪逮住一只斑斓的小鹿,
用嘴咬住挣扎的猎物。众人称羡
精美的黄金图饰,猎狗吁喘咬小鹿, 230
小鹿不断地两腿挣扎,渴望能逃脱。
我还见他穿一件光亮闪烁的衣衫,
有如晾晒干燥的葱头的一层表皮;
那衣衫如此轻柔,犹如阳光灿烂;
许多妇女看见,啧啧地赞叹不已。 235
我也有一言相询,请你细听记心里:
我不知奥德修斯在家便着这些衣服,
还是有同伴在他乘坐快船时相赠,
或是外乡人赠予,只因奥德修斯
为众人敬爱,很少阿开奥斯人能相比。 240
我自己便送他一柄铜剑、一件精美的
紫色双层外袍和一件镶边的衬衣,

隆重地送他乘上建造坚固的船舶。
他还有一位年岁较长的传令官跟随,
待我向你叙述那位传令官的模样。 245
那人双肩弯曲,皮肤黝黑发浓密,
名叫欧律巴特斯,奥德修斯尊重他
胜过对其他同伴,因他们情投意合。"

　　他这样说,激起探询者更强烈的哭泣,
奥德修斯说出的证据确凿无疑端。 250
待她不断流泪,心灵得到慰藉后,
她重又开言回答客人,对他这样说:
"外乡人,你以前只是激起我的同情,
现在你在我家里却是位受敬重的友人。
你描述的那些衣衫正是我亲手交给他, 255
从库房里取出叠整齐,那辉煌的扣针
也是我给他佩上作装饰,现在我再不能
迎接他返回自己亲爱的故土家园。
奥德修斯必然是受不祥的命运蛊惑,
才乘空心船前往可憎的恶地伊利昂。" 260

　　足智多谋的奥德修斯这样回答说:
"拉埃尔特斯之子奥德修斯的尊贵夫人,
请不要为哭泣丈夫,毁坏美丽的容颜,
把你的心灵折磨;我当然也不会责怪你,
因为别的女人失去了结发的丈夫, 265
曾同他恩爱育儿女,也会悲痛地哭泣,
更何况奥德修斯,都说他如神明一般。
不过请你暂且停止哭泣,听我把话说。
我要向你说明真情,丝毫不隐瞒,
我曾听到奥德修斯归返的消息, 270

他就在附近,在特斯普罗托伊人的肥沃国土,
仍然活着;他带着许多珍贵的财物,
是他在各处漫游时积攒。不过他在
酒色的海上失去了亲爱的伙伴和空心船,
在他离开特里那基亚时,宙斯和太阳神 275
对他生气,同伴们宰杀了太阳神的牛群。
他的所有同伴都在喧嚣的大海上丧命,
他坐上船脊,风浪把他推向陆地,
费埃克斯人的国土,他们是天神的近族;
他们像尊敬神明一样真心尊敬他, 280
馈赠他许多礼物,并愿亲自伴送他
安全返家园。奥德修斯早该抵家宅,
只是他心中认为,若在大地上漫游,
聚集更多的财富,这样更为有利。
奥德修斯比所有有死的凡人更知道 285
收集财物,任何人都不能和他相比拟。
特斯普罗托伊人的国王费冬这样告诉我。
国王曾奠酒堂上,郑重地对我发誓说,
船只已拖到海上,船员们已准备就绪,
他们将伴送奥德修斯返回亲爱的家园。 290
但他遣我先启程,特斯普罗托伊人的船只
恰好前往盛产小麦的杜利基昂。
国王向我展示了奥德修斯聚集的财物,
那些财物足够供应十代人享用,
他留在国王宫殿里的财物如此丰富。 295
据说当时奥德修斯去到多多那,
向高大的橡树求问神明宙斯的旨意,
他该如何返回自己的故乡土地,
远离后公开返回,还是秘密归返。
因此他现在平安无恙,很快会归返, 300

就在近期,他离开自己的亲朋和故土
不会再长久,我甚至可以庄重地发誓。
我现在请众神之父、至高至尊的宙斯
和我来到的高贵的奥德修斯的家灶作见证,
这一切定然会全部实现,如我所预言。 305
在太阳的这次运转中①,奥德修斯会归返,
就在月亮亏蚀变昏暗,新月出现时。"

　　审慎的佩涅洛佩这时对他这样说:
"客人啊,但愿你的这些话最终能实现!
那时你会立即得到我的热情款待 310
和许多赠礼,令遇见的人都称你幸运。
可是我心中预感,事情却会是这样:
奥德修斯不会归来,你也不可能归返,
因为现在我家里没有这样的主管,
如同奥德修斯在家时照应客人, 315
给尊贵的客人送行或者招待他们。
女仆们,你们给他沐浴,安排床铺,
备齐铺盖,铺上毛毯和闪光的褥垫,
好使他暖和地安寝直至金座的黎明。
明天早晨你们要给他沐浴、抹油膏, 320
让他在厅内特勒马科斯旁边用餐,
坐在厅堂上。若有人再敢欺凌客人,
那样对他会更糟糕:他在这里将会
一无所获,不管他如何心怀不满。
外乡人,你又怎么会认为我在思想 325
和聪慧的理智方面超过其他妇女,
如果你浑身肮脏、一身褴褛衣衫地

---

① 意为今年。

坐在厅堂上用餐？人生在世颇短暂。
如果一个人秉性严厉，为人严酷，
他在世时人们便会盼望他遭不幸， 330
他死去后人们都会鄙夷地嘲笑他。
如果一个人秉性纯正，为人正直，
宾客们会在所有的世人中广泛传播
他的美名，人们会称颂他品性高洁。"

　　足智多谋的奥德修斯这样回答说： 335
"拉埃尔特斯之子奥德修斯的尊贵夫人，
我已讨厌那些毛毯和闪光的褥垫，
自从我当初抛下克里特积雪的峰峦，
乘坐长桨的船只，亡命航行于海上；
我将像往日一样度过不眠的长夜。 340
须知我无数的夜晚曾躺在简陋的卧榻上
度过，等待宝座辉煌的神妙的黎明。
洗脚也不会给我的心灵带来喜悦，
现在在这座宅邸服役的众多女奴，
不会有哪一位能够触到我的双脚， 345
除非有一位年迈的女仆，善良知礼，
像我一样，心灵忍受过那许多苦难，
这样的女仆给我洗脚我才不拒绝。"

　　审慎的佩涅洛佩回答客人这样说：
"亲爱的外乡人，所有曾经前来我家的 350
远方贵客中，从没有一位明智的客人
能像你所说的一切如此智慧和得体。
我倒真有一个老婆子，心中明事理，
她曾哺养和抚育我那个不幸的丈夫，
自从他母亲生下他，她便把他抱起， 355

她可以给你洗脚,尽管她已入暮年。
审慎的欧律克勒娅,现在你快过来,
给这位与你的主人年龄相仿的人洗脚。
奥德修斯的双手和双脚可能也这样,
因为人们身陷患难,很快会衰朽。" 360

　　她这样吩咐,老女仆用手捂住脸面,
热泪不断流淌,说出感人的话语:
"孩子,我真可怜你,尽管宙斯在世人中,
独把你厌弃,虽然你有一颗虔诚的心灵,
因为世上没有哪个人向掷雷的宙斯 365
焚献过那么多肥美的羊腿和精选的百牲祭,
如同你向他奉献的那样,祈求他让你
活到老年,把杰出高贵的儿子抚育,
可现在宙斯却唯独不让你一人返家园。
遥远的外邦人家的女仆们也会嘲弄他, 370
当他前往某个显赫的高大宅邸时,
如同这里所有的狗女奴嘲弄你一样。
你为了避免她们不断的羞辱和嘲弄,
不让她们给你洗脚,聪明的佩涅洛佩、
伊卡里奥斯的女儿差遣我,我欣然从命。 375
我给你洗脚既由于佩涅洛佩的吩咐,
也由于你本人,我的心灵为苦痛所感染。
只是现在也请你注意听我说句话。
这里来过许多饱经忧患的外乡人,
可是在我看来,从没有哪一位的体形、 380
声音和双脚比你跟奥德修斯的更相近。"

　　足智多谋的奥德修斯这样回答说:
"老夫人,凡是有人亲眼见过我们,

都一致称说我们两人彼此很相像,
如同你本人现在敏锐地指出的那样。" 385

　　他这样说完,老女仆拿出光亮的水盆,
给他洗脚,向盆里注进很多凉水,
然后再加进热水。这时奥德修斯
坐在柴火旁,立即把身子转向暗处,
因为他倏然想起,老女仆抓住他的脚, 390
会立即认出那伤疤,从而把秘密暴露。
老女仆给他洗脚,立即发现那伤疤。
那是野猪用白牙咬伤,当年他前往
帕尔涅索斯①看望奥托吕科斯父子,
他的高贵的外祖父,此人的狡狯和咒语 395
超过其他人,为大神赫尔墨斯所赐,
因为他向神明焚献绵羊或山羊的腿肉,
博得神明欢心,神明乐意伴随他。
奥托吕科斯来到伊塔卡的肥沃土地,
看望自己刚刚生育了外孙的女儿, 400
欧律克勒娅把婴儿放到他的膝头,
当他刚用完晚餐,称呼一声这样说:
"奥托吕科斯,现在请给你的外孙
取个你如意的名字,他也是你的期望。"

　　奥托吕科斯开言回答老女仆这样说: 405
"亲爱的女婿和女儿,请遵嘱给儿子取名。
因为我前来这片人烟稠密的国土时,
曾经对许多男男女女怒不可遏,

---

① 帕尔涅索斯通称帕尔那索斯,史诗在此采用了伊奥尼亚方言。帕尔那索斯山位于洛克里斯和福基斯之间,著名的得尔斐位于该山南麓。

因此我们就给他取名奥德修斯①。
待他长大后去拜访他母亲家的高大宅邸, 410
前往帕尔涅索斯,那里有我的财产,
我会从其中馈赠他,让他满意地回返。"

 奥德修斯因此前去,为获得光辉的赠礼。
奥托吕科斯和奥托吕科斯的那些儿子
纷纷拉住他的手,话语亲切地欢迎他。 415
外祖母安菲特埃热烈拥抱奥德修斯,
亲吻他的头部和那双美丽的眼睛。
奥托吕科斯要求他的高贵的儿子们
准备午餐,儿子们遵从父亲的吩咐,
立即赶来一头五岁的肥壮公牛, 420
把牛剥皮洗净,剖开整个牛腹,
熟练地把肉切块,把肉块穿上肉叉,
仔细地把肉烤熟,分成许多等份。
他们整天饮宴,直到太阳下行,
丰盛的餐食使他们个个如意称心。 425
在太阳西沉,夜幕终于降临之后,
他们纷纷躺下,接受睡眠的赠礼。

 当那初升的有玫瑰色手指的黎明呈现时,
他们出发去狩猎,奥托吕科斯的儿子们
带着猎狗,神样的奥德修斯和他们同行。 430
他们到达险峻的、被浓密的森林覆盖的
帕尔涅索斯山,很快来到多风的谷地。
当时赫利奥斯刚刚照耀广阔的原野,
从幽深的、水流平缓的奥克阿诺斯升起,

---

① 源自动词"愤怒",意为"愤怒的"。

狩猎的人们来到山谷。猎狗在前面　　　　　　　　　435
奔跑着寻觅野兽的踪迹,后面跟随着
奥托吕科斯的儿子,神样的奥德修斯
在他们中间靠近猎狗,把长矛挥舞。
一头巨大的野猪正卧于浓密的树林,
那林荫强劲的潮湿气流吹不进去,　　　　　　　　440
明亮的赫利奥斯也无法把光线射入,
雨水也难渗进;那树林就是这样浓密,
地上集聚的残枝败叶堆积无数。
狩猎人和猎狗搜索前进,脚步声响
惊动野猪。野猪从林中迎面窜出,　　　　　　　　445
鬃毛竖起,双目眈眈如闪闪的火焰,
站在离他们不远处。奥德修斯第一个
用强健的臂膀举起长矛奋力挥动,
心想击中野猪,但野猪首先迅速地
冲向他的膝下,牙齿深深扎进肉里,　　　　　　　450
向侧面划去,未能伤着英雄的骨头。
奥德修斯把长矛刺中野猪的右肩,
闪光长矛的锐尖穿透野猪的躯体,
野猪吼叫着倒进尘埃里,灵魂飞逸。
奥托吕科斯的心爱的儿子们奔向野猪,　　　　　　455
熟练地给神样勇敢的高贵的奥德修斯
包扎伤口,念动咒语止住流淌的
暗黑鲜血,迅速返回父亲的宅邸。
奥托吕科斯和奥托吕科斯的众儿子
治愈他的伤口,赠给他贵重的礼品,　　　　　　　460
迅速送他欢乐地返回自己的家乡,
回到伊塔卡。父亲和尊贵的母亲欣喜地
欢迎他归来,仔细询问种种事情,
膝下为何有伤迹。他详细向他们说明,

在他与奥托吕科斯的儿子们一同狩猎于　　　　　465
帕尔涅索斯山,野猪用白牙咬伤了他。

　老女仆伸开双手,手掌抓着那伤疤,
她细心触摸认出了它,松开了那只脚。
那只脚掉进盆里,铜盆发出声响,
水盆倾斜,洗脚水立即涌流地面。　　　　　　470
老女仆悲喜交集于心灵,两只眼睛
充盈泪水,心头充满热切的话语。
她抚摸奥德修斯的下颌,对他这样说:
"原来你就是奥德修斯,亲爱的孩子。
我却未认出,直到我接触你主人的身体。"　　475

　她这样说完,转眼注视佩涅洛佩,
意欲告诉女主人,她丈夫就在眼前。
但女主人并未理会,不明白她的意思,
雅典娜转移了她的心思。这时奥德修斯
用右手摸着老女仆的喉咙,轻轻捂住,　　　　480
另一只手把她拉近身边,对她这样说:
"奶妈啊,你为何要毁掉我,你曾亲自
哺育我长大,现在我经历无数苦难,
二十载终得返回自己的故土家园。
尽管神明给你启示,让你认出我,　　　　　　485
但你要沉默,不可让家里其他人知情。
否则我要警告你一句,它定会成现实。
如果神明让我制服了高傲的求婚人,
尽管你是我的奶妈,但在我杀掉
家里的其他女仆后,我也不会放过你。"　　　490

　审慎的欧律克勒娅立即回答这样说:

"我的孩子,从你的齿篱溜出了什么话?
你应该知道我的心如何坚定不动摇,
我会保守秘密,坚如岩石或铁器。
我还有一事告诉你,你要牢牢记在心。 495
如果神明让你制服了高傲的求婚人,
那时我会向你说明家中女仆们的情形,
哪些人对你不尊敬,哪些人行为无罪过。"

　　足智多谋的奥德修斯回答她这样说:
"奶妈啊,你为何提起她们? 不用你费心! 500
我自己会区分清楚,我会审查每个人。
你只需保持沉默,其余的由神明照应。"

　　他这样说,老女仆迅速穿过厅堂,
取来洗脚水,因为原先的已流尽。
老女仆给他洗完脚,认真擦抹橄榄油, 505
奥德修斯把座椅重新移近炉灶,
暖和身体,用褴褛的衣衫把伤疤盖住。
审慎的佩涅洛佩对大家开言这样说:
"外乡人,我尚有一件小事想询问你,
因为甜美的安息时刻很快就来临, 510
甜蜜的睡眠也会抓住任何忧愁人。
现在恶神给了我无穷无尽的悲怆,
白日里我虽然哭泣叹息,尚可慰愁苦,
忙于自己的活计,督促家中的女奴们;
但当黑夜来临时,人们尽已入梦境, 515
唯独我躺卧床上,各种痛苦的忧思
撕扯我的心灵,我泪水盈眶心难静。
有如潘达瑞奥斯的女儿,绿色的夜莺,
在早春来临之际优美地放声歌唱,

坐在林间繁枝茂叶的浓密荫蔽里； 520
她常常展开嘹亮的歌喉，放声鸣唱，
哀叹亲爱的儿子伊提洛斯，她在无意中
用铜器把他杀死，国王泽托斯的儿子。①
我的心灵也这样凄惨不安难决定，
是继续照顾儿子，看守所有的家财、 525
我自己的财富、奴隶和高耸宽大的宅邸，
尊重我丈夫的卧床和国人们的舆论，
还是嫁给一位在大厅向我求婚、
馈赠大量礼物的最高贵的阿开奥斯人。
当我的孩子年龄幼小、尚无见识时， 530
他不让我离开丈夫的家宅嫁他人；
可现在他已长大，达到成人年龄，
他也希望我离开这所住宅回娘家，
痛惜阿开奥斯人耗费家里的资产。
现在请给我解释梦幻，我给你叙说。 535
家里有二十只白鹅，它们爬出水面，
啄食麦粒，我看见它们便喜上心头。
这时从山上飞来一只巨大的弯喙鹰，
把鹅的颈脖折断杀死，白鹅成群地
倒毙厅堂上，老鹰飞入神妙的空宇里。 540
我在梦中深感伤心，禁不住哭泣，
美发的阿开奥斯妇女们围在我身旁，
我痛哭不止，因为老鹰杀死了我的鹅。
这时老鹰又迅速飞回，栖于突出的横梁，
用常人语言劝我止哭泣，对我这样说： 545

---

① 潘达瑞奥斯是米利都人，他因偷窃宙斯神庙的金狗被宙斯处死。其女艾冬嫁给泽托斯，她嫉妒泽托斯的兄长安菲昂与尼奥柏生有六子六女，想杀死尼奥柏最喜爱的小儿子，黑暗中误杀了自己的儿子伊提洛斯。宙斯知道后，把她变成夜莺，永远啼鸣哭泣，后悔自己的罪过。

'声名远扬的伊卡里奥斯的女儿,请放心,
那不是噩梦,是美好的事情,不久会实现。
鹅群就是那些求婚人,我刚才是老鹰,
其实却是你的丈夫,现在回到家,
将让所有的求婚人遭受可耻的毁灭。'　　　　　　550
他这样说完,甜蜜的睡眠离开了我,
我环顾四周,看见鹅群仍在家里,
在它们往常进食的食槽边啄食麦粒。"

　　足智多谋的奥德修斯这样回答说:
"夫人,你的这梦幻无需别的说明　　　　　　　　555
为它作阐释,既然奥德修斯本人
已说明事情会如何结果。求婚的人们
必遭灭亡,谁也逃不脱死亡和毁灭。"

　　审慎的佩涅洛佩回答客人这样说:
"外乡人,梦幻通常总是晦涩难解,　　　　　　　560
并非所有的梦境都会为梦幻人应验。
须知无法挽留的梦幻拥有两座门,
一座门由牛角制作,一座门由象牙制成。
经由雕琢光亮的象牙前来的梦幻
常常欺骗人,送来不可实现的话语;　　　　　　565
经由磨光的牛角门外进来的梦幻
提供真实,不管是哪个凡人梦见它。
可是我认为,我的可怕的梦幻并非
来自那里,不管它令我母子多欣喜。
我还有一事告诉你,你要牢牢记在心。　　　　　570
该诅咒的黎明正临近,它将使我离开
奥德修斯的宫邸,因为我想安排竞赛,
就是奥德修斯在自己的厅堂挨次摆放的

那些铁斧,如同船龙骨,一共十二把,
他站在很远的地方能一箭把它们穿过。① 575
现在我要为求婚人安排这样的竞赛,
如果有人能最轻易地伸手握弓安好弦,
一箭射出,穿过全部十二把铁斧,
我便跟从他,离开结发丈夫的这座
美丽无比、财富充盈的巨大宅邸, 580
我相信我仍会在睡梦中把它时时记念。"

　　足智多谋的奥德修斯这样回答说:
"拉埃尔特斯之子奥德修斯的尊贵妻子,
请不要推迟在你家举行这场竞赛,
因为足智多谋的奥德修斯在他们 585
试拉那把光滑的弯弓,安好弓弦,
射穿那些铁斧之前,便会回宅邸。"

　　审慎的佩涅洛佩回答客人这样说:
"外乡人,倘若你愿意继续留在这厅堂,
让我高兴,睡眠将不会降临我眼睑。 590
可是人们不可能永远警醒不安息,
因为不死的众神明给生长谷物的大地上的
有死的凡人为每件事物都安排了尺度。
因此我现在就要返回楼上寝间,
卧床休息,那里是我的哭泣之处, 595
一直被我的泪水浸湿,自从奥德修斯
乘上空心船前往可憎的恶地伊利昂。
我就在那里安寝,你也就在我家安息,
你可以睡地板,或睡女仆们安放的床铺。"

---

① 指穿过斧上的孔。

她这样说完,上楼回到明亮的寝间,　　　　600
不是她一人,另有侍女们陪同她回房。
她同侍女们一起回到自己的寝间,
禁不住为亲爱的丈夫奥德修斯哭泣,
直到目光炯炯的雅典娜把甜梦降眼帘。

第二十卷

——暗夜沉沉忠心妻子梦眠思夫君

　　神样的奥德修斯就这样在廊屋休息。
他首先铺开一张生牛皮,再铺上多层
阿开奥斯人宰杀肥羊后剥下的毛皮,
欧律诺墨在他躺下后又给他一件袍毯。
奥德修斯偃卧未入眠,心中为求婚人　　　　5
谋划灾殃。这时女侍们走出厅堂,
她们往日里同那些求婚人亲近鬼混,
这时互相嬉戏,一片欢声笑语。
奥德修斯的胸中心潮激荡难平静,
这时他的心里和智慧正认真思虑,　　　　10
是冲上前去给她们每个人送去死亡,
还是让她们再同那些高傲的求婚人
作最后一次鬼混,他的心在胸中怒吼。
有如雌狗守护着一窝柔弱的狗仔,
向陌生的路人吼叫,准备扑过去撕咬;　　　　15
他也这样被秽事激怒,心中咆哮。
继而他捶打胸部,内心自责这样说:
"心啊,忍耐吧,你忍耐过种种恶行,
肆无忌惮的库克洛普斯曾经吞噬了
你的勇敢的伴侣,你当时竭力忍耐,　　　　20
智慧让你逃出了被认为必死的洞穴。"

　　他这样说,对胸中的心灵严厉谴责。

他的情感竭力忍耐,听从他吩咐,
可是他本人仍翻来覆去激动不安。
有如一个人在熊熊燃烧的火炉旁边, 25
把一个填满肥油和牲血的羊肚炙烤,
不断把羊肚转动,希望能尽快烤熟;
他也这样辗转反侧,心中思考着
如何对那些高傲无耻的求婚人下手,
孤身对付一群人。雅典娜来到他身边, 30
从天而降,幻化成一个妇人模样,
站在他头部上方,开言对他这样说:
"世上最不幸的人啊,你怎么还未入睡?
这是你的家,妻子儿子都在家里,
谁都希望有一个像他那样的儿子。" 35

　　足智多谋的奥德修斯这样回答说:
"正是这样,女神,你的话合情合理。
只是我胸中的心灵正在审慎思虑,
如何动手对付那些无耻的求婚人,
我孤身一人,他们却总是聚集在这里。 40
我心中还在考虑一个更重要的问题:
即使我按宙斯和你的意愿杀死他们,
我又能逃往何处?我请你认真思忖。"

　　目光炯炯的女神雅典娜这样回答说:
"可怕的家伙,人们甚至信赖弱伴侣, 45
仅是有死的凡人,没有如此多谋略,
可是我是一位神明,在各种危难中
护佑你始终不渝,我可以明白相告,
即使有五十队世间凡人预设埋伏,
向我们进攻,企图用暴力杀死我们, 50

你仍能夺得他们的牛群和肥壮的羊群。
现在赶快入睡吧,心情焦虑能使人
彻夜不眠受折磨;你就要摆脱灾难。"

　　她这样说完,把睡眠撒上他的眼帘,
女神中的女神自己返回奥林波斯。　　　　　　　　　　55
当睡眠抓住他,解除了他心中的忧烦,
使他四肢松软时,他那忠贞的妻子
却又惊醒,坐在柔软的床上哭泣。
待她不停地哀哭,终于尽情哭够时,
女人中的女神首先向阿尔特弥斯祈求:　　　　　　　60
"阿尔特弥斯,尊贵的女神,宙斯的女儿,
我希望你现在就用箭射中我的胸膛,
把我的灵魂带走,或者让风暴带走我,
带我经过幽暗昏冥的条条道路,
把我抛进环流的奥克阿诺斯的河口。①　　　　　　65
有如风暴曾夺走潘达瑞奥斯的女儿们,
众神明诛戮了她们的父母,留下她们,
孤儿在家无依托,尊贵的阿佛罗狄忒
赐给她们奶酪、甘蜜和甜美的酒酿,
赫拉赐给她们超常的容貌和智慧,　　　　　　　　　70
阿尔特弥斯赐给她们完美的身材,
雅典娜教会她们巧于各种手工。
可是当高贵的阿佛罗狄忒为她们请求
完美的婚姻,前往高耸的奥林波斯,
去见掷雷的宙斯时,因为他通晓一切,　　　　　　　75
知道有死的凡人的一切福运和不幸,
一阵暴烈的狂风却骤然刮走了她们,

---

① 奥克阿诺斯环绕大地流动,据说始流的河口通向冥府。

把她们交给可怖的埃里倪斯们作侍女。
愿奥林波斯居处拥有者也让我消逝,
或者让美发的阿尔特弥斯把我射死, 80
怀念着奥德修斯,前往可怖的地域①,
免得强忍耐去讨一个不如他的人欢心。
这样的痛苦尚可忍受,如果一个人
白日里愁苦地哭泣,忧伤充满心头,
但夜间仍可入眠,因为当眼睑合上, 85
一切都会忘却,不管是如意或不幸;
神明却给我送来种种凶恶的梦境。
譬如今夜里他似乎又睡在我的身边,
模样如同当年出征时,当时我心里
欣喜无比,还以为那是真实非梦境。" 90

她这样说,金座的黎明很快降临。
神样的奥德修斯听见她哭诉的声音,
不由得反复思虑,心头充满狐疑,
她可能会立即认出他,前来他枕边。
他收起夜间睡眠时垫盖的外袍和羊皮, 95
把它们放上厅堂里的宽椅,抓起牛皮
送到屋外,举起双手向宙斯祈求:
"父宙斯,既然在我历尽各种艰辛后,
你们让我越过陆地和大海回故乡,
那就请让屋里某个睡醒人再给我征兆, 100
宙斯你则在这门外给我显另一个兆示。"

他这样祈祷,智慧的宙斯听见他祈求,
立即从光明的奥林波斯,从高高的云际,

---

① 指冥间。

阿佛罗狄忒 古代雕像

打个响雷,神样的奥德修斯心惊喜。
一磨面女奴也从附近的屋里作预言, 105
那屋里安放着人民的牧者常用的石磨,
共有十二个女奴围绕着它们奔忙,
研磨小麦和大麦,人们精力的根源。
其他女奴们都在睡觉,她们已磨完,
只有一女奴尚未完工,因为她力薄。 110
这时她停住磨说话,给她的主人作预言:
"父宙斯啊,你统治所有的神明和凡人,
你在繁星密布的天空打了个响雷,
可天上并无云翳,显然是给某人把兆显。
现在请让我这个可怜人的祈求能实现: 115
但愿求婚人今天是最后、最末一次
在奥德修斯的厅堂上享用如意的饮宴,
他们派我干磨面的重活,把我累得
肢节瘫软,愿这是最后一次设筵。"

她这样说,神样的奥德修斯为女奴的话 120
和宙斯的雷鸣而欣喜,无赖们将会受报应。

其他女奴们在奥德修斯的美丽宅邸
纷纷聚齐,在灶上生起不灭的火焰。
特勒马科斯从床上起身,仪容如神明,
他穿好衣服,把锋利的佩剑背上肩头, 125
给光亮的双脚穿上制作精美的绳鞋,
拿一支坚固的长矛,装有锐利的铜尖,
向前站近门槛,对欧律克勒娅这样说:
"亲爱的奶妈,你们殷勤地用卧床和饮食
招待了家里的客人,还是撇下他未照应? 130
我母亲虽然明慧,但往往处事任性,

她有时会突然殷勤招待某个来客,
纵然他卑贱,有时又无礼地赶走贵宾。"

　　审慎的欧律克勒娅立即回答他这样说:
"孩子,你可不要随意责怪无辜。　　　　　　　135
客人一直坐着饮酒,随自己的心愿,
可他说不想吃饭,你母亲曾经询问他。
待到该是他向往上床睡眠的时候,
你母亲曾吩咐女仆们给他安排床铺,
但是他却像是极度贫穷不幸之人,　　　　　　140
不愿在床上盖着被褥安稳睡眠,
却用一张牛皮和一些羊皮作铺垫,
睡在廊屋,我们给他件袍毯盖上。"

　　她这样说完,特勒马科斯穿过厅堂,
手握长矛,两只捷足的猎狗跟随他。　　　　　145
他前去会场戴胫甲的阿开奥斯人中间。
这时佩塞诺尔之子奥普斯的女儿、
女人中的女神欧律克勒娅吩咐女仆们:
"现在开始干活!你们快收拾宫宅,
洒水清扫,给一把把制作精美的座椅　　　　　150
铺上紫色的毯毡;你们迅速用海绵
擦洗各张餐桌,把搀酒用的调缸
和制作精致的双重杯认真清洗干净;
还有你们去泉边提水,迅速回返。
求婚的人们不会长久地空着这厅堂,　　　　　155
他们会早早前来,今天是全民的节日。"

　　她这样说完,女奴们纷纷遵命而行。
二十个女奴前去幽暗的泉水边汲水,

其余的女奴们留在宅里熟练地干活。

　　高傲的仆从们来到宫宅，他们在那里　　　　　160
灵活而熟练地砍劈木材，提水的女奴们
从泉边汲水归来，牧猪奴在她们之后
赶来肥猪三头，猪群中数它们最肥壮。
他把肥猪留在美丽的庭院里觅食，
他自己话语亲切地对奥德修斯这样说：　　　 165
"外乡人，阿开奥斯人对你可曾稍关心，
或者仍把你欺凌于厅堂，如当初一样？"

　　足智多谋的奥德修斯回答他这样说：
"欧迈奥斯，愿神明报复这种恶行！
这些人在他人家里狂妄地傲慢无礼，　　　　 170
谋划种种暴行，不遵从应有的廉耻。"

　　他们正互相交谈，说着这些话语，
牧羊奴墨兰提奥斯来到他们身边，
赶来一些从羊群中挑选的上等肥羊，
供求婚人作餐肴；两个牧人跟随他。　　　　 175
他把山羊系在回声萦绕的柱廊下，
他自己对奥德修斯用嘲弄的话语这样说：
"外乡人，你怎么还在这宅里向人们乞讨，
惹人讨厌？怎么还没有退到宅外去？
我看你我不可能结束这场冲突，　　　　　　 180
除非较量动手臂，既然你乞讨无止境。
岂不知其他阿开奥斯人家也设有宴饮。"

　　他说完，足智多谋的奥德修斯没答理，
只是默默地点头，心中谋划着灾难。

民众的首领菲洛提奥斯第三个走来， 185
为求婚人赶来一头未生育的母牛和肥羊。
摆渡人把他们渡海送来，倘若其他人
去到他们那里，他们也渡送那些人。
他把牛羊系在回声萦绕的柱廊下，
他自己走近牧猪奴，对他这样询问： 190
"牧猪奴，新来到我们家宅的这个外乡人
是个什么人？他自称属于什么部族？
他的氏族和家乡土地在什么地方？
他虽然身遭不幸，仪表却像是王公。
神明们常常让人们到处不幸地游荡， 195
他们也为王公们准备不幸的灾难。"

　　他这样说完，走近来伸出右手问候，
对奥德修斯说出有翼飞翔的话语：
"你好，外乡老伯，愿你以后会幸运，
虽然你现在不得不遭受无数的不幸。 200
父宙斯，任何其他神明都不及你残忍，
你亲自让凡人降生，却不可怜他们，
让他们遭受各种可悲的苦难和不幸。
我一见此人便不禁眼流泪水汗满身，
回想起奥德修斯，我想他也会穿着 205
这样的破衣烂衫到处游荡在人间，
如果他还活着，看得见太阳的光辉。
如果他已经死去，住在哈得斯的居所，
那我为高贵的奥德修斯深深地叹息，
我儿时他便派我去克法勒涅斯人中守牛群。 210
现在它们已多得数不清，任何其他人
都没有繁衍过像他那样众多的宽额牛。

可是现在外人却命令我把牛赶来,
供他们饮宴;他们蔑视他的孩子,
不怕神明们惩处,一心只想瓜分
长期漂泊在外的主人的各种财富。
我自己胸中的心灵正把一个问题
反复思虑:现在他的儿子仍在家,
我如果携牛群前往异乡投奔他人,
显然不应该;可是要我继续留下,
把牛群供外人饮宴忍受痛苦更难挨。
我本该早就离开这里,前去投靠
其他强大的王公,既然这里难忍耐。
可我仍怀念不幸的主人,愿他能归来,
把这些求婚人驱赶得在宅里四散逃窜。"

　　足智多谋的奥德修斯回答他这样说:
"牧牛人,你不像坏人,也并非没有理智,
我看你这人的胸中颇有健康的智慧,
因此我想告诉你,并且发一个大誓,
我现在请众神之父宙斯、这待客的餐桌
和我来到的高贵的奥德修斯的家灶作见证,
你尚未及离去,奥德修斯便会抵家宅。
如果你愿意,你自己还会亲眼目睹,
在这里作威作福的求婚人一个个被杀死。"

　　放养牛群的牧人这时回答他这样说:
"外乡人,愿克罗诺斯之子让这话应验,
你也会看到我的能力和双臂的气力。"

　　欧迈奥斯这时也祈求全体神明
让智慧的奥德修斯归返回到那宅邸。

他们正互相交谈,说着这些话语, 240
求婚人也在给特勒马科斯策划毁灭。
这时一只飞禽从他们左边飞来,
高飞的老鹰,抓住一只柔弱的飞鸽,
安菲诺摩斯立即开言对他们这样说:
"朋友们,看来我们的计划不会实现, 245
杀不死特勒马科斯,还是让我们去宴饮。"

安菲诺摩斯这样说,博得众人的赞赏。
人们走进神样的奥德修斯的宫宅,
纷纷把外袍放到一张张座椅和宽椅上,
开始宰杀高大的绵羊和肥壮的山羊, 250
宰杀肥硕的骟猪和一头群牧的母牛;
人们烤熟牲口的腑脏,分给饮宴人,
用调缸掺和酒醪,牧猪奴分发杯盏。
民众的首领菲洛提奥斯分发面饼,
装在精美的食篮里,墨兰透斯斟酒。 255
人们伸手享用面前摆放的肴馔。

特勒马科斯想出好主意,让奥德修斯
坐在坚固的厅堂里面,石头门槛边,
摆上一把破旧的椅子和一张小餐桌。
在他面前摆上一份炙烤的腑脏, 260
给黄金酒杯里斟上酒酿,对他这样说:
"请在这里就座,同他们一起喝酒。
我会阻止任何求婚的人们嘲弄你
或对你动手,这宅邸并非公共产业,
而是奥德修斯的家宅,他为我挣得。 265
列位求婚人,你们要控制自己的心灵,

不可辱骂和动手,免生争吵和殴斗。"

他这样说,求婚人用牙齿咬紧嘴唇,
对特勒马科斯大胆的话语感到惊异。
欧佩特斯之子安提诺奥斯对他们这样说: 270
"阿开奥斯人,让我们接受特勒马科斯的
严厉劝告吧,尽管他对我们说话带威胁。
须知若不是克罗诺斯之子不应允,
我们早就阻止他在堂上信口出狂言。"

安提诺奥斯这样说,特勒马科斯未答理。 275
传令官们带着祭献神明的丰盛的百牲祭,
这时正走过城市,长发的阿开奥斯人
聚集在远射的阿波罗的幽暗的圣林里。

待他们烤熟外层肉,从肉叉上取下,
他们把肉分成份,开始丰盛的饮宴。 280
他们也给了奥德修斯相等的一份,
与他们自己的一样多,因为特勒马科斯,
神样的奥德修斯的儿子这样吩咐他们。

雅典娜不想让那些高傲的求婚人就这样
中止谩骂刺伤人,却想让他们激起 285
拉埃尔特斯之子奥德修斯更深的怨恨。
求婚者中有一人,一向狂傲无耻,
名叫克特西波斯,家居萨墨有宅邸。
此人倚仗自己难以胜计的家财,
也来向远离的奥德修斯的妻子求婚。 290
这时他对傲慢无礼的求婚人这样说:
"列位高贵的求婚人,请听我少言几句。

这位外乡人早已得到他理应得到的
相等的一份,怠慢特勒马科斯的客人
不应该也不公平,既然他来到这宅邸。 295
让我现在也送他一份待客的礼物,
他可以用它馈赠为他沐浴的女奴
或神样的奥德修斯宫宅里的其他奴隶。"

他这样说,一面从篮里取只牛蹄,
挥动臂膀扔出,奥德修斯把它躲过, 300
把脑袋向侧旁一偏,心中对他报以
轻蔑的一笑,牛蹄击中坚固的墙壁。
特勒马科斯责骂克特西波斯这样说:
"克特西波斯,事情这样真算你幸运,
你没有击中外乡人,他自己躲过了这一击。 305
不然我会用锐利的长矛刺中你胸膛,
你父亲只好在这里为你安葬代婚礼。
因此你们谁也不要在我家制造事端,
我现在已明白事理,知道一件件事情,
分得清高尚和卑劣,虽然以前是孩子。 310
但我们也只好眼看着这些事情发生:
许多肥羊被宰杀,酒酿面饼被耗损,
因为我孤身一人,难以与一群人抗争。
可是我仍请你们勿怀敌意欺侮我。
要是你们现在仍想用铜器杀害我, 315
这倒符合我的心愿,我宁可死去,
也不愿总是看见这些卑劣的恶行,
外乡客人横遭欺凌,侍役的女奴们
被不体面地玷污于这座美好的宅邸。"

他这样说完,众人一片静默不言语, 320

达马斯托尔之子阿革拉奥斯终于说：
"朋友们，他刚才所言颇为合理公正，
我们不要再和他恶语相争怀怨恨。
不要再欺凌这个外乡人，也不要凌辱
神样的奥德修斯家中其他的仆奴。　　　　　　　　325
对特勒马科斯和他的母亲，我也愿意
略进忠告，如果他们俩有意听取。
当你们胸中的心灵仍然怀抱希望，
认为那位睿智的奥德修斯会归返，
那时自不该责怪你母亲故意拖时日，　　　　　　330
求婚人滞留你家中，因为那样更合理，
要是奥德修斯真的归返回故里。
可现在事情已了然，他已无望再归返。
因此你应该坐在你母亲身旁把她劝，
让她嫁给一位最高贵、最礼丰之人，　　　　　　335
那样你便可如意地享有全部家财，
称心地吃喝，让她去照管他人的产业。"

聪慧的特勒马科斯开言这样回答说：
"阿革拉奥斯，请宙斯和父亲的苦难作见证，
他也许仍远离伊塔卡游荡或者已死去，　　　　　340
我无意拖延母亲的婚姻，相反却劝她
嫁给她满意之人，我赠她丰厚的妆奁。
可我也不能严词强逼她违背己愿，
离开这个家，我若那样神明也不允许。"

特勒马科斯这样说完，帕拉斯·雅典娜　　　　　345
激发求婚人狂笑，搅乱了他们的心智。
他们大笑不止，直笑得双颌变形，
吞噬着鲜血淋淋的肉块；笑得他们

双眼噙满泪水,心灵想放声哭泣。
神样的特奥克吕墨诺斯对他们这样说: 350
"可怜的人们,你们正遭受什么灾难?
昏冥的黑夜笼罩住你们的头脸至膝部,
呻吟之声阵阵,两颊挂满了泪珠,
墙壁和精美的横梁到处溅满鲜血,
前厅里充满阴魂,又把庭院布遍, 355
前往西方的埃瑞博斯①,太阳的光芒
从空中消失,滚滚涌来不祥的暗雾。"

他这样说,大家对他狂笑不止。
波吕博斯之子欧律马科斯开言这样说:
"这位刚从他处来的外乡人犯疯癫。 360
年轻人,你们赶快把他送出大门外,
带往广场,既然他觉得这里如黑夜。"

神样的特奥克吕墨诺斯对他这样说:
"欧律马科斯,你无需派人为我送行,
我自己有眼睛,两耳双全,也有两条腿, 365
胸中有健全无瑕、构造精美的智慧。
我会凭靠它们出大门,因为我看到
灾难正降临你们,所有的求婚人难逃脱,
你们在神样勇敢的奥德修斯家里
狂傲地欺凌人们,作恶多端罪满盈。" 370

他这样说完,走出精美宽阔的大厅,
前去佩赖奥斯家里,受到殷勤的招待。
这时求婚的人们得意地互相注视,

---

① 冥间昏暗。

继续激怒特勒马科斯,嘲笑外乡人。
有位狂妄的年轻求婚人这时这样说: 375
"特勒马科斯,没有比你更不幸的好客主,
你收留了这样一个衣衫褴褛的游荡人,
只知道要吃要喝,不精通任何手艺,
老弱衰朽,完全是大地的一个重负。
另外一位又站在这里给大家布预言。 380
你若愿听我一言,那样于你更有利。
让我们把这些外乡人装上多桨的船只,
运往西克洛斯人①那里,也许能带来好收入。"

　　求婚人这样议论,特勒马科斯未答理,
只是默默地注视着父亲,静静地等待 385
奥德修斯动手,对付那些无耻的求婚人。

　　伊卡里奥斯的女儿、审慎的佩涅洛佩
坐在门边一张制作精美的座椅里,
厅堂上每个人的话语全都一一听清楚。
众求婚人欢笑着把一顿午餐备齐整, 390
美味而丰盛,宰杀了许多肥美的牛羊。
可是从来不会有任何其他的晚餐
比女神和强大的英雄即将提供的晚餐
更加难下咽,是他们首先作恶犯罪孽。

---

① 西克洛斯人即西西里人。

第二十一卷

——佩涅洛佩强弓择偶难倒求婚者

目光炯炯的女神雅典娜把主意放进
伊卡里奥斯的女儿审慎的佩涅洛佩心里,
把奥德修斯家藏的弯弓和灰色的铁斧
摆在求婚人面前,竞赛和屠杀的先导。
她顺着高高的楼梯回到自己的房间, 5
伸出肥厚的手取出一把弯曲的钥匙,
钥匙用青铜制作,手柄用象牙制成。
她偕同女仆们去到最远的一间库房,
那里存放着主人的无数珍贵宝藏,
有青铜、黄金和费力地精细加工的铁器。 10
那里存放着一把松弛的弯弓和箭壶,
装着许多能给人带来悲哀的利箭,
它们是拉克得蒙的欧律托斯之子、
仪表如神明的伊菲托斯的友好赠礼。
二人在墨塞涅①地方机智的奥尔提洛科斯的 15
家宅不期相遇。奥德修斯去那里
索取债务,全地区的人都欠他的债。
墨塞涅人从伊塔卡载走三百只绵羊,
乘坐多桨的船只把牧人一起载运。
奥德修斯长途跋涉前来作使者, 20
他尚年轻,受父亲和其他长老们派遣。

---

① 伯罗奔尼撒半岛东南部地区。

伊菲托斯前来为寻马,他一共丢失
母马十二匹和许多能耐劳干活的健骡。
它们竟然成了他惨遭死亡的原因,
当他去到宙斯的勇敢的儿子那里, 25
就是那完成了无数伟业的赫拉克勒斯,
此人把寄居的客人杀死在自己的宅邸,
狂妄地不怕神明惩罚,也不怕亵渎
面前摆放的餐桌。他杀戮了伊菲托斯,
把蹄子强健的马匹留在了自己家里。 30
伊菲托斯寻马偶遇奥德修斯把弓赠,
那弓原是伟大的欧律托斯经常携带,
在高大的宫宅临终时把它遗传给儿子。
奥德修斯赠他一柄利剑和一根坚矛,
这成为牢固的友谊的开始。两人虽结交, 35
却未及互相探访招待,宙斯的儿子
在欧律托斯神样的儿子伊菲托斯
馈赠那弓后已把他杀死。英雄奥德修斯
乘坐乌黑的船只出征时未携带那张弓,
把它作为对自己的挚朋好友的纪念, 40
留在家宅,在故乡时他经常携带那弓矢。

　　当女人中的女神来到那间库房前,
站在橡木门槛边,那门槛由高超的巧匠
精心制造磨光,用线锤取直瞄平,
装上门框,配上两扇光亮的门扇。 45
她立即迅速解开紧系门环的皮索,
插进钥匙对准部位,轻易地推开了
锁闭的门栓,有如草地放牧的耕牛
大声哞叫,精美的门扇在钥匙推动下,
也这样大声嘶鸣,迅速在面前开启。 50

她随即登上高高的台板,台板上摆放着
许多箱笼,箱笼里有许多熏香的衣衫。
她在那里站定,抬手从挂钩上取下
带套的弯弓,光亮的外套把弯弓罩护。
她弯身坐下,把弓套搁在自己的膝头,　　　　55
放声哭泣,从中取出国王的弯弓。
待她不断流泪,心灵得到慰藉后,
她回到厅堂里出身高贵的求婚人中间,
手里提着那张松弛的弯弓和箭壶,
装着许多能给人带来悲哀的利箭。　　　　　60
侍女们抬着箱笼随行,箱笼里装着
许多铜铁制品,这位国王的武器。
待这位女人中的女神来到求婚人中间,
站在建造坚固的大厅的门柱近旁,
系着光亮的头巾,罩住自己的面颊,　　　　65
左右各有一位端庄的侍女陪伴。
她立即对众求婚人这样开言把话说:
"列位高贵的求婚人,暂且听我进一言,
你们一直在这座宅邸不断地吃喝,
自从这个家的主人长久地在外滞留。　　　　70
你们并无任何其他理由这样做,
只是声称想与我结婚娶我做妻子。
好吧,求婚的人们,既然已有奖品①,
我就把神样的奥德修斯的大弓放在这里,
如果有人能最轻易地伸手握弓安好弦,　　　75
一箭射出,穿过全部十二把斧头,
我便跟从他,离开结发丈夫的这座
美丽无比、财富充盈的巨大宅邸,

---

① "奖品"指她自己,喻竞赛的奖品。

我相信我仍会在睡梦中把它时时纪念。"

　　她这样说完，立即吩咐高贵的牧猪奴　　　　　80
把弯弓和灰色的铁斧交给求婚的人们。
欧迈奥斯泪水涟涟地接过弓斧放下，
牧牛奴看见主人的弯弓也不禁哭泣。
安提诺奥斯对他们大声斥责这样说：
"喜好回忆往日旧事的愚昧村夫，　　　　　　　85
两个倒霉的家伙，你们为何流泪，
激动女主人胸中的心灵？她的心灵
已经沉浸在苦痛里，为失去亲爱的丈夫。
你们或是就这样默默地坐着吃喝，
或是到门外去哭泣，把弯弓留在这里，　　　　90
求婚的人们将用来作一次决定性的竞赛，
我看给这把光滑的弯弓安弦不容易。
须知这里的人中间，没有哪个人能与
奥德修斯相比拟，我曾见过他本人，
我记得他模样，虽然我那时还是个傻孩子。"　95

　　他虽这样说，胸中的心灵仍然希望
能安好弓弦，一箭穿过所有的铁斧。
其实他将第一个品尝高贵的奥德修斯的
双臂射出的箭矢，因为他曾在堂上
侮辱奥德修斯，煽动自己的所有同伙。　　　　100
强健的特勒马科斯这时对众人这样说：
"天哪，克罗诺斯之子宙斯显然让我
失去了理智，我那母亲明智多见识，
对我说她要离开这座宫宅嫁他人，
我却只知欢笑，怡悦愚蠢的心灵。　　　　　　105
好吧，求婚的人们，既然已有奖品，

这样的女人在阿开亚地区无与伦比，
不论在神圣的皮洛斯，在阿尔戈斯、迈锡尼，
还是在伊塔卡本土，在黝黑的大陆土地。
你们对此尽知悉，我何必把母亲夸说？ 110
现在你们不要借故拖延，也不要
迟迟不愿安弓弦，好让我们知究竟。
我自己也想不妨在这里把弓弦试安，
如果我能成功地安弦放矢穿铁斧，
那时尊贵的母亲若离开我家嫁他人， 115
我便不会过分伤心，因我能在这里
举起父亲的精美武器继承这家业。"

　　他这样说完，从肩上脱下紫色的外袍，
一跃而起，取下肩上的锋利佩剑。
他首先把铁斧一把把立起，为他们挖出 120
一道长长的深沟，用锤线把深沟瞄直，
周围填满土。众人见沟惊异不已，
那沟竟如此齐整，以前他从未见过。
这时他来到门槛边站定，试安弓弦。
他三次奋力，颤悠悠地引拉弦绳， 125
三次都气力不济，尽管他心中希望
安好弓弦，一箭穿过所有的铁斧。
他第四次尽力拉引，眼看快安上，
奥德修斯向他示意，阻止他再拉引。
高贵的特勒马科斯这时对众人这样说： 130
"天哪，看来我将是软弱无能之辈，
或是我还年轻，难以凭自己的臂力
回击对手，如果有人恣意欺侮我。
现在来吧，你们都比我力强气盛，
快来尝试这张弓，让我们开始竞技。" 135

他这样说，一面把弯弓放到地上，
斜依在合缝严密、研磨光滑的门扇边，
把速飞的箭矢也就地放下依靠弓柄，
立即回到刚才他站起的宽椅上坐定。
欧佩特斯之子安提诺奥斯对大家进言： 140
"不妨让我们全都来尝试，从左至右，
首先从司酒人开始斟酒的地方起始。"

　　安提诺奥斯这样说，博得众人的赞赏。
奥诺普斯之子勒奥得斯首先站起身，
他是他们的预言者，通常坐在最远处， 145
精美的调缸旁边，唯有他对种种恶行
心中烦厌，对求婚人的行为感到不满，
这时他第一个抓起弯弓和速飞的箭矢。
他来到门槛边站定，尝试那把弯弓，
但他未能安上弦，早使他缺少练习的 150
柔软臂膀乏力，他对求婚人开言说：
"朋友们，我无力安弦，让别人拿去尝试。
这把弯弓将会使许多高贵的人物
失去灵魂和生命，其实死去远比
失望地活着好得多，我们一直为她 155
聚集在这里，在期待中一天天过去。
现在仍有人怀抱希望，期待终能与
奥德修斯的妻子佩涅洛佩配成婚。
可待他尝试过这张弯弓后便会明白，
应该给其他衣着华丽的阿开奥斯女子 160
赠送聘礼去求婚，让佩涅洛佩嫁给
赠礼最丰厚、她命中注定婚嫁的那个人。"

他这样说完,随手把那张弯弓放下,
斜依在合缝严密、研磨光滑的门扇边,
把速飞的箭矢也就地放下依靠弓柄, 165
立即回到他刚才站起的宽椅上坐定。
安提诺奥斯开言谴责,对他这样说:
"勒奥得斯,从你的齿篱溜出了什么话?
你的话骇人听闻,听了令人气愤,
难道只因你未能安弦,这张弓便会使 170
许多高贵的人士丧失灵魂和生命?
其实是你的尊贵的母亲未曾把你
生育成一个能够引弓放矢的人物。
其他高贵的求婚人很快会安好弓弦。"

他这样说完,吩咐牧羊奴墨兰提奥斯: 175
"墨兰透斯,你快去堂上把火生起,
旁边放一把座椅,椅上铺一大张羊皮,
再从屋里取来一大盘储存的油脂,
让我们年轻人把弓烘烤,把油脂涂抹,
然后尝试这张弯弓,在竞赛中见高低。" 180

他这样说完,墨兰提奥斯立即点起
旺盛的火焰,旁边放座椅,椅上铺羊皮,
再从屋里取来一大盘储存的油脂,
年轻的求婚人把弓烘热,但仍然无人
能安上弦绳,因为缺乏足够的气力。 185
安提诺奥斯和神样的欧律马科斯尚未引,
他们是众求婚人的首领,气力超群。

这时有两人一起,同时走出宫宅,
他们是神样的奥德修斯的牧牛奴和牧猪奴,

杰出的奥德修斯随后也走出宅邸。　　　　　　　　190
待他们走出大门,来到庭院外面,
奥德修斯用温和的话语对他们开言:
"牧牛奴和你,牧猪奴,我有句话不知是
现在就说或隐瞒?但心灵要我明说。
倘若有某位神明指引,奥德修斯本人　　　　　　195
突然返回来这里,你们将如何行事?
你们帮助求婚人,还是帮助奥德修斯?
请说出你们的心灵要你们说出的话语。"

　　牛群牧放人立即回答奥德修斯这样说:
"父宙斯,但愿你让这样的愿望成现实。　　　　　200
愿有神明指引,让此人能够把家返,
那时你也会看到我的威能和臂力。"

　　欧迈奥斯也这样向所有的神明作祈求,
让睿智的奥德修斯能够返回这宫邸。

　　奥德修斯知道了他们的真实心意,　　　　　　205
于是重新开言,回答他们这样说:
"我就是他本人,曾经忍受无数艰辛,
二十年岁月流逝,方得归返回故里。
我知道在我的众多家奴中只有你们俩
盼望我归返,我未闻任何其他奴仆　　　　　　　210
祈求神明,让我顺利归返抵家园。
我愿向你们如实明言,它们会实现:
如果神明让我制服高贵的求婚人,
我将让你们娶妻室,赐给你们财产
和与我家为邻的住屋,那时你们　　　　　　　　215
对于我如同特勒马科斯的伙伴和兄弟。

你们走过来,我要给你们展示一个
明确的标记,让你们心中坚信不疑,
一个伤疤,同奥托吕科斯的儿子们一起,
在帕尔涅索斯山野猪用白牙咬伤我留下。" 220

他这样说,撩起衣衫露出大伤疤。
二人看见伤疤,顿时明白了一切,
立即抱住饱经忧患的奥德修斯痛哭,
亲吻他的头部和双肩,热烈欢迎他。
奥德修斯也这样热吻他们的头和手。 225
他们本可能直哭到太阳的光线隐没,
若不是奥德修斯这样开言劝阻他们:
"你们二人快止住哭泣,免得有人
走出厅堂时看见,回去对众人述说。
你们单个地回宅里,不可走在一起, 230
我首先进去,你们随后。这就是暗示:
厅中所有的那些出身高贵的求婚人
决不会允许把那张弯弓和箭壶交给我,
高贵的欧迈奥斯,你要持弓穿过厅堂,
把它交到我的手里,然后为众女仆 235
把那厅堂的合缝严密的门扇关闭。
如果有人在里面听见庭院里传出
男人们呻吟或喧嚷,切不可走出门来
探察究竟,仍要在屋里默默做活计。
高贵的菲洛提奥斯,我要你用门闩闩好 240
外院的大门,再迅速用皮索把它们绑紧。"

他这样说完,走进精美宽敞的大厅,
立即回到他刚才站起的座椅上坐定。
神样的奥德修斯的二奴仆也进入宅里。

这时欧律马科斯正把弯弓翻转， 245
在炉火上反复烘烤，可是他仍未能
安上弓弦，高贵的心里充满失望，
悲伤地开言，对众人叹息一声这样说：
"天哪，我为自己，也为众人痛惜。
我并不因这场求婚不顺而伤心忧愁， 250
因为还有许多其他的阿开奥斯女子，
或是在环海的伊塔卡，或是在其他城市，
我愁的是如果我们的气力如此不及
神样的奥德修斯，连他的弓我们都难以
安好弦绳，这耻辱也会遗留给后人。" 255

　　欧佩特斯之子安提诺奥斯开言说：
"欧律马科斯，此话欠妥，你自己也清楚。
岂不知今天是弓箭神的全民的神圣节庆，
谁能把弓引？你们且安静地把弓放下，
至于那些斧头，让它们竖在那里， 260
我相信，不会有人胆敢把它们取走，
进入拉埃尔特斯之子奥德修斯的宅邸。
现在来吧，让司酒人把酒杯一一斟满，
我们向神明醑酒祭奠，把弯弓收起。
明晨你们再吩咐牧羊奴墨兰提奥斯 265
赶来群羊，所有羊群中遴选的最上等，
我们好向著名的弓箭神阿波罗献腿肉，
让我们再尝试这弯弓，把这场竞赛完成。"

　　安提诺奥斯说完，博得大家的赞赏。
侍者把净水倒在他们手上把手洗， 270
侍童们把各个调缸装满酒酿搀和，

分斟各个酒杯,首先斟些作祭奠。
人们祭过神明,尽情地开怀畅饮,
足智多谋的奥德修斯狡狯地对他们说:
"尊贵的王后的求婚人,现在请听我说, 275
我要说我胸中的心灵吩咐我说的话语。
我请求高贵的欧律马科斯和神样仪容的
安提诺奥斯,因为他的话语合情理,
暂且停止引弓,把事情交给众神明,
明晨神明会赐给他喜爱的人获优胜。 280
现在请给我光滑的弯弓,让我为你们
也试试我的臂膀和气力,看我是否
仍然有力量,它往昔存在于我灵活的躯体,
或者长期的漫游和饥饿已把它耗尽。"

他这样说完,求婚人个个愤怒无比, 285
担心他可能给光滑的弯弓安好弦绳。
安提诺奥斯开言,这样大声谴责说:
"你这个无耻的外乡人,没有一点头脑。
你难道还不满足于在我们这些高贵的
人们中间安静地吃喝,什么也不缺, 290
还可听我们说话?任何其他外乡人
和乞丐不可能有幸聆听我们的议论。
甜蜜的酒酿使你变糊涂,酒酿能使
人们变糊涂,如果贪恋它不知节制。
酒醪使著名的马人欧律提昂逞狂于 295
勇敢的佩里托奥斯的宫宅,当时他前去
拜访拉皮泰人。酒酿使他失去理智,
他在佩里托奥斯的宫中疯狂作恶事,
英雄们心中愤怒,个个愤然起身,
把他拖出院门,用无情的铜器割下 300

他的双耳和鼻梁,他完全丧失智慧,
不得不心智昏迷地从那里忍痛逃逸。
由此引发了马人族和人类之间的冲突,
他本人第一个遭到醉酒带来的不幸。①
因此我警告你,你也会遭到巨大的不幸, 305
倘若你想安弓弦。这里再不会有人
对你施恩惠,我们会立即用黑壳船把你
交给人类的残害者、国王埃克托斯。
你不会从那里得救保性命,因此你还是
安静地饮酒吧,不要同比你年轻的人竞争。" 310

    审慎的佩涅洛佩立即回答他这样说:
"安提诺奥斯,侮辱特勒马科斯的客人
不合情理不公平,既然他来到这宅邸。
你是否认为,如果这位客人真能够
凭臂膀和气力给奥德修斯的大弓安好弦, 315
我便会被他带回家成亲,做他的妻子?
其实他自己也未尝有此奢念存心里。
因此你们谁也不必为此事担愁忧,
还是放心吃喝吧,此事断然不可能。"

    波吕博斯之子欧律马科斯这时反驳说: 320
"伊卡里奥斯的女儿,审慎的佩涅洛佩,
我们也认为你不会被带走,此事不可能。
可我们羞于听见男男女女的议论,
或许某个卑贱的阿开奥斯人会这样说:
'是一帮庸人追求高贵的英雄的妻子, 325

---

① 佩里托奥斯是宙斯和狄娅的儿子,特萨利亚境内拉皮泰人的首领。马人是一种人首马身怪物,传说中的一族。参阅《伊利亚特》第一卷第263—269行及注释。

他们却无力给他那光滑的弯弓安好弦。
却有一个能人,游荡前来的乞求人,
轻易地给弓安弦,一箭穿过铁斧。'
他们会这样议论,那会令我们羞耻!"

  审慎的佩涅洛佩立即这样回答他: 330
"欧律马科斯,肆无忌惮地消耗一个
高贵之人的家财,这种人在我们国中
不会受赞誉,你们又何必计较这耻辱?
这位客人身材魁梧,体格也强健,
他自称论出身也系高贵父亲之后。   335
请给他光滑的弯弓,看看他本领如何。
我还要说一句,我的话语定然会实现。
如果他能安好弦,阿波罗赐他荣誉,
我就赠送他外袍和衬衣,精美的衣衫,
一支锐利的长矛,抵御狗和人的攻击,   340
还有一把双刃剑,再给他绳鞋穿脚上,
送他前往他的心灵向往的地方。"

  聪慧的特勒马科斯这样开言回答说:
"亲爱的母亲,没有哪个阿开奥斯人
比我更有权决定把这弓给谁或拒绝,   345
无论他们是统治崎岖的伊塔卡地方,
或是统治靠近牧马的埃利斯的各岛屿。
任何阿开奥斯人也不得阻挠反对我,
即使我把这弓永远赠这客人带回家。
现在你还是回房把自己的事情操持,   350
看守机杼和纺锤,吩咐那些女仆们
认真把活干,这弓箭是所有男人们的事情,
尤其是我,因为这个家的权力属于我。"

佩涅洛佩不胜惊异,返回房间,
把儿子深为明智的话语听进心里。　　　　　　　355
她同女仆们一起回到自己的寝间,
禁不住为亲爱的丈夫奥德修斯哭泣,
直到目光炯炯的雅典娜把甜梦降眼帘。

这时高贵的牧猪奴正手握弯弓走去,
求婚的人们立即在厅堂放声喧嚷,　　　　　　　360
狂妄的年轻求婚人中有一个这样说:
"可憎的牧猪奴,无耻的家伙,你把弯弓
拿往何处?但愿由你豢养守猪群的
迅捷的牧犬把你吞噬于远离人烟处,
如果阿波罗和其他不死的众神明恩允。"　　　　365

他们这样说,牧猪奴把弯弓放在原地,
他见众人呐喊在大厅,心中害怕。
特勒马科斯这时在一旁大声威胁说:
"老人家,把弓送去,不可人人皆听从。
否则我虽然年轻,也要赶你去田间,　　　　　　370
用石块狠砸你,须知我比你更有力气。
但愿我如此强健有力量,超过所有
聚集在我家的求婚人的双臂和气力,
那时我便可立即让他们遭殃,把他们
赶出这家门,他们图谋让我们遭灾难。"　　　　375

他这样说,所有的求婚人顿时对他
狂笑不止,消解了他们对特勒马科斯的
强烈愤怒。牧猪奴拿着弓穿过厅堂,
站到睿智的奥德修斯身边,把弓交给他,

牧猪奴又招呼奶妈欧律克勒娅,这样说: 380
"聪明的欧律克勒娅,特勒马科斯吩咐,
要你把厅堂合缝严密的门扇关闭,
如果有人在里面听见庭院里传出
男人们呻吟或喧嚷,切不可走出门来,
探察究竟,仍要在屋里默默做活计。" 385

他这样说,奶妈嗫嚅未敢多言语,
便把一间间居住舒适的房门关上。

菲洛提奥斯默默地走出大厅到门外,
把有围墙护卫的宅院的大门关闭。
前廊下有用莎草①搓成的翘尾船缆绳, 390
他用那缆绳系紧门,自己返回厅里,
立即来到刚才他站起的座椅上坐定,
眼望奥德修斯。奥德修斯正察看弯弓,
不断把弓翻转,试验它的各部位,
看主人离开期间牛角是否被虫蛀。 395
这时有人眼望邻人,这样发议论:
"看他倒真像个使弓箭的行家里手。
或许他自己家里也有同样的弓箭,
或许他想仿制一把,因为他拿着弯弓
反复察看,这个惯做坏事的游荡汉。" 400

狂妄的年轻求婚人中另一位这样说:
"但愿他以后还会遇上那么多好运气,
如同这家伙今天有多大能耐安弓弦。"

求婚人这样议论,足智多谋的奥德修斯

---

① 一种阔叶植物,纤维细密坚韧,叶片可作书写用纸。

立即举起大弓,把各个部分察看, 405
有如一位擅长弦琴和歌唱的行家,
轻易地给一个新制的琴柱安上琴弦,
从两头把精心搓揉的羊肠弦拉紧,
奥德修斯也这样轻松地给大弓安弦。
他这时伸开右手,试了试弯弓弦绳, 410
弓弦发出美好的声音,有如燕鸣。
众求婚人心里一阵剧痛,脸色骤变。
这时宙斯抛下个响雷显示征兆,
足智多谋的英雄奥德修斯一听心欢喜,
因为多智的克罗诺斯之子给他示吉利。 415
他拿起身旁餐桌上一支业已出壶的
速飞箭矢,其他矢簇仍留在箭壶里,
阿开奥斯人即将尝试它们的滋味。
他拿起箭矢搭弓背,拉紧矢托和弓弦,
坐在原先的座椅上,稳稳地射出箭矢, 420
对准面前的目标,没错过所有的铁斧,
从第一把斧的圆孔,直穿过最后一个,
飞到门外边。他对特勒马科斯这样说:
"特勒马科斯,坐在你堂上的这位客人
没有令你失体面,我没有错过目标, 425
不费力地安好了弓弦,看来我还有气力,
并不像求婚的人们蔑视地责备我那样。
现在该是给阿开奥斯人备晚餐的时候,
趁天色未昏暗,然后还将有其他娱乐,
歌舞和琴韵,因为它们是饮宴的补充。" 430

他说完蹙眉示意,神样的奥德修斯的
爱子特勒马科斯挂起锋利的佩剑,
手中紧握长矛,站到奥德修斯身边,
在他的座椅侧旁,闪耀着青铜的光辉。

第二十二卷

——奥德修斯威镇厅堂诛戮求婚人

  这时足智多谋的奥德修斯脱掉破外套,
跃到高大的门槛边,手握弯弓和箭壶,
壶里装满箭矢,把速飞的箭矢倾倒在
自己的脚跟前,立即对众求婚人这样说:
"如今这场决定性的竞赛终于有结果,   5
现在我要瞄一个无人射过的目标,
但愿我能中的,阿波罗惠赐我荣誉。"

  他说完,把锐利的箭矢射向安提诺奥斯。
安提诺奥斯正举着一只精美的酒杯,
黄金制成,饰有双耳,用双手抓住,   10
恰若畅饮,心中未想到死亡会降临。
有谁会料到在聚集欢宴的人们中间,
竟会有这样的狂妄之徒,胆敢给他
突然送来不幸的死亡和黑色的毁灭?
奥德修斯放出箭矢,射中他的喉咙,   15
矢尖笔直地穿过他那柔软的脖颈。
安提诺奥斯倒向一边,把手松开,
酒杯滑脱,他的鼻孔里立即溢出
浓浓的人的血流;他随即把脚一蹬,
踢翻了餐桌,各种食品撒落地面,   20
面饼和烤肉全被玷污。求婚的人们
见此人倒下,立即在厅堂喧嚷一片。

他们从座椅上跳起,惊慌地奔跑在堂上,
向四处张望,巡视建造坚固的墙壁,
但那里既没有盾牌,也没有坚固的长矛。　　　　25
他们怒不可遏地大声谴责奥德修斯:
"外乡人,你射杀人会给你带来不幸,
你休想再参加其他竞赛,你就要遭凶死。
岂不知你刚才射杀的这位英雄是伊塔卡
最高贵的青年,秃鹰就会在这里吞噬你。"　　　　30

　　求婚人纷纷这样说完,还以为奥德修斯
并非故意射杀人,这些糊涂人不知道
死亡的绳索已缚住他们每一个人。
足智多谋的奥德修斯怒视他们这样说:
"你们这群狗东西,你们以为我不会　　　　35
从特洛亚地区归返,从而消耗我家产,
逼迫我的女奴们与你们同床共枕,
我还活着,便来向我的妻子求婚,
不畏掌管广阔天宇的神明降惩罚,
也不担心后世的人们会谴责你们,　　　　40
现在死亡的绳索已缚住你们每个人。"

　　他这样说完,他们陷入灰白的恐惧,
人人忙张望,哪里可逃脱凶暴的死亡。
唯有欧律马科斯这时回答他这样说:
"如果你真是伊塔卡的奥德修斯把家返,　　　　45
你谴责阿开奥斯人完全应该理当然,
他们作恶于你的家宅,作恶于田庄。
可是这种种罪恶的祸首已躺倒在地,
就是安提诺奥斯。事事均由他作祟,
他如此热衷于此事并非真渴望成婚,　　　　50

而是另有他图,克罗诺斯之子未成全:
他想做人烟稠密的伊塔卡地区的君王,
因此他还设下埋伏,想杀害你的儿郎。
他罪有应得,现在请宽赦其他属民,
我们会用自己土地的收入作赔偿, 55
按照在你的家宅耗费于吃喝的数目,
各人分别赔偿,送来二十头牛的代价,
将给你青铜和黄金,宽慰你的心灵,
现在你心中怨怒无可非议理应当。"

足智多谋的奥德修斯怒视他们回答说: 60
"欧律马科斯,即使你们把全部财产
悉数作赔偿,外加许多其他财富,
我也不会让我的这双手停止杀戮,
要直到求婚人偿清自己的累累罪恶。
现在由你们决定,或是与我作战, 65
或是逃窜,以求躲避毁灭和死亡,
可我看你们谁也难把这凶死逃脱。"

他这样说完,他们的膝盖和心灵瘫软。
欧律马科斯重又开言对他们这样说:
"朋友们,此人不愿止住无敌的双手, 70
却想凭借他握有的光滑的弯弓和箭壶,
从光亮的门槛边放箭,企图把我们
全都射死。我们要鼓起战斗勇气,
让我们抽出佩剑,抓起面前的餐桌,
抵挡此人致命的箭矢,一起冲过去, 75
也许能把他从门槛前和大门边赶走,
我们奔走城里,发出迅疾的呼喊,
若能那样,这将是他最后一次射杀。"

他这样说,一面抽出青铜制造的、
两面有刃的锋利佩剑,大喊一声, 80
扑向奥德修斯,英雄奥德修斯
同时射出箭矢,射中他胸部乳旁,
速飞的箭矢穿进肝脏,佩剑脱手,
掉落地面,他向前一头扑向餐桌,
立即倒地,各种餐食和双耳酒杯 85
撒落地上,他的前额撞向地面,
心中泛起悲伤,双脚蹬向座椅,
蹬得座椅晃颤,昏暗罩上眼睑。

　　安菲诺摩斯冲向高贵的奥德修斯,
临面一跃而起,抽出锋利的佩剑, 90
心想奥德修斯也许会给他让出大门,
特勒马科斯却首先从后面用青铜矛尖
刺入他的两肩中间,穿过胸部,
他扑通一声倒地,整个前额触地面。
特勒马科斯后退一步,让长矛留在 95
安菲诺摩斯的身上,担心可能有哪个
阿开奥斯人乘他拔取长枪时扑来,
举剑刺他或乘他弯腰时向他攻击。
他立即跑开,迅速奔向他的父亲,
站在近旁,说出有翼飞翔的话语: 100
"父亲,我去给你取一面盾牌两根枪、
一顶适合于你的两鬓的全铜头盔,
我自己也得周身披挂,同时给牧猪奴
和牧牛奴取些甲仗,这样能更好地战斗。"

　　足智多谋的奥德修斯立即回答说: 105

"你快去取来,我现在还可用箭矢护身,
切不可让他们乘我只身赶离这大门。"

　　他这样说完,特勒马科斯遵从父命,
奔向库房,那里存放着辉煌的武器。
他从那里取出四面盾牌八根枪矛、　　　　　　110
四顶饰有浓密马鬃的铜质头盔,
拿着它们迅速回到父亲的身旁。
他首先给自己周身穿上青铜铠甲,
两个家奴也同样装备好精良的武器,
站在聪颖、机敏多智的奥德修斯身边。　　　115

　　当奥德修斯仍有箭矢护卫自己时,
他总是瞄准目标,一箭射中一个
堂上的求婚人,他们纷纷紧挨着倒下。
待所有的箭矢均已离开射手飞去时,
他把弯弓放下,斜依建造坚固的　　　　　　120
厅堂的门柱,熠熠闪光的内侧墙边,
他自己把四层盾面的厚盾挂上肩头,
把制作精美的头盔戴到强健的头上,
有马鬃装饰盔顶,顶饰吓人地颤动,
又拿起两支长枪,有坚固的铜尖。　　　　　125

　　建造坚固的墙壁开有一道侧门,
侧门出口与坚固的大厅的门槛齐平,
通向侧道,装有合缝严密的门扇。
奥德修斯派遣高贵的牧猪奴去守护,
站在那门边,因为出口只有那一个。　　　　130
阿革拉奥斯提醒求婚人,对他们这样说:
"朋友们,是否有人能从侧门逃出,

向人民报告消息,发出迅疾的呼喊?
若能那样,这将是他最后一次射杀。"

  牧放山羊的墨兰提奥斯对他们这样说: 135
"宙斯养育的阿革拉奥斯,这事难成功。
通外院的侧门距离太近,①通过也困难,
有一人勇敢把守,便可把众人挡住。
可是别灰心,我这就去库房搬取兵器,
供你们武装,奥德修斯和光辉的儿子   140
绝不会把那些武器储放在其他地方。"

  牧放山羊的墨兰提奥斯对他们这样说,
一面登上厅口,进入奥德修斯的库房。
他取出十二面大盾、同样数目的长枪
和同样数目饰有马鬃的铜质头盔,   145
迅速返回,把搬来的武器交给求婚人。
奥德修斯的双膝和心灵即刻发软,
看见求婚人身穿甲胄,手握长枪,
颤动着长杆,知道将会有一场恶战。
他对特勒马科斯说出有翼飞翔的话语: 150
"特勒马科斯,看来家里有某个女奴,
或者是墨兰透斯,为我们挑起恶战。"

  聪慧的特勒马科斯回答父亲这样说:
"父亲,是我自己的过失,非他人过错,
我打开库房后忘却把那合缝严密的   155
库房门关闭。他们的暗探倒也真聪明。
高贵的欧迈奥斯,你去把库房门加锁,

---

① 指距奥德修斯把守的大门太近。

看究竟是哪个女奴干下此事,或者是
多利奥斯之子墨兰透斯,我看就是他。"

　　他们正互相交谈,说着这些话语, 160
牧放山羊的墨兰提奥斯又奔向库房,
再搬取精美的武器。高贵的牧猪奴瞥见,
立即向身旁的奥德修斯报告这样说:
"拉埃尔特斯之子,机敏的神裔奥德修斯,
我们怀疑干坏事的那个无耻之徒 165
现在正去库房,请你明白地告诉我,
倘若我能战胜他,我是把他处死,
还是带来这里,让他为自己在你家
作下的那许多不义行为一并受惩处。"

　　足智多谋的奥德修斯这样回答他: 170
"我和特勒马科斯从这里可以对付
堂上高傲的求婚人,尽管他们很凶狠。
你们俩捉住他,把他的手脚扳向身后,
扔进库房,把木板绑在他的后背,
用搓揉结实的绳索把他牢牢地捆紧, 175
拉上高高的立柱,直把他拉至梁木,
让他活活地长久忍受巨大的折磨。"

　　他这样说完,他们两人遵命而行,
来到库房前,避免让库里的那人发现。
牧羊奴正在库房角落里搜寻武器, 180
他们俩站在门柱两侧静静地守候,
当牧羊奴墨兰提奥斯正要跨出门槛时,
一只手拿着一顶制作精美的头盔,
另一只手拿着一面锈迹斑斑的大盾,

英雄拉埃尔特斯年轻时曾经使用,　　　　　　　　　185
现在遭弃置,皮条的接缝多处已坼裂,
两人扑上前把他抓住,揪住头发,
拖进库房扔到地板上,任他心忧伤,
用令人痛苦难忍的镣铐把他的手脚
向后背牢牢缚住,如拉埃尔特斯之子、　　　　　　190
足智多谋的奥德修斯吩咐的那样,
用搓揉结实的绳索狠狠地把他捆紧,
拉上高高的立柱,直把他拉至梁木。
牧猪奴欧迈奥斯,你对他这样讥讽说:
"墨兰提奥斯,现在你就在这里守通宵,　　　　　195
有柔软的床榻可供安卧,这很适合你。
金座的黎明从奥克阿诺斯的水流中呈现,
就不可能瞒过你,当你还未给求婚人
赶来山羊,供他们在厅堂筹备餐肴。"

　　牧羊奴就这样被留下,被可恶的绳索缚住。　　200
他们俩穿戴好盔甲,关好闪光的门扇,
来到机敏多智的英雄奥德修斯的身边。
双方杀气腾腾在厅堂,他们四人
守在门槛,求婚人在厅里人多又凶悍。
宙斯的女儿雅典娜来到他们身边,　　　　　　　　205
外表和声音完全幻化成门托尔模样。
奥德修斯一见心欢悦,开言这样说:
"门托尔,快帮我们抵抗,念我们是同伴,
我也曾给过你种种好处,我们还同庚。"

　　他这样说,料想那是好掠阵的雅典娜。　　　　210
求婚的人们也从堂上向她大声呼喊。
达马斯托尔之子阿革拉奥斯首先责备说:

"门托尔,切勿听信奥德修斯的蛊惑,
与我们这些求婚人对抗,帮助他本人。
我料定无疑,我们的计划必然会实现: 215
当我们杀死他们这对父亲和儿子时,
会把你与他们一同杀死,如果你想
在堂上帮助他们,你将用头颅来偿付。
在我们用青铜武器把你们杀死以后,
我们将把你拥有的这里和外地的财产 220
与奥德修斯的归并一起,不允许你的
儿子们继续生活在宅邸,不允许你的
高贵的妻子和女儿们住在伊塔卡城里。"

　　他这样说,雅典娜心中气愤无比,
用愤激的话语严厉申斥奥德修斯: 225
"奥德修斯,你已无往日的坚强勇力,
你凭那勇力曾为高贵的白臂海伦,
与特洛亚人不倦地连续奋战九年,
在激烈的战斗中杀死了难以胜计的敌人,
设谋攻下了普里阿摩斯的广阔的都城。 230
现在你返回家园,见到自己的财富,
面对求婚人却可悲地缺乏应有的勇气?
朋友,你现在站在我身旁,看我作战,
看看阿尔基摩斯之子门托尔面对
那么多敌人如何报答你往日的恩情。" 235

　　她这样说,却并未惠赐完全的胜利,
她仍想继续考验奥德修斯和他那
体格健壮的高贵儿子的力量和勇气。
她一跃而至被烟尘染黑的大厅的横梁,
蹲在那里,外形幻化成一只飞燕。 240

达马斯托尔之子阿革拉奥斯、欧律诺摩斯、
安菲墨冬、得摩普托勒摩斯、波吕克托尔之子
佩珊德罗斯和多阅历的波吕博斯鼓动求婚人,
他们在所有仍然活着、为自己的生命
奋力搏战的人中间勇力最出众超群, 245
不少人已死于弯弓和连续射出的箭矢。
阿革拉奥斯鼓动大家,对他们这样说:
"朋友们,此人很快会停住无敌的臂膀,
门托尔对他信口夸说一番已离去,
只有他们几个仍留在那大门的入口。 250
现在你们不要都向他投掷长枪,
让我们六人首先掷去,但愿宙斯
恩允我们击中奥德修斯,惠赐荣誉。
只要此人一倒毙,其他人便不足为虑。"

他这样说,众人按他的吩咐投掷, 255
雅典娜却使他们的长枪全都白投。
其中一支枪击中坚固大厅的门柱,
另一支击中合缝严密的大门门扇,
再一支镶铜尖的榉木长枪击中墙壁。
待他们躲过求婚的人们投来的长枪, 260
历尽艰辛的英雄奥德修斯对他们开言说:
"朋友们,我现在命令你们向求婚的人群
投掷长枪,他们竟然想杀死我们,
在原先种种卑劣恶行上又添新罪孽。"

他这样吩咐,他们掷出锐利的长枪, 265
当面瞄准,奥德修斯投中得摩普托勒摩斯,
特勒马科斯击中欧律阿德斯,牧猪奴击中

埃拉托斯,牧牛奴击中佩珊德罗斯。
这些人全都一起张口啃宽阔的地板,
余下的求婚人纷纷退到厅堂的角落里。 270
他们一起跃上前,把长枪拔出尸体。

　　这时众求婚人又投出锐利的长枪,
雅典娜使他们的许多长枪都白投,
其中一支枪击中坚固大厅的门柱,
另一支击中合缝严密的大门门扇, 275
再一支镶铜尖的梣木长枪击中墙壁。
安菲墨冬击中特勒马科斯的手腕,
稍许擦伤,青铜划破了一层表皮。
克特西波斯的长枪擦过欧迈奥斯的盾上沿,
划着肩部,从上飞过,掉落地面。 280
富有经验的奥德修斯身旁的人们
再次向混乱的求婚人群投出长枪,
攻掠城市的奥德修斯击中欧律达马斯,
特勒马科斯击中安菲墨冬,牧猪奴击中
波吕博斯,牧牛奴对准克特西波斯, 285
一枪击中他胸膛,不禁高兴地夸耀说:
"喜好嘲讽他人的波吕特尔塞斯之子,
如今你不可能再肆无忌惮地胡言乱语,
事情该委托给众神明,因为他们更高强。
现在回敬你客礼,因为你曾把牛腿 290
扔给在堂上乞讨的神样的奥德修斯。"

　　弯角牛群的牧放者这样说,奥德修斯
用长枪击中对面的达马斯托尔之子,
特勒马科斯击中欧埃诺尔的儿子
勒奥克里托斯腹部,铜尖从正中穿过, 295

他不禁向前一扑,整个前额触地面。
这时雅典娜从高高的屋顶手持她那面
致命的神盾,顿然使求婚人心生恐惧。
求婚人在堂上四处逃窜,有如牛群,
春日时节白昼延长,敏捷的牛虻　　　　　　　300
蜇刺牛群,蜇刺得牛群惊恐地乱窜。
又如一群凶猛的利爪弯喙的秃鹫
从空中飞过,扑向一群柔弱的飞鸟,
飞鸟在平原上的云气里奋力飞逃躲避,
秃鹫扑杀它们,它们无力自卫,　　　　　　305
也无法逃脱,人们见此猎杀心欢然;
他们也这样在堂上向求婚的人们冲击,
到处杀伤求婚人,求婚人悲惨地呼喊,
头颅被砸破,整个地板鲜血漫溢。

　　勒奥得斯奔向奥德修斯,抱住双膝,　　　310
恳切地哀求,说出有翼飞翔的话语:
"奥德修斯,我请求你开恩可怜我,
我敢说我在你家里没有用言语侮辱
任何女人,也没有任何非礼的行径,
我还曾劝阻其他的求婚人为非作恶。　　　　315
可是他们不听我劝告,仍然作恶事,
他们为自己的罪行受到可悲的惩处。
我是他们的预言者,未作过任何坏事,
倘若也躺下,那便是善事不得善报应。"

　　足智多谋的奥德修斯怒视一眼回答说:　　320
"如果你真是他们中间的一名预言人,
你必然经常在堂上向神明祷告作祈求,
希望我不可能得到甜蜜的回返归宿,

希望我的妻子嫁给你,为你育儿女,
因此你现在也难把悲惨的死亡逃脱。" 325

他这样说,一面用肥厚的手抓起佩剑,
阿革拉奥斯被杀时把它丢弃在地面。
他挥剑砍向勒奥得斯的颈脖中央,
预言人还在说话,脑袋已滚进尘土。

歌人特尔佩斯之子躲过了黑色的死亡, 330
就是费弥奥斯,他不得不为求婚人歌吟。
他双手捧着音韵嘹亮的弦琴站在
侧门旁边,心中翻腾着两种考虑,
是逃出大厅,坐到保护神伟大的宙斯的
建造精美的祭坛上,①在那里拉埃尔特斯 335
和奥德修斯焚献过许多肥牛的腿肉,
或是向奥德修斯奔去,抱膝请求。
他反复思忖,终于认为这样做更合适:
抱膝请求拉埃尔特斯之子奥德修斯。
他把空肚的弦琴立即放到地上, 340
在调酒缸和镶有银钉的宽椅之间,
自己奔向奥德修斯,抱住双膝,
向他恳求,说出有翼飞翔的话语:
"奥德修斯,我抱膝请求,开恩可怜我。
如果你竟然把歌颂众神明和尘世凡人的 345
歌人也杀死,你自己日后也会遭不幸。
我自学歌吟技能,神明把各种歌曲
灌输进我的心田,我能像对神明般
对你歌唱,请不要割断我的喉管。

---

① 按照习俗,任何人不得侵害请求祭坛保护的人,否则为渎神。

你的儿子特勒马科斯可替我证明，　　　　　　　　350
我并非自愿前来你家里，我也不想
得宠于求婚人，在他们饮宴时为他们歌咏，
只因他们人多位显贵，强逼我来这里。"

　　他这样说，强健的特勒马科斯听清楚，
立即对站在自己身旁的父亲这样说：　　　　　　355
"住手吧，请不要用铜器杀害这位无辜，
让我们把传令官墨冬也一并宽恕，
想我年幼时，他一直在我们家照料我，
如果菲洛提奥斯和牧猪奴尚未杀死他，
或者当你在堂上击杀时他没有碰上你。"　　　　　360

　　他这样说，墨冬把明智的话语听分明，
他正躬身隐藏在宽椅下，身上护盖着
一张新剥的牛皮，躲避黑色的毁灭。
他立即从宽椅下站起，甩掉那牛皮，
奔向特勒马科斯，抱住他的双膝，　　　　　　　365
诚恳请求，说出有翼飞翔的话语：
"亲爱的朋友，我就在这里，请你饶恕，
求你父亲不要在愤怒中用锐铜杀死我，
因他恼恨求婚人，他们在他的宅邸
消耗他的财富，这帮蠢人也蔑视你。"　　　　　　370

　　足智多谋的奥德修斯微笑回答说：
"放心吧，他保护了你，救了你一命，
好让你心中明白，也好对他人传说，
作善事比作恶事远为美好和合算。
你们现在且离开这大厅，坐到门外去，　　　　　375
离开这屠杀去院里，你和那善吟的歌人，

让我在这厅堂上把该做的事情做完。"

他这样说,两人去到厅堂外面,
一起坐在伟大的宙斯的祭坛旁边,
仍然四处张望,担心可能遭屠戮。 380

奥德修斯也在厅内张望,看是否有人
仍然活着暗隐藏,躲避黑色的死亡。
他看见所有的求婚人都已纵横陈尸,
倒在血泊和尘埃里,有如一群鱼儿,
渔人们用多孔的鱼网把它们从灰色的大海 385
捞到宽阔的海滩上,它们热切渴望
大海翻腾的波涛,却全被撒在沙岸上,
赫利奥斯的光芒夺走了它们的生命;
求婚的人们也这样互相倒在一起。
足智多谋的奥德修斯吩咐特勒马科斯: 390
"特勒马科斯,快去叫奶妈欧律克勒娅,
我有话对她说,说明我心中的打算。"

他这样说,特勒马科斯听从父命,
推开屋门对奶妈欧律克勒娅这样说:
"快快起来,亲爱的上了年纪的老奶妈, 395
你是我们这个家的众多女奴的老总管。
快过来,我父亲召唤你,有话向你吩咐。"

他这样说,奶妈喏嚅未敢多言语。
她立即打开居住舒适的房间的门扇,
走了进来,特勒马科斯在前引路。 400
她看见被杀的尸体中间的奥德修斯,
浑身沾满血污,有如一头雄狮,

那雄狮刚刚吞噬牧场的壮牛离开,
整个胸部和它那两片面颊的侧面
沾满浓浓的血污,令人见了心惊惧,　　　　　405
奥德修斯也这样手脚溅满了鲜血。
待她看清那无数的尸体和漫溢的血流,
禁不住为成就了这样的大功业而欣喜欢呼。
可是奥德修斯阻住她,不让她说话,
开言对她说出有翼飞翔的话语:　　　　　　410
"老奶妈,你喜在心头,控制自己勿欢呼,
在被杀死的人面前夸耀不合情理。
神明的意志和他们的恶行惩罚了他们,
因为这些人不礼敬任何世间凡人,
对来到他们这里的客人善恶不分,　　　　　415
他们为自己的罪恶得到了悲惨的结果。
现在你向我说明家里女仆们的为人,
哪些女仆不敬我,哪些女仆无过失。"

　亲爱的奶妈欧律克勒娅立即回答说:
"孩子,我这就把真实情况告诉你。　　　　　420
你这家宅里共有女性奴仆五十名,
我们教导她们勤于各种手工,
让她们梳理羊毛,恪守奴仆的本份,
其中有十二个女奴干下了无耻的行径,
她们不敬重我,也不敬重佩涅洛佩。　　　　　425
特勒马科斯尚在长大成人,他母亲
一直不准他干预女性奴仆们的事情。
现在请让我前去楼上明亮的寝间,
告诉你妻子,神明正让她酣眠在梦境。"

　足智多谋的奥德修斯这样回答说:　　　　　430

"现在暂且不要去叫醒她,你先把那些
作过卑鄙事情的女奴召唤来这里。"

他这样吩咐,老奶妈立即穿过厅堂,
去通知那些女奴,催促她们来厅里。
这时他又吩咐特勒马科斯、牧牛奴 435
和那个牧猪奴,说出有翼飞翔的话语:
"现在开始搬走尸体,让女奴们干活,
然后把那些精美无比的座椅和餐桌
用水和多孔的海绵认真擦洗干净。
待你们把屋内一切均已收拾整齐, 440
你们便把女奴们带出精美的厅堂,
到那圆顶储屋和坚固的院墙之间,
在那里用锋利的长剑把她们砍杀,
让她们全部丧命,使她们忘却阿佛罗狄忒,
往日里与那些求婚人厮混,秘密偷欢。" 445

他这样吩咐,女奴们挤作一团到来,
可怕地哭泣,无数的泪水不断淌流。
她们首先把那些被杀者的尸体抬出,
放在建有坚固围墙的院落的长廊里,
一个个摞叠,奥德修斯亲自督促她们, 450
要她们迅速抬尸体,逼迫她们干活,
然后把那些精美无比的座椅和餐桌
用水和多孔的海绵认真擦洗干净。
这时特勒马科斯和牧牛奴、牧猪奴
正用锹刃把建造坚固的大厅地面 455
仔细刮干净,女奴们把污秽清出门去。
待她们把厅里一切均已收拾整齐,
他们把女奴们带出建造精美的厅堂,

到那圆顶储屋和坚固的院墙之间,
赶到狭窄的地方,使她们无法逃脱。 460
聪慧的特勒马科斯开言对人们这样说:
"我可不能用通常方式让她们死去,
她们往日里恶言秽语侮辱我本人
和我的母亲,夜里躺在求婚人身边。"

他这样说,把一根黑首船舶的缆绳 465
捆住一根廊柱,另一端系上储屋,
把女奴们高高挂起,双脚碰不着地面。
有如羽翼细密的画眉或者那野鸽,
陷入隐藏于茂密丛莽中张开的罗网,
本为寻地夜栖,却陷入了可怕的卧床; 470
女奴们也这样排成一行,绳索套住
她们的颈脖,使她们忍受最大的痛苦死去。
她们蹬动双腿,仅仅一会儿工夫。

他们又把墨兰提奥斯拖过前厅到院里,
用无情的铜器砍下他的双耳和鼻梁, 475
割下他的私处,扔给群狗当肉吃,
又割下他的双手和双腿,难消心头恨。

这时他们洗净手和脚,返回厅里,
来到奥德修斯身边,完成了大功业。
奥德修斯对奶妈欧律克勒娅作吩咐: 480
"老奶妈,快去取些硫磺,去秽之物,
生起火炉熏厅堂。再去叫佩涅洛佩
前来这里,偕同她的那些女侍,
把家中所有女奴全都叫醒来这里。"

亲爱的奶妈欧律克勒娅这样回答说：　　　　　485
"亲爱的孩子，你说的一切都很合情理。
可是让我先给你取件外袍和衬衣，
你不能就这样仍然褴褛衣衫披宽肩，
站在这厅堂，这样会使我们遭责备。"

　　足智多谋的奥德修斯这样回答说：　　　　　490
"你现在还是首先在堂上给我生上火。"

　　他这样说，奶妈欧律克勒娅难违逆，
取来火种和硫磺，奥德修斯就这样
把厅堂、房屋和庭院全都彻底熏干净。

　　老奶妈走过奥德修斯的美好的房屋，　　　　495
通知那些女奴们，召唤她们来厅里。
女奴们走出房间，手里擎着火炬。
她们围住奥德修斯，热烈欢迎他，
紧紧拥抱，亲吻他的头部和双肩，
拉住他的双手，甜蜜的感情涌上心头，　　　　500
他想痛哭想叹息，他一个个认出了她们。

第二十三卷

——叙说明证消释疑云夫妻终团圆

老奶妈无比欢欣地登上楼层寝间，
向女主人禀报丈夫业已归来的喜讯，
兴奋得双膝灵便，迈动敏捷的脚步。
她站在女主人枕边，对她开言这样说：
"佩涅洛佩，亲爱的孩子，你快醒醒，　　　　5
好去亲眼看看你天天盼望的那夫君。
奥德修斯业已归来在厅里，虽然归来迟。
他已把那些滋扰他家庭、耗费他财产、
欺侮他儿子的狂妄的求婚人全部杀死。"

审慎的佩涅洛佩回答老奶妈这样说：　　　10
"亲爱的好奶妈，想必是神明使你变糊涂，
他们能使无比聪颖的人变得愚蠢，
也能使非常愚蠢的人变得很聪颖，
现在他们也使很聪颖的你变糊涂。
我内心充满愁苦，你为何要用这些　　　　15
无稽的话语取笑我，打断我的美梦，
梦境刚把我征服，合上我的眼睑。
自从奥德修斯出征那个可憎可恨的
罪恶之地伊利昂，我从未这样安寝过，
你现在走吧下楼去，快回自己的房间。　　20
若是哪个别的侍女这样来烦扰我，
对我说出这些话，打破我的甜梦，

我早就对她动肝火,要她立即回屋,
离开回房去:年龄在这件事情上帮了你。"

　　亲爱的奶妈欧律克勒娅这样回答说: 25
"亲爱的孩子,并非我有意这样取笑你,
奥德修斯确如我所言,已经归来在厅里,
就是在厅里受众人嘲辱的那个外乡人。
特勒马科斯早知道那个外乡人的底细,
但是他无比谨慎地隐瞒了父亲的意图, 30
为了成功地报复狂妄的求婚者的暴行。"

　　佩涅洛佩听她说,兴奋得从床上跳起,
伸手搂住奶妈,禁不住双眶热泪盈,
开言对她说出有翼飞翔的话语:
"亲爱的奶妈,请把实情对我叙说, 35
如果他真像你所说,业已归返在厅里,
他如何动手对付那些无耻的求婚人,
他孤身一人,他们却总是聚集在这里。"

　　亲爱的奶妈欧律克勒娅这样回答说:
"我未看见,也未询问,但我听见了 40
被杀者的呻吟。我们在精造的房间角落
瑟缩藏身,所有的房门都紧紧关闭,
直到你儿子特勒马科斯前来召唤,
要我去大厅,因为他父亲这样吩咐。
这时我看见奥德修斯在尸体中间 45
昂然站立,一具具尸体在他周围
横陈硬地,你见此情景也定会欢欣,
他身上溅满鲜血和污秽,如一头猛狮。①

---

① 勒伯版视此行为伪作,移入脚注。

现在全部尸体已搬到院门边堆起,
整座美好的宅院点燃硫磺正烟熏,　　　　　　　　　　50
熊熊的火焰燃起,特命我来把你请。
你快走吧,在承受了无数痛苦之后,
你们俩现在终可以让快乐占据心灵。
多年眷怀的宿愿啊如今终于实现,
他安然回到家灶前①,见妻儿也都康健,　　　　　　55
那些求婚人在你家长久地作恶无忌,
现在他已使他们受到应有的惩处。"

　　审慎的佩涅洛佩对她这样回答说:
"亲爱的奶妈,你不要欢笑得高兴过分。
你知道他的归来会令全家人个个欣喜,　　　　　　60
特别是我和孩子,那是我和他亲生,
可是你刚才报告的消息不可能真实,
或许是哪位天神杀死了高傲的求婚者,
被他们的傲慢态度和劣迹恶行震怒,
因为这些人不礼敬任何世间凡人,　　　　　　　　65
对来到他们这里的客人善恶不分,
他们罪有应得。至于我的奥德修斯,
他已经死去,早就不可能返回阿开亚②。"

　　亲爱的奶妈欧律克勒娅这样回答说:
"我的孩子,从你的齿篱溜出了什么话?　　　　　　70
你的丈夫就在灶边,你却认为他
不可能再归返;你的心灵一向多疑忌。
我现在再说一个明显可信的标记,

———————————
①　家灶是家庭的象征。
②　阿开亚是阿开奥斯人居住地区,在伯罗奔尼撒半岛北部,此处泛指希腊。

就是当年野猪的利齿留下的痕迹。
我给他洗脚时便已发现,本想告诉你, 75
可是他立即用双手紧紧捂住我的嘴,
心中思虑周密,不让我张扬出去。
现在走吧,我愿用我的生命发誓,
我若欺骗你,你可用酷刑把我处死。"

审慎的佩涅洛佩这时回答她这样说: 80
"亲爱的奶妈,即使你很聪明多见识,
也很难猜透永生的神明们的各种计策。
但我们走吧,且去我的孩子那里,
看看被杀的求婚者和杀死他们的那个人。"

她这样说完下楼来,心中反复思忖: 85
是与亲爱的丈夫保持距离询问他,
还是上前拥抱,亲吻他的手和头颈。
她跨过石条门槛,走进宽敞的大厅,
在奥德修斯对面墙前的光亮里坐定;
奥德修斯坐在一根高大的立柱旁, 90
双眼低垂,等待他的高贵的妻子
亲眼看见他后将怎样对他把话说。
她久久默然端坐,心中仍觉疑虑,
一会儿举目凝视奥德修斯似面熟,
一会儿见他衣衫褴褛仿佛不相识。 95
特勒马科斯这时把母亲责怪这样说:
"我的母亲,你不像母亲,这么硬心肠,
你为什么这样默然安坐,远离父亲?
你为什么不说一句话,向他问询?
没有哪一个女人会像你这样无情意, 100
远离自己的丈夫,他经历无数艰辛,

二十年岁月流逝,方得归返回故里,
可你的心肠一向如顽石,比顽石还坚硬。"

　　审慎的佩涅洛佩对他这样回答说:
"我的孩儿,我胸中的心灵惊悸未定,　　　　　　　105
一时说不出话来,对他语塞难问询,
也不敢迎面正视他的眼睛。如果他
确实是奥德修斯,现在终于回家门,
我们会有更可靠的办法彼此相认:
有一个标记只我俩知道他人不知情。"　　　　　110

　　她这样说,多危难的英雄奥德修斯一笑,
对特勒马科斯说出有翼飞翔的话语:
"特勒马科斯,让你的母亲在这堂上
考察我吧,她很快便会全然消疑云。
现在我浑身肮脏,衣衫褴褛不堪,　　　　　　　115
从而遭蔑视,被认为不是奥德修斯。
我们还得考虑,如何善后更有利。
通常不管谁在本地即使只杀死一人,
只有为数很少的人会为被杀者报仇,
杀人者也得离开故乡,躲避其亲友,　　　　　　120
更何况我们刚才杀死的是城邦的栋梁,
伊塔卡青年中的显贵,我要你对此事细思量。"

　　聪慧的特勒马科斯回答父亲这样说:
"亲爱的父亲,这事还得你亲自拿主张,
因为人们都说你在人间最富有智慧,　　　　　　125
任何有死的凡人都不能和你相比拟。
我们都会坚定地跟随你,我敢担保,
我们不缺少勇气,我们仍然有力量。"

足智多谋的奥德修斯回答他这样说：
"我这就告诉你们我认为最合适的办法。　　　　　　130
首先你们都得去沐浴，穿好衣衫，
让宅里的女奴们也都穿上整齐的服装，
再让神妙的歌人弹奏嘹亮的弦琴，
为我们伴奏，带领跳起欢乐的歌舞，
让人们从外面听见，以为在举行婚礼，　　　　　　135
不论他们是路过，或是周围的居民。
不能让杀死求婚人的消息现在在城里
传播开去，要直到我们离开这里，
前往林木繁茂的田庄；到那里再思虑，
采取什么新措施，奥林波斯神的启示。"　　　　　　140

　　他这样说，人们听从他，遵命而行。
他们于是首先沐完浴，穿好衣衫，
女奴们也作梳妆打扮，神妙的歌人
弹奏起空肚的弦琴，在人们心里激起
甜美地歌唱、优美地舞蹈的浓烈情致。　　　　　　145
整座巨大的住宅一时间浑然响彻
男人和腰带美丽的女人们的轻快舞步。
宅外的人们听见后纷纷议论这样说：
"有人终于同令众人追求的王后结婚，
她也真心狠，终未能把这座巨大的宫宅　　　　　　150
守护如一，待自己的结发丈夫归宅邸。"

　　人们这样议论，不知道发生的事情。
这时年迈的女管家欧律诺墨在屋里
给勇敢的奥德修斯沐完浴，抹完橄榄油，
再给他穿上精美的衬衫，披上罩袍，　　　　　　　155

雅典娜在他头上洒下浓重的光彩,
使他顿然显得更高大,也更壮健,
一头鬈发垂下,有如盛开的水仙。
好似有一位匠人给银器镶上黄金,
受赫菲斯托斯和帕拉斯·雅典娜传授　　　　　160
各种技艺,制作出无比精美的作品,
女神也这样把美丽洒向他的头和双肩。
奥德修斯走出浴室,容貌像不死的神明,
他回到刚才坐过的宽椅前重新坐定,
面对自己的妻子,对她开言这样说:　　　　　165
"怪人啊,居住在奥林波斯山上的天神们
给了你一颗比任何女人更残忍的心。
没有哪一个女人会像你这样无情意,
远离自己的丈夫,他经历无数艰辛,
二十年岁月流逝,方得归返回故里。　　　　　170
老奶妈,给我铺床,我要独自安寝,
这个女人的胸中是一颗铁样的心。"

　　审慎的佩涅洛佩这时回答他这样说:
"怪人啊,不要以为我高傲自负蔑视你,
我也没有惊惶失措,我清楚地记得　　　　　175
你乘坐长桨船离开伊塔卡是什么模样。
欧律克勒娅,去给他铺好结实的卧床,
铺在他亲自建造的精美的婚房外面。
把那张坚固的婚床移过来,备齐铺盖,
铺上厚实的羊皮、毛毯和闪光的褥垫。"　　　　　180

　　她这样说是考验丈夫,奥德修斯一听,
不由得气愤,立即对忠实的妻子大声说:
"夫人啊,你刚才一席话真令我伤心。

谁搬动了我的那张卧床？不可能有人
能把它移动，除非是神明亲自降临， 185
才能不费劲地把它移动到别处地方。
凡人中即使是一位血气方刚的壮汉，
也移不动它，因为精造的床里藏有
结实的机关，由我制造，非他人手工。
院里生长过一颗叶片细长的橄榄树， 190
高大而繁茂，粗壮的树身犹如立柱。
围着那棵橄榄树，我筑墙盖起卧室，
用磨光的石块围砌，精巧地盖上屋顶，
安好两扇坚固的房门，合缝严密。
然后截去那棵叶片细长的橄榄树的 195
婆娑枝叶，再从近根部修整树干，
用铜刃仔细修削，按照平直的墨线，
做成床柱，再用钻孔器一一钻孔。
由此制作卧床，做成床榻一张，
精巧地镶上黄金、白银和珍贵的象牙， 200
穿上牛皮条绷紧，闪烁着紫色的光辉。
这就是我作成的标记，夫人啊，那张床
现在仍然固定在原处，或者是有人
砍断橄榄树干，把它移动了地方？"

佩涅洛佩一听双膝发软心发颤， 205
奥德修斯说出的证据确凿无疑端。
她热泪盈眶急忙上前，双手紧抱
奥德修斯的颈脖，狂吻脸面这样说：
"奥德修斯啊，不要生气，你最明白
人间事理。神明派给我们苦难， 210
他们妒忌我们俩一起欢乐度过
青春时光，直到白发的老年来临。

现在请不要对我生气,不要责备我,
刚才初见面,我没有这样热烈相迎。
须知我胸中的心灵一直谨慎提防, 215
不要有人用花言巧语前来蒙骗我,
现在常有许多人想出这样的恶计。
宙斯之女、阿尔戈斯的海伦定不会
钟情于一个异邦来客,与他共枕衾,
倘若她料到阿开奥斯的勇敢的子弟们 220
会强使她回归故国,返回自己的家园。
是神明怂恿她干下这种可耻的事情,
她以前未曾渎犯过如此严重的罪行,
使我们从此也开始陷入了巨大的不幸。
现在你细述了我们的婚床的种种标记, 225
其他任何人都不知道婚床的这秘密,
除了你和我,还有那唯一的一个女仆,
阿克托里斯,我们的精造的婚房的门户
由她看守,父亲把她送给我作嫁妆。
你还是说服了我的心灵,我尽管很严峻。" 230

　　她这样说,激起奥德修斯无限伤感,
他搂住自己忠心的妻子,泪流不止。
有如海上飘游人望见渴求的陆地,
波塞冬把他们的坚固船只击碎海里,
被强烈的风暴和险恶的巨浪猛烈冲击, 235
只有很少飘游人逃脱灰色的大海,
游向陆地,浑身饱浸咸涩的海水,
兴奋地终于登上陆岸,逃脱了毁灭;
佩涅洛佩看见丈夫,也这样欢欣,
白净的双手从未离开丈夫的脖颈。 240
他们会直哭到有玫瑰色手指的黎明呈现,

若不是目光炯炯的女神雅典娜看见。
女神把长夜阻留在西方,让金座的黎明
滞留在奥克阿诺斯岸旁,不让她驾起
那两匹快马,就是黎明通常驾驭的　　　　　　　　245
兰波斯和法埃同,给世间凡人送来光明。

　　足智多谋的奥德修斯又对妻子说:
"夫人,我们还没有到达苦难的终点,
今后还会有无穷无尽的艰难困苦,
众多而艰辛,我必须把它们一一历尽。　　　　　　250
须知特瑞西阿斯的魂灵曾向我作预言,
在我当年前往哈得斯的居所的那一天,
为同伴们探听回归的路程,也为我自己。
夫人,现在走吧,暂且让我们上床,
一起躺下入梦乡,享受甜蜜的睡眠。"　　　　　　255

　　审慎的佩涅洛佩回答丈夫这样说:
"会有现成的卧床随时可供你休息,
只要你心中向往,既然神明们已让你
回到建造精美的宅邸和故土家园。
只是既然你已有思虑,神明已感示,　　　　　　260
现在请向我说明那苦难,我想他日
我也会知道,现在告知不会变深重。"

　　足智多谋的奥德修斯对妻子回答说:
"你真是怪人,何必如此急迫地要我
现在说明?不过我还是明说不隐瞒。　　　　　　265
但说来你不会欢悦,须知我也不欢欣,
他要我前往无数的人间城市漫游,
手里拿着一支适合于划用的船桨,

直到我找到这样的部落,那里的人们
未见过大海,不知道食用搀盐的食物, 270
也从未见过涂抹了枣红颜色的船只,
和合手的船桨,那是船只飞行的翅膀。
他还告诉我明显的象征,我不隐瞒你。
当有一位行路人与我相遇于道途,
称我健壮的肩头的船桨是扬谷的大铲, 275
他吩咐我这时要把船桨插进地里,
向大神波塞冬敬献各种美好的祭品,
一头公羊、一头公牛和一头公猪,
然后返家园,奉献丰盛的百牲祭礼,
给掌管广阔天宇的全体不死的众神明, 280
一个个按照次序,死亡将会从海上
平静地降临于我,让我在安宁之中
享受高龄,了却残年,我的人民
也会享福祉,他说这一切定会实现。"

审慎的佩涅洛佩回答丈夫这样说: 285
"如果神明们让你享受幸福的晚年,
那就是我们有望结束这种种的苦难。"

他们正互相交谈,说着这些话语,
这时欧律诺墨和奶妈去准备卧床,
铺上柔软的铺盖,有明亮的火炬照耀。 290
在她们迅速铺好厚实的卧床之后,
奶妈回到她自己的卧室躺下休息,
看守卧房的欧律诺墨则带领他们
前去安寝,手里举着明亮的火炬,
把他们领进卧房,她自己也回房休息。 295
他们欢欣地重新登上往日的婚床。

这时特勒马科斯和牧牛奴、牧猪奴
也停止了舞蹈的脚步,女奴们也都停息,
他们纷纷在昏暗的房间里躺下休息。

　　他们二人在尽情享受欢爱之后,　　　　　　　300
又开始愉快地交谈,互相叙说别情,
女人中的女神述说她在家中忍受的苦难,
眼看着那群无耻的求婚人为非作歹,
他们借口向她求婚,宰杀了许多
壮牛和肥美的羊群,喝干了无数坛酒酿;　　　305
宙斯养育的奥德修斯叙述他给人们
带来多少痛苦,他自己忍受了多少苦难。
他叙述一切,她愉快地聆听,睡梦未能
降临他们的眼睑,直至他述说完一切。

　　他首先叙述怎样打败基科涅斯人,　　　　　310
然后来到洛托法戈伊人的肥沃国土;
库克洛普斯如何作恶,他如何报复,
为了被巨怪无情地吞噬的勇敢的同伴们;
他怎样来到艾奥洛斯的地域,备受款待,
为他们安排归程,但命运注定他们　　　　　　315
不能就这样回故土,风暴又把他刮走,
把痛苦地呻吟的他送到游鱼出没的大海上;
他怎样来到莱斯特律戈涅斯人的特勒皮洛斯,
那里的居民们毁灭了他的船只和伙伴,
只有奥德修斯乘坐黑壳船幸得逃脱。　　　　　320
他又叙说起基尔克如何阴险狡诈,
他如何乘多桨船去到哈得斯的幽暗居所,
因为他须得向特拜的特瑞西阿斯的魂灵
探询消息,在那里见到往日的同伴们

和那生育、抚养他从小长大的母亲； 325
他怎样聆听诱人的塞壬们的动人歌声，
怎样来到普兰克泰伊巨崖和可怖的、
无人能安全逃脱的卡律布狄斯和斯库拉；
同伴们怎样宰杀了赫利奥斯的牛群，
高空鸣雷的宙斯怎样用冒烟的霹雳 330
击碎他们的快船，使他的勇敢的伙伴们
全都遭毁灭，只有他把悲惨的死亡逃脱；
他怎样来到海岛奥古吉埃和神女
卡吕普索的居处，神女希望他做丈夫，
把他阻留在空阔的洞穴热情款待， 335
应允使他长生不死，永远不老朽，
可是她未能把他胸中的心灵说服；
他怎样历尽苦难来到费埃克斯人那里，
他们对他无比敬重，如同敬神明，
用船只把他送归自己的故乡土地， 340
馈赠他各种铜器、金器和无数的衣衫。
他的叙述到此完结，令人松弛的
甜蜜睡眠降临，解除了一切忧患。

　　目光炯炯的女神雅典娜又想出新主意。
待她的心中认为奥德修斯躺在自己的 345
爱妻身边，已经足够地享受了睡眠，
她立即从奥克阿诺斯唤起金座的黎明，
给世间凡人送来明光，这时奥德修斯
从柔软的卧床醒来，对妻子开言这样说：
"夫人，我们二人历尽种种苦难， 350
你在家为我的苦难归程忧伤哭泣，
宙斯和其他众神明却用种种磨难
把我久久地羁绊，使我不得归家乡。

拉奥孔　古代雕像

现在我们终于又回到渴望的婚床,
这家宅里的各种财产仍需你照料,　　　　　　　　355
高傲无耻的求婚人宰杀了许多肥羊,
大部分将由我靠劫夺补充,其他的将由
阿开奥斯人馈赠,充满所有的羊圈。
可现在我将前往林木繁茂的田庄,
看望高贵的父亲,他一直为我忧伤。　　　　　　360
夫人啊,你虽明智,有一事我仍须叮嘱。
待到太阳升起后,关于求婚人的消息
很快会传开,他们在这堂上被杀死,
这时你须偕同众女侍登上楼间,
泰然静坐,不见任何人,也不询问。"　　　　　　365

　　他这样说完,把精美的铠甲穿上肩头,
唤起特勒马科斯和牧牛奴、牧猪奴,
要求他们也都拿起作战的武器。
他们听从吩咐,迅速穿好铜装,
打开大门,奥德修斯走在前面。　　　　　　　　370
大地业已明亮,雅典娜用浓重的昏暗
把他们罩住,带领他们迅速出城。

第二十四卷

——神明干预化解仇怨君民缔和平

　　库勒涅的赫尔墨斯①把那些求婚人的
魂灵召集到一起。他手里握着一根
美丽的金杖,他用那金杖可随意使人
双眼入睡,也可把沉睡的人立时唤醒,
他正用那神杖召唤,众魂灵啾啾跟随他。　　　　　5
有如成群的蝙蝠在空旷的洞穴深处
啾啾飞翔,当其中有一只离开岩壁,
脱离串链,其他的立即纷乱地飞起;
众魂灵也这样啾啾随行,救助之神
赫尔墨斯引领他们沿着雾蒙的途径。　　　　　　10
他们经过奥克阿诺斯的流水和白岩,
再经过赫利奥斯之门和梦幻之境,
很快来到那阿斯福得洛斯②草地,
那里居住着无数魂灵,故去者的魂影。
他们见到佩琉斯之子阿基琉斯的、　　　　　　　15
帕特罗克洛斯的、高贵的安提洛科斯的、
埃阿斯的魂灵,埃阿斯在所有达那奥斯人中
容貌身材最出众,除了杰出的阿基琉斯。

　　这些魂灵就这样聚集在阿基琉斯周围,

---

① 库勒涅山位于阿尔卡狄亚北部,是伯罗奔尼撒半岛的最高峰,传说神使赫尔墨斯出生在那里,"库勒涅的"也便成了赫尔墨斯的别名。
② "阿斯福得洛斯"可能是常青常绿之意。

阿特柔斯之子阿伽门农的魂灵也走来， 20
悒郁不乐，身边聚集着其他众魂灵，
一起在埃吉斯托斯家里被杀遭厄运。
佩琉斯之子的魂灵首先对阿伽门农开言：
"阿特柔斯之子，我们原以为在众英雄中
抛掷霹雳的宙斯总是最最宠爱你， 25
因此你在特洛亚地方统帅众将士，
阿开奥斯人在那里忍受了无数的艰辛。
死亡的命运却如此早早地降临于你，
尽管任何降生的人都不能把它逃脱。
可惜你怎么没有在当年一身荣耀时， 30
就在特洛亚地区遭到死亡的命运，
那样全体阿开奥斯人会给你造陵墓，
你也可给后代子孙赢得伟大的英名，
现在命运却让你这样悲惨地死去。"

　阿特柔斯之子的魂灵这时回答说： 35
"佩琉斯的幸运儿子，神明般的阿基琉斯，
你倒是死在远离阿尔戈斯的特洛亚，
特洛亚的和阿尔戈斯的许多杰出子弟
战死在你的周围，为争夺你的遗体，
你魁梧地躺在飞扬的尘埃里，忘却了驾乘。 40
我们整天地战斗，仍不会停止作战，
若不是宙斯降下暴风雨使战斗停息。
我们把你的遗体从战场夺得运回船，
安放灵床上，用温水把你的美好的身体
擦洗干净，涂抹油膏，众达那奥斯人 45
围着你热泪涌流，剪下一绺绺头发。
你母亲同其他不死的海中神女们前来，
得知音讯，海上响起巨大的呼号，

全体阿开奥斯人听了立即心颤惊。
他们本会顿时站起身奔回空心船, 50
若不是有位精通古事之人阻劝,
这就是涅斯托尔,智谋一向最出众,
他好心好意地劝告他们,开言这样说:
'站住,阿尔戈斯人,别跑,阿开奥斯青年,
那是他母亲偕同其他不死的神女们 55
从海中前来,看望她那死去的儿子。'
他的话使勇敢的阿开奥斯人消除了惊慌,
海中老神的女儿们在你的遗体周围
悲悼哭泣,给你穿上神奇的衣服。
九位缪斯用优美的声音哀哭齐唱和, 60
你看不到有哪个阿尔戈斯人不流泪,
嗓音洪亮的缪斯的歌声如此动人心。①
十七个黑夜和白天这样连续不断,
不死的神明和我们有死的凡人哀悼你,
第十八天为你举行火葬,在遗体周围 65
我们宰杀了许多肥羊和无数的弯角牛。
你的遗体同神明们的衣服和无数油膏、
甘蜜一起被焚化,许多阿开奥斯英雄
身披铠甲,围绕着熊熊的火焰行进,
或步兵或车战将士,发出巨大的喧嚣。 70
待赫菲斯托斯的火焰把你的遗体焚尽,
阿基琉斯啊,我们在清晨捡取白骨,
把它们浸入未经搀和的酒酿和油膏里,
你母亲送来双耳金罐,据说是著名的
赫菲斯托斯的作品,狄奥倪索斯的礼物。 75
高贵的阿基琉斯啊,白骨被装进那金罐,

---

① 以上三行诗(60—62)在古代被删去。诗中提到缪斯为九位。

与墨诺提奥斯之子帕特罗克洛斯的遗骨一起,
安提洛科斯的遗骨另外放,在所有同伴中
你对他最敬重,除去已故的帕特罗克洛斯。
这时阿尔戈斯人的神圣的全营将士　　　　　　　　80
为你们建造了一座巨大而光辉的陵墓,
在宽阔的赫勒斯滂托斯的突出的海岸旁,
使得人们从海上便能遥遥地望见,
无论是现今的世人或以后出生的人们。
你母亲向神明们求索了许多光辉的奖品,　　　　　85
置于赛场中央,奖给阿开奥斯勇士。
你当年曾在许多人物的葬礼上见过
无数英雄,每当有国王去世之后,
年轻的人们束紧腰带开始作竞技,
可是你看到那些竞赛也会心惊异,　　　　　　　　90
银足女神忒提斯为你带来了那许多
珍贵的奖品,因为众神明非常宠爱你。
阿基琉斯啊,你虽然死了,英名尚存,
你的光辉荣耀将永存于世人们中间。
至于我,辛苦作战又带来什么好处?　　　　　　　95
宙斯让我归返时遭受到悲惨的死亡,
倒在埃吉斯托斯和可憎的妻子的手里。"

　　他们正互相交谈,说着这些话语,
弑阿尔戈斯的引路神渐渐向他们走来,
驱赶着被奥德修斯杀死的求婚人的魂灵。　　　　100
他们俩见了惊异不止,向他们走去,
阿特柔斯之子阿伽门农的魂灵认出
墨拉纽斯的爱子、著名的安菲墨冬,
因为阿伽门农曾在伊塔卡他家客居。
阿特柔斯之子的魂灵首先开言对他说:　　　　　105

"安菲墨冬，你们怎么一起来到这
昏暗的地域？尽管你们优秀且年轻？
国人中不可能找出比你们更显贵的人。
是波塞冬把你们制服在航行的船舶里，
掀起狂烈的风暴，带来凶猛的气流， 110
还是被心怀敌意的人们杀死在陆地上，
当你们劫掠他们的牛群或美好的羊群时，
或者你为了保卫城市和妇女们而战？
请回答我的询问，我和你家有交情。
你是否记得，我和墨涅拉奥斯两人 115
曾去过你们那里，为劝说奥德修斯
乘坐有板凳的船只一起前往伊利昂？
我们历时一月渡过辽阔的大海，
竭力劝说攻掠城市的奥德修斯。"

　安菲墨冬的魂灵立即这样回答说： 120
"阿特柔斯的光辉儿子，人民的首领阿伽门农，
神明的后裔，你说的这一切我全记得，
我这就把一切清楚地告诉你，丝毫不隐瞒，
我们如何遭到了死亡的悲惨结果。
奥德修斯久久离家，我们求娶他妻子， 125
她不拒绝可恶的求婚，但也不应允，
却为我们谋划死亡和黑色的毁灭，
心中设下了这样一个骗人的诡计，
站在宫里巨大的机杼前织造布匹，
布质细密幅面又宽阔，对我们这样说： 130
'我的年轻的求婚人，英雄奥德修斯既已死，
你们要求我再嫁，不妨把婚期稍延迟，
待我织完这匹布，免得我前功尽废弃，
这是给英雄拉埃尔特斯织造做寿衣，

当杀人的命运有一天让可悲的死亡降临时, 135
免得本地的阿开奥斯妇女中有人指责我:
他积得如此多财富,故去时却可怜无殓衣。'
她这样说,说服了我们的高傲的心灵。
就这样,她白天动手织那匹宽阔的布料,
夜里火炬燃起时又把织成的拆毁。 140
她这样欺诈三年,瞒过了阿开奥斯人。
时光不断流逝,待到第四年来临,
月亮一次次落下,白天一次次消隐,
一个了解内情的女仆揭露了秘密。
正当她拆毁闪光的布匹时被我们捉住, 145
她终于不得不违愿地把那匹布织完。
待她把那匹宽布织完,把布匹浆洗,
给我们展示,光灿如同太阳或明月,
这时恶神又把奥德修斯从什么去处
引导回田庄,就是牧猪奴居住的地方。 150
神样的奥德修斯的爱子也去到那里,
乘着乌黑的船只归自多沙的皮洛斯。
父子俩给众求婚人准备了可悲的死亡,
来到著名的城市,奥德修斯后行,
特勒马科斯领路,首先前往城里。 155
牧猪奴引导衣衫破旧的奥德修斯,
形容酷似一个悲惨的乞求人和老翁,
拄着拐棍,身上穿着褴褛的衣衫。
我们谁也未认出他的真实身份,
当他突然出现时,即使是那些年长者, 160
也对他恶言恶语、动脚动手相欺凌。
可是他虽在自己的家宅,却忍受这一切,
控制住心灵,任凭人们打击和凌辱。
待到提大盾的宙斯的智慧给他感召,

他便同特勒马科斯搬开精美的武器, 165
放进库房,上好房门的严密栓锁,
然后诡计多端地鼓动他的妻子,
让她给求婚的人们拿来弯弓和铁斧,
要不幸的我们进行竞技,杀戮的先行。
我们没有一个人能够安好那张 170
强弓的弦绳,我们的力气相差太远。
待到那把大弓交到奥德修斯手里,
我们全都立即放声喧嚷起来,
不让把弓传给他,尽管他竭力解说,
唯有特勒马科斯鼓励他,要他安弓弦。 175
历尽艰辛的英雄奥德修斯手握弯弓,
轻易地安上弓弦,箭矢把斧孔穿过,
然后站到门槛边,倒出速飞的箭矢,
可怖地环视,射中王公安提诺奥斯。
他又向其他人射出给人悲哀的箭矢, 180
一箭箭命中,人们一个个挨着倒地。
这时人们看清楚,有神明助佑他们。
他们立即在堂上把我们奋力追杀,
人们纷纷被打倒,发出可悲的呻吟,
头颅被砸破,整个地面鲜血漫溢。 185
阿伽门农啊,我们就是这样被杀死,
尸体仍留在奥德修斯的宅邸未埋葬,
因为我们家中的亲属尚不知音讯,
为我们把淤积于伤口的黑色血污清洗,
举哀殡葬,这些是死者应享的礼遇。" 190

　　阿特柔斯之子的魂灵这样回答说:
"拉埃尔特斯的光辉儿子,机敏的奥德修斯,
你确实得到一个德性善良的妻子,

因为伊卡里奥斯的儿女、高贵的佩涅洛佩
有如此高尚的心灵。她如此怀念奥德修斯，　　　　195
自己的丈夫，她的德性会由此获得
不朽的美名，不死的神明们会谱一支
美妙的歌曲称颂聪明的佩涅洛佩；
不像那廷达瑞奥斯的女儿①谋划恶行，
杀害自己结发的丈夫，她的丑行　　　　　　　　200
将在世人中流传，给整个女性带来
不好的名声，尽管有人行为也高洁。"

　　他们正互相交谈，说着这些话语，
站在哈得斯的居所，在大地的幽深之处，
奥德修斯一行这时出了城，很快来到　　　　　　205
拉埃尔特斯的美好田庄，那田庄是老人
亲手建造，为它付出了无数的辛劳。
那里有他的住屋，住屋周围是棚舍，
听从他役使的奴仆们在那些棚舍吃饭、
休息和睡眠，干各种令他高兴的活计。　　　　　210
那里还住着一位老西克洛斯女仆，
精心照料老人于庄园，远离城市。
奥德修斯这时对奴仆和儿子这样说：
"你们现在直接前去坚固的房屋，
立即挑选一头最肥壮的猪宰杀备午肴，　　　　　215
我要前去把我的父亲略作试探，
看他能不能凭自己的双眼辨清认出我，
或者辨不清，因为我离家外出已很久。"

　　他这样说完，把作战的武器交给奴仆。

---

① 指阿伽门农的妻子克吕泰墨涅斯特拉。

他们很快向住屋走去,奥德修斯自己　　　　　　220
探索着走近那座繁茂丰产的葡萄园。
他走进那座大果园,未见到多利奥斯,
也未见到他的儿子们和其他奴隶,
他们都前去为果园搬运石块垒围墙,
老人多利奥斯带领他们,在前引路。　　　　　　225
奥德修斯看见父亲只身在精修的果园里,
为一棵果苗培土,穿着肮脏的衣衫,
破烂得满是补缀,双胫为避免擦伤,
各包一块布满补丁的护腿牛皮,
双手带着护套防避荆棘的扎刺,　　　　　　　　230
头戴一顶羊皮帽,心怀无限的忧愁。
历尽艰辛的英雄奥德修斯看见他父亲
蒙受老年折磨,巨大的伤感涌心头,
不由得站到一棵梨树下,眼泪往下流。
这时他的心里和智慧正这样思虑,　　　　　　　235
是立即上前吻抱父亲,向他细述说,
他怎样归来,回到自己的故土家园,
还是首先向他询问,作详细的试探。
他思虑结果,还是认为这样更合适:
首先用戏弄的话语上前对老人作试探。　　　　　240
英雄奥德修斯这样考虑,向老人走去。
当老人正低头在幼苗周围专心培土时,
高贵的儿子站到他身边,开言这样说:
"老人家,我看你管理果园并非无经验,
倒像是位行家,果园里一切井井有条理,　　　　245
不论是幼嫩的树苗、无花果、葡萄或橄榄,
不论是梨树或菜畦,显然都不缺料理。
我却另有一事相责备,请你别生气。
你太不关心自己,度着可怜的老年,

浑身如此污秽,衣服破烂不堪。 250
不会是主人因你懒惰对你不关心,
无论是你的容貌或身材丝毫不显
奴隶迹象,相反却像是一位王爷。
你确实像是位王公,理应沐浴、用餐,
舒适地睡眠,这些是老年人应得的享受。 255
现在请你告诉我,要说真话不隐瞒,
你是何人的奴隶?管理何人的果园?
还想请你如实地告诉我,让我知道,
此处是否确系伊塔卡,我刚才前来,
有人与我相遇于道途,如此告诉我, 260
但他的心智似乎不健全,因为他不愿
向我详细说明,不愿听我把话说,
当我打听一客朋是否还活着住这里,
或者已经亡故,去到哈得斯的居所。
我这就向你叙说,请你听清记心里。 265
我在自己亲爱的故乡曾招待一客朋,
他来到我们的居地;远方来客我常招待,
却从未有他这样的客人来到我宅邸。
他自称伊塔卡是他的出生地,他还声言,
阿尔克西奥斯之子拉埃尔特斯是其父。 270
我把客人带到家里,热情招待,
友好尽心,拿出家中的各种储藏,
又按照应有的礼遇赠他许多礼物。
我曾赠他七塔兰同精炼的黄金,
赠送他一只镶花精美的纯银调缸, 275
单层外袍十二件,同等数量的毡毯,
同等数量的披篷和同等数量的衣衫,
还送他容貌美丽、精于各种手工的
女奴四名,由他亲自从家奴中挑选。"

父亲眼泪如注,当时这样回答说: 280
"客人啊,你确实来到你所询问的地方,
可它现在被一些狂妄的恶徒占据。
你赠他那许多贵重礼物全是白费心,
你若能看见他仍然生活在这伊塔卡,
他定会也送你许多礼物,招待周全, 285
送你回故乡,因为这样回敬理当然。
可是请你告诉我,要说真话不隐瞒,
那是多少年以前的事情,当时你接待
那个可怜的客朋?他就是,若真如此,
我那不幸的儿子,他远离家乡和亲人, 290
或早已在海上葬身鱼腹,或者在陆上
成为野兽和飞禽的猎物,他母亲未能
为他哀哭和殡殓,做父亲的我也如此,
他那嫁妆丰厚的妻子、聪明的佩涅洛佩
也未能在灵床边为丈夫作应有的哭诉, 295
阖上眼睑,这些是死者应享受的礼遇。
现在请你真实地告诉我,好让我知道,
你是何人何部族?城邦父母在何方?
把你和你的神样的伙伴们送来这里的
船只在何处停泊?或者你作为旅游人, 300
搭乘了他人的船只,他们送达已离去?"

足智多谋的奥德修斯这样回答说:
"我将把所有情况一一如实地告诉你。
我来自阿吕巴斯①,家居华美的宅邸,
波吕佩蒙王的后裔阿费达斯之子, 305

---

① 阿吕巴斯城的地点不可确考,一说在意大利南部,一说在黑海南岸,即阿吕柏城。

我的名字是埃佩里托斯,恶神背逆
我的意愿,把我从西卡尼亚①送来这里,
我的船只停泊在遥远的城外地缘处。
至于奥德修斯,与我相遇已五年,
他来到我的家乡,又从那里离去,   310
他真不幸,但他离开时有鸟飞的吉兆,
从右边飞过,我因此高兴地送他启程,
他也高兴地离去,我们原本期待
重新相见叙友情,赠送贵重的礼品。"

　　他这样说,乌黑的愁云罩住老人,   315
老人用双手捧起一把乌黑的泥土,
撒向自己灰白的头顶,大声地叹息。
奥德修斯心情激动,鼻子感到一阵
难忍的强烈辛酸,看见亲爱的父亲。
他扑过去抱住父亲亲吻,对他这样说: 320
"父亲啊,我就是你一直苦苦盼望的儿子,
二十年岁月流逝,方得归返回故里。
现在请止住泪水,停止悲恸和叹息。
我且对你说一事,时间紧迫难尽言。
我已把那些求婚人杀死在我们的宅邸, 325
报复了他们痛心的侮辱和各种恶行。"

　　拉埃尔特斯开言回答儿子这样说:
"若你果真是我的儿子奥德修斯归来,
请向我说明明显的证据,好让我相信。"

　　足智多谋的奥德修斯回答父亲说: 330

---

① 西卡尼亚即西西里。

"你首先可亲眼把我的这处伤疤察看，
那是我去到帕尔涅索斯，野猪用白牙
把我咬伤。当时你和尊贵的母亲
派我前去外祖父奥托吕科斯那里，
去领取他来我家时应允给我的礼物。　　　　　　335
如果你愿意，我还可举出精修的果园里
你送给我的各种果树，我当时尚年幼，
请你向我一一介绍，在果园跟随你。
我们在林中走，你把树名一一指点。
当时你给我十三棵梨树，十棵苹果，　　　　　　340
四十棵无花果树，你还答应给我
五十棵葡萄树，棵棵提供不同的硕果。
那里的葡萄枝蔓在不同的时节结果实，
当宙斯掌管的时光从上天感应它们时。"

　　他这样说完，老人双膝发软心发颤，　　　　　345
奥德修斯说出的证据确凿无疑端，
便向儿子伸出双臂，历尽艰辛的英雄
奥德修斯扶住父亲，见他昏厥过去。
待老人苏醒过来，心灵恢复了感知，
重又开言，对儿子说出这样的话语：　　　　　　350
"父宙斯，神明们显然仍在高耸的奥林波斯，
如果求婚人的暴行确实已受到报应。
只是现在我心里充满忧虑，担心
所有伊塔卡人可能会很快冲杀来这里，
把消息传遍克法勒涅斯人的所有城市。"　　　　355

　　足智多谋的奥德修斯这样回答说：
"请你放心，不必为这些事情担忧。
我们且去你的住处，它距离不远，

我业已派遣特勒马科斯和牧牛奴、
牧猪奴去那里,迅速把午餐备齐。"　　　　　　　　　360

　　他们这样说话,向美好的宅院走去。
他们走进那座居住拥挤的院落,
一眼看见特勒马科斯和牧牛奴牧猪奴
正把许多肉切块,搀和闪光的酒酿。

　　这时那个西克洛斯女奴已经在屋里　　　　　　365
给英勇的拉埃尔特斯沐完浴,抹过橄榄油,
穿上缝制精美的外袍。雅典娜这时
也来到他身旁,给人民的牧者增添光辉,
使他显得比先前更高大,也更魁伟。
他走出浴室,儿子见了惊异不已,　　　　　　　　370
因为他的形象犹如不死的神明。
儿子对他说出有翼飞翔的话语：
"亲爱的父亲,定是有一位永生的神明
使你的容貌、身躯顿然显得更俊美。"

　　睿智的拉埃尔特斯回答儿子这样说：　　　　　375
"我向天父宙斯、雅典娜、阿波罗祈求,
但愿我仍如当年统治克法勒涅斯人、
夺取海滨坚固的城堡涅里科斯①时
那样壮健,昨日我便可在我们的家宅
肩披作战的铠甲,与你一起作战,　　　　　　　　380
回击那些求婚人,使他们中的许多人
在堂上膝头发软,令你心中也欢悦。"

---

① 琉卡斯岛上一城市。

他们正互相交谈,说着这些话语。
侍从们结束忙碌,迅速备齐了午餐,
大家纷纷挨次在座椅和宽椅上就座。 385
他们开始伸手用餐,老人多利奥斯
来到近前,老人的儿子们也一起前来,
结束田间的活计,母亲把他们召唤,
就是那个西克洛斯女奴,她抚育孩子们,
又尽心照顾步入老年的多利奥斯。 390
他们看见奥德修斯,不免凝神思忖,
站在屋里心中愕然,这时奥德修斯
首先开言,用温和的话语对他们这样说:
"老人啊,请快坐下吃饭,不要再惊诧,
我们虽然腹中饥饿,急迫想用餐, 395
却一直等待在这里,等待你们归返。"

他这样说,多利奥斯张开双手,
立即上前,抓住奥德修斯吻手腕,
开言对他说出有翼飞翔的话语:
"亲爱的主人,你终于归来,我们想念你, 400
甚至已绝望,显然是神明送你归故里。
你好,热烈欢迎你,愿神明惠赐你好运。
现在请你如实地告诉我,让我知道,
聪明的佩涅洛佩是否业已清楚知晓,
你归返来这里,或者我们应派人去报信。" 405

足智多谋的奥德修斯这样回答说:
"老人啊,她已知情,这事无需再操心。"

他这样说,老人在光亮的座椅上坐定。
多利奥斯的儿子们围住英勇的奥德修斯,

向他说话问候,紧紧握手表欢迎, 410
然后挨次坐到父亲多利奥斯的身边。

　　正当他们在屋里纷纷用餐的时候,
消息女神奥萨迅速地跑遍全城,
传告求婚人惨遭死亡和毁灭的消息。
人们听到音讯,互相怨愤叹息, 415
纷纷来到奥德修斯的宅院门前,
一个个把亲人的尸体从院里抬出殡殓,
把来自其他城市的求婚人的尸体
装上快船,派船员把他们送归乡井。
人们成群地前去会场,心情痛苦。 420
待人们纷纷到来,迅速集合之后,
欧佩特斯首先站起来对大家说话,
他的心里痛苦难忍,为被杀的儿子
安提诺奥斯,被英雄奥德修斯首先杀死,
他为儿子落泪,开言对众人这样说: 425
"朋友们,想那奥德修斯对阿开奥斯人
恶贯满盈,用船只载走无数的勇士,
结果丧失了空心船,也丧失了军旅,
他归来又杀死这许多克法勒涅斯显贵。
现在乘他还未来得及逃往皮洛斯 430
或者埃佩奥斯人统治的神妙的埃利斯,
让我们去追赶,这样可免永远蒙羞辱;
须知后代人知晓后也会引以为耻,
若我们不能为儿子兄弟被杀报仇怨。
现在活下去并不能使我心中快乐, 435
我宁愿立即同已经死去的人一起死去。
让我们走吧,不能让他们渡海逃他处。"

他洒泪这样说,令全体阿开奥斯人动心。
这时墨冬和神妙的歌人从奥德修斯家里
向他们走来,两人刚从睡梦中苏醒, 440
来到他们中间,令他们惊异不已。
聪明的墨冬知道一切,对他们这样说:
"伊塔卡人,现在请听我说。奥德修斯
这样做显然符合不死的神祇的意愿。
我亲眼看见,有一位超常的神祇站在 445
奥德修斯身旁,完全幻化成门托尔模样。
不死的神明一会儿在奥德修斯面前
显现激励他,一会儿激起求婚人恐惧,
奔跑于堂上,使求婚人一个个挨着倒地。"

他这样说完,人们陷入灰白的恐惧。 450
马斯托尔之子、老英雄哈利特尔塞斯
对他们说话,唯有他知道未来和过去,
他好心好意地开言,大声对他们这样说:
"伊塔卡人啊,现在请你们听我说话。
朋友们,这事全由你们的恶行造成。 455
你们不愿听从我和人民的牧者门托尔,
劝说你们的子弟们停止为非作歹,
他们狂妄放肆,犯下了巨大的罪行,
大肆耗费他人的财产,恣意侮辱
高贵之人的妻子,认为他不会再归返。 460
此事应这样了结,你们听我劝说:
不要前去,免得又自取灭亡遭不幸。"

他这样说,人们站起身大声喧嚷,
多得超过半数,其他人仍留在原地。
他们厌恶他的劝告,却愿听从 465

欧佩特斯的劝说,立即去取兵器。
待他们纷纷给自己穿起闪亮的铜装,
便成群地前往广阔的城市前面集合。
欧佩特斯率领这群愚蠢的人们,
声称为被杀死的孩子报仇,但他自己　　　　　　　　470
也不会再归返,死亡的命运将会跟随他。

　　这时雅典娜对克罗诺斯之子宙斯说:
"我们的父亲,克罗诺斯之子,至高之王,
请回答我的问题,你心里怎样考虑?
你想让这场残酷的战斗和可怕的屠杀　　　　　　　475
继续下去,还是让双方和平缔友谊?"

　　集云神宙斯开言回答女神这样说:
"我的孩儿,你怎么还向我询问和打听?
不是你自己亲自想出了这样的主意,
让奥德修斯归来报复那些求婚人?　　　　　　　　480
你可以如愿而行,我告诉你怎样最合理。
既然英雄奥德修斯业已报复求婚人,
便让他们立盟誓,奥德修斯永远为国君,
我们让这些人把自己的孩子和兄弟被杀的
仇恨忘记,让他们彼此像从前一样,　　　　　　　485
和好结友谊,充分享受财富和安宁。"

　　他这样说,一面催促雅典娜快启程,
女神迅速前去,飞离奥林波斯峰巅。

　　待人们满足了令人愉快的吃食欲望,
历尽艰辛的英雄奥德修斯对他们开言说:　　　　　490
"该派人出去察看,他们是否已接近。"

他这样说,多利奥斯之子遵命而行,
来到门槛边停住,见人群业已临近。
他立即对奥德修斯说出有翼飞翔的话语:
"他们已迫近,让我们赶快武装整齐。" 495

他这样说,人们迅速起身穿好铠甲,
奥德修斯一行四人,多利奥斯六个儿子,
拉埃尔特斯和多利奥斯也穿好铠甲,
头发虽已灰白,却也很渴望参战。
待他们把闪光的甲胄在身上披挂齐整, 500
他们开门走出,奥德修斯在前率领。

宙斯的女儿雅典娜来到他们身边,
外表和声音完全幻化成门托尔模样。
历尽艰辛的英雄奥德修斯一见心欢喜,
立即对儿子特勒马科斯开言这样说: 505
"特勒马科斯,你如今身临重要的时刻,
人们奋勇作战,争取超群的荣誉,
你切不可辱没祖辈的荣耀,他们往日
一向以英勇威武扬名于整个大地。"

聪慧的特勒马科斯回答父亲这样说: 510
"如果你愿意,亲爱的父亲,你会看到,
我不会如你所说,玷污祖先的荣誉。"

他这样说完,拉埃尔特斯欣欣地感叹:
"亲爱的神明,今天这日子真令我欣喜,
我的儿子和我的孙子要竞赛谁勇敢。" 515

目光炯炯的雅典娜前来对他这样说：
"阿尔克西奥斯之子，我最亲爱的伙伴，
你应向目光炯炯的女神和父宙斯祷告，
立即奋力挥臂，掷出拖长影的长矛。"

帕拉斯·雅典娜这样说，给他巨大的勇气。 520
老人立即向伟大的宙斯的女儿作祷告，
随即奋力挥臂，掷出拖长影的长矛，
击中欧佩特斯，穿过带铜护颊的头盔。
长矛并未停住，一直穿过那铜盔，
欧佩特斯扑通一声倒地，铠甲震响。 525
奥德修斯和勇敢的儿子冲进敌人前列，
挥动佩剑和两头尖锐的长枪砍刺。
他们本会把敌人杀尽，无人能归返，
若不是伟大的宙斯的女儿雅典娜不应允，
大声呼喊，把所有作战的人们拦住： 530
"伊塔卡人啊，赶快停止残酷的战斗，
不要再白白流血，双方快停止杀戮。"

雅典娜这样说，人们陷入灰白的恐惧。
人群惊惶不已，武器从手里滑脱，
纷纷落地，当他们听到女神的声音。 535
他们转身奔向城市，渴望能逃命。
历尽艰辛的英雄奥德修斯可怕地大喊，
向敌人猛扑过去，有如高翔的老鹰。
这时克罗诺斯之子抛下硫磺霹雳，
落到伟大的父亲的明眸女儿的面前。 540
目光炯炯的雅典娜对奥德修斯这样说：
"拉埃尔特斯之子，机敏的神裔奥德修斯，
住手吧，让这场战斗的双方不分胜负，

免得克罗诺斯之子、鸣雷的宙斯动怒。"

　　雅典娜这样说,奥德修斯听从心欢悦。　　　　　　545
战斗的双方重又为未来立下了盟誓,
提大盾的宙斯的女儿帕拉斯·雅典娜主使,
外表和声音完全幻化成门托尔模样。

专名索引

史诗中出现的人物和地理名称较多，一一注释难免繁琐，为简化注释和便于全书检索，特编制本索引。索引专名收录以正文中出现的为限。同名者在名后分别以①、②……标示。专名中已约定俗成的，采用通用译名，其他专名本着名从主人原则，按读音对应全称译出。专名按汉语拼音音序排列。译名后附古希腊文，以便查对其他译法和查阅外文材料。专名后的诗中出处以阿拉伯数字标示，第一个数字为卷号，逗号后的数字为行号，不同卷次用分号隔开。有些专名出现颇繁，又一目了然，卷行号未一一列入。

另附《古代地中海地区简图》一幅，与本索引参照使用。

A

阿波罗 ’Απόλλων 宙斯之子，别名福波斯，司阳光、预言、艺术、医药、弓箭等。 3，279；4，341；6，162；7，64，311；8，79，227，323，334，339，488；9，198，201；15，245，252，410，526；17，132，251，494；18，235；19，86；20，278；21，267，338，384；22，7；24，376。

阿德瑞斯特 ’Αδρήστη 海伦的女侍之一。 4，123。

阿尔费奥斯 ’Αλφειός 斐赖王，狄奥克勒斯的祖父。 3，489；15，187。

阿尔戈 ’Αργώ 著名的寻取金羊毛的海船。 12，70。

阿尔戈斯 ’’Αργος ①希腊古代居民，主要居住在伯罗奔尼撒半岛东北部，有时泛指希腊人。 1，61，211；2，173；3，129，133，309，379；4，172，184，200，258，273，279，296；8，502，513，578；10，15；11，369，485，500，518，524，555；12，190；15，240；17，118；18，253；19，126；23，218；24，54，62，81； ②伯罗奔尼撒半岛东北部地区，一称阿尔戈利斯。 1，344；3，180，251，263；4，99，174，562，726，816；15，80，224，239，274；18，246；21，108；24，37。 ③百眼巨怪。 1，38，84；5，43，49，75，94，145，148；7，137；8，338；10，302，331；24，99。 ④奥德修斯的家犬。 17，292，300，326。

阿尔基摩斯 ’’Αλκιμος 门托尔的父亲。 22，235。

阿尔基诺奥斯　'Αλκίνοos　费埃克斯人的王。　6,12;7,10;8,2;9,2;13,3。

阿尔基佩　'Αλκίππη　海伦的侍女之一。　4,124。

阿尔康德拉　'Αλκάνδρη　特拜人波吕博斯的妻子。　4,126。

阿尔克迈昂　'Αλκμαίων　墨兰波斯的后代。　15,248。

阿尔克墨涅　'Αλκμήνη　安菲特律昂的妻子,赫拉克勒斯的母亲。　2,120;11,266。

阿尔克西奥斯　'Αρκείσιος　宙斯之子,奥德修斯的祖父。　4,755;14,182;16,118;24,270,517。

阿尔奈奥斯　'Αρναῖos　伊塔卡一乞丐。　18,5。

阿尔塔基埃　'Αρτακίη　巨人族莱斯特律戈涅斯人一泉水。　10,108。

阿尔特弥斯　'Αρτεμιs　狩猎女神。　4,122;5,123;6,102,151;11,172,324;15,410,478;17,37;18,202;19,54;20,60,61,71,80。

阿费达斯　'Αφείδαs　奥德修斯虚拟的父名。　24,305。

阿佛罗狄忒　'Αφροδίτη　宙斯的女儿,爱与美之神。　4,14,261;8,267,308,337,342,362;17,37;19,54;20,68,73;22,444。

阿伽门农　'Αγαμέμνων　迈锡尼(一译米克奈)王,希腊联军统帅。　1,30;3,143,156,164,234,248,264;4,532,584;8,77;9,263;11,168,387,397;13,383;14,70,117,497;24,20,102,121,186。

阿革拉奥斯　'Αγέλαos('Αγέλεωs)　求婚人之一。　20,322,339;22,131,136,212,241,247,327。

阿基琉斯　'Αχιλλεύs　米尔弥冬人的王,佩琉斯和女神忒提斯的儿子,希腊远征特洛亚军队中最强大的英雄。　3,106,109,189;4,5;8,75;11,467,478,482,486,546,557;24,15,36,72,76,94。

阿卡斯托斯　'Άκαστos　杜利基昂岛国王。　14,336。

阿开奥斯人　'Αχαιοί　希腊古代部落之一,常用以泛指希腊人。1,30,239;2,101,119;3,251,261;19,141,542;21,160,251;24,136。

阿开亚　'Αχαιία　阿开奥斯人居住地区,在伯罗奔尼撒半岛北部。　11,166,481;13,249;21,107;23,68。

阿克罗纽斯　'Ακρόνεωs　费埃克斯青年。　8,111。

阿克戎　'Αχέρων　冥间深渊。　10,513。

阿克托里斯　'Ακτορίs　佩涅洛佩的随嫁女奴。　23,228。

阿勒克托尔　'Αλέκτωρ　墨涅拉奥斯的儿子的岳丈。　4,10。

阿里阿德涅 ’Αριάδνη 克里特王弥诺斯的女儿。 11,321。

阿吕巴斯 ’Αλύβας 城名,地点难于确考。 24,304。

阿律巴斯 ’Αρύβας 腓尼基西顿一富户。 15,426。

阿洛欧斯 ’Αλωεύς 波塞冬之子。 11,305。

阿米塔昂 ’Αμυθάων 提罗和克瑞透斯之子。 11,259。

阿那贝西纽斯 ’Αναβησίνευς 费埃克斯青年。 8,113。

阿佩拉 ’Απειραίη 地名,具体方位难于确考。 7,8。

阿瑞斯 ’Άρης 战神。 8,115,267,276,285,309,330,345,353,355,518;11,537;14,216;16,269;20,50。

阿瑞塔 ’Αρήτη 费埃克斯人王后。7,54;8,423;11,335;13,57,66。

阿瑞提阿斯 ’Αρήτιας 安菲诺摩斯的祖父。 16,395;18,412。

阿瑞托斯 ’Άρητος 涅斯托尔之子。 3,414,440。

阿瑞杜萨 ’Αρέθουσα 伊塔卡一水泉。 13,408。

阿斯法利昂 ’Ασφαλίων 墨涅拉奥斯的侍从。 4,216。

阿斯特里斯 ’Αστερίς 伊塔卡岛附近一小岛。 4,846。

阿索波斯 ’Ασωπός 伯罗奔尼撒河神。 11,260。

阿特拉斯 ’Άτλας 提坦神之一,卡吕普索的父亲。 1,52;7,245。

阿特柔斯 ’Ατρεύς 迈锡尼王,阿伽门农和墨涅拉奥斯的父亲。 1,35,40;3,136,156,164,193,248,257,268,277,305;4,51,156,185,190,235,291,304,316,462,492,536,543,594;11,387,397,436,463;13,307,383,424;14,470,497;15,52,64,87,102,121,147;17,116,147;19,183;24,20,24,35,102,105,121,191。

哀河 Κώκυτος 冥间一河流。 10,514。

埃阿科斯 Αἰακός 宙斯之子,阿基琉斯和大埃阿斯的祖父。 11,471,538。

埃阿斯 Αἴας ①奥伊琉斯之子,通称小埃阿斯。 4,499,509; ②特拉蒙之子,通称大埃阿斯。 3,109;11,469,543,550,553;24,17。

埃奥斯 ’Ηώς 黎明女神或黎明时的曙光。 4,188;5,1,121;15,250 等。

埃尔佩诺尔 ’Ελπήνωρ 奥德修斯的同伴之一。 10,552;11,51,57;12,10。

埃菲阿尔特斯 ’Εφιάλτης 波塞冬之子(或其孙)。 11,308。

埃费瑞 ’Εφύρη 埃皮罗斯一城市。 1,259;2,328。

埃盖 Αἰγαί 伯罗奔尼撒半岛北部海滨城市。 5,381。

埃吉斯托斯 Αἴγισθος 提埃斯特斯之子,阿伽门农的堂兄弟。 1,29,35,42,

300；3，194，198，235，250，256，303，308，310；4，518，525，529，537；11，389，409；24，22，97。

埃及　Αἴγυπτος　①北非古国。　3，300；4，83，127，229，351，355，385；14，246，263，275，286；17，426，432，448。　②埃及河，即尼罗河。　4，477，483，581；14，257，258，17，427。

埃克弗戎　Ἐχέφρων　涅斯托尔之子。　3，413，439。

埃克涅奥斯　Ἐχένηος　费埃克斯人首领。　7，155；11，342。

埃克托斯　Ἔχετος　一残暴人。　18，85，116；21，308。

埃拉特柔斯　Ἐλατρεύς　费埃克斯青年。　8，111，129。

埃拉托斯　Ἔλατος　求婚人之一。　22，267。

埃勒提亚　Εἰλείθυια　克里特安尼索斯海港一山洞。　19，188。

埃楞波伊人　Ἐρεμβοί　传说中的民族。　4，84。

埃里费勒　Ἐριφύλη　阿尔戈斯王安菲阿拉奥斯之妻。　11，326。

埃里倪斯　Ἐρινύς　复仇女神。　2，135；11，280；15，234；17，475；20，78。

埃利斯　Ἦλις　伯罗奔尼撒半岛西部地区。　4，635；13，275；15，298；21，347；24，431。

埃琉西昂　Ἠλύσιον　冥间常乐世界。　4，563。

埃律曼托斯　Ἐρύμανθος　阿尔卡狄亚境内山脉。　6，103。

埃尼珀斯　Ἐνιπεύς　特萨利亚境内河流。　11，238，240。

埃佩奥斯　Ἐπειός　特洛亚木马制造者。　8，493；11，523。

埃佩奥斯人　Ἐπειοί　居住在埃利斯北部的部落。　13，275；15，298；24，431。

埃佩里托斯　Ἐπήριτος　奥德修斯的化名。　24，306。

埃皮卡斯特　Ἐπικάστη　奥狄浦斯的母亲。　11，271。

埃瑞博斯　Ἔρεβος　冥间的昏暗处，亡灵居住的地方。　10，528；11，37，564；12，81；22，356。

埃瑞克透斯　Ἐρεχθεύς　雅典人的始祖。　7，81。

埃瑞特缪斯　Ἐρετμεύς　费埃克斯青年。　8，112。

埃塞俄比亚人　Αἰθίοπες　传说中的部落，居住在大地东西两隅，长河之滨。　1，22，23；4，84；5，282，287。

埃特奥克瑞特斯人　Ἐτεόκρητες　克里特原始部落之一。　19，176。

埃特奥纽斯　Ἐτεωνεύς　墨涅拉奥斯的侍臣。　4，22，31；15，95。

埃托利亚人　Αἰτωλός　希腊中部居民。　14，379。

埃伊多特娅　Ἐιδοθέη　老海神普罗透斯的女儿。　4,366。

艾埃特斯　Ἀιήτης　黑海北岸科尔克斯国王。　10,137;12,70。

艾艾埃　Ἀιαίη　①传说中的海岛，魔女基尔克的居地。　10,135;11,70;12,3。　②基尔克的别名。　9,32;12,268,273。

艾奥利埃　Ἀιολίη　风神艾奥洛斯的居地。　10,1,55。

艾吉普提奥斯　Ἀιγύπτιος　伊塔卡长老。　2,15。

艾奥洛斯　Ἀίολος　①风神。　10,2,36,44,60;23,314。　②特萨利亚先王。　11,237。

艾宋　Ἀίσων　提罗和克瑞透斯之子,伊阿宋的父亲。　11,259。

艾同　Ἀίθων　奥德修斯的化名。　19,183。

安德赖蒙　Ἀνδραίμων　埃托利亚首领托阿斯的父亲。　14,499。

安菲阿拉奥斯　Ἀμφιάραος　阿尔戈斯王。　15,244,253。

安菲阿洛斯　Ἀμφίαλος　费埃克斯青年。　8,114,128。

安菲昂　Ἀμφίων　①安提奥佩之子。　11,262,283。　②伊阿索斯之子。　11,283。

安菲洛科斯　Ἀμφίλοχος　安菲阿拉奥斯之子。　15,248。

安菲墨冬　Ἀμφιμέδων　求婚人之一。　22,242,277,284;24,103,106,120。

安菲诺摩斯　Ἀμφίνομος　求婚人之一。　16,351,394,406;18,119,125,395,412,424;20,244,247;22,89,96。

安菲特埃　Ἀμφιθέη　奥德修斯的外祖母。　19,416。

安菲特里泰　Ἀμφιτρίτη　老海神涅柔斯的女儿,波塞冬的妻子。　3,91;5,422;12,60,97。

安菲特律昂　Ἀμφιτρύων　提任斯王,赫拉克勒斯名义上的父亲。　11,266,270。

安基阿洛斯　Ἀγχίαλος　①塔福斯人门特斯的父亲。　1,180,418。　②费埃克斯青年。　8,112。

安尼索斯　Ἀμνισός　克里特克诺索斯城海港。　19,188。

安提奥佩　Ἀντιόπη　河神阿索波斯(一说特拜王倪克透斯)的女儿。　11,260。

安提法特斯　Ἀντιφάτης　①巨人国莱斯特律戈涅斯人国王。　10,106,114,199。　②墨兰波斯之子。　15,242,243。

安提福斯　Ἄντιφος　①奥德修斯随行者之一,被独目巨人吃掉。　2,19。　②伊塔卡长老。　17,68。

安提克勒娅　'Αντίκλεια　奥德修斯的母亲。　11,85。

安提克洛斯　'Άντικλος　希腊远征特洛亚将领之一。　4,286。

安提洛科斯　'Αντίλοχος　涅斯托尔之子。　3,112;4,187,202;11,468;24,16,78。

安提诺奥斯　'Αντίνοος　求婚人之一。　1,383;2,84,130,301;4,628;16,363,417;17,374;18,34,284;20,270;21,84,140;22,8,49;24,179,424。

奥德修斯　'Οδυσσεύς　伊塔卡王,希腊远征特洛亚主要将领之一。　1,48,103,196,354;2,2,163,225 等。

奥狄浦斯　Οἰδίπους　特拜王拉伊奥斯之子,命中注定杀父娶母,未能逃脱。　11,271。

奥尔科墨诺斯　'Ορχομενός　波奥提亚城市。　11,284,459。

奥尔墨诺斯　'Όρμενος　欧迈奥斯的父亲。　15,414。

奥尔提吉亚　'Ορτυγίη　传说中的国家。　5,123;15,404。

奥尔提洛科斯　'Ορτίλοχος　狄奥克勒斯的父亲。　3,489;15,187;21,16。

奥尔西洛科斯　'Ορσίλοχος　奥德修斯杜撰的克里特王子。　13,260。

奥古吉埃　'Ωγυγίη　传说中的岛屿,神女卡吕普索的居地。　1,85;6,172;7,244,254;12,448;23,333。

奥卡利亚人　Οἰχαλιεύς　特萨利亚境内居民。　8,224。

奥克阿诺斯　'Ωκεανός　环地长河。　4,568;5,275;10,139,508,511;11,13,21,158,639;12,1;19,434;20,65;22,197;23,244,347;24,11。

奥库阿洛斯　'Ωκύαλος　费埃克斯青年。　8,111。

奥林波斯　'Όλυμπος　希腊东北部特萨利亚境内山峰,传说中的以宙斯为首的众神的居地。　1,27,60,102;2,68;3,377;4,74,173,722;6,42 等。

奥里昂　'Ωρίων　猎户星座。　5,121,274;11,310,572。

奥涅托尔　'Ονήτωρ　墨涅拉奥斯的舵手弗隆提斯的父亲。　3,282。

奥诺普斯　Οἶνοψ　勒奥得斯的父亲。　21,144。

奥普斯　'Ώψ　奥德修斯的老奶妈欧律克勒娅的父亲。　1,429;2,347;20,148。

奥瑞斯特斯　'Ορέστης　阿伽门农之子。　1,30,40,298;3,306;4,546;11,461。

奥萨　'Όσσα　特萨利亚境内山峰。　11,315。

奥托诺埃　Αὐτονόη　佩涅洛佩的女侍之一。　18,182。

奥托吕科斯　Αὐτόλυκος　奥德修斯的外祖父。　11,85;19,394,399,403,405,414,418,430,437,455,459,466;21,220;24,334。

奥托斯　Ὦτος　波塞冬之子。　11,308。

奥伊克勒斯　Οἰκλῆς　墨兰波斯的后代。　15,243,244。

B

白岩　Λευκάς　冥间岩地。　24,11。

波阿斯　Ποιάς　特萨利亚墨利波亚国王。　3,190。

波埃托伊斯　Βοηθοίς　墨涅拉奥斯的侍臣埃特奥纽斯的父亲。　4,31;15,95,140。

波利特斯　Πολίτης　奥德修斯归途同伴之一。　10,224。

波吕博斯　Πόλυβος　①求婚人之一欧律达马斯的父亲。　1,399;2,177;15,519;16,345,434;18,349;20,359;21,320。　②埃及特拜人。　4,126。　③费埃克斯人。　8,373。　④求婚人之一。　22,243,284。

波吕达姆娜　Πολύδαμνα　埃及特拜女子。　4,228。

波吕丢克斯　Πολυδεύκης　宙斯和勒达之子。　11,300。

波吕斐摩斯　Πολύφημος　独目巨人，波塞冬之子。　1,70;9,403,407,446。

波吕费得斯　Πολυφείδης　阿尔戈斯预言者。　15,249,252。

波吕卡斯特　Πολυκάστη　涅斯托尔的女儿。　3,464。

波吕克托尔　Πολύκτωρ　①伊塔卡古英雄。　17,207。　②求婚人佩桑德罗斯的父亲。　18,299;22,243。

波吕涅奥斯　Πολύνηος　费埃克斯人。　8,114。

波吕佩蒙　Πολυπήμων　奥德修斯虚拟的人名。　24,305。

波吕特尔塞斯　Πολυθέρσης　求婚人克特西波斯的父亲。　22,287。

波塞冬　Ποσειδάων　海神，宙斯的兄弟。　1,20,68,73,74,77;3,43,54,55,178,338;4,386,500,505;5,339,366,446;6,266;7,56,61,271;8,322,344,350,354,565;9,283,412,526,528;11,130,252,306,399,406;13,146,159,173,181,185,341;23,234,277;24,109。

博瑞阿斯　Βορέης　北风神。　5,296,328,331,385;9,67,81;10,507;13,110;14,253,299,475,533;19,200。

D

达马斯托尔　Δαμάστωρ　求婚人阿革拉奥斯的父亲。　20,321;22,212,241,293。

达那奥斯人　Δαναοί　原指阿尔戈斯王达那奥斯的后代,诗中泛指希腊人。　1,
　　350;4,278,725,815;5,306;7,82,578;11,470,526,551,559;24,18,46。
大角星　Βοώτης　牧夫座α星。　5,272。
大熊星座　Ἄρκτος　即北斗星。　5,273。
得洛斯　Δῆλος　爱琴海中岛屿。　6,162。
得墨忒尔　Δημήτηρ　农神,宙斯的妹妹。　5,125。
得摩多科斯　Δημόδοκος　费埃克斯人的歌人。　8,44,106,254,262,472,478,
　　483,486,487,537;23,28。
得摩普托勒摩斯　Δημοπτόλεμος　求婚人之一。　12,242,266。
得伊福波斯　Δηίφοβος　特洛亚国王普里阿摩斯之子。　4,276;8,517。
德墨托尔　Δμήτωρ　塞浦路斯王。　17,443。
狄埃　Δία　爱琴海南部岛屿,后称那克索斯岛。　11,325。
狄奥克勒斯　Διοκλῆς　斐赖王。　3,488;15,186。
狄奥墨得斯　Διομήδης　阿尔戈斯王提丢斯之子。　3,181。
狄奥倪索斯　Διόνυσός(Διώνυσος)　宙斯之子,酒神。　11,325;24,74。
狄马斯　Δύμας　费埃克斯人。　6,22。
杜卡利昂　Δευκαλίων　克里特王弥诺斯之子。　19,180,181。
杜利基昂　Δουλίχιον　伊塔卡岛附近海岛。　1,246;9,24;14,335,397;16,123,
　　247,396;18,127,395,424;19,131,292。
多多那　Δωδώνη　埃皮罗斯境内古城。　14,327;19,296。
多里斯人　Δωριέες　克里特部族之一。　19,177。
多利奥斯　Δολίος　佩涅洛佩的随嫁仆人。　4,735;17,212;18,322;22,159;24,
　　222,387,397,409,411,492,497,498。

F

法埃同　Φαέθων　黎明女神的神马之一。　23,246。
法埃图萨　Φαέθουσα　太阳神的女儿。　12,132。
法罗斯　Φάρος　埃及附近一海岛。　4,355。
菲洛　Φυλώ　海伦侍女之一。　4,125,133。
菲洛克特特斯　Φιλοκτήτης　名箭手。　3,190;8,219。
菲洛墨勒得斯　Φιλομηλείδης　累斯博斯岛国王。　4,343;17,134。
菲洛提奥斯　Φιλοίτιος　奥德修斯的牧牛奴。　20,185,254;21,240,388;

22,359。

腓尼基　Φοινίκη　西亚古国。　4,83;13,272;14,288,291;15,415,417,419,473。

斐赖　①Φεραί　特萨利亚城市。　4,798。②Φηραί　伯罗奔尼撒半岛西南部墨塞尼亚海滨城市。　3,488;15,186。

费埃克斯人　Φαίηκες　传说中的部族。　5,35,280,345;6,3,35,55,114,195,241;7,11,316;8,5,369;11,336;13,12,36,120,302;16,227;19,279;23,338。

费艾　Φεαί　埃利斯北部城市。　15,297。

费德拉　Φαίδρη　雅典王提修斯的后妻。　11,321。

费狄摩斯　Φαίδιμος　西顿国王。　4,617;15,117。

费冬　Φείδων　特斯普罗托伊人。　14,316;19,287。

费拉克　Φυλάκη　佛提亚城市。　11,290;15,236。

费弥奥斯　Φήμιος　伊塔卡歌人。　1,154,337;17,263;22,331。

费瑞斯　Φέρης　提罗和克瑞透斯之子。　11,259。

费斯托斯　Φαιστός　克里特城市。　3,296。

佛提亚　Φθίη　特萨利亚一地区,阿基琉斯的辖地。　11,496。

弗拉科斯　Φύλακος　特萨利亚人,有美丽的牛群。　15,231。

弗隆提斯　Φρόντις　墨涅拉奥斯归途中的舵手。　3,282。

弗罗尼奥斯　Φρόνιος　伊塔卡人,借船给特勒马科斯外出探父讯。　2,386;4,630,648。

福波斯　Φοῖβος　阿波罗的别称。　3,279;8,79;9,201。

福尔库斯　Φόρκυς　一老海神。　1,72;13,96,345。

G

盖娅　Γαῖα　地神　5,184;11,576。

戈尔戈　Γοργώ　一种生翼的蛇尾怪物,凡被它看见的人会立即变成石头。　11,634。

戈尔提斯　Γόρτυς　克里特岛南部城市。　3,294。

革瑞尼亚　Γερηνία　皮洛斯城市,涅斯托尔的故乡或原居住地。　3,68,102,210,253,386,397,405,411,474;4,161。

格拉斯托斯　Γεραιστός　尤卑亚岛西南部海港。　3,177。

古赖　Γύραι　那克索斯岛附近巨岩。　4,500,507。

H

哈得斯　'Αίδης ('Άïδος)　冥神或泛指冥间。　3,410；4,834；6,11；9,524；10,175,491,502,512,534,560,564；11,47,65,69,150,164,211,277,425,475,571,625,627,635；12,17,21,383；14,156,208；15,350；20,208；23,252,322；24,204,264。

哈利奥斯　'Άλιος　阿尔基诺奥斯之子。　8,119,370。

哈利特尔塞斯　'Άλιθέρσης　伊塔卡人,奥德修斯的朋友。　2,157,253；17,68；24,451。

海伦　'Ελένη　宙斯的女儿,墨涅拉奥斯的妻子。　4,12,121,130,184,219,296,305,569；11,438；14,68；15,58,100,104,106,123,126,171；17,118；22,227；23,218。

赫柏　'Ήβη　宙斯和赫拉的女儿,后成为青春女神。11,603。

赫尔墨斯　'Ερμείας ('Ερμῆs)　宙斯之子,神使。　1,38,42,84；5,28,29,54,85,87,196；8,323,334,335；10,277,307；11,626；12,390；14,435；15,319；16,471；19,397；24,1,10。

赫尔弥奥涅　'Ερμιόνη　墨涅拉奥斯和海伦的女儿。　4,14。

赫菲斯托斯　'Ήφαιστος　宙斯和赫拉之子,匠神。　4,617；6,233；7,92；8,268,270,272,286,287,293,297,327,330,345,355,359；15,117；23,160；24,71,75。

赫拉　'Ήρη　宙斯的姐妹和妻子。　4,513；8,465；11,604；12,72；15,112,180；20,70。

赫拉克勒斯　'Ηρακλῆς　宙斯的儿子,著名的大英雄。　8,224；11,267,601；21,26。

赫拉斯　'Ελλάς　①希腊西部地区。　1,344；4,726,816；15,80。　②特萨利亚城市。　4,496。

赫勒斯滂托斯　'Ελλήσποντος　爱琴海东北部海峡,即今达达尼尔海峡。24,82。

赫利奥斯　'Ηέλιος ('Ήλιος)　古老的太阳神,后来与阿波罗混同。　1,8；3,1；8,271,302；9,58；10,138；11,16,109；12,4,128,133,176,263,269,274,323,343,346,355,374,385,398；19,276,433,441；22,388；23,329；24,12。

火河　Πυριφλεγέθων　冥间一河流。　10,513。

J

基尔克　Κίρκη　魔女。　8,448;9,31;10,136;11,8,22,53,62;12,6,16,36,150, 155,226,268,273,302;23,321。

基科涅斯人　Κίκονες　色雷斯部落。　9,39,47,59,66,165;23,310。

基墨里奥伊人　Κιμμέριοι　传说中的部落,居住在冥间入口。　11,14。

巨灵　Γίγαντες　天神乌拉诺斯和地神盖娅所生,魁梧勇猛,曾反对奥林波斯神,失败后被压在火山底下。　7,59,206;10,120。

K

卡德摩斯　Κάδμος　特拜的奠基人,其后代称卡德摩斯人,代指特拜人。　5,333;11,276。

卡尔基斯　Χαλκίς　埃利斯北部克罗诺伊境内著名水泉。　15,295。

卡里斯　Χάριτες　阿佛罗狄忒的侍女,一译美惠女神。　6,18;8,364;18,194。

卡吕普索　Καλυψώ　神女。　1,14;4,557;5,14;7,245,254,260;8,452;9,29; 12,389,448;17,143;23,333。

卡律布狄斯　Χάρυβδις　吞吸海水的海怪。　12,104,113,235,260,428,430, 436,441;23,327。

卡珊德拉　Κασσάνδρη　普里阿摩斯的女儿。　11,422。

卡斯托尔　Κάστωρ　①宙斯与勒达之子,海伦的同母兄弟。　11,300。　②奥德修斯虚拟的克里特人名。　14,204。

考科涅斯人　Καύκωνες　埃利斯部落。　3,366。

克法勒涅斯人　Κεφαλλῆνες　希腊西部及近海岛屿居民,归奥德修斯管辖。 20,210;24,355,378,429。

克拉泰伊斯　Κράταιις　巨怪斯库拉的母亲。　12,124。

克勒托斯　Κλεῖτος　阿尔戈斯人,墨兰波斯的后裔。　15,249,250。

克里特　Κρήτη　爱琴海中部海岛。　3,191,291;11,323;13,256,260;14,199, 205,234,252,300,301,382;16,62;17,523;19,172,186,338。

克吕墨涅　Κλυμένη　特萨利亚王菲拉科斯的母亲。　11,326。

克吕墨诺斯　Κλύμενος　涅斯托尔之妻欧律狄克的父亲。　3,452。

克吕泰墨涅斯特拉　Κλυταιμνήστρη　阿伽门农的妻子,海伦的同母姊妹。　3, 266;11,422,439。

克吕提奥斯　Κλύτιος　伊塔卡人,特勒马科斯的伴侣佩赖奥斯的父亲。　15,

540;16;327。

克吕托涅奥斯　Κλυτόνηος　阿尔基诺奥斯之子。　8,119,123。

克罗弥奥斯　Χρομίος　涅斯托尔的兄弟。　11,286。

克罗诺斯　Κρόνος　天神乌拉诺斯与地神盖娅之子,宙斯的父亲。　1,45,81,386;3,88,119;4,207,699;8,289;9,552;10,21;11,620;12,399,405;13,25;14,184,303,406;15,477;16,117,291;17,424;18,376;19,80;20,236,273;21,102,415;22,51;24,472,473,539,544。

克罗诺伊　Κρουνοί　埃利斯北部地区。　15,295。

克洛里斯　Χλῶρις　涅斯托尔的母亲。　11,281。

克诺索斯　Κνωσός　克里特城市。　19,178。

克瑞昂　Κρείων　特拜国王,赫拉克勒斯妻子墨伽拉的父亲。　11,269。

克瑞透斯　Κρηθεύς　特萨利亚王,尼奥柏的丈夫的兄弟。　11,237,258。

克特奥伊人　Κήτειοι　小亚细亚密西亚部族。　11,521。

克特西奥斯　Κτήσιος　传说中的叙里埃岛的王,奥德修斯的牧猪奴欧迈奥斯的父亲。　15,414。

克特西波斯　Κτήσιππος　求婚人之一。　20,288,303,304;22,279,285。

克提墨涅　Κτιμένη　奥德修斯的妹妹。　15,363。

库多涅斯人　Κύδωνες　克里特部族。　3,292;19,176。

库克洛普斯　Κύκλωψ　①独目巨人族。　1,71;6,5;7,206;9,106,117,125,166,275,357,399,510。②指其最强大者波吕斐摩斯。　1,69;2,19;9,296,316,319,345,347,362,364,415,428,474,492,502,548;10,200,435;12,209;20,19;23,312。

库勒涅　Κυλλήνη　伯罗奔尼撒境内最高峰。　24,1。

库特拉　Κύθηρα　伯罗奔尼撒南端海岛。　9,81。

库特瑞娅　Κυθέρεια　阿佛罗狄忒的别名。　8,288;18,193。

L

拉埃尔克斯　Λαέρκης　埃利斯金匠。　3,425。

拉埃尔特斯　Λαέρτης　奥德修斯的父亲。　1,189,430;2,99;4,111,555,738;5,203;8,18;9,19,505;11,60,92,405,473,617;12,378;13,375;14,9,173,451,486;15,353,483;16,104,118,138,167,302,455;17,152,361;18,24,348;19,144,165,262,336,583;20,286;21,262;22,164,185,191,336,339;24,134,

192,206,207,270,327,365,375,498,513,542。

拉奥达马斯　Λαοδάμας　阿尔基诺奥斯之子。　7,170;8,117,119,130,132,141,153,207,370。

拉达曼提斯　Ραδάμανθυς　宙斯之子,弥诺斯的兄弟,冥府判官之一。　4,564;7,323。

拉克得蒙　Λακεδαίμων　伯罗奔尼撒半岛东南部地区。3,326;4,1,313,702;5,20;13,414,440;15,1;17,121;21,13。

拉摩斯　Λάμος　波塞冬之子,莱斯特律戈涅斯人的首领。　10,81。

拉皮泰人　Λαπίθαι　居住在特萨利亚境内奥林波斯山附近的部落。　21,297。

莱斯特律戈涅斯人　Λαιστρυγόνες　一野蛮的巨人部落。　10,82,106,119,199;23,318。

兰波斯　Λάμπος　黎明女神的神马。　23,246。

兰佩提娅　Λαμπετίη　太阳神的女儿。　12,132,375。

勒奥得斯　Λειώδης　求婚人之一。　21,144,168;22,310。

勒奥克里托斯　Λειώκριτος　求婚人之一。　2,242;22,294。

勒达　Λήδη　埃托利亚王特斯提奥斯的女儿,与宙斯生海伦。　11,298。

勒托　Λητώ　提坦女神之一,阿波罗和阿尔特弥斯的母亲。　6,106;11,318,580。

累斯博斯　Λέσβος　小亚细亚西部岛屿。　3,169;4,342;17,133。

利比亚　Λιβύη　北非国家。　4,85;14,295。

利姆诺斯　Λῆμνος　爱琴海北部岛屿。　8,283,294,301。

琉科特埃　Λευκοθέη　卡德摩斯的女儿,后成海神。　5,334。

洛托法戈伊人　Λωτοφάγοι　北非海岸部落。　9,84;23,311。

M

马拉松　Μαραθών　雅典东北城市。　7,80。

马勒亚　Μάλεια(Μάλειαι)　伯罗奔尼撒半岛东南端海岬。　3,287;4,514;9,80;19,187。

马人　Κένταυρος　一种人首马身怪物。　21,295。

马戎　Μάρων　色雷斯伊斯马洛斯人的阿波罗祭司。　9,197。

马斯托尔　Μάστωρ　伊塔卡长老哈利特尔塞斯的父亲。　2,158;24,452。

迈拉　Μαῖρα　阿尔戈斯王克罗托斯的女儿,与宙斯生特拜奠基者之一洛克罗斯。　11,326。

迈锡尼(一译米克奈)　Μυκήνη　伯罗奔尼撒东北部城市,阿伽门农王的都城。3,305;21,108。

迈娅　Μαιάς　赫尔墨斯的母亲。14,435。

曼提奥斯　Μάντιος　预言者墨兰波斯之子。15,242,249。

昴星座　Πληιάδες　5,272。

门农　Μέμνων　埃塞俄比亚首领。11,522。

门特斯　Μέντης　塔福斯岛首领。1,105,180,418。

门托尔　Μέντωρ　奥德修斯的朋友。2,225,243,253,268,401;3,22,240;4,654,655;17,68;22,206,208,213,235,249;24,446,456,503,548。

弥尼埃奥斯人　Μινύειος　波奥提亚地区部落。11,284。

弥诺斯　Μίνως　宙斯之子,生前为克里特王,死后成冥府判官。11,322,568;17,523;19,178。

米尔弥冬人　Μυρμιδόνες　特萨利亚境内佛提亚地区部落,归阿基琉斯统治。3,188;14,9;11,495。

米克涅　Μυκήνη　伊那科斯的女儿,米克奈(迈锡尼)的名主。2,120。

米马斯　Μίμας　爱琴海中岛屿。3,172。

缪斯　Μοῦσα　文艺女神。1,1;8,63,73,481,488;24,60,62。

墨冬　Μέδων　奥德修斯的传令官。4,677,696,711;16,252,412;17,172;22,357,361;24,439,442。

墨尔墨罗斯　Μέρμερος　埃皮罗斯的埃费瑞人。1,259。

墨伽拉　Μεγάρη　赫拉克勒斯的妻子。11,269。

墨伽彭特斯　Μεγαπένθης　墨涅拉奥斯之子。4,11;15,100,103,122。

墨拉纽斯　Μελανεύς　求婚人安菲墨冬的父亲。24,103。

墨兰波斯　Μελάμπους　皮洛斯人,预言者。12,225。

墨兰提奥斯(墨兰透斯)　Μελάνθιος　(Μνλανθεύς)　奥德修斯的牧羊奴。17,212,247,369;20,173,255;21,175,176,181,265;22,135,142,152,159,161,182,195,474。

墨兰托　Μελανθώ　佩涅洛佩女侍之一。18,321;19,65。

墨涅拉奥斯　Μενέλαος　斯巴达王,海伦的丈夫,阿伽门农的兄弟。1,285;3,141;4,2,561,609;8,518;11,460;13,414;14,470;15,5,207;17,76,116,120,147;24,116。

墨诺提奥斯　Μενοίτιος　阿基琉斯的好友帕特罗克洛斯的父亲。24,77。

墨绍利奥斯　Μεσαύλιος　奥德修斯的牧猪奴买的奴隶。　14,449,455。

墨塞涅　Μεσσήνη　伯罗奔尼撒半岛东南部地区。　21,15,18。

穆利奥斯　Μούλιος　求婚人安菲诺摩斯的侍从。　18,423。

N

瑙波利特斯　Ναυβολίδης　费埃克斯青年。　8,116。

瑙透斯　Ναυτεύς　费埃克斯青年。　8,112。

瑙西卡娅　Ναυσικάα　费埃克斯王阿尔基诺奥斯的女儿。　6,17,25,49,101,186,213,251,276;7,12;8,457,464。

瑙西托奥斯　Ναυσίθοος　费埃克斯人的先王。　6,7;7,56,62,63;8,565。

尼索斯　Νῖσος　求婚人安菲诺摩斯的父亲。　16,395;18,127,413。

涅艾拉　Νέαιρα　太阳神的妻子。　12,133。

涅里科斯　Νήρικος　伊塔卡附近海岛琉卡斯岛上一城市。　24,377。

涅里托斯　Νήριτος　伊塔卡岛英雄。　17,207。

涅里同　Νήριτον　伊塔卡山脉。　9,22;13,351。

涅琉斯　Νηλεύς　涅斯托尔的父亲。　3,4,79,202,247,409,465;4,639;11,254,281,288;15,229,233,237。

涅斯托尔　Νέστωρ　皮洛斯王。　1,284;3,17;4,21;11,286,512;15,4,144;17,109;24,52。

涅伊阿德斯　Νηιάδες　伊塔卡岛一神女。　13,104。

涅伊昂　Νήιον　伊塔卡岛山脉。　1,186;3,81;9,22。

诺埃蒙　Νοήμων　伊塔卡人,借船给特勒马科斯外出探父讯。　2,386;4,630,648。

诺托斯　Νότος　南风。　3,295;5,295,331;12,289,325,326,427;13,111。

O

欧埃诺尔　Εὐήνωρ　求婚人勒奥克里托斯的父亲。　2,242;22,294。

欧安特斯　Εὐάνθης　阿波罗祭司马戎的父亲。　9,197。

欧律阿得斯　Εὐρυάδης　求婚人之一。　22,267。

欧律阿洛斯　Εὐρύαλος　费埃克斯青年。　8,115,127,140,158,396,400。

欧律巴特斯　Εὐρυβάτης　奥德修斯的传令官。　19,247。

欧律达马斯　Εὐρυδάμας　求婚人之一。　18,297;22,283。

欧律狄克　Εὐρυδίκη　涅斯托尔的妻子。　3,452。

欧律克勒娅　Εὐρύκλεια　奥德修斯和特勒马科斯的保姆。　1,429;2,347,361; 4,742;17,31;19,15,21,357,401,491;20,128,134,148;21,380,381;22,391, 394,419,480,485,492;23,25,39,69,177。

欧律洛科斯　Εὐρύλοχος　奥德修斯的伴侣之一。　10,205,428,447;11,23;12, 195,278,294,297,339,352。

欧律马科斯　Εὐρύμαχος　求婚人之一。　1,399,413;2,177,209;4,628;15,17, 519;16,295,345,396,434;17,257;18,65,244,251,295,325,349,366,387, 396;20,359,364;21,186,245,257,277,320,331;22,44,61,69。

欧律墨冬　Εὐρυμέδων　巨灵族国王。　7,58。

欧律墨杜萨　Εὐρυμέδουσα　瑙西卡娅的老女仆。　7,8。

欧律摩斯　Εὔρυμος　预言者特勒摩斯的父亲。　9,509。

欧律诺墨　Εὐρυνόμη　佩涅洛佩的女管家。　17,495;18,164,169,178;19,96, 97;20,4;23,154,289,293。

欧律诺摩斯　Εὐρύνομος　求婚人之一。　2,22;22,242。

欧律皮洛斯　Εὐρύπυλος　密西亚克特奥伊人的将领。　11,520。

欧律提昂　Εὐρυτίων　马人。　21,295。

欧律托斯　Εὔρυτος　①著名弓箭手。　8,224,226;21,32。②拉克得蒙人。 21,14,37。

欧罗斯　Εὖρος　东风或东南风。　5,295,332;12,326;19,206。

欧迈奥斯　Εὔμαιος　奥德修斯的牧猪奴。　14,55,65,360,440,442,462,507; 15,307,325,341,381,486;16,7,8,60,69,135,156,461,464;17,199,264,272, 305,311,380,508,512,543,561,576,579;20,169,238;21,80,82,203,234;22, 157,194,279。

欧墨洛斯　Εὔμηλος　特萨利亚斐赖王,佩涅洛佩的姐妹伊弗提墨的丈夫。 4,798。

欧佩特斯　Εὐπείθης　安提诺奥斯之父。　1,383;4,641,660;16,363;17,477; 18,42,284;20,270;21,140,256;24,422,465,469,523。

P

帕尔涅索斯　Παρνησός　洛克里斯和福基斯之间的山脉,阿波罗得尔斐神示所 所在地。　19,394,411,432,466;21,220;24,332。

帕诺佩斯　Πανοπεύς　福基斯城市。　11,581。

帕福斯　Πάφος　塞浦路斯岛城市。　8,363。

帕拉斯　Παλλάς　雅典娜的别称。　1,125,252,327;2,405 等。

帕特罗克洛斯　Πάτροκλος　阿基琉斯的好友。　3,110;11,468;24,16,77,79。

派埃昂　Παιήων　医神。　4,232。

潘达瑞奥斯　Πανδάρεος　米利都人,因渎神被宙斯处死。　19,518;20,66。

潘托诺奥斯　Ποντόνοος　阿尔基诺奥斯的传令官。　7,179,182;8,65;13,50,53。

佩尔塞　Πέρση　赫利奥斯的妻子。　10,139。

佩尔塞福涅　Περσεφόνεια　冥后。　10,491,494,509,534,564;11,47,213,217,226,386,635。

佩拉斯戈斯人　Πελασγοί　希腊古代居民之一。　19,177。

佩赖奥斯　Πείραιος　特勒马科斯的伴侣。　15,539,540,544;17,55,71,74,78;20,372。

佩里波娅　Περίβοια　费埃克斯王后阿瑞塔的曾祖母。　7,57。

佩里克吕墨诺斯　Περικλύμενος　涅斯托尔的兄弟。　11,286。

佩里墨得斯　Περιμήδης　奥德修斯的伴侣。　11,23;12,195。

佩里托奥斯　Πειρίθοος　拉皮泰人的首领。　11,631;21,296,298。

佩尔修斯　Περσεύς　涅斯托尔之子。　3,414,444。

佩利阿斯　Πελίης　提罗和波塞冬之子,伊阿宋的叔伯父。　11,254,256。

佩利昂　Πήλιον　特萨利亚境内山峰。　11,316。

佩琉斯　Πηλεύς　特萨利亚英雄,阿基琉斯的父亲。　5,310;8,75;11,467,470,478,494,505,551,557;24,15,18,23,36。

佩罗　Πηρώ　涅琉斯的女儿,涅斯托尔的妹妹。　11,287。

佩涅洛佩　Πηνελόπεια　奥德修斯的妻子。　1,223,329;2,121,274;4,111,675,679,680,721,787,800,830;5,216;11,446;13,406;14,172,373;15,41,314;16,130,303,329,397,435,458;17,36,100,162,390,492,528,542;18,159,177,244,285,322;19,53,308,476,508,559,588;20,388;21,2,158,311;22,425;23,5,104,256;24,194,294,404。

佩珊德罗斯　Πείσανδρος　求婚人之一。　18,299;22,243,268,289。

佩塞诺尔　Πεισήνωρ　欧律克勒娅的祖父。　1,429;2,38,347;20,148。

佩西斯特拉托斯　Πεισίστρατος　涅斯托尔之子。　3,36,400,415,454,482;4,155;15,46,48,131,166。

蓬透斯　Ποντεύς　费埃克斯青年。　8,113。

皮埃里亚　Πιερίη　马其顿境内山峰,在奥林波斯北面。5,50。

皮洛斯　Πύλος　伯罗奔尼撒半岛西南部地区,涅斯托尔的辖地。　1,93,284;2,214,308;3,4,31,59,182,485;4,599,633,702;5,20;11,257,459;13,294;14,180;15,42,193,541;16,24,131,323;17,42,109;21,108;24,152,430。

皮托　Πυθώ　福基斯境内帕尔那索斯山南麓地区,得尔斐神示所所在地,有时代指该神示所。　8,80;11,581。

普拉姆涅　Πράμνη　地名,方位难于确考,以产酒著称。　10,235。

普兰克泰伊　Πλαγκταί　传说中一能移动的悬崖。　12,61;23,327。

普里阿摩斯　Πρίαμος　特洛亚国王。　3,107,130;5,106;11,421,533;13,316;14,241;22,230。

普里纽斯　Πρυμνεύς　费埃克斯青年。　8,112。

普罗克里斯　Πρόκρις　雅典王埃瑞克透斯的女儿。11,321。

普罗瑞斯　Πρωρεύς　费埃克斯青年。　8,113。

普罗透斯　Πρωτεύς　海中老神。　4,365,385。

普修里埃　Ψυρίη　爱琴海中岛屿。　3,171。

R

瑞克塞诺尔　Ῥηξήνωρ　阿尔基诺奥斯的兄弟。　7,63,146。

瑞特隆　Ῥείθρον　伊塔卡岛海港。　1,186。

S

萨尔摩纽斯　Σαλμωνεύς　埃利斯王。　11,236。

萨墨　Σάμη　伊塔卡附近海岛。　1,246;4,671,845;9,24;15,29,367;16,123,249;19,131;20,288。

塞浦路斯　Κύπρος　地中海东部岛屿。　4,83;8,362;17,442,443,448。

塞壬　Σειρῆνες　一种人首鸟身女妖。　12,39,158;23,326。

色雷斯　Θρήχη　希腊东北部地区。　8,361。

斯巴达　Σπάρτη　拉克得蒙地区主要城市,墨涅拉奥斯的都城。　1,93,285;2,214,327,359;4,10;11,460;13,412。

斯克里埃　Σχερίη　传说中的费埃克斯人的国土。　5,34;6,8;7,79;13,160。

斯库拉　Σκύλλη　传说中的食人怪物。　12,85,108,125,223,231,235,245,261,310,430,445;23,328。

斯库罗斯　Σκῦρος　尤卑亚东北方海中岛屿。　11,509。

斯特拉提奥斯　Στρατίος　涅斯托尔之子。　3,413,439。

斯提克斯　Στύξ　冥河。　5,185;10,514。

苏尼昂　Σούνιον　雅典海峡。　3,278。

索吕摩斯人　Σόλυμοι　小亚细亚南部吕西亚部落。　5,283。

T

塔福斯　Τάφος　希腊西部海岛。　1,105,181,417,419;14,452;15,427;16,426。

坦塔洛斯　Τάνταλος　阿伽门农的祖先。　11,582。

忒提斯　Θέτις　阿基琉斯的母亲。　24,92。

特奥克吕墨诺斯　Θεοκλύμενος　阿尔戈斯人,预言者。　15,256,271,286,508,529;17,151;20,350,363。

特拜　Θῆβαι　①波奥提亚城市。　10,492,565;11,90,165,263,265,275;12,267;15,247;23,323。②埃及城市。　4,126。

特尔佩斯　Τέρπης　歌人费弥奥斯的父亲。　22,330。

特克托诺斯　Τέκτονος　费埃克斯人。　8,114。

特拉蒙　Τελαμών　大埃阿斯和透克罗斯的父亲,萨拉弥斯王。　11,543,553。

特拉叙墨得斯　Θρασυμήδης　涅斯托尔之子。　3,39,414,442。

特勒福斯　Τήλεφος　小亚细亚密西亚人。　11,519。

特勒马科斯　Τηλέμαχος　奥德修斯之子。　1,113,156,213,2,83;3,12;4,21,593;5,25;11,68,185;13,413;14,173;15,4,496;16,4;17,3;18,60,156;19,4,121,321;20,124;21,101,313;22,92,267;23,29,96,297,367;24,155,359,505 等。

特勒摩斯　Τήλεμος　预言者。　9,509。

特勒皮洛斯　Τηλέπυλος　莱斯特律戈涅斯人城市。　10,82;23,318。

特里托革尼娅　Τριτογένεια　雅典娜的别名。　3,378。

特里那基亚　Θρινακίη　太阳神的牧牛岛。　11,107;12,127,135;19,275。

特洛亚　Τροίη　小亚细亚西北隅城市。　1,2,62,210;3,85,220;4,6,488;5,39,310;8,82,220,503;9,38,259;10,40,332;11,160,499;12,189;13,137,248;14,229,468;15,153;16,289;17,314;18,260;19,8,187;24,27 等。

特墨塞　Τεμέση　意大利西南部海岛。　1,184。

特弥斯　Θέμις　提坦女神,宙斯前妻,司秩序、法律。2,68。

特涅多斯　Τένεδος　特洛亚近海岛屿。　3,159。

特瑞西阿斯　Τειρεσίας　希腊特拜预言者。　10,492；11,30,479；12,267,272；23,251,323 等。

特斯普罗托伊人　Θεσπρωτοί　埃皮罗斯南部佩拉斯戈斯人部落。　14,315,316,335；16,65,427；17,526；19,271,287,292。

提埃斯特斯　Θυέστης　阿特柔斯的兄弟,埃吉斯托斯的父亲。　4,517,518。

提丢斯　Τυδεύς　狄奥墨得斯的父亲。　3,167,181；4,280。

提罗　Τυρώ　特萨利亚王克瑞透斯的妻子,涅斯托尔的祖母。　2,120；11,235。

提梯奥斯　Τιτυός　宙斯之子。　7,324；11,576。

提托诺斯　Τιθωνός　普里阿摩斯兄弟,为黎明女神所爱。　5,11。

提修斯　Θησεύς　雅典王。　11,322,631。

廷达瑞奥斯　Τυνδάρεος　斯巴达王。　11,298,299；24,199。

透革托斯　Τηΰγετος　拉科尼亚境内山脉。　6,103。

托阿斯　Θόας　埃托利亚人首领。　14,499。

托昂　Θόων　①埃及人。　4,228。　②费埃克斯青年。　8,113。

托奥萨　Θόωσα　神女,独目巨人波吕斐摩斯的母亲。　1,71。

W

乌拉诺斯　Οὐρανός　天神。　9,15。

乌鸦岩　Κόραξ　伊塔卡一山岩。　13,408。

无人　Οὖτις　奥德修斯的拟名。　9,366,369,408,455,460。

X

西顿　Σιδών　腓尼基城市。　4,84,618；15,118,425。

西顿尼亚　Σιδονίη　腓尼基地区,西顿为其主要城市。　13,285。

西卡尼亚　Σικανίη　即西西里。　24,307。

西克洛斯人　Σικελός　即西西里人。　20,383；24,211,366,389。

西绪福斯　Σίσυφος　科林斯奠基人。　11,593。

希奥斯岛　Χίος　爱琴海中岛屿。　3,170,172。

希波达墨娅　Ἱπποδάμεια　佩涅洛佩的女侍之一。　18,182。

希波塔斯　Ἱππότας　风王艾奥洛斯的父亲。　10,2,36。

辛提埃斯人　Σίντιες　利姆诺斯岛居民。　8,294。

许拉科斯　῞Υλακος　奥德修斯虚构的人物。　14,204。

许佩里昂　Ὑπερίων　①太阳神的父亲。　12,176。　②太阳神的别称。1,8,24;12,133,233,346,374。

许佩里亚　Ὑπερείη　费埃克斯人的故地。　6,4。

许佩瑞西埃　Ὑπερησίη　阿开亚城市。　15,254。

叙里埃　Συρίη　传说中的海岛。　15,403。

Y

雅典　Ἀθῆναι　希腊阿提卡地区主要城市。　3,278,307;7,80;11,323。

雅典娜　Ἀθήνη(Ἀθηναίη)　宙斯的女儿,司技艺,尚武好战,雅典城的守护神。　1,40,80,113,174;2,12,261,382;3,12,229;4,295;5,5;6,13,139,322,795;7,14;12,239;13,190,287,361,429;15,1,155,454;16,155,454;17,63,360;18,69,155,346;19,2,604;20,30,284,345;21,358;22,205;23,156,344;24,367,487,502 等。

雅尔达诺斯　Ἰάρδανος　克里特河流。　3,292。

伊阿奥尔科斯　Ἰαωλκός　特萨利亚城市。　11,256。

伊阿索斯　Ἴασος　①波奥提亚奥尔科诺斯王,涅斯托尔的外祖父。　11,283。②塞浦路斯王德墨托尔的父亲。　17,443。③阿尔戈斯地区始祖。18,246。

伊阿西昂　Ἰασίων　农神得墨特尔的情人。　5,125。

伊阿宋　Ἰήσων　特萨利亚伊奥尔科斯王埃宋之子,美狄亚的丈夫。　12,72。

伊多墨纽斯　Ἰδομενεύς　克里特王首领,弥诺斯的孙子。　3,191;13,259;14,237,382;19,181,190。

伊菲克洛斯　Ἴφικλος　特萨利亚首领。　11,290,296。

伊菲墨得娅　Ἰφιμέδεια　波塞冬之子阿洛欧斯的妻子。　11,305。

伊弗提墨　Ἰφθίμη　佩涅洛佩的姐妹。　4,797。

伊菲托斯　Ἴφιτος　拉克得蒙人,奥德修斯的朋友。　21,14,22,37。

伊卡里奥斯　Ἰκάριος　佩涅洛佩的父亲。　1,329;2,53,113;4,797,840;11,446;16,435;17,562;18,159,188,245,285;19,375,546;20,388;21,2,321;24,195。

伊克马利奥斯　Ἰκμάλιος　伊塔卡名匠。　19,57。

伊利昂　Ἴλιον(Ἴλιος)　特洛亚的别称。　2,18,172;8,495,578,581;9,39;

10,15；11,86,169,372；14,71,238；17,104,293；18,252；19,125,182,193,260,597；23,19；24,117。

伊罗斯　'Ιροs　伊塔卡一乞丐。　18,6,233,333,393 等。

伊洛斯　'Ιλοs　埃皮罗斯的埃费瑞人。　1,259。

伊诺　'Ινώ　卡德摩斯的女儿。　5,333,461。

伊斯马罗斯　'Ισμαροs　色雷斯城市。　9,40,198。

伊塔卡　'Ιθάκη　希腊西部近海岛屿,奥德修斯的故乡。　1,18,57,88 等。

伊塔科斯　'Ιθακοs　伊塔卡英雄,伊塔卡岛名主。　17,207。

伊提洛斯　'Ιτυλοs　泽托斯之子。　19,522。

尤卑亚岛　Εὔβοια　希腊东部岛屿。　3,174；7,321。

Z

扎昆托斯　Ζάκυνθοs　伊塔卡附近海岛。　1,246；9,24；16,123,250；19,131。

泽费罗斯　Ζέφυροs　西风。　2,421；4,402,587；5,295,332；10,25；12,289,289,408,426；14,458；19,206。

泽托斯　Ζῆθοs　安提奥佩之子,特拜奠基者之一。　11,262；19,523。

宙斯　Ζεύs　希腊神话中的主神,推翻其父克罗诺斯的统治后与兄弟波塞冬、哈得斯三分天下,波塞冬分得大海,哈得斯分得冥间,宙斯掌管神界,被称为"天神和凡人的父亲"。　1,10,27,62,283,348,379,390 等。

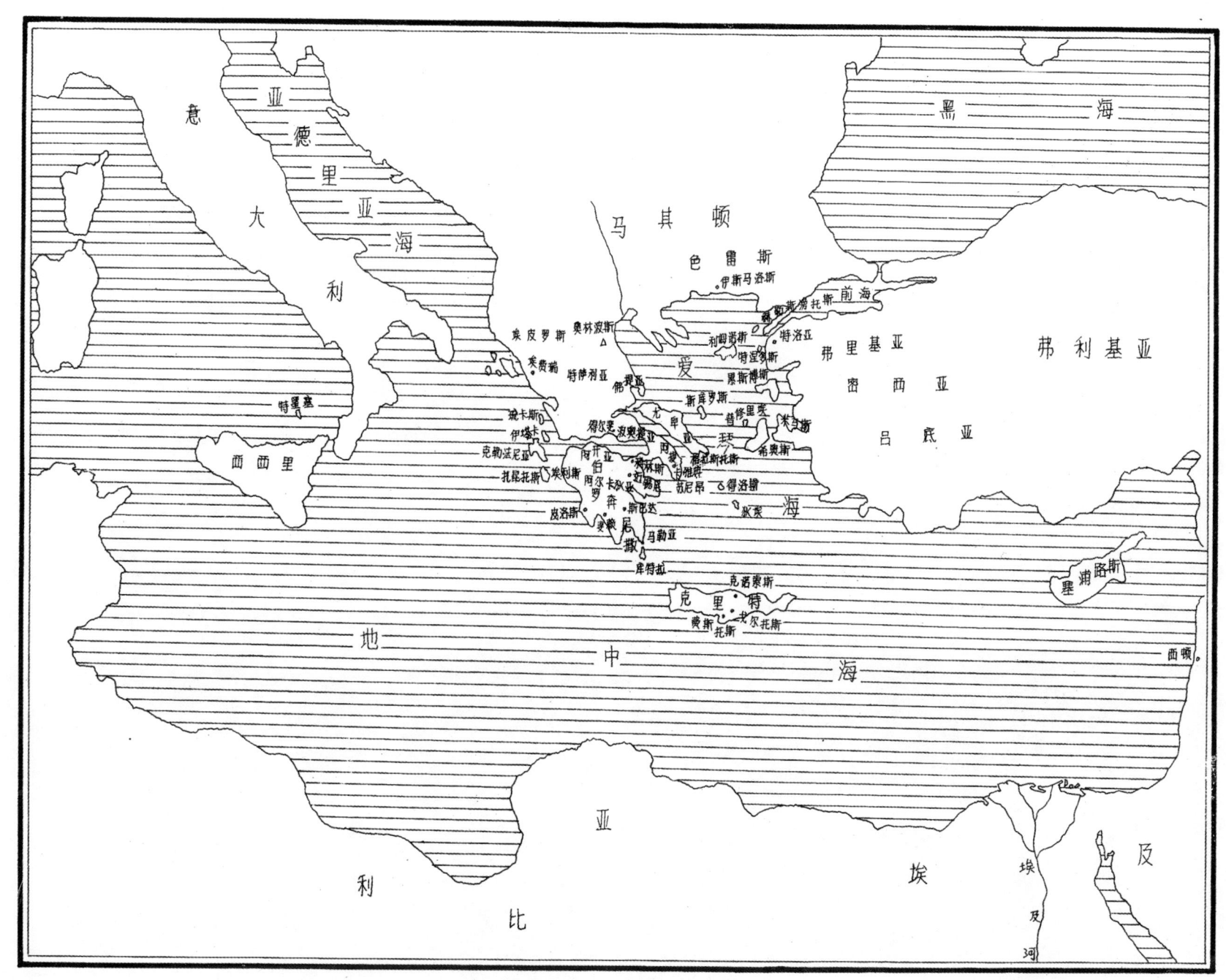

古代地中海地区简图

"名著名译丛书"书目

（按著者生年排序）

第 一 辑

书 名	著 者	译 者
荷马史诗·伊利亚特	[古希腊]荷马	罗念生 王焕生
荷马史诗·奥德赛	[古希腊]荷马	王焕生
伊索寓言	[古希腊]伊索	王焕生
一千零一夜		纳 训
源氏物语	[日]紫式部	丰子恺
十日谈	[意大利]薄伽丘	王永年
堂吉诃德	[西班牙]塞万提斯	杨 绛
培根随笔集	[英]培根	曹明伦
罗密欧与朱丽叶	[英]莎士比亚	朱生豪
鲁滨孙飘流记	[英]笛福	徐霞村
格列佛游记	[英]斯威夫特	张 健
浮士德	[德]歌德	绿 原
少年维特的烦恼	[德]歌德	杨武能
傲慢与偏见	[英]简·奥斯丁	张 玲 张 扬
红与黑	[法]司汤达	张冠尧
格林童话全集	[德]格林兄弟	魏以新
希腊神话和传说	[德]施瓦布	楚图南

高老头 欧也妮·葛朗台	[法]巴尔扎克	张冠尧
普希金诗选	[俄]普希金	高莽 等
巴黎圣母院	[法]雨果	陈敬容
悲惨世界	[法]雨果	李丹 方于
基度山伯爵	[法]大仲马	蒋学模
三个火枪手	[法]大仲马	李玉民
安徒生童话故事集	[丹麦]安徒生	叶君健
爱伦·坡短篇小说集	[美]爱伦·坡	陈良廷 等
汤姆叔叔的小屋	[美]斯陀夫人	王家湘
大卫·科波菲尔	[英]查尔斯·狄更斯	庄绎传
双城记	[英]查尔斯·狄更斯	石永礼 赵文娟
雾都孤儿	[英]查尔斯·狄更斯	黄雨石
简·爱	[英]夏洛蒂·勃朗特	吴钧燮
瓦尔登湖	[美]亨利·戴维·梭罗	苏福忠
呼啸山庄	[英]爱米丽·勃朗特	张玲 张扬
猎人笔记	[俄]屠格涅夫	丰子恺
包法利夫人	[法]福楼拜	李健吾
昆虫记	[法]亨利·法布尔	陈筱卿
茶花女	[法]小仲马	王振孙
安娜·卡列宁娜	[俄]列夫·托尔斯泰	周扬 谢素台
复活	[俄]列夫·托尔斯泰	汝龙
战争与和平	[俄]列夫·托尔斯泰	刘辽逸
海底两万里	[法]儒勒·凡尔纳	赵克非
八十天环游地球	[法]儒勒·凡尔纳	赵克非
马克·吐温中短篇小说选	[美]马克·吐温	叶冬心
汤姆·索亚历险记	[美]马克·吐温	张友松
爱的教育	[意大利]埃·德·阿米琪斯	王干卿
莫泊桑短篇小说选	[法]莫泊桑	张英伦
契诃夫短篇小说选	[俄]契诃夫	汝龙
泰戈尔诗选	[印度]泰戈尔	冰心 等
欧·亨利短篇小说选	[美]欧·亨利	王永年

名人传	[法]罗曼·罗兰	张冠尧 艾 珉
童年 在人间 我的大学	[苏联]高尔基	刘辽逸 等
绿山墙的安妮	[加拿大]露西·蒙哥马利	马爱农
杰克·伦敦小说选	[美]杰克·伦敦	万 紫 等
卡夫卡中短篇小说全集	[奥地利]卡夫卡	叶廷芳 等
罗生门	[日]芥川龙之介	文洁若 等
了不起的盖茨比	[美]菲茨杰拉德	姚乃强
老人与海	[美]海明威	陈良廷 等
飘	[美]米切尔	戴 侃 等
小王子	[法]圣埃克苏佩里	马振骋
钢铁是怎样炼成的	[苏联]尼·奥斯特洛夫斯基	梅 益
静静的顿河	[苏联]肖洛霍夫	金 人

第 二 辑

威尼斯商人	[英]莎士比亚	朱生豪
忏悔录	[法]卢梭	范希衡 等
罪与罚	[俄]陀思妥耶夫斯基	朱海观 王 汶
哈克贝利·费恩历险记	[美]马克·吐温	张友松
漂亮朋友	[法]莫泊桑	张冠尧
斯·茨威格中短篇小说选	[奥地利]斯·茨威格	张玉书
海浪 达洛维太太	[英]弗吉尼亚·吴尔夫	吴钧燮 谷启楠
日瓦戈医生	[苏联]帕斯捷尔纳克	张秉衡
大师和玛格丽特	[苏联]布尔加科夫	钱 诚
太阳照常升起	[美]海明威	周 莉

第 三 辑

神曲	[意大利]但丁	田德望
吉尔·布拉斯	[法]勒萨日	杨 绛
都兰趣话	[法]巴尔扎克	施康强

叶甫盖尼·奥涅金	[俄]普希金	智 量
笑面人	[法]雨果	郑永慧
红字 七个尖角顶的宅第	[美]纳撒尼尔·霍桑	胡允桓
死魂灵	[俄]果戈理	满 涛 许庆道
南方与北方	[英]盖斯凯尔夫人	主 万
莱蒙托夫诗选 当代英雄	[俄]莱蒙托夫	余 振 等
前夜 父与子	[俄]屠格涅夫	丽 尼 巴 金
白鲸	[美]赫尔曼·梅尔维尔	成 时
米德尔马契	[英]乔治·爱略特	项星耀
小妇人	[美]路易莎·梅·奥尔科特	贾辉丰
娜娜	[法]左拉	郑永慧
一位女士的画像	[美]亨利·詹姆斯	项星耀
十字军骑士	[波兰]亨利克·显克维奇	林洪亮
樱桃园	[俄]契诃夫	汝 龙
约翰-克利斯朵夫	[法]罗曼·罗兰	傅 雷
我是猫	[日]夏目漱石	阎小妹
嘉莉妹妹	[美]德莱塞	潘庆舲
月亮与六便士	[英]威廉·萨默塞特·毛姆	谷启楠
人性的枷锁	[英]威廉·萨默塞特·毛姆	叶 尊
人类群星闪耀时	[奥地利]斯·茨威格	张玉书
尤利西斯	[爱尔兰]詹姆斯·乔伊斯	金 隄
好兵帅克历险记	[捷克]雅·哈谢克	星 灿
城堡	[奥地利]卡夫卡	高年生
喧哗与骚动	[美]威廉·福克纳	李文俊
老妇还乡	[瑞士]迪伦马特	叶廷芳 韩瑞祥
金阁寺	[日]三岛由纪夫	陈德文
万延元年的 Football	[日]大江健三郎	邱雅芬

扫码免费领取听书券

七十余部外国文学名著经典
0元订阅,无限畅听